2017年四川省重点出版专项资金资助项目

从南下到西征（上）

十八军老战士冀文正的人生足迹

冀文正◎著

电子科技大学出版社
University of Electronic Science and Technology of China Press

开卷语

难忘的人生足迹

回首往事就是再次认识自己，总结对的，检讨错的，在新的人生征程中汲取教训、发扬长处，继续“长征”。

中国人民解放军第十八军是一支英雄的人民军队，在第十八军的几万人中，我只是一名普通战士，从我的成长历程中就可窥见一斑。

回顾我走过的人生足迹，自己所取得的那些成绩及拥有的荣誉，应归功于党的培养、部队的教育。我是一名佃农的儿子，1948年，15岁的我初中即将毕业，中国人民解放军把我这个无知的青少年引上了革命的道路。在解放军这所大学校里，我接受了毛泽东思想，在各级首长的谆谆教诲下，逐步树立了人生观和世界观，在为人民服务的道路上做出了自己的贡献。

回顾我走过的人生足迹，我认识到，中国人民解放军是伟大的、英雄的人民军队，它遵照毛主席重视培养人才的思想，让我在“十八军随营学校”得到一年半的学习和锻炼，体会了人生，增长了知识，成了一名光荣的革命战士。军校是一个大熔炉，铸造出了数万名革命栋梁，胜利完成了“第二次长征”，为中国革命做出了巨大贡献。

回顾我走过的人生足迹，我更加珍惜和怀念在雪域高原的那47年。西藏雄伟的山川给了我力量、给了我智慧，是西藏人民哺育了我。虽然我为人民做了一些有益的事，但人民给我的却更多。我将继续努力，力所能及地将珞渝文化传承下去，愿她繁花似锦，希望她成为一棵“摇钱树”，造福边陲人民，使他们能早日过上幸福生活。

回顾我走过的人生足迹，我体会到，与群众的关系要真诚、和谐，亲密无间。前进的路上，不论是得意时，还是受挫折时，我都得到了领导和同志们的帮助，表扬打气的、批评指点的、开导帮助的……为我指方向，防失偏。

今天，我出版这本回忆录，既是对自己人生的总结，也是以此书来报答党、人民和军队对我的培养；报答领导、同志和社会各界对我的关爱。并将它献给社会，献给喜欢我的读者。

如果大家喜欢，我就心满意足了。

2017年5月4日于成都

冀文正

前言

我爱英雄的十八军

“进军西藏是我军历史上的第二次长征。”这是长征时担任红军总参谋长，中华人民共和国成立后担任西南军政委员会主席的刘伯承说的话。

担负“第二次长征”——进军西藏、经营西藏部队主力任务的，是中国人民解放军第十八军，它的前身是晋冀鲁豫军区所属豫皖苏军区部队和中国人民解放军中原野战军第一纵队第二十旅。抗日战争胜利后，为抗击国民党军队向解放区大举进攻，晋冀鲁豫军区遵照中共中央关于编组超地方正规兵团的指示，在河南滑县地区组成晋冀鲁豫军区第七纵队，杨勇任司令员，张霖芝任政治委员。

1946年2月，张国华奉命率第七纵队一部，越陇海线南下，与晋冀鲁豫军区第六军分区、华中第八军分区会合，于当年12月12日成立豫皖苏军区，张国华任司令员，吴芝圃任政治委员，陈明义任参谋长。

1947年3月，晋冀鲁豫军区第七纵队与第一纵队合编为晋冀鲁豫野战军第一纵队。同年6月，晋冀鲁豫野战军挺进大别山。第二丨旅随纵队南渡黄河，参加鲁西南战役，并在此后连续行军650公里，抵达大别山北麓。豫皖苏军区部队为配合野战军行动，积极打击敌人，建立了功勋。

1948年5月，中原军区成立，豫皖苏军区隶属中原军区，晋冀鲁豫野战军也改称中原野战军。

各时期徽章。

1949年2月，中原野战军改编为第二野战军，豫皖苏军区机关及其独立旅和各军分区基干团、第一纵队第二十旅组建为第十八军，隶属于第二野战军第五兵团建制。张国华任军长，谭冠三任政治委员，陈明义任参谋长。当月18日，在河南省鹿邑县吴台庙举行了第十八军成立大会，会后继续准备渡江南下的事宜。第二十旅改称为第五十二师，吴忠任师长，刘振国任政治委员。原豫皖苏军区独立旅改编为第五十三师，金绍山任师长，王其梅任政治委员。原豫皖苏军区第一军分区第一团、第二军分区第十一团、第三军分区第三十六团合编组成第五十四师，师长魏洪亮，政委罗野岗。全军共2.7万余人。因此人们说，第十八军是豫皖苏人民的子弟兵。

豫皖苏地区战略地位十分重要，它扼守中州大地，北靠北京，南临南京，东接京沪铁路，西连京广铁路，南有长江天险，为兵家必争之地。第十八军是这块土地的开拓者、保卫者，是豫皖苏革命根据地的武装骨干。第五十二师在进行鲁西南战役、千里跃进大别山、转战中原、渡江南进、解放大西南、追歼宋希濂等战役中表现英勇。

第五十三师配合刘邓大军千里跃进大别山，做出了巨大贡献，迎来了全国解放战争的大反攻。随后，又在豫皖苏地区参加多次战斗，并取得了很好战绩，积累了打大仗、打硬战的经验。

第五十四师编入华东野战军，成为第八纵队的主力部队，打过不少硬仗。1949年4月渡江南下，于5月在安徽省马金岭战斗中，生俘国民党时任安徽省主席兼保安司令张义纯，战功卓著。

在野战军序列内，第十八军就肩负着打过长江去、解放全中国的艰巨任务。1949年4月20日渡江战役打响，第十八军为第二野战军的总预备队，26日渡过长江，追歼逃敌。6月以后，第十八军还先配属二野四兵团，由第四野战军指挥，参加湘赣战役，其后配属四野第十二兵团参加衡宝战役，有力配合兄弟部队全歼溃逃之敌，受到二野、四野领导的夸奖。第十八军于1949年4月23日、24日配属二野三兵团后，在安庆以东的枞阳镇附近的3个渡口渡过长江，27日抵达殷家汇一线，28日奉五兵团命令取道祁门、休宁，向浙江省开化方向挺进，直趋浙赣铁路，于5月7日在前进途中全歼敌军4000余人。之后，奉命在乐平地区休整待命。由于部队长期行军作战，加上水土不服，病员骤增，部队在休整中一面学习，一面操练，养精蓄锐，以迎接进军大西南的光荣任务。7月2—19日，第十八军在二野四兵团的指挥下参加了湘赣战役，解放了吉安、安福、永新、莲花、茶陵等县城，歼敌500余人。

1949年8月、9月，第十八军归属四野指挥，自吉安西进，解放了江西永新（张军长的故乡）、莲花和湖南茶陵、安仁等县。10月2—16日，第十八军在四野第十二兵团的指挥下参加了衡宝战役，经过16日、17日的追堵，活俘敌军第七五九团、第一五四团副团长级以下士兵800余人，至此，参加衡宝战役的行动结束，第十八军回归五兵团建制。10月底，第十八军在邵阳以东附近地区休整。于11月3日、4日沿湘黔公路踏上了进军大西南的征途，13日到达芷江。

早在进军西南之前，中央已决定由第十八军进驻贵阳，并经营贵州。后来由于情况发生变化，改由第十七军经营贵州，第十八军则在结束四川作战任务后，进驻自贡、泸州、宜宾一带，负责经营川南地区，并任命张国华军长为川南地区行政公署主任。11月24日，第十八军抵达贵阳，12月6日北上，路经遵义、毕节，10日抵达宜宾，奉五兵团命令，并以3个团的兵力对宋希濂部7000余人实施追击，15日歼敌4000余人。20日以后，兵团决定第十八军为围歼成都地区国民党的第二梯队，俘敌副师长以下2000余人。27日，成都战役胜利结束。

组建后的第十八军即在二野、四野的指挥下，投入渡江作战和战略追击作战中，1949年3月1日自河南鹿邑、沈丘地区出发，到年底成都战役结束，先后转战豫、皖、苏、浙、赣、湘、黔、滇、川9个省。参加大小战斗74次，毙、伤、俘敌1.7万余人。在渡江作战和战略追击的10个月中，经过艰苦作战，不但歼灭了敌军，还成长为一支忠于人民、忠于党，具有相当作战能力、作风优良的野战部队，为后来进行“第二次长征”，担负进军西藏、解放西藏、经营西藏的艰巨而光荣的任务奠定了基础。

第十八军随营学校自1949年3月成立，深受各级领导“宠爱”。为了适应解放战争的需要，第十八军成立后，将豫皖苏军区军政干部学校更名为“随校”，全校学员2100余人。随后，这所随大军行动的军校拟从安庆渡江南下。1949年5月9日，随校接到刘伯承司令员发来的急电，命令随校全建制速去南京做接管工作。10日出发，18日抵达南京。按照南京市军管会下达的任务，随校接管了总统府、行政院、国民大会堂、资源委员会、中央新村、发电厂、气象站和几个军械军需仓库以及银行、信托公司等；收容散兵和遣送俘虏，看管、转运、输送旧军政人员约10万人。

在南京完成任务后，随校于7月21日奉命南下，30日到达第五兵团驻地——江西上饶。8月1日，全校参加了第五兵团组织的“庆祝八一建军节暨进军大西南誓师大会”。8月12日，随校从上饶开始向大西南进军，校长陈子植任第五兵团进军大西南先遣队第一副司令员，第一、二大队的大部分学员均由校长率领执行征粮、修桥补路、宣传等任务。仅在粮秣供应上，随校在江西、湖南、贵州等地就征粮1000多万斤，为解放大西南做出了贡献。同时也培养锻炼了人才，获得了军政双丰收。

部队接受经营川南命令后，全军实现了在天府之国安营扎寨的愿望。1950年年初，部队向川南进发途中，进军西藏的小道消息逐渐在机关、部队传开。当接到第二野战军“开赴乐山、丹棱地区整训待命”的电令时，第十八军正准备在富庶的天府之国安家，突然又听到将去荒凉边远的西藏高原，大家思想波动很大。军党委立即逐级组织干部、战士学习时事，明确任务，大讲进藏的重大意义，分析进藏的有利、不利条件，总结表彰进军大西南的先进人物。同时，采取各种措施做思想工作，从而提高了战士们的思想认识，全军上下很快掀起了进军西藏的热潮——“挑战、应战、请缨”，人人表决心，决心愉快进藏，为人民再立新功!

1950年2月6日，二野政委邓小平为进藏部队题词：“接受与完成党所给予的最艰苦任务，是每个共产党员每个革命军人无上的光荣。”2月19日，二野司令员刘伯承题词：“精细研究藏族同胞物质的、思想的具体生活情况，切实执行共同纲领民族政策。”贺龙副司令员也为第十八军题词鼓励：“发扬革命英雄主义，为巩固西南国防而奋斗！”

第十八军西征进藏时，川西匪特活动相当猖獗，进军沿线的邛崃、名山一带就有3000多人，严重阻挠了我军西进。为了扫清匪患，2月26日，西南军区命令第十八军主力在川西军区统一指挥下进行清剿残匪行动。3月6日开始，第五十三师进入名山、雅安、天全、芦山地区，第五十四师进入新津、大邑、邛崃、灌县、金堂地区，第五十二师主力进入洪雅、丹棱地区，按照“军事打击、政治瓦解、发动群众相结合”的方针实施剿匪。仅到10月底，我军在山地丛林间共歼灭匪特9808人，缴获各种火炮29门、枪支12 807条，扫清了进藏道路，为发动群众、民主建政做了准备，从而巩固了川西这一进军西藏的基地。在这次剿匪中，第十八军也付出了不小代价，第一六二团伤亡102人，第五十三师牺牲82人。

1950年3月4日，在四川乐山城召开“十八军庆功暨进军西藏誓师大会”，表彰全军在渡江作战、湘南战役、进军大西南及成都战役以来涌现出的功臣模范，特级功臣10人、一等功臣138人、二等功臣230人，立功单位9个。会场内外彩旗飘扬，锣鼓喧天，口号声、鞭炮声不绝，一片欢腾。军首长张国华、谭冠三在大会上讲话，号召全军向英雄楷模学习。7日会议达到高潮，军长张国华在会上宣读了“进军西藏誓词”和向毛主席、朱总司令表示的决心书。首长号召全军将士在进军西藏中要人人立功，事事立功，再立新功，发扬革命英雄主义精神，把五星红旗插到喜马拉雅山上。

西藏地方政府中的一部分顽固势力错误地估计形势，以为凭借帝国主义和印度扩张主义者的支持以及高原的天然屏障，妄图来阻止我军西进。为了实现解放西藏的战略目标，中央决定以打促和，实施昌都战役，昌都战役从1950年10月6日开始，第五十二师和第一五七团及友邻部队参与战斗，至24日结束，毙、伤、俘藏军共计5700人。昌都战役打开了进军西藏的大门，扩大了共产党、解放军的影响。《十七条协议》的签订就是证明。

中共中央、毛主席在决策进军西藏的同时，决定向西藏修筑公路，并规定了“一面进军，一面建设”的方针。当时，修筑康藏公路决定由西南交通部负责勘测设计、施工技术指导、材料工具供应，第十八军后方部队全力参加施工。1954年4月底组成康藏公路工程委员会，由第十八军后方部队司令员陈明义和西南交通部副部长穰明德分别担任司令员和政委。1952年2月下旬至11月20日，经过筑路部队7个月的艰苦奋斗，康藏公路通车昌都。毛主席专门为此题词：“为了帮助兄弟民族，不怕困难，努力筑路！”

为使康藏公路尽快建成通车，在东线向拉萨修筑的同时，西线也开始自拉萨向东修筑。早在1952年年初，西南局、西藏军区就已经确定了西线筑路任务，当年在拉萨成立了第一工程局，局长程培兆，总工程师谢元模，组织两个测绘队测绘了墨竹工卡至太昭路段。1953年1月18日，筑路委员会成立，军区政委谭冠三任主任，西藏地方政府噶伦索康·旺清格勒、军区参谋长李觉、政治部主任刘振国为副主任，其下设指挥部，动员了48宗（县）的8100名民工投入施工。军民齐心协力，历时4年修筑的康藏公路于1954年11月27日全线贯通，东西两线筑路部队在工布江达县的巴河胜利会师。

在“争取1954年通车拉萨”口号的激励下，东西两线筑路军民以更积极、饱满的热情投入施工。西线筑路队在天寒地冻的3月初就陆续开赴工地施工，东线筑路队也于4月底全面施工。6月8日，地处波密地区的扎木至通麦、排龙一线，山洪伴随泥石流突然爆发，冲毁、淹没路基、桥梁60余处。正在排龙“老虎嘴”施工的第一五七团六连二排9人牺牲，8人负伤。仅在此处施工的20天，由于洪水、塌方、飞石的袭击，总计牺牲了54人，重伤38人。虽然环境极其恶劣，施工条件极其艰苦，但第五十三师的官兵仍提出“让高山低头、让河水让路”的响亮口号。1954年11月下旬，东线公路修至巴河桥，11月27日东西两线筑路大军在巴河桥会师，康藏公路全线贯通。

1954年12月25日，在拉萨、西宁和雅安同时举行了盛大的通车典礼。

进藏部队和工作人员的粮食补给和物资供应是进军西藏的最大问题。为此，西南军区根据军委批准，决定由西南空军和第十八军后方部队担负修建甘孜机场的任务。共抽调1.4万人，于1951年4月11日进行施工，加上3000名藏族民工艰苦奋战7个多月，于11月20日建成。该机场有长3200米、宽60米、厚45厘米的碎石面跑道一条和一个可停18架飞机的停机坪。

1952年2月10日成立的西藏军区，是在中国人民解放军第十八军基础上组建的。

第十八军进军西藏所经受的艰难困苦，真不愧为“第二次长征”。第十八军“一不怕苦，二不怕死”的创业精神，是长征精神、延安精神的继承，也被大家誉为“特别能吃苦，特别能战斗，特别能忍耐，特别能团结，特别能奉献”的老西藏精神。

我是第十八军这支英雄部队的一名普通士兵，为此感到光荣和骄傲。

目录

南下篇

西征篇

南进篇

附录

从南下到西征

南下篇

NAN XIA PIAN

辽沈战役及平津战役胜利结束后，国民党军队在江北的残余力量尚有百余万人，其中八十万左右部署在豫皖苏大地，妄图以此阻挠中国人民解放军渡江南下和进军南京。『用兵真如神』的毛主席和党中央利用这个战略机遇，决定并进行了淮海战役，全歼敌军，为顺利渡江创造了条件。

我这一生

我叫冀文正，1933年8月1日生于河南省邓州市一个佃农家庭，1948年9月在开封参加了中国人民解放军，随部队解放了当时全国24个省中的12个省，足迹踏遍了祖国几乎半壁河山。忆及往昔，无怨无悔，我满足了。我一生仅做了两件满意的事，并得到了称赞。

一是硬任务，作为军人、党员，一切行动必须听指挥，不讲条件，不讨价还价，百分之百服从并圆满完成党交给的任务。渡江南下、进军大西南、剿匪征粮、川南安家、进军西藏、扎根波密、戍边墨脱16年……

1962年，在印度政府实行扩张主义的“前进政策”的形势下，获悉西藏一部分叛匪拟于6月10日侵占墨脱，军地首长命令我和康同玉参谋带领15名战士提前2个小时抵达战区，叛匪砍断藤索桥，阻挠我军解放江东，我提出炮打藤绳的建议被采用，并使战斗获得胜利，部队迅速解放了墨脱全境。我也受到解放军总参谋部两次全军通报嘉奖。

1950年2月26日留影于四川乐山。

我这一生，党叫我到哪，我就到哪，服从调动；叫我干啥，我就努力去完成。尤其是在戍守边防墨脱的16年中，成绩显著，边防巩固，没有出现任何涉外事故，受到称赞。在多年的民政工作中，我写了不少调研材料，其中两篇最突出，一篇受到西藏自治区党委书记赞许，另一篇被中国残联推荐。我一生中荣获各种奖励几十次，仅四川省就8

冀文正讲解《莲花遗韵》墨脱回忆录的写作经过。（冀文正提供）

次，近两年就获得6次表彰。还被评为四川省优秀共产党员。

二是软任务，没人布置，没人交代，完全出于自愿，是责任，是担当，是义务。那就是抢救西藏珞巴族和门巴族的民间文学。在我历经9年写出的11件上报材料中，最有影响的是国务院于1964年和1965年批准门巴族和珞巴族各为一个单一民族，并获得《解放军报》《西藏文化报》等媒体的很高评价："在两个民族的认定上，冀文正功不可没。"完成这个任务，我有几个优势。首先，我懂珞巴语、门巴语、藏语，识藏文；其次，我热爱民间文学；再次，我和珞胞、门胞关系好；最后，我能吃苦。在"孤岛"16年，我忙里偷闲，口问笔记，随时问，随时记，不放过任何机会，利用一切渠道，记下了几十万字的日记，搜集了上百万字的民间文学资料。调离墨脱后的十多年间，我采取了"请出来"和"走进去"的办法。"请出来"就是邀请五批约18人到拉萨家中采录，得到不少珍贵资料。"走进去"的效果更好。1988年5月区党委批准了我离休（时年55岁），从此时间自由了，实现梦想的机遇也来了。

1988年7月，雪融化后，我独自奔赴墨脱采风。之后，又分别于1991年和1996年前往墨脱。最后一次去墨脱已年满65岁，破了珞巴族"五十不翻山"的纪录，这也是我第28次翻越喜马拉雅山。这次采风历时8个月，我跑遍了全县的每一个山村，走通了雅鲁藏布大峡谷最艰险的中心地段。

在西藏的47年，我花了大钱，吃了大苦，受了大罪，但获得了500多万字的非物质文化遗产资料，拍摄了上千张照片。

又经过5年的努力，我将资料翻译、梳理、编撰成28本书稿，已正式出版22本，其中《珞巴族民间故事》一书荣获了第十届中国民间文艺“山花奖”。拍摄的黑白照片《墨脱·1950》荣获多彩贵州·第六届中国原生态国际摄影大展推荐委员会“银奖”、2012年第四届大理国际影会的“金翅鸟”最佳摄影提名奖。

这就是我的一生概述。

激情参军，奋勇南征

抗战胜利后，1946年，蒋介石撕毁国共双方达成的《双十协定》，凭借号称的800万军队，妄想消灭共产党及其领导的中国人民解放军，并狂妄、嚣张，扬言“三个月消灭共军”，发动了全面内战，即我们称为的“解放战争”。经过近两年的较量，中国人民解放军由防御转入反攻，至1947年的全面大反攻，解放了长江以北的大片土地，国民党军被围困在一些大城市或战略要道上。这时，革命形势大好，在国民党统治区，工、农、商、学各界及人民群众盼望和平，反对内战，每天有成百上千的人在大街上游行，高唱进步歌曲，高喊革命口号，人人祈盼早日得到解放。我党地下工作者开展了对国民党军的政治攻势，对广大群众进行革命宣传。地下工作者和群众的革命活动，对我幼小的心灵起到了孕育、催化作用。

1947年年底，我从老家邓县（现河南省邓州市）去开封（当时河南省的省会）。我叔父冀向阳原是河南省保安团事务长，1943年在中条山与日寇作战时受伤被俘，送到抚顺挖煤时被砸断五根腰骨而被驱逐，乞讨月余回到开封岳父家。日本投降后，他与不少伤兵找到保安团，得到了妥善安置。我家是佃农，全家七口人，兄弟三人，只有3亩土地，靠租种地主土地分得一半收成，度日艰难。当时的政府规定，独生子可不服兵役，兄弟两个，一人服兵役，兄弟三个以上的，两人服兵役。我兄弟三人，要两个人参军，大哥文国早已去当兵了，如果二哥文坦再去当兵，就只剩下年幼瘦弱的我，这个家就无法维持了。因此，我叔父将保安团一份招接兵的公函给了乡政府，谎称“已接收冀文正为我团勤务兵”，政府认可了，于是二哥在家务农，我“当兵”走了。8天后我到达开封，叔父托人把我安排在开封中学预备班学习，不到两个学期，开封解放时我便参了军。

开封解放后，根据上级指示，各大单位都在动员学生参加各类学习，我们预备班46人参加的是“市学联寒假补习班”，就是人们所说的“青训班”，归市军管会管理。开封中学很支持我们，负责我们全部的吃、住，学校还专门给了我们一间教室，吃饭时和学校的其他学生在同一个食堂，另外还腾出四个房间作为我们的宿舍。上级根据实情对我们这批小知识分子进行改造，以适应军校“团结、紧张、严肃、活泼”的校训。平时，我们除了学政治、学政策，也学军事、搞操练，并通过基础学习来提高我们的阶级觉悟和政治觉悟，树立革命人生观，将我们培养成开辟新区的合格干部。

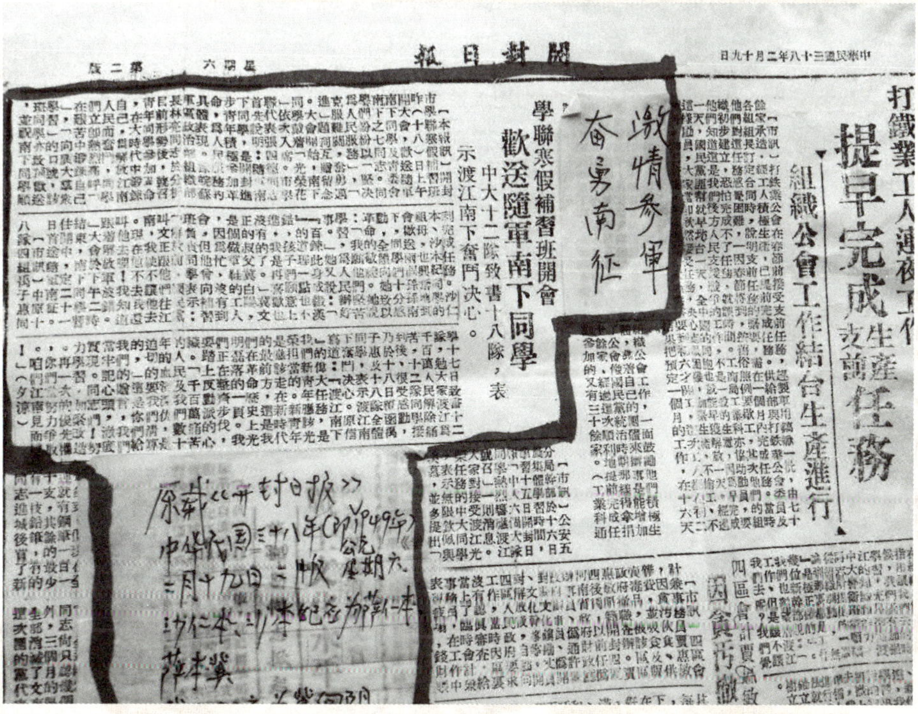
開封日報

中華民國三十八年二月十九日 星期六 第二版

學聯寒假補習班開會 歡送隨軍南下同學

中大十二隊致書十八隊，表示渡江南下奮鬥決心。

打鐵業工人連夜工作 提早完成生產任務

組織公會工作結合生產進行

激情参军 奋勇南征

原载《开封日报》

1949年（中华民国三十八年）2月19日开封日报的报道。

学校还充分利用现有的文体器材，将课余的文体活动开展得有声有色。我对乒乓球感兴趣，场场参加，有时也参加篮球比赛。“青训班”最流行的是扭秧歌，这是“新生事物”，它好学，不复杂，就是手上交替花、脚下十字步的几个简单动作，屁股扭得灵活不僵硬就行。我在南京大游行扭秧歌时因“屁股扭得柔软”出了风头，被誉为“假女娃子”。进军大西南时在贵州凯里苗族地区游行时，我装扮成苗族女娃子扭秧歌也获得了好评。

回首那段难忘的准军校学习，真是受益匪浅。那时，人生观、世界观初步树立，为人民服务的思想形成了，也为以后的革命打下了基础。那段时期的学习生活是有趣的，有意义的。

1949年形势发展很快，中国人民解放大军即将南下渡江，我们即将行动了。

《开封日报》1949年（中华民国三十八年）2月19日第二版，以“激情参军奋勇南征”为标题刊载了我们的行动。报道说：“开封市学联寒假补习班昨日上午开大会，欢送随军南下同学及青委会南下之七同志……豫皖苏军区政治部组织部长林亮同志在分析目前形势后，号召青年同学参加革命，在大时代中锻炼自己，为解放江南而奋斗……冀文正的叔父冀白阳（应为冀向阳），是做军鞋的工人，因为忙，没能到会，但他曾向补习班负责同志表示：‘中华人民共和国成立前，国民党叫文正跟他们往江南，我硬是不让他去。现在他不去我还叫他去呢！我知道跟着解放军没错。’……大会于下午2时结束，眼下将南下的同学们暂住开封中学，定于20日随军南征。记者夕凉。”

入伍上战场

辽沈战役及平津战役胜利后，国民党军在江北的残余力量尚有百万余人，其中80万左右部署在豫皖苏大地，妄图以此阻挠人民解放军渡江南下和进军南京。“用兵真如神”的毛主席和党中央决定利用这个战略机遇，进行淮海战役，全歼敌军，为顺利渡江创造条件。

蒋介石不甘心失败，决心与解放军在徐蚌战场一决胜负，他把分散在南京以北的国民党军集中到一起，以优势兵力抵御解放军南下。解放军经过反复调查研究，分析战力，决定进行以徐州为中心的淮海战役。

当时，国民党军队80万人，解放军总兵力为60万人，国民党军虽然兵力多，武器好，但兵力分散，又几经战败，士气低落，高官们为保全自己的利益而相互掣肘……解放军士气高涨，群众积极参战，各路参战大军和群众向战区运动，公路上车水马龙，支援大军川流不息，推鸡公车的、肩扛担架的、运送军用物资的……树下、路边躺满了人。

解放军总指挥部设在河南商丘，朱德、刘伯承、邓小平等首长在此负责指挥。大战前看起来平静，但气氛相当紧张。蒋介石多次派飞机在空中进行侦察，并号召其部下要有“不成功便成仁”的决心。一时间，天上的飞机比小鸟还多，有空投物资的，有进行轰炸扫射的，有散发策反和反动传单的……天上、地上、水上处处呈现出一场恶战即将来临的气氛。

1948年9月，河南省开封市第二次解放（同年5月首次解放，因敌我力量悬殊，我军主动撤离）。开封解放后，辽沈战役已经胜利结束。根据党中央决定大量吸收知识分子参军，为江南储备足够干部力量的指示，市军管会主任王其梅及中原军区政治部组织部长林亮等许多首长深入院校进行形势报告，号召广大学生积极参军。

自1947年开始，地下党员就深入学校，走上课堂宣传《共产党宣言》和共产党，以及毛主席、朱总司令领导的中国人民解放军是劳苦大众军队的道理。我们这批学生便对革命有了一定的认识，没有顾忌，2000多名开封学生参加了中原大学、建国学院、南下工作团等革命团体，吃大锅饭，进行军训，学习政治、政策和军事知识。我们是准军事单位，属市军管会管辖，被称为“青训班”，我所在的班上有刘继蓉、杜琳、郭冠中、邵寿山、赵耀、萨本冀、汪琦等46人，大家一块学习、生活、操练，又一道南下。

淮海战役打响后的第10天，学校接到通知，要青训班选派5名有文化的“能说会道”的学员速去“前线工作团”报到，我有幸被选上。50多名学员被分成5个小组赶赴前线的五大战区，我所在小组被分在双堆集战区，10个人又被分为5个小组，分别前往五个主要战区，以执行对俘虏兵进行宣传教育的任务。我和建国学院赵兄一个小组，住在一个叫碾庄的师部，这里距前线2公里左右。那时战区很不平静，飞机轰鸣声、枪炮声、爆炸声连成一片。我们这一带和国民党军队驻防是互为交错，你包围我，我包围你，你前有我，我后有你，但总的态势还是解放军主力将国民党军包围。开始时敌我分布明显，敌机空投还勉强奏效，后来却遭到解放军的炮击，空投的物资被打散，水桶被打穿，被困的国民党军饥饿交迫，夜间有的悄悄过来要饭要水。我们趁机攻心，进行政治争取，于是不再射击空投物资，还主动给国民党军队物资。据从一线下来的同志讲，政治争取过来的国民党士兵比俘获的还多。我们负责对俘虏进行说服教育，每一批俘虏进行一个多小时的教育。从一线送来的俘虏不管有多少，送来一批我们讲一批，主要讲"谁养活谁"，经教育后，愿反戈一击参加解放军的，当场欢迎，愿返乡的由民兵带回分批送达。我们每天要接收十几批俘虏，其中愿意加入解放军的占一半左右。解放军对被俘人员执行俘虏政策：首先，是尊重其人格、尊严，愿留愿走一视同仁；其次，不没收个人财物。在40多天的宣传工作中，仅遇到3次反常现象。一般被俘人员相当温顺、听话，但却有少数几批人不听宣传，不让我们说话，还骂我们，这批人约70多人。后来才知道，他们是蒋介石的嫡系部队——新五军，军长邱清泉，这支部队是国民党军中的王牌，全副美式装备，但却被小米加步枪的人民军队全歼。

在解放战争三大战役中，我受到了战争洗礼，学到了许多东西，有些是书本、课堂上无法得到的。那就是信赖党、信赖毛主席、信赖人民解放军、信赖人民一辈子。

几百万老百姓参战的淮海战役，令我永生难忘。战场上到处都是死人，到处都是弹坑，国民党军死亡人员被埋入炮弹坑里；民兵将解放军伤员、牺牲同志用担架或鸡公车从一线运往后方，川流不息地往返于战地与后方之间，没人停步休息，都是小跑，严寒季节中，人人汗流浃背，个个都在为战争的胜利尽力。可以说，没有人民的参与，中国革命是不会成功的，只有得到人民的支持，才会取得人民战争的胜利。同样，进行改革、进行建设也绝不能脱离人民群众。

战争是大学校、大课堂，可以教育人、锻炼人。我在这场战役中受益匪浅，它使我找准了人生坐标。现在，我反对动乱、反对不义战争，希望世界和平，大家都过上好日子。

完成宣传教育任务后，我们就要返回学校，好几个军首长前来送行，其中一个比我爹年纪还大的首长摸着我的头说："不怕鬼的小鬼，将来一定有出息。"这句话，我践行了68年，总算没有掉队吧！

我们归队后，深受大家欢迎，纷纷要求我们讲一讲战场上的故事，我们讲了几天还没讲完，大家越听越想听。好像他们也经历了这场战争一样，这大大激励了大家学习的热情，都决心努力学习，打过长江去，解放全中国。经过两个多月的学习和操练，大家的觉悟有了明显提高，决战江南的信心更足了。根据形势发展，部队准备横渡长江南下，我们青训班和建国学院等单位，于1949年2月21日离开开封，经商丘向第十八军军部吴台庙挺进。到了驻地，受到了军首长的热烈欢迎。

随校成立

“政治路线确定之后，干部就是决定的因素。”全党全国各级干部经过革命实践，充分认识和证明了毛主席的这一论断，于是全党全军都认真落实，举办各类学校和各种培训班，以培养大批优秀的军政干部。第十八军随营学校（以下简称“随校”）就是在这种背景下成立的。

1949年3月23日，随校在安徽省阜阳市人民广场正式成立。它的前身是1946年年底成立的豫皖苏军区军政干部训练大队和1947年年底以这个大队为基础扩建的豫皖苏军区军政干部学校，它是随革命战争形势发展和需要而建立起来并随军队行动的军事政治学校。

1948年5月，豫皖苏边区党委升级为中央分局，军区同时升格，张国华为副司令员兼校长。校址从沈丘县迁至淮阳县。学校除安排学习、训练、民运、宣传、支前、征粮任务外，由副校长陈子植带领参加了开封市的接管工作、吸收学员及动员地方干部南下渡江，到江南工作。经过反复组织和动员，吸收了开封建国学院学生841人、中州学院和开封青训班学生46人，以及界首等地的学生，共2000余人。

1949年2月26日，全部学员到达第十八军驻地——河南省鹿邑县吴台庙，受到军首长及机关、部队的热烈欢迎和接待。3月6日向安徽省挺进，12日徒步抵达阜阳。3月23日，随校正式成立，陈子植、华楠、周子平、张魁仍分别任校长、政委、教育长、政治部主任。随校共分为三个大队，一大队的学员主要培养排、连、营干部和文化教员；二、三大队的学员几乎全是新参军的青年知识分子。我们开封军管会的学生分在二、三大队，我在二大队八中队，指导员是赵瑞亭，队长是刘立道，二大队是清一色的男生。在开封参军的刘继蓉、汪琦等分在了三大队十四中队。

为了适应解放战争的发展和需要，全军于1949年初进行了整编，2月18日，以豫皖苏军区为基础，在河南省鹿邑县组建了第十八军，属第二野战军第五兵团领导，张国华任军长，谭冠三任政治委员，王幼平为副政委，陈明义为参谋长，郭影秋为政治部主任。同时，将军政干校易名为随校。全校共设6个科、3个大队，各大队下设5个中队，每个中队约100人，设队长、指导员，副队长、副指导员，下设区队长、副区队长，每个区队一般设3个班，学员民主选举正副班长。人员配备和管理条例同正规部队一样，力图培养出一批合格的军政干部。

随校成立大会热烈隆重，军首长代表、校领导及驻地领导都到会并讲话，学员代表表了态：坚决完成学习任务，努力改造，为解放江南而努力!

会场布置得庄严而活泼，四周挂满了标语口号：

“坚决彻底认真执行三大纪律八项注意，行动中锻炼就是最好的学习。”

“我们不是把马列主义理论书当作教条看，而是当作行动指南，不是学习马列主义的字母，而是学习他观察问题和解决问题的立场和方法。”

“划清我们的阶级界线，坚定为人民服务的立场。”

“提高阶级观念，严肃组织纪律观念，明确政策观念。”

“群众是圣人，大家想办法，开动脑筋，总结经验，虚心谦虚接受经验。”

会后，全校掀起了学习热潮，各班和个人订立的计划、挑战书、应战书多得像雪片，大家只有一个心愿：努力学习，积极改造，树立为人民服务的人生观，学好本领，打过长江去，解放全中国。

1949年2月18日第十八军在河南省吴台庙成立，不久南下，人民群众欢送子弟兵。（佚名）

部队浩浩荡荡向长江方向进军，准备渡江南下。（佚名）

守护南京

随校成立后，按照中央部署，第三野战军从南京以东渡江南下，第二野战军从南京以西渡江南下，第十八军将从安徽省安庆市横渡长江解放皖南各县。全军将士驻扎在安庆以北六安一带进行泅水训练，战士个个求战心切，情绪高涨，“打过长江去，活捉蒋介石”成了大家的共同心愿。

按照军部安排，随校原地进行短暂休整，稳定情绪，消除疑虑，增强信心。终于渡江南下的条件成熟，军部命随校3月30日出发。

大家背着干粮、枪支，冒着敌机的扫射轰炸，以及国民党军散兵的阻挠和袭击，向长江方向挺进。途经颍上县、正阳关，于4月6日安全抵达六安，在六安以北10公里处新安集一带的村庄驻扎。我们在进行总结、评功的同时，还协助当地剿灭零星溃匪，并进行渡江的泅水、救生等各项准备活动。

六安是革命老区，群众觉悟高，几乎每家每户都有人参加红军，甚至有夫妻、父子一块儿参军的。群众大力支援解放军渡江南下，准备船只、支援后勤，给我们讲解红军史、人民痛苦史，鼓励我们解放全中国。临行时，房东阿妈送给我两双她纳的千层布鞋，我一直穿到四川，温暖了我一生。我总是在想：“淮海战役的胜利是人民群众用小车推出来的！”人民群众功劳大，没有他们的支援，中国革命难以成功。

1949年4月20日，蒋介石拒绝接受之前由中共代表团和南京政府代表团举行的谈判所拟定的《国内和平协议》，第二天，毛主席和朱总司令发布《向全国进军的命令》。由第二野战军、第三野战军组成的百万雄师在西起江西湖口、东至江苏江阴的长达千里的战线上，强渡长江天险，打响了著名的渡江战役。23日攻占了南京，宣告蒋家王朝的彻底覆灭。

百万雄师过江后，第三野战军司令员陈毅和第二野战军司令员刘伯承分别任上海市市长和南京市市长。鉴于南京市接管任务艰巨繁重，人手不够，5月9日校领导宣布：“已接到刘伯承司令员来电，命令第十八军随校全建制速赴南京做接管工作。”全校师生第二天凌晨便出发，途经合肥、蚌埠等地，18日到达南京。

按照南京市军管会下达的任务，随校守护总统府、行政院、国民大会堂、资源委员会、中央新村、发电厂、气象站和多个军械、军需仓库以及银行、金融、信托公司等。这些重要部门主要由二大队守卫，一大队主要负责收容散兵游勇，看管、转运、疏散旧军政人员，并向江西运送18卡车药品。在南京期间，适逢“七七”抗战纪念日，全校师生全副武装，参加了盛大的游行，并接受了刘、邓首长的检阅。

在接管南京期间，随校加强了军事和政治训练，学习了马克思主义哲学、政治经济学、中共党史等；相关的政策和树立人生观的文章是重点学习资料，形势教育也是随校教育的主要内容。把学员培养成政治坚定、遵守纪律、知晓政策、跟着党走的优秀领导干部，是随校办校的宗旨和奋斗目标。

思想教育一直贯穿办学的始终。通过各种形式的诉苦教育，提高了学员的政治觉悟和阶级觉悟，大家都表示要全心全意为人民服务，不怕艰难困苦，不怕流血牺牲，将革命进行到底，解放全中国。

诉苦教育后，便是建立新民主主义青年团，发展了一批阶级觉悟较高，政治立场坚定，学习、工作表现突出且家庭出身较好的学员入团。各队新发展的团员约占全队总人数的四分之一，如六中队108人，新发展团员26人；八中队98人，24人新入团，我就在其中。入团后，以中队为单位，前往南京雨花台凭吊和宣誓。建团后，广大团员在各个方面起了模范带头作用和党的助手作用。

随校在守护南京重要单位过程中，大家都极其认真负责，无一失误。我队守护总统府两个月，无一人违反纪律，临走时原封不动地将总统府移交给接收方。在南京时，我们每人每天仅5分钱菜金，油少，肉缺，周末才吃一次肉。总统府有一大湖，鱼多得挤成堆，我们没吃过一条；玄武湖四周桃树成林，大大的水蜜桃挂满枝头，别说摘了，连落地上的都不拾起来吃，都说“不吃才是光荣的”。

我们虽然恨死蒋介石，但府内东厢有一幅高达3米身佩宝剑的彩色布质蒋介石像，我们也不触动一下。我们的行动受到市军管会和刘伯承司令员的赞扬。

我们遣送的10万名俘虏兵，让他们吃好睡好，发给一定的路费，尊重他们的人格，保护他们的私人物品，及时将他们用火车或轮船运送到蚌埠、苏州、芜湖等指定地点，大大减轻了南京的压力，稳定了社会秩序。

由于随校在南京严格执行守护政策、遵守纪律，取得了优异成绩，受到当地党政领导和群众的高度赞扬。在随校离开南京时，当地党政军民到火车站热烈欢送，并赠以一面“仁义之师，秋毫无犯”的锦旗。

南京轶事

奉第二野战军司令员刘伯承之命，中国人民解放军第十八军随营学校4000名学员，于1949年5月18日至7月21日守护南京，在这60多天中，有许多值得纪念的故事。随校分为三个大队，一大队是原部队的班、排、连干部，有一定作战经验，是培养提拔的对象。守护南京期间，他们肩负收容遣返俘虏和散兵游勇的任务，收容、遣返分布在铁路、公路、水路的枢纽和要道上的十余万人；二、三大队全是江北招收的学生，二大队的男生，负责总统府等政府、军事、金融等十多个要害部门的管护工作；三大队的女生负责宣传教育工作，10小队（随校直属的文工队）住在三牌楼，其他队分住市区的各方。

南京是中华民国的首都，蒋介石的赤化宣传特别严重，群众对解放军了解甚少，顾虑、猜忌特别多。当时，南京是中国的政治、经济、军事、文化中心，各国大使馆没有撤离，特务、间谍也不少，南京解放了，他们便转入地下与解放军较量。由于南京的特殊地位，上级特别下达了许多规定和指示，对内要求全体官兵衣着整齐干净，钢笔挂口袋，街上不言语、不吃食、不扔烟头、不进民居、不和妇女接近、不围观外国人、不回答外国人的提问、不接受外国人的物品等，严格执行“三大纪律八项注意”及城市各项政策规定；从严管护城市，爱护一草一木，尽职尽责完成肩负的任务，“不得走样”是所有文件及领导指示中少不了的要求，各部队基本都做到了，领导也很满意。

为了参加“七七”抗日战争纪念大会的游行、检阅和大示威，第二野战军所有炮兵加上第四野战军的炮兵（是二野的3倍多）排满了几条大街，队伍有1公里多长，很是壮观。5万多军民组成的游行队伍浩浩荡荡向前，人人手持红旗，高呼口号，高唱革命歌曲，秧歌队夹在中队之间，我们这个队有二十几名队员，又跳又唱、打腰鼓，十分活跃。事后，人们评价我“跳得花俏”。

接受任务后，各队加强了军事训练，强调行进队形、队列变换的操练，各中队的枪支都换成了中正式，穿戴也都整齐划一，帽子戴端正，纽扣扣紧，站岗值勤要讲礼貌，军规必须条条落实。

7月6日那天，参加首长检阅时，大家全副武装，身上背着上了刺刀的步枪，腰上扎紧皮带，带上系两个子弹盒和一个刺刀鞘，十分威武雄壮。游行队伍中，辎重兵打头阵，机器轰鸣，紧接着是几百人马的骑兵，步兵紧跟其后。我们随校千余人由校长陈子植指挥，走到新街口时，刘、邓首长在孙中山铜像下向我们左右挥手，距我们仅30米，看得清清楚楚。下午下雨了，我们冒雨前进，前有交警团，后有炮兵和海军，经过美国大使馆门前时，反美、反蒋口号此起彼伏："打倒美帝国主义！""打倒蒋介石，解放全中国！""中国共产党万岁！""中国人民解放军万岁！"欢呼声一直喊到总统府、国防部、航空公司等门口。游行进行了7个小时，行程25公里，无一人掉队落伍，一直坚持到晚上10点才归队。这天的活动，让我大开了眼界，看到了各式各样的武器，尤其大炮和坦克令我兴奋，"解放军是不可战胜的"在脑中扎了根。这天的活动，对市民来说，也是一堂生动的军事教育课。

我们在南京完成市军管会交给的不同任务。一大队负责俘虏方面的工作也不容易，尽管这些俘虏多为买卖入伍，但却是穷苦农民，他们在国民党的长期反共宣传下，思想中毒较深，旧军人习气浓厚，不少人对解放军不怀好意，辱骂、刁难、反抗的现象天天都有。不过，我们重视人权、人格，严格遵守俘虏政策规定，把他们当阶级兄弟对待。有一次市军管会领导视察南京渡口时，向他们问好，然后叮嘱："返乡后要好好生产。"他们听后都跪下感谢。领导亲自扶起他们，其中一名山西籍的士兵说："我们在国军时，当官的只会训斥、打骂，而你们把我们当人对待，不打不骂，和你们吃一样的饭，还护送我们回家，你们是好人，一定会消灭蒋军的。"

收容、遣送是辛苦差事，不分昼夜，送来就接，接了就马上送走，作息没有规律。两人一组，接送基本靠步行，一天要走很多路。吃饭睡觉的时间是乱套的，生命安全要靠自己时刻注意，幸好没有发生过事故。一大队通过这些工作得到了锻炼，为今后做好群众工作积累了经验。

二大队守护的单位及部门也没有出现过一次事故。我们八中队将管护的总统府原封不动地交给接收单位。之前接管时，规定相当详细，总的原则是保持原样。我们进入总统府后，仅收拾了大门右侧一排原警卫兵的宿舍，收拾也只是将原来的物品一件件登记，堆放在一个房间里，上锁，钥匙放在队部保管。这房的隔壁是一间空房，约30平方米，没有门，敞开的，后墙上挂着印在很厚粗布上的蒋介石彩色照片，照片高4米、宽2米。蒋介石面带微笑，身着淡黄色呢子衣，胸前挂满了奖章，手持军刀，很是威风。照片就挂在隔壁，我也没有临近细看过一次。几年前我看到一篇文章，说邓小平视察总统府时，发现蒋介石彩照右侧被刺刀戳了一刀，还批评了这种行为。约莫记得，1949年5月，刘、邓首长视察总统府时，进去看了这幅大型彩照，不过那时没听说刺刀戳洞的事，所以，应该是那之后发生的事。总统府是原国民党军起义的王将军部队解放的，半个月后移交给我们八中队守护。在总统府驻军的63天中，只接待过三批参观者，第二野战军刘、邓首长一次，第三野战军陈毅等首长一次，市军管会率领各界统战人士一次。总统府不对外开放，不准任何人进入。我有幸进过总统府办公楼一次，那是刘、邓首长视察参观后，我负责关门上锁，才得以进入的。总统府平时关闭，大楼前后各有两人站岗把守，以保持解放时的状态，任何物品不得触摸、移动，更不能占为已有。那时，兵荒马乱，人心惶惶，院内各处丢满了各式各样的东西，我们不理睬、不收拾、不归类，一切“保持原状”。说实在的，确实有许多珍贵的东西丢落满地，瓶瓶罐罐不下二十几种，许多东西我不认识，懂的人说那是进口的高档化妆品（当时，我对这个词的含义都不懂），衣物多得吓人。我只对适脚的鞋子感兴趣，因为我只有三双布鞋，其中两双还是过江前六安老区老妈妈送给我的。布鞋怕水，只够穿一个多月，将来可能会光脚行军，如果有两双球鞋就好了，哪怕有一双也好啊！可是，纪律、规定摆在那里，记在心里，谁也不敢妄动呀！总统府内有多处仓库，我们虽然缺粮少油，但宁肯挨饿也不能开仓济肚；水蜜桃落得满地，没人捡食；湖中的大鱼（有时看到成群的一庹长的大鱼）没吃过一条……首长赞扬我们是合格的“仓库保管员”。

进行群众宣传是三大队的首要任务，她们冒着飞机轰炸、子弹扫射的危险，天天奔跑在市区的学校、大机关、码头、车站，通过一切手段和渠道，利用一切机会，大力宣传入城守则、解放军布告、全国形势、“三大纪律八项注意”。她们站在高处宣讲，有时还得由几人抬着。我有一次配合司务长去采买，返回时，在新街口孙中山铜像前看到几十个市民在听宣传，我走近一看，原是十小队在做群众工作，队长王绩如、指导员张西挺带领队员刘继蓉、赵英、汪琦等多人在讲入城守则，讲得很详细、通俗。讲解很受群众欢迎，她们的良好形象得到了群众的称赞。

组织上很关心我们的成长，除了正常的学习、操练外，还让我们开阔眼界。6月，学校组织多批学员到中山陵、玄武湖参观。我们敬仰民主革命的开拓先驱孙中山先生，那一句“革命尚未成功，同志继续努力”我始终铭记在心。随校建团后，为了巩固诉苦教育的成果，进一步提高认识，6月19日我们集体到雨花台进行公祭，纪念被国民党杀害的十多万革命先烈，各区队都写挽联、送花圈，表达对烈士的怀念和哀思。现场有3名幸存的老前辈讲了革命者的英勇和国民党的残忍。在公祭大会上，大家举手宣誓："绝对服从党的领导，全心全意为人民服务，不怕艰难困苦，不怕流血牺牲，将革命进行到底，解放全中国。"

2个月的南京生活，过得十分有意义、有价值，为我以后的革命生涯打下了良好基础。同时也留下了很多值得珍藏的记忆。

不吃才是光荣的

听说1948年第四野战军首长向毛主席汇报，说部队围城在打援锦州时驻扎在果农的果园里，掉在地上的落果没有人捡来吃，毛主席听后给予了很高的评价。在战争年代这并不是个别现象，我就碰到过两次。

1949年4月22日，南京解放后，第二野战军第十八军随营学校接管南京，5000人负责运送俘虏和守护总统府、国防部、国民大会堂以及银行、仓库等十大机构。我们所在的八中队负责守护总统府。5月下旬的一天，第二野战军首长一行20余人参观视察总统府，当时我作为流动岗哨兵，跟在参观大队后面。他们先参观了蒋介石的办公室、行宫、地下室，然后沿玄武湖登上湖中的游船（据说该船是洪秀全的游艇）……当首长参观完后，指导员赵瑞亭对我说，二号（二野邓小平政委的代号）首长指示我们把掉在地上的桃子捡起来。我同邵寿山一道执行命令，共捡了五洗脸盆水蜜桃，全部上交给了大队部。玄武湖四周有上百棵果树，其中桃树居多，树龄比当时我的年纪还大，每个桃子都有300余克，红白相间，十分惹人爱，倒挂在树上的果实有些抬头就可碰着。地上也落下了不少，没人捡，更不会有人主动去摘了。虽然部队菜金少、伙食差，肉食更缺，而湖中的鱼多得令人吃惊，几十斤的肥鱼不少，但我们没有偷吃过一次，都认为偷吃是可耻的。

1949年10月下旬，我们完成了在湖南雪峰山西麓一片的征粮任务后，迁移到人烟密集的安江继续征粮。我们住在安江一户果农果园中的仓库里，果园约有5亩地，很大，什么果树都有。时值秋果成熟季节，枝头上挂满了果实，果农几次送来水果，我们都婉言谢绝，最后在他的执意下，不得不付钱把水果买下。那些日子，从未听说有关丢失水果的事，落下的水果我们都捡起来堆在树根前。

兵马未动，粮草先行

1949年夏季，全国形势大好。第二野战军陈赓兵团即将到达云南畹町关口，以堵死龙云、卢汉的20万云南国民党军外逃缅甸的路，第二野战军刘、邓首长抓住有利战机，命令第五兵团从中路向湖南、贵州、云南、四川进军。

根据上级命令，第十八军随营学校于7月21日离开南京，30日到达第五兵团驻地——江西上饶，8月1日，参加第五兵团组织的庆祝“八一”建军节暨进军大西南的誓师大会。司令员杨勇、政委苏振华、参谋长潘焱、政治部主任王幼平，在会上宣讲了当前大好形势和向大西南进军的重大意义。要求大家发扬革命军人的优良传统，再走几千里，把红旗插遍全国。同时还讲了向江西、湖南、云南、贵州进军的有利条件和困难，希望大家做好充分的思想准备和物资准备，完成党和人民交给的神圣任务。大家听后很受教育和鼓舞，决心积极投身进军大西南的行列。

20万大军前进，吃饭是个大难题。经过反复研究，兵团首长决定，由第十八军随营学校二大队的2000人组成“长江支队（五兵团对外的番号）征粮大队”，下属5个队，我在9队。兵团首长十分关心征粮大队的工作，并指令随校校长陈子植亲自带队。他们临行前特地前来送行，几位兵团首长分别做了指示。

8月6日，司令员杨勇说：“我们的革命基本上取得了全国的胜利，现国民党军的残兵败将集中于西南，我军已经进入长沙以西，我们应当奋勇奔向西南。8月4日前，国民党湖南省主席程潜及第一兵团司令员陈明仁接受《国内和平协定》八款二十四条，我军和平进入长沙市。虽然我们取得了基本的胜利，但是，不等于反动派已被完全消灭和放下武器。敌人是不想看到我们过上和平幸福生活的，他们不希望人民当家做主，因此，他们还会做最后的挣扎。敌人多存在一天，我们的麻烦就增加一天；相反，若我们早日将敌人迅速消灭了，后边的麻烦就少多了。所以，我们要积极参加解放大西南、解放大西北和大东南的斗争，完成我们解放全中国的伟大目标。我们的任务是解放大西南、建设大西南、建设现代化的国家。现在大西南（川、藏、云、贵四省）有7000万人民生活在水深火热中，过着非人的生活，他们正迫切地期望我们去拯救，帮助他们从黑暗走向光明。困难是必然的，要想办法去克服它，我们的斗争历史就是克服困难的历史，取得的胜利是依靠部队克服困难而取得的，我们要在克服困难中锻炼自己。现在，有许多优秀的老干部都是小资产阶级知识分子参加革命后，经过改造，在艰苦的生活中锻炼出来的。没有经过改造的知识分子不可用，必须在改造后方才可用。因为未经改造的，遇困难容易低头妥协，向困难投降。在革命阵营中不好好学习和工作就要落后。革命阵营就像一个炼钢炉，炼出好钢，丢弃渣滓。我们的学习是从实际工作和斗争中学习。毛主席告诫我们要从实际出发，不要从书本出发，要活到老学到老。我们是为人民而学，为人民的解放而学。什么是人民？是占全国人口90%以上的工人、农民、学生。最后，祝同志们与工农的感情更加深入和巩固。”

8月5日夜，第五兵团政治部主任王幼平专门对征粮大队讲了话。他说：“半年的形势发展很快，但同志们的进步也很快。现在的你们和在江北时的你们大不一样了。现在革命意志坚强了、纯洁了，从前怕扛大枪，轻视工农和士兵，怕参加军队，现在一切都变了。我们的感情与工农兵劳动大众结合得越紧越好。小资产阶级是两面的，有光明面，也有阴暗面。你们的进步说明无产阶级的意识正在成长，小资产阶级的意识正在破裂，要加速它的破裂。无产阶级和小资产阶级的区别有三个：一是坚决与不坚决；二是无产阶级的社会是群众推动的；三是无产阶级的前途是共同前进、共同生产、共同消费。这是和马列主义宇宙观相吻合的。

“我们读书有几种方法：读理论经典书籍；与工农兵通气，与群众自觉相结合；学习约束自己。无论什么事，必须去掉‘我’，对个人要经常追究思想根源。

“我们要重新学习农村政策。目前，我们的路程有1500公里，二十几个县的征粮任务相当艰巨而光荣。我们的任务不光是解放，还要建设，去旧建新，要积极地发展生产。我们五兵团只分6个专员区，就是有六十几个县要我们去接管。所以，要好好学习政策，适应形势的需要。现在，江南农村政策照旧，是按老规矩收缴粮食。我们在征粮任务中，夹带着消灭土匪特务、打击恶霸的任务，这对人民是有利的。任务虽然繁重，但对每个人来说都是个锻炼提高的好机会。

“学当兵，要重视士兵，士兵最光荣！因为他们不怕牺牲，英勇顽强，奋勇直前，本质好、品德高，宗旨记得牢，实践贯彻得好。所以，我们要向士兵学习。知识分子要学会两种本领，才算是一个合格的革命知识分子，一是能吃苦，二是能与工农兵相结合。”

第五兵团参谋长潘焱8月7日对征粮大队全体人员说：“这次的进军大西南是历史空前未有的大事，是一次有历史意义的进军。你们要学习目前急需用的东西，学习军事，在征粮任务中学习，小打少不了，小损失也会有。做事要从基层做起，深入群众，把根基扎牢夯实。当基层干部把基层工作做好了，就可担当更大、更高、更重要的任务。要从实际工作中学习、总结和提高，锻炼自己，磨炼自己，一切从实际出发，从实际学起。共产党员、青年团员和革命者，必须具备德、才、智三个全面，这也是个原则。

“我们这次肩负伟大的进军任务，要做到：一、提高克服困难的勇气，发扬红军二万五千里长征克服困难的精神，向红军学习。西南有数千万人民正在被剥削、被压迫，在黑暗的地狱里受熬煎，迫切渴望我们去解放他们。二、细心研究筹粮政策，大军全靠你们给饭吃。中国有句俗话说得好‘兵马未动，粮草先行’。你们是先遣队，完成任务虽然辛苦，但也光荣呀！政策学不好，任务也不会完成好，学习很重要。三、严格执行群众纪律。各种政策和纪律都要认真贯彻落实。

“根据以往的经验，行军的要领是：山地上坡脚抬高，慢步闭口；上坡要快，下坡要慢，两脚平稳，脚尖向下；过桥要快，之后要慢；山地侦察和平原不同，要好好研究；行军组织要老实，组织严密。

“工农干部和知识分子各有特点、特长，工农干部有啥说啥，老实诚恳，自以为不中用，害怕将来被社会淘汰，还看不起知识分子。知识分子认为工农干部没文化、没水平，不会讲话，看不到事物的本质和实际。因此，工农干部应该学习文化，提高文化素养，虚心钻研；知识分子要克服虚荣浮躁的缺点。两者互相学习，取长补短，工农干部知识化，知识分子工农化。共同努力，完成征粮任务。”

兵团首长在征粮先遣大队出征前频频讲话，给了我们很大鼓舞，增添了我们战胜困难、完成任务的信心。

8月12日我们启程进军大西南。我队先后在江西省万载县、湖南省怀化县（现怀化市）、贵州省凯里县（现凯里市）征粮。12月3日抵达贵阳。我队在将近4个月时间里共征粮300万斤，为参战部队顺利前进和粮饷补给做出了重大贡献，圆满完成了第五兵团交给的任务。

南粮征战

1949年7月，陈赓司令员率领的第二野战军四兵团从广东向西沿中越边境抵达云南畹町，堵死了龙云、卢汉外逃的后路，中央命令第五兵团从中路向大西南进军。

解放军胜利渡过长江天险进驻江南部分地区后，大部队原地休整，等待第四兵团的行动。现在机会来了，大部队行动时间到了，进军大西南的号角即将吹响。

为了解放大西南，随校奉命南进。7月21日随校离开南京，受到南京市党政军民的热烈欢送。22日抵达上海，已调至第三野战军工作的华楠同志到火车站看望大家。23日夜乘敞篷火车驶向杭州，中途因铁路被敌军炸坏，到乡下躲避一天后，夜间又乘车到嘉善车站。25日晨冒雨乘火车到达杭州。26日参观并游览了浙江省博物馆、岳王庙和灵隐寺，饱览了西湖胜景。29日晚乘火车经金华等地，30日到达第五兵团驻地——江西省上饶市，受到热烈欢迎。

这时，蒋介石飞抵成都，妄图与解放军决一死战，并在成都北较场召开由胡宗南、宋希濂、王陵基、刘文辉等谋划并实施的决战计划。谁知，蒋介石前脚一离开成都，胡宗南也逃走了，紧接着刘文辉宣布起义，可怜的宋希濂和王陵基成了解放军的俘虏。蒋介石的美梦彻底破灭了。

经过休整和学习政策，随校8月12日从上饶开始向大西南进军，队伍浩浩荡荡向湖南、云南进发。

部队抵达南昌后，由校长领受征粮、修桥、补路、民运等任务，并分配各中队担负的路段。我们中队征粮担负的路段是江西省万载县、湖南省怀化县、贵州省凯里县，每个县50公里，分为5个工作点，由中队干部负责蹲点。我所在的工作点，条子由我书写："今收到××乡××村××交来××斤。由人民政府负责按价付款。经手人冀文正，××月××日。"记得1959年9月，万载县援藏干部温副书记说，建政后，以前的所有条子，国家都认账，按照时价付了款，我听后，心中石头落地了。征粮时，一般5个人一组，两支中正式步枪，50发子弹。进乡进村后，首先清理公家粮仓，然后向群众宣讲形势和政策，提高认识，消除顾虑，群众交粮积极性不错，多数地方都超额完成了任务。征粮的过程，既是接触群众、宣传群众的过程，也是接受群众再教育的过程。广大劳苦大众穷得揭不开锅，但仍义无反顾地将仅有的口粮献给解放军，他们万分渴望早日解放全中国，建立自己的政府，过上好日子。我们决心把人民的期盼变成自己的实际行动，近4个月的征粮实践，我的自我感觉良好，人生观又升华了：群众运动既是改造客观世界，也是改造主观世界的大战场、大舞台。

近4个月里，征粮大队共征得上千万斤粮食，保证了部队的口粮供应，受到兵团首长的夸奖。

向大西南进军

1949年，百万雄师过大江后，全国形势一片大好。第一野战军向大西北进军，第三野战军守卫华东并准备解放沿海岛屿，第四野战军向华南广东进发，并准备渡江解放海南岛，解放大西南的宏伟任务就落在了我们第二野战军的身上。

我们第二野战军分三路向大西南进军：第三兵团从武汉出发沿长江逆流而上解放重庆、四川；第四兵团先解放广州再沿边境线向云南进军；我们第五兵团待命择机从中路的江西、湖南、贵州和云南西进。

经过三个月的休整学习，部队面貌发生了很大变化，革命觉悟进一步提高，战斗激情高涨，斗志昂扬，发扬"宜将剩勇追穷寇，不可沽名学霸王"的精神，决心彻底解放所有领土，在大进军中立功。

知恩图报，关心老区

按照中央部署，中国人民解放军第二野战军负责解放大西南诸省。杨勇司令员率领的第五兵团沿中线挺进，负责江西、湖南、贵州及云南的解放。4月，部队渡过长江后，在苏南、皖南休整、练兵，养精蓄锐，以利再战。7月下旬，陈赓司令员率领的第二野战军第四兵团，沿中越、中缅边境的十万大山进抵云南通外战略要地——畹町，彻底堵死了国民党在大西南的20万残兵败将逃往国外的路，云南军政首领龙云和卢汉宣布起义。战机到来，我们第五兵团立即向大西南挺进。

第五兵团接到进军大西南命令后，1949年8月1日在江西上饶举行了进军大西南誓师大会，兵团首长都讲了话，号召全军将士继续发扬“宜将剩勇追穷寇，不可沽名学霸王”的革命精神，完成党中央、毛主席、中央军委交给的解放大西南的任务。最后，杨勇司令员说：“同志们，继续努力，要走四千里路，解放七千万受苦受难的同胞。希望你们在这次伟大的进军中入团、入党，为民立功！”

8月中旬，我们行军进抵万载县。部队的到来，没有引起村民的惊慌不安与外逃。村长把我们安置在村里的一处大空房里，那里原是村民祭拜的祠堂，由于灾难频发，村民生活极度艰难，再没心思搞祭拜活动，因此房屋已失修多年了。村民帮助我们打扫房屋，搬砖土、垒灶，铺垫稻草做床，成捆的木柴摞了一堆。这时，许多妇女前来围观，小孩也跟着看热闹……这些场面看起来不像是新区，更像是老区百姓迎接凯旋的子弟兵。慢慢地，我们跟群众熟悉了，不拘束，也谈得来，他们对未来充满了信心。我们所在的是个大村，有260多户人家，其中余粮户有105户，他们都主动交粮，而且筛得干干净净。村里不少穷苦人家也来交粮，其中有一户姓高的人家，家里有7口人，村民告诉我们说，他家年年都靠借粮苦度4个月，当他听说要支援大军，自报支援3担大米。我们到他家查看了他的存粮，总共只有5担了，仅够吃到新粮下来，因此我们婉拒了他的心意。可他坚决不干，后经赵指导员多次讲政策劝说才作罢。他十分感谢了弟兵向西进发，后来他和我们成了朋友，每次我们到外村工作，他都负责当向导，当宣传员，成了我们的“准队员”。

他还给我们讲了十几年前红军在江西的革命活动，他的爷爷是村里40多名赤卫队员之一。那时，毛委员在江西等地把革命斗争推上一个新的高潮，人人讲革命，个个说红军，参军、打土豪成了老百姓茶余饭后的话题。苛捐杂税没了，老百姓没负担了，肚子可以吃饱了，村里有十几名赤卫队员都参加了红军。红军发展很快，县大队有几百人，有刀，也有火药枪，钢枪不多。但一年后，红军就全部撤走了，国民党军和还乡团回来，百姓便遭了殃，参加红军的家属被抓，支持革命的遭罚，村民在黑暗中盼望天明。而现在，我们来了，太阳出来了，亲人回来了，怎么能不欢迎!

他说的这些话，我们到哪儿都能听到，一样的苦，一样的渴望，一样支援大军南下。村里不少墙上还保留有革命标语，虽然有些被国民党下令刮掉或涂掉了，看不清了，但沿途还能看到“扩大红军、参军光荣、要当就当赤卫军、当兵为百姓、打土豪分田地、农民撑天下、还我土地”这些标语、口号。

我们原计划在该地征粮25天，但因群众觉悟高，踊跃交粮，超额完成了两万多斤，我们便提前了7天向湖南进发。

万载老区和江北六安老区一样，老百姓对共产党、解放军，对革命有好感，为了支援解放军，宁可自己不吃，也要支援前线。六安房东老阿妈像对待儿子一样，处处关心我们，她眼睛不好，还昼夜不分地给我们做布鞋，离别过江时，她把两双布鞋塞到我的怀里，摸着我的头说：“孩子，天底下还有很多受苦的人，你们有责任去解救他们！不怕苦，不怕死，走到底！”这两双布鞋，我一直穿到四川乐山，走过了几千里路；每当看到布鞋就思念这位慈母，难忘她的恩情，更难忘老区人民对革命做出的贡献。

进军途中迎国庆

1949年是不平凡的一年。三大战役的胜利，决定了蒋家王朝彻底灭亡的命运。入伍后，首长不断教导我们要为建立新中国而奋斗，这也成了我们的口头禅和奋斗的目标。

大约是9月27日的晚间点名，指导员赵瑞亭透露，现在北京正在召开政协大会，估计不久中华人民共和国就要成立了，大家要以多征粮的实际行动迎接中华人民共和国的诞生！

9月30日晚点名时，指导员赵瑞亭说："上级口头告知，明天中央人民政府正式成立。明天上午照常下乡工作，下午休息。"大家听后十分高兴，禁不住跳了起来。晚上躺在地上，我兴奋得直到下半夜才睡着。

10月1日下午3时，全队开大会，指导员赵瑞亭转达了上级口头通知，毛主席在天安门城楼上庄严地向全世界宣告，中华人民共和国中央人民政府正式成立了！中国人民从此站起来了！

散会后，以班为单位座谈讨论，我们一致认为：为了中华人民共和国的建立，多少革命志士为国捐躯，中华人民共和国是用鲜血换来的；中华人民共和国的成立实现了我们的夙愿，我们要守护她、爱护她，把她建设得更好。

晚上，我又失眠了，想得很多、很深。毛主席、共产党领导中国人民历经多少艰难，战胜了多少敌人，付出了多少代价，才取得了全国的胜利，建立了人民当家做主的新政权。胜利来之不易呀，必须要把国家守护好、建设好，让五星红旗世世代代飘扬。我决心听党的话，党叫我到哪就到哪，叫我干啥一定要干好，当个合格的军人，争取早日入党，革命到底！

川南安家说

1949年2月21日，随校离开河南省会开封南下，途经河南、江苏、安徽、上海、浙江、江西、湖南、贵州、云南等省市，于1950年1月上旬抵达四川省泸州市（我们八中队是1月3日）。历经10个多月，行程逾万里。长时间的行军打仗，又不适应南方气候和生活习惯，广大官兵体力大为下降，体质受到不小影响，病员增加。当时整个部队相当疲惫，滋生出一种思静怕动的情绪。部队一抵达川南泸州，人人都有一种"柳暗花明又一村"的感觉。这里水陆交通比较发达，时值严冬，到处仍是青山绿水。我1月14日的日记中写道："这里处处好风光，物产丰富，美女如云，将来就地找个媳妇安家，把爹妈接来共享清闲，多么美气呀。"在泸州，大家开始学习城市、农村和肃匪政策，抄政策、记笔记、动脑筋、谈心得、表决心，相当用心和认真，呈现出一片热血沸腾的生活学习景象。

接下来，我们观看了随校文工队自编自演的《刘胡兰》《赤叶河》等多场话剧，大家反响强烈，教育效果良好，进一步推动了学习热潮。

抓活思想是解放军的“一大法宝”。一天晚上点名时（周一至周六每晚连队点名，然后连队首长讲话，之后以班为单位的班务会），善做政治工作的赵瑞亭指导员做了长时间讲活，号召大家“学好政策，安家川南”。他先讲了当前的形势，然后说：“现在全川已全部解放了，但剿匪任务却极其艰巨。四川太大，人口太多，任务太重，因此，上级决定将原四川省划为川西、川东、川南、川北四个行署。川北行署由胡耀邦任主任，川东行署由鲁大东任主任，川西行署由李井泉任主任，川南行署由第十八军军长张国华任主任。咱们第十八军有福气，中央把川南这片宝地交给我们管理，是信任，也是照顾和关怀，我们应该努力把工作做好，把这片土地建设好，把生产搞上去，让人民过上好日子。

“同志们！川南是天府之国的粮仓，有几十个县、几百万人，物产丰富，人杰地灵，百姓勤劳善良，水陆交通便利，工业发达，盛产食盐，发展潜力极大。地方这么好，有利条件这么多，万事俱备，就看我们怎么做了。因此，我们要下定决心，把这块土地治理好，不辜负党中央、毛主席对第十八军的期待。有人不愿下地方，对军装感情深，可以理解。但是，不要忘记‘枪杆子里面出政权’的教导，全国各地的政权均是如此，哪有现成的地方干部，部队就是大学校，是培养各种人才的基地。我们打下一个地方，留下一批干部，再经过吸收、培养形成一个整体，以此开展地方工作。这条路走了几十年，是对的，因此，我们也要走。我们到了富庶的川南建立新生政权是光荣的，应该勇敢地担当起来，把它建设好。

“同志们！既然中央把川南交给了我们，我们就应该接受，圆满地完成建设任务。我们几万人要分配到各地，在职务上、地域上、工种上不要计较，要放弃个人小算盘，服从整体需要。总的要求是按职分配。师干为厅局长，团干为县干部，营干为区干部，连干为乡干部，均按此分配工作。地方工作比部队复杂得多，要善于学习，依靠群众，摸索总结，提高自己，共同把工作做好。”

指导员赵瑞亭讲话后，就宣布了各人去向。我记得第五十三师后勤科长候杰任富顺县委书记，我是富顺县宣市区区委秘书，区委书记是一位姓王的营干。我们在上任前，仍留在随校继续学习，但许多领导干部已前往就任地点报到去了。

下地方的热潮不足一月，“寒潮”就来了。首先是“搬家”，从泸州迁移到乐山；其次是不学城乡政策，而改学民族政策了。部队里大家的思想开始出现一些混乱，猜疑增加，人人在观望。没几天，上级宣布“十八军进军西藏”。此时，大家受到了很大震动，一些人由于个人前途、家庭、婚姻等问题产生了抵触情绪。军党委和政治部针对这些情况，在干部、党员和老战士中组织学习、总结，在战士中进行诉苦教育，通过这些活动提高了大家的思想认识，随之也掀起了进军西藏的热潮，于3月初举行了进军西藏的誓师大会。

进军大西南小结
——孙治平在随校总结大会上的讲话

今天，准备讲两个问题，一是回忆过去的学习收获，二是从学习结业到工作——由学习转到实践中。

首先，是回忆过去的学习收获。

认识了自己，坚定了自己，逐步确定了自己的革命人生观。参军前的旧思想、旧观念、旧立场，在一年多的学习运动中逐步得到了更新。学生味、留洋头的没有了，不但行动上有了变化，思想上也发生了变化；在整体的观念上有了很大变化，积极工作，服从分配；制订的许多计划和目标，绝大多数都兑现了；遵纪守法，执行政策，原来散漫无度的人现在变成了优秀的革命战士，在工作队伍中成了中坚骨干。这是我们进步的头一步。

吃苦耐劳、艰苦奋斗，完成了进军任务和支前任务，这是极其光荣和伟大的。在进军大西南的征程中克服了许多困难障碍，由以前的脆弱变为坚强。进军给了我们一个实际的锻炼。完成了支前的征粮任务，保证了几十万人不饿肚子，使大部队能顺畅地前进。通过接触群众，团结了广大人民，对于如何做好群众工作积累了一些经验和教训。这是个基础工作，对如何贯彻群众路线和如何贯彻方针政策积累了许多宝贵经验，出现了一大批模范同志。

总结了自己，进一步正确地认识了自己，学习了政策，提高了政策水平。鉴定的材料就是我们总结的结晶。鉴定是督促我们前进的工具，它使我们看到了过去，认识了现在，知道了自己的优缺点，明白了今后要保留哪些、丢弃哪些、发扬哪些，找到了自己努力的方向。在学习政策中解决了许多问题，知道了政策的准则和目的。以上仅是我们初步的收获，满足的是较之以往的进步，不满足的是进步还不够。

其次，今后怎么办？

分发给同志们的工作不外乎三方面：战斗队、工作队、学习队。大部分同志要到工作队去，也就是去地方工作，俗称转业。工作队和战斗队是密切联系的，缺一不可。为了同志们能够胜任战斗队和工作队的任务，提出如下意见和要求：要愉快地听从组织分配，丢开个人小打算，不选地区和工作性质，不择地位。革命者首先要具备这一条。

苦干、实干和敢干。实在地把一件事干到底，大胆地去工作，只有这样，才能完成每一项工作；要勇于克服一切困难，没有克服不了的困难，一切都在于自己的态度，是怕它还是战胜它？要有勇气，不向困难低头；要艰苦朴素，认真对待，没有解决不了的问题；还要发扬革命的英雄主义精神，做个顶天立地的战士。

加强团结。要时时刻刻约束自己，尤其是要约束自己的思想。用马列主义的武器来开展思想斗争，这是革命的武器，少不了，要用好。约束自己的思想必须牢牢掌握这个武器，发挥它的威力。除了敌人外，对朋友、同志、家里人要虚心和实诚，搞好团结。团结搞不好，工作是要受影响的，自己还会犯错误。要具备民主作风和倾听群众意见的进步作风。

工作中要善于学习。工作和学习不要脱节，前阶段主要是学习，下一步就是进入工作阶段，做什么学什么。要想工作中不犯错误，就得努力学习，且要学深、学透，吃透精神实质，才能做好工作，不犯、少犯错误。要善于总结自己的工作，不断提高工作效率。

完成任务。在艰苦复杂的环境下去完成党和人民交给的任务，战胜、克服一切困难，那是极其光荣和伟大的，这也是革命者的享乐观。

加强组织和纪律性。运用集体领导，讨论研究处理一切重大问题。坚决服从组织、执行决议。善于在复杂、特殊条件下正确处理问题，这来自于调查研究和细心分析，反对盲目。要把我校的好作风、好传统贯彻到实际工作中，取得更优异的成绩。

（1950年1月12日，于四川泸州蓝田坝驻地）

中国人民解放军第十八军随营学校第一期毕业典礼盛况

随校于1949年3月23日在安徽阜阳成立，到1950年2月27日第一期结业，在将近一年的时间里，完成了许多重任，既学习又打仗，既行军又守护南京、保障大军粮秣供应。若从河南开始计算，途经了当时中国24个省中的12个（江苏、安徽、上海、浙江、江西、湖南、贵州、四川等），里程不少于当年红军的二万五千里长征。约5000学子在随校学习和锻炼，不少人成了军、师、团的骨干，先进、模范、功臣人员成堆。随校成了小有名气的军事学校，毛泽东思想的传播是解放军这所大学校的根本任务，为我们成为合格军人奠定了坚实的基础。

1950年2月27日，随校在四川省乐山市举行毕业典礼，谭冠三、陈明义等领导出席典礼表示祝贺并发表了讲话，动员大家尽快到新的工作岗位，继续完成进军西藏的光荣任务。二号首长宣读了中央和西南军区首长关于第十八军进藏的命令，并传达了刘、邓首长对大家的期望，在精神、人员、装备和供应上，都给予了极大的关心和支持，解放军已完全有条件有可能解放西藏。他殷切要求大家树立吃大苦、耐大劳的革命精神，再走5000里，为解放西藏受苦受难的同胞，为巩固西南边疆做出应有的贡献。

会场布置得隆重、热烈、俭朴，会场成了一片红色的海洋，红旗"啪啪"作响，令人心旷神怡。标语口号布满四周："到部队里去，做国防标兵""到群众中去，为人民服务""反对骄傲自满、享乐止步的落后思想，发扬艰苦朴素、埋头苦干的工作作风""响应首长号召，保证到部队后成为骨干，带起头来，不怕一切困难，做钢铁一样的国防哨兵""加强体育锻炼，学好本领，待命出发，坚决将解放的大旗插上喜马拉雅山顶！"

大会由随校科长张自珍主持。他说："全校毕业人数902名，其中英雄模范人物53名。他们立功的事迹主要包括：一、思想意识好，情绪高，不闹个人问题，能起带头作用，无乡土观念，学习好，接受意见虚心，大胆批评任何人；二、贯彻党的优良作风，不生病，不掉队，还帮助别人；三、组织纪律观念强，遵守制度好，他们进取心强，学习积极，任何任务都达标地完成了。我希望大家把光荣的称号带到工作岗位上去，把优良作风保持下去，不骄傲！没立功的同志向功臣同志学习，互相学习，向对方看齐！"

政委林亮做了长篇报告。他总结了一年的学习和工作，对毕业学员提出了多项要求。他说："每当调换一个工作时，要服从大局，不要斤斤计较个人的得失，否则，是不会进步的。执行任何任务都要头脑清醒、计划周密，争取圆满完成。对生活要求坏点、差点，对客观环境估计要低些、坏些，要主观地去努力改变。要树立为兵服务的思想，扎根基层，服务士兵，将革命进行到底！"

军政委谭冠三、副参谋长李觉、军保卫部部长王华也发表了讲话，肯定了成绩，提出了希望。

乐山军分区李科长（第十军第三十师）作为来宾讲了话。他说："你们经过近一年的努力，边进军边学习，取得了可喜的成果，收获很大，这归功于党的领导、军队首长的教导、同志们的积极努力。将理论变为实践、变为行动是难的，但你们实现了、成功了。希望大家在今后的实际工作中将学到的理论、知识化为成果，同战士打成一片，带领部队完成任务，顺利进军西藏。任务艰巨而光荣，也十分伟大，由你们去完成，格外光荣呀！祝大家成功！"

（1950年2月27日，于四川乐山市驻地）

谭冠三在随校第一期毕业典礼上的讲话

"要忠实于无产阶级的革命事业——彻底解放全人类。"这句话不可忘掉，这是无产阶级诸位导师教导我们的。目前，中国广大劳动人民的斗争获得了胜利，但还没有根本解放，必须继续努力，防止被胜利冲昏头脑。帝国主义存在一天，战争的危机仍存在一天。他们还想来欺侮我们，明着暗着来破坏我们。第二次世界大战后，我们只承认英、法、美三国算半个帝国主义，但我们绝不能轻视他们，敌人正在做侵略我们的美梦呢！中国还有敌人，还有反动的残余，中国革命在军事上只算取得了基本胜利，但阶级仍然存在，封建制度在西南还存在着，条件成熟了，要消灭剥削阶级，分配土地。只要有各种阶级存在，反革命的挣扎、破坏是不会停止的，不要觉得万事大吉，不要有太平观念，不要被麻痹。中国的敌人还有一大部分在西藏，他们在进行反共的活动，抓兵拉夫，积极筹集大批军费来反击我们。所以，我们的革命是一定要彻底的，不让一个敌人存在，不让一个人受压迫，解放每一寸土地。我们要进军边疆，驻守边疆，把解放的大旗——象征我们伟大祖国的国旗和军旗，插到喜马拉雅山上！让美、英分子发抖吧！有侵犯我们的企图者，也得考虑考虑吧！

我们要完成中国革命大业，解放西藏人民，提高西藏人民的阶级觉悟水平，建设新西藏。我们把西藏各方面的工作做好了，给印度、不丹、尼泊尔等国一个很大的影响。我们做他们的后盾，掩护他们，支持他们，把国际线搞牢靠……这是何等的光荣啊！

你们经过近一年的学习，获得了很大的收获和成绩，8000里的行军是头等的收获，是不简单的，是一个艰巨、伟大而又光荣的进军任务。你们在政治上也提高了一大步，如在江南、贵州看到沿途多少贫困人没吃无穿、冻死路上呀，深刻体会到江南人民的痛苦。另外认识到国民党政府对人民残酷的压榨，认识到不革命不行，不彻底革命不行。决心永不忘掉“吃饭思源”“饮水思源”。饭是广大劳动人民辛辛苦苦流汗的结果，他们用劳动果实支援咱们，保证了战争的胜利。劳动能创造世界、改造世界，劳动人民是大学教授，我们要在群众运动中学习改造。

要想做一个坚强的无产阶级战士，必须以无产阶级的意识去改变小资产阶级的意识。只有放下了小资产阶级的架子才能在群众中建立起威信来。要以实际行动让群众尊重你，否则，威信是建不起来的，政治上会受到损失，工作开展也会有阻碍。

最后，希望大家做到如下几点。

一是教育广大群众，广泛开展思想斗争，向不良倾向做坚决的无情的斗争。加强无产者的思想意识，杜绝小资产阶级的意识。

二是服从组织分配，组织的决定要无条件地坚决执行，不同意也得无条件去执行，违背了组织纪律要受处分的。再次强调，要加强组织纪律性和观念。

三是要向正规化迈进，按条令办事。过去处于游击区域和环境，养成了游击习气和作风。要正规化，按时作息，发扬艰苦朴素、不浪费、脚踏实地的作风。此外，要勤俭。劳动能出黄金，节约能发家致富。还要谨慎，要谦虚，这是我们的光荣传统之一，需要大大发扬。

总之，希望大家将理论转化为行动和成绩，在进藏建藏戍边的工作中做出更大的成绩，再立大功！

（1950年2月27日，于四川乐山市驻地）

中国人民解放军第十八军随营学校大事记

1949年3月23日，随校在安徽阜阳民众会场正式成立。

1949年4月，随校第一期正式开学；4月23日，在安徽六安新安集举行开学典礼。

1949年5月7日，《学习生活报》创刊。

1949年5月8日，接受任务，动员进驻南京。

1949年5月18日，全校在浦口渡江进入南京市。

1949年5月18日—7月20日：一大队进行政策学习，完成白果山看管任务，一大队一中队编入第二野战军军事政治大学第五分校工作；二大队进行诉苦教育，开始建立新民主主义青年团，并完成南京总统府、国民大会堂看管和遣俘任务；三大队完成遣俘任务，十四中队开始建团；参训队毕业（7月6日）；文工队在南京正式成立；校篮球队成立（7月2日）。

7月19日—8月1日，二大队九中队完成给第五兵团护送18辆汽车医药的任务。

7月22日，自南京启程，开始进军大西南。

7月23—30日，全校在进军途中组织游览上海、杭州等地。

8月1日，在江西省上饶市参加庆祝“八一”及进军西南誓师大会。

8月3日，我校篮球队参加“八篮球赛”夺得冠军。

8月5—7日，兵团首长分别做进军大西南动员报告，号召同志们在进军中进行思想学习。

8月10日，二大队六中队毕业。

8月13日，全校自南昌开始千里徒步行军。同时，二大队接受进军大西南先遣征粮任务。

9月20日，到达长沙，初步完成千里大行军的任务。

9月底，三大队开始建团。

10月25日，在长沙开庆模大会及动员整训大会，第一次整训开始。

10月底，十六中队成立。

11月5日，十七中队成立。

11月初，在邵阳继续整训。

11月15—16日，全校越过险要的湖南省的雪封山向贵州挺进。

11月25日，二大队胜利完成征粮任务归校。

11月23日—12月7日，自湖南玉屏就有关进军大西南工作做动员、鉴定至贵阳结束。

1949年12月27日—1950年1月3日，全校在泸州蓝田坝举行宣传周，并参与泸州蓝田坝地方接管工作。

1950年1月3—13日，全校开始最后突击整训，二大队七、八、九中队合并。

1950年2月2日，随校就“进军西藏”开始动员。

1950年2月16—20日，随校在四川乐山与军部组织春节活动。

1950年2月27日，随校第一期毕业，在四川乐山市举行毕业典礼。

随校易名

1949年年底，大陆除四川、西康、西藏外，基本获得了解放。毛主席命令贺龙率第一野战军，从西北入川，配合第二野战军解放四川、贵州、西康诸省。第二野战军第三兵团从湖北方向入川，第十八军从云贵方向北上入川，三面夹击，将国民党军围困在川北、川西一带，国民党军成了瓮中之鳖。刘文辉起义加速了四川的解放。

随校在贵阳休整一周，进行总结，评功记好。然后随大部队经遵义、毕节、赤水挺进四川。我们徒步到达遵义，聆听了遵义会议的介绍，更坚信毛主席的正确领导，决心跟着毛主席将革命进行到底。

1949年12月22日，我们九中队刚出遵义北关，看见路旁冻死一赤身女孩，“路有冻死骨”的惨状深深触动了我们的心。中途，时常遭到国民党散兵游勇的阻挠与袭击，有一次在毕节被阻拦半天才得以解围。

12月31日凌晨4点，从赤水启程，中午时分，在雪地里啃馍吃雪，历时3个多小时才艰难翻越海拔1732.5米的雪山，雪深至膝，我们踩着雪窝吃力攀爬。于当晚凌晨1点抵达叙永县。

翌日，1950年元旦，我们给住在此地的原中共南京地下市委陈书记的妈妈打扫了卫生，向陈婆婆致敬。

1月5日在蓝田坝和大部队会合，立即投入有关城市政策的学习，以接管川南。不久随校迁至乐山市，这时候，四川获得解放，划分为川北、川东、川西和川南四个行署，第十八军经营川南，军长张国华任主任、郭影秋任副主任的布告

随校二大队八中队合影于贵阳市，1949年12月12日（前排左九为本书作者）。

贴满川南各地。军师团首长任职的决定公布了，我是排级干部，拟任富顺县宣市区区委秘书。大家情绪高昂，都愿在这人杰地灵、物产丰富、美女成堆的地方安家落户，工作一辈子。

2月27日，第十八军随营学校举行第一期毕业典礼。主席台正中央悬挂着毛主席和朱总司令的大幅画像，鲜艳的红旗插满会场四周，鼓舞人心的大幅标语布满会场。政委谭冠三以“毕业在新的任务下继续前进”为题发表了长篇讲话。他总结了建校以来所取得的成绩，并提出今后的任务。军事政治大学第八分校政委林亮、保卫部长王华分别做了报告，最后，李觉副参谋长也对当前的形势和任务做了报告。

林亮政委在立功本上写着：“学习功模光荣而勿骄，更应虚心努力，毕业回去后，要与部队功模比比谁强！”

军事政治大学第八分校周子平教育长题词：“学习中的功模，要永远保持这光荣名称，争取做进藏中的英雄，到西南边疆，功上加功！”

1950年三四月份，几个中队2000余人相继毕业，分配到部队任职，同时陆续招收并从部队选调了几千名学员，扩大为5个大队，从而成为规模较大、在四川较有名望的军事学校了。这时，因第十八军已由西南军区直接领导和指挥，便在4月初将随校改称为西南军区军政大学第八分校（简称“八分校”），因陈子植校长调任第五十二师任职，校长由邢天仁（黄作军）担任，林亮仍为政委，周子平继任教育长，苗九锐为政治部主任。全校共3000多人，校址仍在乐山。

（冀文正提供）

3月5日开始，各大队向西行进，参加修建甘孜机场的任务。全校在修机场中，共出工40多万个，涌现出功臣、模范400多名。

机场建成后，三大队（卫校）返回大邑县安仁镇继续学习。1950年12月1日，全校隆重召开毕业典礼和庆功大会，气氛热烈。会后大部分学员奔赴师团工作。

1951年6月，第八分校在四川大邑县安仁镇改建为中国人民解放军第十一步兵学校。1952年6月，第十一步兵学校按照全军精简整编的精神和要求，改建为第十八军教导团，周子平任团长。1953年，为了更好地轮训进军西藏的干部，又将教导团改建为西藏军区干部学校。1957年，该校更名为成都军区干部学校，田宝瑚任校长，宋乃岳任政委，校址迁到崇庆县（现为崇州市）王场工地。1958年3月，该校奉命撤销。自此，这所历时12年、八易其名的军事学校，完成了光荣的历史使命。

从随校创建到第十一步兵学校，历时6年多，培养、训练了合格的军政人才1万多人，加上之后培训的不下5万人，对解放中原与江南、进军大西南、解放西藏，都起到了重要作用，做出了不可磨灭的贡献。

在随校近两年的学习、改造和锻炼中，我受益匪浅，最大的收获是怎样做人、怎样做一个好人。

桃李遍天下

1946年底至1950年2月三年多时间，随校几易其名，培养了数万名合格的军政人才，他们在进藏建藏、守卫国防的各个岗位上做出了贡献，有的成了各行各业的骨干、尖子。我们牢记师长们的教导，兢兢业业地为党为国奋斗，去拼搏，并永远缅怀他们的功劳。

他们为国为军立下了汗马功劳，其英名永载史册。现将各个时期大队以上领导干部及相关背景、材料介绍如下。

由于革命战争形势的迅速发展，急需培养大批干部，1946年年底便成立了豫皖苏军区军政干部培训大队，孙靖宇为大队长，张魁任政委。1947年冬，培训大队扩建为军区军政干部学校，吴芝圃兼任校长、政委，调军区独立旅副旅长陈子植任副校长，孙靖宇改任教育长，张魁改任政治部主任，乔瑞为副教育长。全校设四个中队，一中队队长史煌，政委王静之；二中队政委代毅新；三中队队长刘存美；四中队队长刘鲁民，副队长王希平。

1948年5月，豫皖苏边区党委上升为中央分局，军区同时升格，粟裕兼任司令员，宋任穷兼政委，张国华、毕占云为副司令，吴芝圃为副政委。接着，对军政干部学校的领导层也做了调整和加强：张国华兼任校长，陈子植仍为副校长，吴芝圃兼政委，调第五军分区副政委任校副政委。同年10月12日，任命周子平为一大队队长，王静之为政委，刘鲁民为二大队队长，代毅新为政委，史煌为三大队队长，申建生为政委，张自珍为组织科长，张玉山为宣传科副科长，张坤太为供给科长，韩萍为卫生科长，彭聚福为管理科副科长。

为了适应解放战争的发展和需要，中国人民解放军于1949年年初进行了整编，2月18日，以豫皖苏军区为基础，于河南省鹿邑县吴台庙组建了第十八军，属第二野战军第五兵团领导，张国华任军长，谭冠三任政委，王幼平为副政委，陈明义任参谋长，郭影秋任政治部主任。同时，将军政干部学校改为随校，陈子植任校长，华楠为政委，周子平任教育长，张魁为政治部主任。全校仍辖三个大队，大队干部主要有孙守芳、徐爱民、史煌、申建生、丁国文、阎桃源等。

随校自吸收建国学院的一大批学员后，又陆续吸收了中州学院和界首、阜阳等地的学生，全校共有2100多人，陈子植、华楠、周子平、张魁仍分别为校长、政委、教育长、政治部主任。全校共设6个科、3个大队，各大队均辖5个中队。各科、队的主要干部为：组织科长张自珍，宣传科长张玉山，军务科长邢亮，保卫科长霍建威，卫生科长韩萍，供给科长彭福聚。一大队队长孙守芳，政委徐爱民，一至五中队队长分别是蒋富、凌云、李书本、薛明银、盛学义，政治指导员分别是宋黎福、李传礼、杨孝斌、李从仁、王政廷。二大队队长邢亮（代）、工（副）、政委申健生、李希圣（副）。六至十中队队长分别是吴明、冯子仁、刘立道、邵殿卿、徐熙，政治指导员分别是姚亚光、秦仕先、赵义元、赵瑞亭、徐蓉。三大队队长分别是史煌、梁克诚（副），政委阎桃源。十一至十五中队队长分别是张克林、孙盛玉、冯学仁、王积和、朱学增，政治指导员分别是周振鲁、高平、杨秀璋、张西挺、刘木舟。

1950年1月底，随校全体学员到达四川乐山，当时四川已解放，第十八军正准备进军西藏，上级决定随校学员全部毕业，分配到第十八军所属各师团及军直机关工作。2月27日举行毕业典礼大会后，便都愉快地走上进军西藏的工作岗位。

我是随校培养出来的，几经师长首长们的教诲才读懂了人生，决心一生为党和人民的事业而不遗余力地工作。

西征篇

从南下到西征

XI ZHENG PIAN

为了完成统一祖国的伟大事业，加强民族团结，建设新西藏，清除帝国主义的侵略势力和影响，党中央、毛主席于1950年1月指示第二野战军和西南局，立即准备进军西藏。随后，党中央和毛主席批示，同意西南军区刘伯承司令员和邓小平政委拟定的由第十八军担任进藏任务的报告。

伟大的进军

1949年年底，祖国大陆只有西藏尚未解放。此时，西藏地方政府中一小部分分裂分子同帝国主义势力勾结，密谋策划“西藏独立”。毛主席指出，印度、美国都在打西藏的主意，解放西藏是下决心的时候了，“进军西藏宜早不宜迟”。党中央、毛主席于1950年1月指示第二野战军和西南局，立即准备进军西藏。随后，党中央和毛主席批示，同意西南军区刘伯承司令员和邓小平政委拟定的由第十八军担任进藏任务的报告。第十八军是开辟和巩固扩大豫皖苏解放区的主力，有丰富的开辟新区的斗争经验，这样的军队接受进军西藏这一光荣而艰巨的任务是当之无愧的。

3月7日，第十八军在乐山举行了进军大西南庆功暨进军西藏誓师大会。我作为军级二等人民功臣荣幸地参加了大会。军长张国华和政委谭冠三在会上传达了党中央、毛主席和刘、邓首长关于进军西藏的命令和指示，号召全军指战员坚决执行命令，发扬我军的光荣传统和革命英雄主义精神，为解放西藏、建设西藏、巩固国防再立大功。

军首长讲话后，宣誓开始，全军指战员高举手中钢枪，高呼：“我们是人民战士，是坚强的国防哨兵，光荣地受领了解放西藏、建设西藏，把帝国主义侵略势力驱逐出西藏，保卫祖国边防，保卫世界持久和平的伟大任务。我们有决心、有勇气、有把握，为保证任务圆满实现而奋斗。”接着全体指战员通过了大会给毛主席、朱总司令的决心书：“第一，坚定顽强，勇于克服困难，不怕苦、不怕累，坚决为完成解放西藏、巩固国防的光荣任务献出一切，消除一切贪图享受、怕走路、怕艰苦、恋家思乡等错误思想；第二，遵照你们的教导，一定严格遵守“三大纪律八项注意”，积极学习并认真执行少数民族政策，真正做到秋毫无犯，尊重藏族同胞习惯民俗，和藏族同胞亲密团结，建设新西藏；第三，学习军事，学会山地作战，英勇战斗，坚决消灭敢于反抗的反动武装，粉碎美、英帝国主义及其西藏反动派的一切反动阴谋；第四，开展人、马健康运动，发扬阶级友爱，加强团结互助，上下一心，官兵一致，共同努力完成艰巨任务；第五，爱护武器及一切物资装备，节约人力、物力、财力，减轻人民负担。”庄严的誓词和决心书，字字千斤，深深地印在每个人的心坎上。

随后，在一片欢呼和歌声中，川南党、政、军、民、学的代表把大批的礼物、锦旗、慰问品堆满了主席台，他们相继讲话，坚决支持第十八军进军西藏，做大军的坚强后盾，并鼓励全军将士将鲜艳的五星红旗插到喜马拉雅山上。

会后，各师团都先后举行了西进的誓师大会。第五十二师作为全军的先遣师乘车至雅安，徒步向甘孜挺进，准备进行昌都战役；第五十三师和第五十四师抢修雅安至甘孜段的康藏公路。进军西藏的号角吹响了，进军西藏的序幕已拉开。

川西剿匪

天府之国川西大坝闻名遐迩，但从成都越往西走，天空变得越来越小，峰峦叠嶂，森林密布，天险连绵。

成都战役后，溃散的国民党残兵败将与川西的惯匪勾结，敌人利用有利地形，不时对解放军进行伏击和袭扰，截击运输车辆、枪杀我西进人员。致使成都至雅安段的公路运输中断，给部队造成不少损失。川西匪特成了解放军西进的最大障碍和绊脚石。消除拦路虎成了部队西进的头等大事。第二野战军命令第十八军主力在成都至雅安公路两侧剿匪，一面进军，一面打通该地区的运输线。为了保障进军西藏的运输畅通，从1950年2月开始，全军3个师的主力部队近10万人在成雅公路两侧及眉山地区开展剿匪，肃清匪患，为西进打开一条通道。军党委命令第五十二师从乐山前往洪雅、丹棱，第五十四师由眉山进驻邛崃、名山，我们第五十三师从夹江开赴雅安、名山、天全地区进剿国民党残余匪部。从2月底至9月底基本肃清了该地区匪患，歼匪9.8万余人，收缴了大批军用物资。

川西剿匪谈何容易！第十八军原是豫皖苏独立旅。自1949年2月18日整编为第十八军后，成了第二野战军的一支重要力量。这支光荣的英雄军队在淮海战役、渡江战役、进军大西南和成都战役中都担负了主力角色，出色完成了任务，多次受到上级的嘉奖。如今环境不同了，高山峻岭、地形复杂、地势险要，要在深山老林中和敌人周旋，残匪时而化整为零，加之我军后勤供应不上，通信手段落后，水土不服，病员增多，更加剧了困难，延缓了进剿时间，贻误战机是常事。在这场与残匪的残酷搏斗中，有“无数英雄竞折腰”，仅我们第五十三师就有63名战士为国捐躯。

川西青山埋忠骨

川西邛崃、名山一带，风光秀丽，物产丰饶，是通往西康省的必经之道，匪特长期盘踞这里，蹂躏人民，拦劫过往藏商，祸国殃民。1949年初冬，成都战役结束后，溃散的胡宗南、宋希濂及王陵基残部同当地的土匪武装勾结，在川西建立根据地，妄图长期同解放军周旋，伺机反攻，以图恢复他们失去的地盘。第十八军接受进军西藏任务后，川西一带的反动武装更加嚣张、疯狂，他们破坏交通运输线，枪杀我军人员，制造谣言，蛊惑人心，挑拨离间，扰乱社会治安，群众惶恐不安。匪特的破坏活动成了第十八军西进的头号绊脚石、拦路虎，肃清祸国殃民的匪特成了当前的首要任务。

为了扫清进军道路，扳倒障碍，保障西进干线的畅通无阻，建立和巩固人民政权，巩固坚强的后方，第十八军勇敢地担负了川西的剿匪任务。在过去，剿匪并消灭反动武装对开辟和巩固过豫皖苏解放区的第十八军来说是拿手好戏，往往以少胜多。可这里不是豫皖苏大平原，而是山峦起伏的丘陵，不少地区沟壑纵横，山峰叠嶂，森林密布。加之这里刚解放，群众对解放军尚缺乏正确认识。一方面，自然环境带来了许多困难；另一方面，匪特们凭借熟悉的有利地形时而化整为零，时而集中兵力向我解放军偷袭。尽管我们面前遇到不少困难，但我解放军是正义之师，是毛主席培育的人民军队，有铁的纪律，秋毫无犯的模范行动赢得了人民的爱戴和支持。最后，我们通过采取军事打击、政治争取和瓦解敌军的灵活战术，忍受了自然环境所造成的诸多艰难，在深受其害的广大人民通力配合下，不到一个月的时间，彻底消灭了川西一带的反动武装。之后，建立的各级人民政权大力支援我们西进，巩固的后方成了我解放军胜利西进的重要保证和坚强后盾。

回忆这段残酷的剿匪经历，那一幕幕壮丽又悲壮的画面自然闪现在我的眼前。在战火纷飞中，多少个曾经同自己一样年轻的战友，献出了自己的宝贵生命。他们是真正的英雄、功臣，人民将世代铭记他们、怀念他们。我们是幸存者，有义务完成他们的未尽事业。在这次剿匪中我部失去了三位战友：六〇炮班蔡班长是闻名全军的神炮手，淮海战役时他发射的43枚炮弹有41枚落入敌群，衡阳战役他弹无虚发，21枚炮弹全部在敌群中开了花，对结束战斗起了重大作用；炊事班唐班长不是牺牲在历次战役的白刃战中，而是被匪徒罪恶的冷枪夺去了年轻生命；卫生班李晏生不幸被俘，敌人不仅施用各种肉刑，还用美女诱惑他，但他宁死不屈，最后被活活打死。

1951年3月10日，星期六。本来少有晴天，这天却晴空万里。在名山城南山上的烈士公墓举行追悼暨第五十三师西进誓师大会。公墓里安睡着63名英烈忠骨。第二野战军刘、邓首长和军首长们都写有挽联。谭冠三政委在大会上号召全军将士：要高举革命大旗，踏着先烈的血迹，把革命进行到底，完成解放西藏、建设西藏、巩固国防的大业，让鲜艳的五星红旗永远飘扬在喜马拉雅山上！

进藏前的动员

第十八军经过几千里的长途跋涉，配合兄弟部队完成了解放大西南的任务。前不久刚宣布安家在物产富饶、风光秀丽的川南地区，现在却来了个180度的急转弯，进军遥远的、陌生的、神秘的西藏。部队的思想产生了波动，恋家思乡，贪图享受，不愿再过艰苦生活的想法增多，甚至还有开小差的。根据第二野战军和西南军区刘、邓首长签发的《解放西藏进军政治动员令》中“深刻认识解放西藏的伟大政治意义，勇敢地担负起这个光荣的任务。同时也要认识到进军西藏将要遇到许多的困难，从思想上、组织上、工作上做好充分准备”的指示精神，全军上下掀起了扎扎实实的进军西藏的动员活动，人人谈进军，个个讲进军，进军

“把五星红旗插在喜马拉雅山上！”1950年3月7日全军进军西藏誓师大会全军高呼。（佚名）

物资准备。（佚名）

西藏成了每个干部战士的热门话题，谈思想、讲感想、表决心，把“进军西藏人人口服心服、不背包袱”作为思想政治工作的一个主要标准。

各级党委十分重视进藏动员工作，发挥我军特有的思想政治工作的优势。军党委印发了宣传学习材料，在军报上刊登了许多先进人物的事迹和决心，培训营职教员，把工作一做到底。军文工团下到基层演出《赤叶河》《白毛女》和《钢骨铁筋》等话剧进行阶级和革命英雄主义的教育，对部队鼓舞很大。各级领导一级抓一级，军包师、师包团、团包营、营包连、连包排。二营教导员连有祥负责我们六连，他和战士们一道睡大铺，吃在一块，打滚在一起，把思想工作做到战士的心坎上。他把诉苦运动作为阶级教育的主要内容，通过诉苦教育大大提高了干部战士的阶级觉悟和爱国主义热情。我连是全团最早掀起动员热潮的连队之一。连里的班排和个人都争先挑战和应战，墙报上的好人好事层出不穷，谈心活动向深层发展。在动员进藏的活动中，党团员起了模范带头作用。连队里入党申请书像雪花一样飞向党支部，封封家书劝告亲人不要思念……“进军西藏，边疆为家”成了每个指战员的信念和行动准则。

践行首长教诲，坚定进军西藏
——陈子植在第十八军随营学校进军西藏动员大会上的讲话

“同志们！今天要动员去西藏了！西藏是个落后的地方，是个比较艰苦的地方。我们今天要愉快地接受这个最艰苦、最艰巨但又最光荣的任务。

“西藏问题不仅仅是中国问题，也是国际问题。几十年来，英国一直经营着西藏，侵略着西藏。英国官方说‘宁丢香港，不丢西藏’，说明了西藏的重要性。美国也相当重视西藏，多方插手。因此，西藏关系着今后革命力量的发展。西藏和印度接壤，假如西藏革命力量发展了，那么对促进印度革命力量的发展会起到催化作用。所以，今天进军西藏的意义特别大。如果印度革命成功了，那么世界将会有8亿多人口获得自由和解放。所以，进军西藏有着深远的国际意义。

“再从中国本身来说，从唐朝到现在，不下十次进西藏，但始终没有解决西藏问题。西藏问题要靠我们去解决。这个前所未有的光荣任务交给我们这一代，更具体地说，是交给了我们第十八军，那是我们第十八军的光荣，我们每个人也领受了这种光荣！

“西藏是伟大的中华人民共和国领土的一部分，是大西南还未解放的一大块地方。我们要承担起解放全中国大陆最后一块土地的重任。新华社元旦献词说得明白：‘解放台湾、海南岛和西藏是1950年的第一个重大任务。’

“进军西藏是一个最艰巨，同时也是一个最光荣的任务。同志们由在川南安家而突然转为进军西藏，这个大弯子是个陡弯子，要转得好，而你们转得令人高兴。什么是考验，这就是一个大考验，实际的考验，最大的实际考验。同志们，我们要大胆地担当起这个艰巨的任务。我们要走像从郑州到杭州一样远的路，还要翻大山、蹚冰河、过草地，要适应最冷的气候，要到海拔最高的地方，要过无人区，要露营冰天雪地，以地为铺、以天为盖……总之，困难是很多的，但是，我们有办法克服。过去的二万五千里的长征是被迫的，是不得已的，而我们今天的进军西藏完全相反。今天，全国人民一齐来支援，我们是有充分准备的，因此，困难必然会被战胜。

“另外，我们介绍一下西藏内部的情况。西藏有常备兵6000多人，总动员也不会超过2万人，因此，进军西藏是个政治问题。西藏是一个以藏族为主的少数民族地区，他们有自己的语言、文字、信仰和风俗习惯。上级准备在我校抽调一批有文化、有政治素养的学生，成立一个藏训队，突击速成学习藏语和藏文。

“我们到西藏去，主要任务是驻防军，三年一换。昌都是进入西藏的门户，是藏军前方的指挥所，昌都一战若打得好，获全胜，进军西藏就容易多了，困难就会减少许多。总之，哪里有敌人，我们就到哪里去！敌人不能去的地方，我们也要去，凡是有生物的地方我们都要去，解放全部领土！

“最后，希望同志们要坚决地、愉快地、主动地、积极地进军西藏，完成这个艰巨伟大而又光荣的进军任务，同时，为人民再立新功！”

首长的教诲我牢记在心，也践行了一生。

成立的藏训队有500多人，历经2个多月的速成学习，都可以独立工作了，不少人成了藏学专家，如在波密的李朝群翻译出版了3本格萨尔故事。我这样笨拙的人也翻译出版了4本藏文作品。

校长多次讲话对我们很有教育意义。我参军入校时才十几岁，是个什么都不懂的毛孩子，两年多的军旅生活确定了我的人生观、世界观和价值观。人的成长离不开老师及师长们的教导指引。解放军是一所大学校、一个炼钢炉！

（1950年2月2日，于四川乐山中山城广场）

张国华在第十八军进军西藏誓师大会上的讲话

同志们：

“许多同志都讲了话，我补充几句。人民解放战争自去年渡江后，在全国人民大力的支援、党的正确领导下胜利了，以及大家的英勇善战，江南的残匪全部被消灭了，大陆的战争基本取得了胜利。目前仅剩下了西藏，还有台湾和海南岛未解放。不久的将来，敌人一定会被我们全部消灭的，祖国的领土一定要全部解放的。在目前的胜利形势下，我军又接受了继续进军西藏、消灭敌军和将帝国主义势力驱逐出西藏的任务，这个任务是光荣的、伟大的，而又是艰巨的。西藏的人民正在受着英、美帝国主义和西藏反动当局的奴役，西藏人民过着非人的生活。西藏人民和我们是一家人，全世界的劳动人民是一家人。西藏人民是我们的兄弟，我们要去解放他们，帮助他们翻身。西藏在中国的大西南，在边疆，是中国、亚洲的大门，门守不好，豺狼会闯进花园里来的。西藏人民是欢迎我们去帮助他们、解放他们的，我们不但要完成中国的革命，还要援助弱小民族的解放运动，支持世界的革命运动。我们要明确，1950年的任务是到西藏去，到祖国边疆去，解放祖国领土和支援印度的解放运动。完成这个任务有很多困难，西藏的困难有不少是我们难以想象的，有些是明摆着的，如路程远、气候坏，衣食住行供应不上，生活习惯过不惯……大家要准备克服困难、战胜困难，排除万难完成任务。困难是有的，但是，我们是能够克服的，我们有党的正确领导、刘邓首长的英明指挥、全国人民的热烈支援、兄弟部队的大力协助，再加上我们的主观努力，一定能克服困难和完成任务。人民军队有优良的光荣传统，在战士面前没有克服不了的困难！但是，个别战士对困难认识不足，产生恐惧心理，向困难低头，缴了械，这是思想错觉，是绝对要不得的。要反对享乐止步思想，发扬忘我的战胜困难的精神，将革命进行到底！要把我们的决心告诉党中央和全国人民。我们有勇气完成进藏任务，有信心进军西藏，把落后的西藏变成先进的、美丽的西藏。团结西藏人民，严格执行少数民族政策是我们的首要任务。我们要和西藏人民一道巩固国防。最后，我们要愉快地进军西藏，完成这个史无前例的任务。要放下个人利益，保证完成任务；要努力学习，增加对西藏的认识；要做好战斗准备，将反动军歼灭——全部地、干净地、彻底地消灭。同时，要做好敌工工作，站稳立场。同志们！西藏再见！”

在热烈的誓师大会上，张军长的讲话赢得了长时间的掌声和欢呼声，我们决心坚决贯彻执行，到西藏去，解放全中国。军长讲话后，8位代表也表了态，坚决支援第十八军，共同完成祖国统一的大业。川南行署王厅长首先发言，他说：“你们进军前在这里做准备，我们没有很好地支援，这是很抱歉的，我代表全乐山人民向英雄们道歉！在对国民党军的自卫战争期间，全体同志为人民立下了功劳，对人民有很大的贡献，配合兄弟部队解放了大半个中国，歼灭了许多敌人，建立了政权，使党的政策和人民见了面，我们感谢你们。我们要以最大的努力支援你们，为了你们的进军顺利，我们要发动全川南人民发展生产来支援你们，你

张国华军长在西藏军区成立大会上讲话。（佚名）

们要啥，我们给啥。祝同志们胜利进军西藏、解放西藏，把五星红旗插到喜马拉雅山上！让英美帝国主义者发抖吧！”

工人代表讲话：“由于你们的英勇善战，我们才得到了自由和解放。我们相信你们一定能够解放西藏，消灭反动势力。我们要努力生产，团结工友、职员，提高生产技术，增加生产来支援你们。祝你们把幸福自由的滋味带到西藏去，让西藏人民也自由，也幸福。”

农民代表说：“第十八军解放了四川，解放了我们穷人。毛主席和朱总司令是我们的大救星。解放西藏是光荣的，祝你们努力向前，好好地完成任务。我们要加油生产，多打粮食支援你们。”

学生代表说：“由于党中央的正确领导和你们的英勇善战，完成了中国大陆解放的基本胜利，解放了全国人民。我们欢迎你们！愿你们早日完成中国领土完整的重任，把我们可爱的五星红旗插到喜马拉雅山上。祝你们团结藏族人民，顺利进军西藏，解放西藏。”

商界代表发言：“如果没有你们，我们就不会得到解放。今天是划时代的日子，党中央和人民军队时时刻刻在为人民着想，你们解放了大西南、解放了四川。毛主席为了中国领土的完整，要解放全中国，将革命进行到底，因此，命令第十八军进军西藏，你们——英雄的第十八军，是善战的勇士，一定能够完成任务的，我们要大力支援你们，把后方建设好，巩固好。”

妇女界代表说：“我们在后方一定要加紧生产，支援你们，你们要啥，我们出啥，要人出人，要钱出钱！请你们尽快解放受苦受难的藏族同胞。”

第五十二师代表杨军（第一五四团政委）讲话：“我们兴奋地接受西进任务，保证圆满完成任务。我军在大西南进军中有许多同志立了功，不少班、排、连获得了模范。我们不能以此为满足，而要加倍努力，将进军大西南的精神贯彻到连队中，要跟大家一起做到思想互助，坚决响应军首长的号召，完成西进任务！”

第五十三师何祖荫（师保卫科科长）表态：“今天，我代表第五十三师全体同志在此表示决心。自部队动员西进后，我们纷纷制订计划，做了保证，互相挑战、应战。我们还要深入地教育，使人人愉快地进军。要搞好群众纪律，做执行和遵守纪律的模范，保证人、马健康。我们有坚强的革命意志，坚决克服困难。不因获得点滴的成绩而骄傲。要深入地、更细心地检查进军思想，明确困难，做好革命工作。坚决消灭残匪，安定社会治安。在上级的正确领导下，有全国人民的支援，我们有信心完成西进任务。”

第五十四师代表说：“毛主席和朱总司令交给我们一个艰巨任务——进军西藏。我们保证完成这个既艰巨又光荣的任务，做到官兵一致，上下一致，做到人、马健康，顺利到达西藏。同志们！西藏再见吧！”

在热烈的掌声中，在雄壮的军歌声中，各地党、政、军、民及学校代表将礼品、鲜花、锦旗、慰问袋等送上主席台，长长的桌上摆满了礼品。接着各界代表讲话，他们的讲话像暴风雨般的欢呼声：“你们打到哪里，我们支援你们到哪里！”“把幸福带给西藏人民！”这时，千万名钢铁战士一起震天动地地大喊：“我们坚决进军西藏，巩固国防，把帝国主义侵略势力驱逐出国境，以实际行动报答毛主席和全国人民对我们的关怀！”

第十八军誓师大会后，各大队、中队分别召开了各种类型的会议，深入讨论，夯实进军思想，巩固原有成果，使思想动员掀起了一浪高过一浪的高潮，为胜利圆满地完成进军西藏、解放西藏和建设新西藏打下了牢固的思想基础。

接着，便展开以小会为主、班务会为辅的议论，大家畅所欲言，不批评，不反驳，各抒己见。不少人以自家亲属及看到的受苦人的悲惨遭遇来控诉旧社会，从而认识到天底下的穷人一样苦，通过我们南下路过遵义时亲眼看见的冻死女孩，以及征粮过程中多数穷人缺衣少穿的痛苦生活情景，再对照西藏眼下的野蛮社会制度，更激起了大家的革命热情，以将革命进行到底的决心，解放西藏，完成祖国的统一大业。

1950年2月27日随校举行了毕业典礼后，学员都走上工作岗位。二大队各中队抽调百余人组成了藏训队，速成学习藏语藏文，成为新的八分校的九队，赵瑞亭继续任指导员，领导我们，指导员常以每人的学习态度、成果作为衡量进藏要求的标准。因此，全队人员都很认真地听课、讨论、实践，学用结合，边学边说，不怕说错、不怕脸红，由于态度端正，学习积极性高，效果超过计划和想象。小学六年的功课，我们两个多月就速成完成学习，如30个藏文字母是一周的课程，我们只学了一天；拼音是一个月的课程，我们三天就学会了。老师是张军长聘请的峨眉山上的隆果法师，他教学严谨，教法得当，为人和善，深得好评。他认真审查了藏训队编印的上下两册《藏汉辞典》，并为其题词，此外还有第

乐山人民热烈欢送子弟兵进藏。　　（佚名）

五十三师藏训队编印，李朝群主编的一本《藏汉辞典》，共计3本。后来，我背着它们进藏、4次翻越喜马拉雅山，宁可扔掉大衣，也舍不得扔掉它们，并保存至今。这几本书对我翻译百余万字的4本珞渝文化丛书（包括汉文和藏文各百万字）起到了指导作用。如今，它们成了“文物”。

藏训队结业时，尊敬的师长再三面对面教导我：“经过一年半的学习、锻炼，你有所提高，从一个不懂事的小孩子成了一名军人，这是冶炼出来的，是不容易的，是可喜的。但是，这只是初步的，距真正的‘军人’还有不小差距。永远不能满足，更不能自骄。你聪明灵巧，有培养前途，这是外因，党会重视的，更重要的是自己的努力，在任何环境条件下都要以‘军人’的标准来要求、衡量自己，要牢记‘全心全意为人民服务’的宗旨，不计较个人得失，要在艰苦条件下成长。你们即将毕业，到部队要服从分配，叫干啥就干啥，叫到哪就到哪，即使边远的地方也要去，并且要扎根，做好工作，让上级满意。你在南京被评为‘遵纪模范’，还入了团，又被评为进军大西南二等功臣，多不容易，但应该更加严格要求自己，今后的工作应该做得更好，争取更大的光荣。”

我多次对首长表态，多次感谢首长及赵指导员对我的教诲，我一定牢记领导们的教导，在今后的工作中全身心地为人民办事，不计较个人的得失，一心扑在工作上，力争做出一流的业绩，立功、入党！

师长握住我的手说：“相信你的承诺，定会出成果的！你是一个有出息的人。”和赵政指导员在一起的一年多来，他对我信任，并寄托很大希望。我下决心做个合格的军人，在西藏这场大革命中冶炼成一名真正的军人、党员。

（1950年3月7日，于四川乐山）

进军西藏誓词

1950年3月4—7日，第十八军在四川乐山嘉州中学广场举行“中国人民解放军第十八军进军大西南庆功暨进军西藏誓师大会”。会上通过了《进军西藏誓词》，全文如下：

军宣传部长夏川同志带领大家宣誓。　（佚名）

“我们是人民战士，是坚强的国防哨兵，光荣地受领了解放西藏、建设西藏、把帝国主义势力驱逐出西藏、保卫祖国边防、保卫世界持久和平的伟大任务。我们有决心、有勇气、有把握，保证为其圆满实现而奋斗。愿向党和人民宣誓：第一，坚定顽强，奋勇前进，战胜困难，完成任务，谁敢阻挠我们前进，就坚决、干净、彻底、完全把它消灭；第二，严守三大纪律八项注意，认真执行少数民族政策，真正做到纪律严明、秋毫无犯，与藏族同胞亲密团结起来，共同建设西藏；第三，做好人、马健康，加强团结互助，上下一心，官

第十八军举行进军西藏誓师大会。　（佚名）

兵一致，环境越艰苦，我们越团结，不叫苦、不埋怨，大家想办法，战胜一切困难；第四，爱护装备，爱护粮食，不丢失、不浪费，力求节约，减轻人民负担。以上誓言坚决实现，如有违背，愿受纪律制裁。”

人手一册的“誓词”成了每个干部和战士一切言行的准则，处处、事事、时时、字字进行对照，成了大家的精神支柱、坐标。“誓词”为胜利完成进军任务起到了重要的保证作用。

修建甘孜机场前的总动员

1950年3月14日，第一五八团党委召开上千人参加的总动员大会，团首长们都出席了。八号首长（团政治处副主任孙德泉）说，全团功模都来了，庆功会的标语口号仍保留着，大家学习，大家践行。我一条条念给大家听听，加深印象，牢记心中。这些标语是：

“朱总司令说，功臣模范要起桥梁、骨干、带头三种作用。”

“不骄傲，要虚心，向群众学习，保持荣誉，争取进军中功上加功。”

“明确认识，澄清思想，带领群众，完成任务。”

“要想带领群众，只有首先反对进军的不良思想，坚定胜利信念，保证胜利完成进军和修建任务。”

“在现有基础上发挥革命军人的优秀品质，胜利完成进军和修建任务。”

“功臣要首先响应党委号召，发扬吃大苦、艰苦顽强、革命新英雄主义的精神，发动群众，造成运动。”

“功臣要明确认识，光荣是在艰苦中产生的，功臣要在艰苦中硬起腰杆，精神愉快饱满，保持部队饱满情绪。”

“带领群众，大力开展立功创模运动，加强爱国主义与国际主义思想，勇敢地胜利地挺进祖国边疆，保卫国防，保卫东南亚，保卫世界持久和平。”

“功臣是连队中的柱石、骨干，是人民的宝贵财富。”

念完标语口号后，首长说，这些铁的语言，既是决心，也是行动。不仅功臣模范同志们要兑现，而且每个党员、团员、军人都要践行，可以说，是全军的行动准则，大家学习，大家落实。坚信在即将完成甘孜机场修建任务中会出现更多功臣模范。

13日，团四号首长（团副政委）洪凯讲：“人的思想是会随着形势、任务、环境的变化而波动、变化的。‘进军西藏’的这个活思想将长期存在，要抓紧抓好，排除疑虑，解决现实问题，思想工作和解决问题双管齐下，不能单打一。我们的战士很可爱，有点思想波动很正常，多接触、勤面谈、交透心，什么问题都可以解决。提倡官兵一致，互敬互尊，亲密得像兄弟一样，无戒心、没忌讳，才会共同奋斗，完成任务。今天，我只讲几点要求。第一，坚决贯彻团党代表大会精神，加强部队思想领导，正确引导，事物要讲正反两面，进藏的有利条件和困难条件都要讲足，认识清楚了，才会想方设法克服困难，战胜困难，完成任务。进藏苦，要始终坚持反对怕苦思想，提高阶级觉悟，提高部队素质是各级党组织的主要工作之一。第二，加强物资保管，物资是保命的，要防止由于怕苦和嫌东西多而造成浪费和丢失，教育部队‘人马健康’，物质是基础。第三，加强爱国思想教育和国际主义教育，站在高原，想到世界，视野广阔，修机场就是支持世界革命，个人同整体结合起来了。第四，加强行政管理，防止逃亡事件发生。第五，密切官兵关系，增强爱兵观念，改善生活，提高体质，克服军阀管理和作风。第五，对部队加强政策教育，人人明确‘政治重于军事’的重大意义，积极参与西藏的各项建设工作。顺便说一句，师电令，我们第五十三师拟于本月15日开始分批向康藏高原上的甘孜挺进。”

大军行动前，洪凯再次号召全团官兵积极行动起来，愉快地向甘孜机场工地前进！

14日，在川西天全县的团部大球场的动员大会上，团四号首长洪凯再次发表讲话。

“同志们：

“我们马上就要告别川西，迎接新任务，奔赴甘孜机场了，那里就是真正的高原了，在世界屋脊上建机场是头一回，光荣属于第十八军，属于我们！我们带着光荣进藏，光荣加光荣，更加光荣！请保持荣誉，争取更大的光荣！

“在今天的这个总动员大会上，我代表团党委，向全团指战员提出五条希望，盼能落实，向党、向人民交出一份合格的答卷。

“第一，进一步巩固进军中吃大苦的思想准备，发扬耐大劳的作风，克服一切困难，纠正糊涂思想，反对怕苦思想。

“第二，加强公物观念，必须爱护国家财产，杜绝浪费现象。今年的进军是‘政治重于军事’‘补给重于战斗’。现在克服了小困难，利于克服将来的大困难；但如果现在怕困难，将来定会增加困难。

“第三，发扬阶级友爱精神，实行三大互助，团结就是力量。做好行政管理，加强爱兵观念，服从上级领导；加强尊干观念，官兵一致。

“第四，严格政策纪律，严格群纪检查，加强拥政爱民，加强政策学习，执行政策规定，密切军民关系。

“第五，做好防特保密工作，认清敌人的阴谋，分清敌友，提高革命警惕，戳穿敌人谣言，防止事故发生。”

动员大会上，天全县各界代表都讲了话，并表示大力支持我解放军西进，从人力物力方面支援第十八军进藏。在一片欢腾的气氛中，我们决心愉快进藏，完成修建任务，以建设新西藏的实际行动回报四川人民和全国人民的关怀和支援。

向士兵学习
——赴连队工作

组织我们学习藏语是军长下的指示，教员隆果法师是军长张国华亲自从峨眉山请下山的。成立藏训队是个战略布局，对建设新西藏意义深远，它是西藏工作能否顺利开展的必要保证。

藏训队毕业在即，校领导不时亲临指导，讲意义、提希望、赠留言。队领导赵瑞亭、邵殿卿等反复交代，苦口婆心，像长辈对出远门的晚辈那样嘱咐。一天午休时，指导员和我促膝谈心，他说了很多，大致有几点：一是说人生不容易，做个好人、合格的军人很难，但可以做到听党的话、努力学习、主动改造、坚定世界观，就可做一个人人喜欢、受夸奖的人；二是永远不能骄傲，永远要谦虚谨慎，向群众学习，取长补短；三是向士兵学习，他们虽然没文化，但本质好，一心想着打天下，命都不计较，你们要尊重、爱护和帮助他们，学习他们的长处，弥补自己，克服自身的弱点；四是遵纪守法，尊重领导，团结群众，共同前进。

1950年5月7日，队里举行毕业欢送会，许多领导都来了，跟我们互相交谈，笑声不断，亲如家人。会后聚餐，炊事班做了4个菜，以班为单位，大洗脸盆装得满满的，人人欢笑，饱餐了一顿。即将被分配到工作岗位，各奔前程，大家互相惜别，彼此鼓励。

5月8日，大家步行去各师报到。我们30多人去第五十三师，抵达驻地名山县后许多领导，如金师长、洪主任都来迎接，他们说："欢迎老师！"把我们称为"老师"。师部还把我们当成"贵客"接待，有关领导介绍情况时说，第一五七团住四川天全县，准备配合第五十二师进行昌都战役，只需5人前去，其余大部分留在急需文化教员的另外两个团。希望大家服从分配，愉快上任，搞好工作。师部还举行了欢送会，饭后观看了师文工队演出的"兵演兵"节目，很受教育。

5月10日，我们步行20公里抵达第一五八团驻地，同样受到欢迎。因为成批的文化干事分到部队任职还是首次，而且一次就有22人。12日这天相当繁忙，几位领导接见、讲话又介绍情况。当讲到分配原则和寄予的期望时，孙副主任强调："毛主席说没有文化的军队是没有希望的。我军现在的情况是，士兵基本是农民成分，识字的人很少，急需提高文化水平，识了字，可以提高政治水平、军事素质，对圆满完成进藏任务是个保障。你们22位的到来，对我团的工作是个促进，我们欢迎你们，相信你们能做好工作。这里强调一点，那就是要向士兵学习，他们是英雄，为革命立了大功，只可惜没有文化，你们给他们传播文化，他们很高兴。我相信你们会和群众打成一片，做好工作的。"大家听后，纷纷表示感谢首长的关怀，一定不辜负领导的期望，向士兵学习，互相尊重和信任，把连队的政治思想和文化教育做好，为胜利完成西进和修建任务打好根基。

5月12日，我和3名同志分到二营工作，我去六连任文化干事（为正排级，月薪5个银圆）。营长、营教导员和我们多次面谈，交代任务，很是关心和信任。穆教导员说："一次分到几名文化人是头一次，原来都是连队自己选定的，而你们却是经过专门培训的，还会说两种语言，十分稀缺，非常欢迎，相信我营的文体活动会有新的起色，预祝大家成功。"

营部政治干事说："我营近期的任务是修筑康藏公路名山至天全段，下一步是上二郎山，因此任务艰巨，你们各去一个连队，冀文正去六连，任文化干事。”临别时，营首长再次交代：“工作要大胆，不要怕碰钉子，不要事务主义，要和战士打成一片，倾听他们的意见，不自满、不骄傲。要向士兵学习，不要歧视他们，要尊重他们，学习他们的长处。”

营部派人把我送到六连，带了一封白条介绍信。连队同志非常重视我这个个子不高的“文化人”，安排我住在连部，并把睡铺整理得整整齐齐，他们面带微笑，对我嘘寒问暖，“是哪里人？”“从哪儿来？”“为啥小小年纪出来当兵？”……由此可以看出，他们渴望学文化，对我有一种期盼。我一定要尽全力，不负众望，端正思想态度，向老英雄们学习、向士兵学习、向老大哥们学习，尊重和信任他们，互相取长补短，搞活连队的文体活动，为完成西进任务效劳，争取在西进中立功、入党！

夯实进藏思想，完成修建任务

军党委再三强调：进藏任务、修建任务完成得好与坏，关键是看思想政治工作做得好与坏。因此，要层层狠抓，抓住不放，做深做透。当前，前线部队在同冰雪“作战”，忍饥挨饿，后方部队将康藏公路东段修至甘孜，即将通车。大部队即将开赴甘孜修建机场，各部队都趁机召开党代会、党员大会，进行总结表彰，夯实饱满的进藏热情，迎接新的战斗任务。

高寒地区建机场将要付出更多，思想有了充分准备，遇到困难、问题就好解决了。我们第一五八团党代会（扩大）刚刚落幕，二营趁热打铁也召开营党委扩大会议，所有班以上干部都参加了。此时，师、团首长不放过一切机会，进行深入动员，把修建任务同全国的总任务挂上钩，使大家的视野开阔了，感到重任压肩，拼老命也要把机场建好，把公路修到拉萨。我参加了各级会议5次，每次的认识都有提高。

3月2日，第一五八团二营第二届党员大会隆重开幕，由班长以上干部、党员、团员500多人参加，各级首长十多人参与会并讲了话，从不同角度讲了修建甘孜机场的重要性。营党委书记郭玉中讲了三个问题，我做了详细记录，其中在说到“情况与任务”时，指出修建甘孜机场是我营今年的中心任务。与会人员都很关心、很重视。我们连几个连干部指示我把它编成顺口溜念给战士们听。尽管我初中还没毕业，文化水平不高，不会写诗作词，但连队却把我作为“文化人”“知识分子”看待，这说明我们部队需要文化、需要知识，迫切渴望学习。我想：念不如说，说不如唱，既形式活泼，让大家喜欢，又要让人记住。会后我思考了一下，提笔将“任务”草拟成以下的小快板：

昌都战役结束后，打开进藏的第一关，歼灭藏军七千多，军政得到两双全。这个任务咱不谈，政治影响最当先，进军有了好保证，解放拉萨少困难。这个胜利不简单，帝国主义吓破胆，大惊小怪手足乱，拉萨当局向西窜。为了藏族同胞把身翻，我们任务还没完，解放西藏第一件，物资供应最当先。要想补给少困难，飞机运输最安全，要有飞机来运输，首先要把机场建。七月底前要完工，抢修任务不宜晚。修建任务最重要，进军胜利最关键。站在祖国最前线，粉碎敌人来侵犯，昌都战役一胜利，路途延长三千里。运输增加太困难，必须修好飞

热火朝天修机场。（佚名）

机场，保证进度如期完，仅仅这点还不算。藏族同胞福祉说不完，解放祖国大西藏，帮助藏族同胞把身翻，人民幸福万万年。西藏社会极落后，石头变成活神仙，封建剥削几千年，人民痛苦不堪言。帝国主义必赶出，封建势力要推翻，提高文化和生产，藏族同胞生活得改善。树立长期的思想，别想三年换一防，急躁思想要克服，早进早出事不成。克服一切拦路虎，坚决要把任务完，艰苦奋斗最光荣，牢牢谨记在心间。诸多要事说不完，再把国防谈一谈，新的中国大转变，帝国主义心不甘。发动朝鲜侵略战，企图要把世界占，祖国积极来号召，积极抗美又援朝。修好甘孜飞机场，实际支援打豺狼，侵略分子敢捣乱，坚决把它歼灭完。爱国爱岗卫国防，必须重兵守边疆，一旦国防有事件，飞机大炮运前方。西南边疆要巩固，国防意义大无边，谁敢发动新战争，一定叫它见阎王。天下工农是一家，帮助他们求解放，团结起来力量大，和平力量不可挡。自己动手来建设，吃苦耐劳学技术，尊重规定和藏俗，建设西藏信心足。藏汉本是一家人，互尊互学向前进，社会主义一起走，幸福美满道不尽。

我多次向连队念这个顺口溜，反映不错，营里还通知到其他连队去表演，我受到了启发，也明白了建设强大文化大军的必要性和重要性。

郭书记在讲话中最后强调："修建机场是进军胜利的重要保证，修建机场对藏族同胞是万年的福利事业；甘孜机场是国防建设的一个重要措施，修建机场对于维护东亚与世界和平起了保障作用；修建机场对我们部队有很大的帮助。"郭书记还详细讲解了完成任务的必要条件和要求，我们听后深受教育，认识到修建甘孜机场是头等大事，因为各级领导强调的都是要保质保量按时完成修建甘孜机场这个战略任务。大家的讨论十分认真热烈，有的还提出在自己的业务范围内如何落实意见和措施，使我很受启发和教育。

师首长吹响了进军修路的号角

1950年2月，部队认真学习"进军守则"，做好了进军前的一切准备。等待期间，部队参加了康藏公路东段的修建任务，主要是砸铺路用的石子，每人的指标五天砸1立方，人人都超额完成了任务。

6月24日，部队召开军人大会，动员接受任务。主要是接管和看守进藏物资，然后是配合工兵修路架桥，飞仙关桥是关键。

当天行程20公里，夜宿名山县城。晚上，师部派人送来《致全体指战员的信》。

同志们：

这次进军是边走边建设，做长期打算，在高山荒野修筑公路，就是解放西藏、建设西藏的开始，同时也是打通边疆与内地经济、物资、政治、文化交流的大动脉。你们的任务是在二郎山高峻险峰上修路，也就是修建登上康藏高原的楼梯，扫除自然界的障碍。在党和上级的领导下，只要你们主观努力，一切困难都

第十八军向西藏挺进！ （佚名）

可以克服，劳动可以改造世界，人工可以改造自然，使我们的后勤补给线畅通无阻。今天克服暂时的困难就是明天的胜利。公路修得好，进军困难少。我们相信这一任务你们会很顺利完成的，正因为如此，才把这项艰巨任务交给你们。为了顺利地完成这项任务，向你们提出几点要求：要重视这一任务，积极发扬艰苦奋斗的精神，继承以往的光荣传统，保持无产阶级战士的本色，用我们的双手挥舞起洋镐、铁锹，在高山上修出一条平展的大道。之后，当军民走在你们辛勤修筑的大道上，所有人员、车马走在轻松的大道和桥梁上，一定会想到你们辛勤的劳动，正如我们走过险路危桥时感激筑路的军人和工人一样，这比解放西藏还要重要。筑路中遇到困难，在党和上级领导下，要人人当诸葛亮，大家想办法，挺起腰来，任何困难都可克服。在修路中，继续开展人、马健康运动，团结兄弟部队，尤其是工兵部队。严格执行三大纪律八项注意，学习研究执行民族政策，团结少数民族同胞，不断总结经验，接受教训，使后梯部队在担负边走边建设时减少困难。全体党员们在修路中要起带头模范作用！功臣们，希望你们功上加功！全体指战员们，要紧张地动员起来，以艰辛换光荣，争取早日完成党和人民交给你们的光荣任务。

致，

革命的敬礼！

金绍山、于一星、苗丕一、洪流

1950年6月24日

晚上的班务会上，我们学习和讨论师首长指示，人人争先发言，讨论热烈，一致认为师首长特别关心上二郎山的我们，这是信任。大家决心再困难也要想办法完成任务，让领导放心。个个都表示要在完成艰巨任务的过程中入团、入党、立功。

师首长的指示是冲锋号，吹响了进军修路的号角。

修建甘孜机场，架好空中金桥

我们第一五八团大部队抵达甘孜后，利用了几天时间以适应高原气候，缓

研究方案　修好“金桥”。　　　　（佚名）

解疲劳，整理土窑洞，固定顶棚，防止垮塌，加厚铺垫。一切就绪后，4月1—2日，在全团排以上的干部会议上，团首长详细传达了修建甘孜机场的重要意义和组织领导及施工计划。团四号首长洪凯说，西藏距祖国内地几千公里，即便有了公路，汽车运一趟也得一周多时间，且塌方、泥石流难以预料，若再加上敌人的破坏，陆路交通难以保障。而空中运输不仅快而且安全，在军事上意义更重大。在西藏屋脊建机场，对国际影响会更大。因此，西南局经过实地考察后决定在甘孜修建机场，并组成了修建指挥部，以第五十三师师长金绍山和第五十四师师长张忠分任正、副指挥长。机场修建党委由两个师和西南军政大学八分校的7名领导组成，金绍山为书记，统一指挥修建施工。

3月中旬，修建机场的施工队伍陆续抵达工地，当时投入的施工大军有2万多人，其中有军直及两个师（第五十三师的第一五七团参加昌都战役，第一五八、第一五九团参加机场修建）、工兵第五团、工兵第八团、汽车部队、八分校两个大队的学员、第十八军卫生学校及工兵营、机械营，还有5000多名以工代赈的藏族同胞。施工人员中，仅西南公路局就有3000多名技工。首长说，这是一场大规模的战斗，是向大自然开战，证明“人定胜天”。我们要科学地施工，证明人民军队是“铁军”，是不可战胜的。

八号首长详细传达了我们第一五八团的施工任务：“我们和师直为第一工区。各个时期有不同的具体任务。总的目标是完成长3500米、宽120米、厚0.45米的碎石跑道。上级对机场要求很高，并提出要在11月竣工，降落飞机。我们一定要服从命令，保质保量完成各个阶段的施工计划。这里顺便说一句，修机场是个新任务，并且变化大，任务转换多，不能怕麻烦，叫干啥就干啥，不挑剔，并且要干好。请全体将士在修建机场的宏伟事业中大显身手，为国争光，人人立功受奖。”

各连分头开会，谈认识，摆观点，表决心，说措施，一致表示：保证按时完成修建任务，早日看到飞机起降。

从3月3日开始，开挖跑道两侧深2米、宽3米的排水沟，我连的任务是100米。按说这任务并不算太重，但在这高原上却并不那么简单。十字镐挖下去是冻土层，一镐只能挖出一把冻土，有时仅有鸡蛋大小的一块。一个工具三个人轮换着用，一天下来，每个人的手都被震裂出许多血口子，鲜血染红手掌，钻心的痛。高原风大又干燥，血口不易愈合，连里让受伤战士抹上含油脂的东西，后来

悬空打炮眼。 （佚名）

又想办法弄来一些布手套。连队前期工作主要是负责挖水沟，另外抽出三分之一的人力去雅龙河捡鹅卵石，水面结有冰，河水冰凉刺骨，从水中捞石头的手冻得像红萝卜一样，还得一筐筐地把石头背回来。在天天和冻土、冰水、冰石打交道中，我们三天两头进行总结，摸索出不少学问和技巧，从而提高了工效，减少了受伤。我们利用施工间隙，向部队传达各种信息，用广播、墙报在全团推广经验，《建军报》和师、团报纸都多次报道了我连的施工经验，我也被军报评为“乙等模范通讯员”。

水沟挖完后，部队主要任务改为挖跑道。战士们挖土的工效大大提高了，不是一小块一小块地挖，而是一个平方一个平方的了。我们对人员进行了分工，挖土的、运土的、编筐的，各尽其责，来来往往，川流不息。4月11日至5月2日是挖跑道，期间我们开过3次现场会，其中一次是团部召开的推广我连的经验会。大家由于逐渐适应高原气候，总结出一套高原施工经验，加上部队思想和文体活动开展得生动活泼，后勤保障供应充足，生活改善，战士们施工情绪一直饱满，提前完成了各项施工任务。

西藏地方政府派出代表与中央人民政府代表正在北京商谈西藏和平解放的问题，军党委决定从各师抽调干部进行培训，以适时提前到达工作区域。我被第五十三师选中，暂时离开了部队，没有继续修建机场。我们50人集中在甘孜学习，择日出发去波密开展地方工作。

1954年，我们在波密工作期间，第五十三师也到达波密，他们介绍说：“你们走后，我们一直坚持到最后机场竣工，正跑道3200米长，备用跑道两头各400米长，正跑道60米宽，备用跑道两边各30米宽。鉴于空军试航甘孜空运、空投成功，1951年11月甘孜军用机场竣工并通航了。”

进军西藏筑路忙

1950年1月，第十八军接受了进军西藏的光荣任务。经过几个月紧张的进藏准备工作，部队士气空前高涨，尤其是3月7日全军庆功暨誓师大会后，全军上下都渴望早日进军，拯救处于水深火热中的藏族同胞。毛主席深切关怀着西藏人民，对我军进藏做出了许多指示。全军根据毛主席“生产与筑路并重”“一面进军，一面筑路”“为了帮助各兄弟民族，不怕困难，努力筑路”的指示，发扬了高度的爱国主义和革命英雄主义精神，日日夜夜与天斗、与地斗，英勇地向大自然开战，以坚韧不拔的毅力和无穷的智慧，终于修通了从雅安至拉萨3000余公里的康藏公路，创造了人间奇迹！

架设“天桥”。（佚名）

我们第五十三师从1950年5月至1951年4月参加了修筑从雅安至二郎山的公路。当完成了第一阶段雅安至天全段公路后，我们二营承担了二郎山山腰滥池子一带的筑路任务。二郎山海拔3400多米，它像一堵陡墙挡在康藏之间的要道上，从山脚到山顶百里的垂直路程，倒挂着数百条瀑布。我们六连施工地段坡陡沟深，仰望两边的崖壁，形似一线天，激流水声使人面对面说话都听不清。塌方、泥石流不时发生。这里人烟稀少，熊、豹、野猪和猕猴成群，从豫皖苏大平原来到这里的我们，不禁毛骨悚然。

我军长期行军作战，打仗是行家，但修桥筑路却是门外汉。加之没有筑路工具，要在悬崖峭壁上一镐一锤地凿出6米宽的水平路面，困难程度可想而知。大自然好像是故意与人为难，经过日夜奋战，刚刚修出的路面，又被一场暴雨冲得一干二净。面对自然灾害，同志们并不气馁，大家召开“诸葛亮”会议，总结经验，摸索规律，继续向塌方处开战。这里云遮雾嶂，地形险要，土石松动，气候多变，经常雨雪霏霏，而任务又紧急，全连指战员只得冒雨施工，在泥水里拼搏，衣服没有干过，晚上还得在寒冷潮湿的帐篷里过夜。缺乏工具，便就地取材自己动手制作，每个人的钢钎几乎都磨秃磨短了。在火热的工地上，班里每天用快板来表扬好人好事，评功记好，各班、排之间开展劳动竞赛，个人之间互相鼓励，劳动号子声和歌声震荡着寂静的山谷，艰苦的工地变得热火朝天，工效成倍提高。每当一段平坦的公路呈现在我们面前时，除了震耳的欢呼声外，还有不少人激动得掉下幸福的热泪。

经过半年的高山筑路实践，筑路大军与大自然搏斗的经验越来越丰富，修路的技术也不断提高，不仅每次提前完成了任务，还同时完成了军训、背运和藏语的学习任务。当时部队的物资匮乏，文化生活相当单调，筑路又没有工资，但是谁也没有想过钱，即使有钱也无处花销，没有烟抽就用茶树叶代替，没有牙刷牙膏，就用盐水漱口。更没有吃过水果糖什么的，吃、穿、用的物资都是后方部队分段转运来的，不但蔬菜奇缺，而且时常断炊。没有收音机，也没有看过电影，唯一可以阅读的是军报。1950年国庆节，全营在两路口开庆祝大会，墙报挂满了会场，物资虽少，但我们用精神的食粮去填

庆祝康藏、青藏公路通车拉萨。（佚名）

补，自己编自己演，兵演兵的节目丰富多彩，歌声、欢呼声使偏僻的山沟里充满了生机和希望。

打通了康藏公路的第一道门户——二郎山，我们十万筑路大军历经4年的苦战，以3000多名英烈为国捐躯为代价，终于在1954年12月25日将“金桥”修到了拉萨。

庆祝公路通车昌都。（佚名）

修路纪实：名山至天全

（一）

1950年6月22日，今天开始学习架帐篷。

接受进军西藏任务后，全国、全军支援第十八军。中华人民共和国成立不久，百废待兴，国家无力制造帐篷，帐篷是由第四野战军从广东运来的，这些帐篷是从日本人手里缴获的，都是旧的，完好的不多，多数残缺不全，但这已经不错了，有总比没有强。我们每人1顶，大约1平方米，每边有4个窟窿，一般4块可拼接形成一个4平方米的圆形房屋，伸腿可住4个人。先用一根2米长的木棍立于中间，支撑形成伞形，再用石块将下面压住，这是几天前团后勤人员来教我们搭建帐篷的技术。22日当天，全连仅花了2个小时就把帐篷搭建完毕，而且全部合格。进军西藏路途遥远，人烟稀少，没有帐篷则要露宿挨冻，虽然搭帐篷没有太大技术含量，但大家还是很认真。在二郎山的几个月，我连一直住帐篷，山上没见过晴天，天天阴雨绵绵，帐篷没有干过，里面露水很重，雨停了帐篷里还会滴水，衣被一直都是湿漉漉的。

23日，早饭后召开全连军人大会，王景山指导员做了“动员接受任务”的讲话，他说：“毛主席指示，进军西藏政治重于军事，后勤重于战斗，所以决定修建从四川成都至拉萨的康藏公路和从青海西宁至拉萨的青藏公路。今天正式宣布修筑康藏公路开工，也吹响了修建的号角。我们近日的任务是接受和看管运藏的物资，另外就是协助工兵同志修路架桥。我们是一面进军，一面修路建设。上级决定，进行昌都战役由第五十二师及第五十三师的第一五七团参加，部队已经开始向西行进了。第十八军的剩余部队负责修筑康藏公路，初步设想是咱们第一五八团负责天全至二郎山滥池子段的筑路工程。康藏公路十分重要，我们军队的全部供应、西藏人民需要的东西、建设新西藏的物资都靠公路、靠汽车运输。公路既然重要，我们就要不怕苦地来建设，吃大苦，耐大劳，拼老命也要把公路修到拉萨。俗话说'前辈栽树，后辈乘凉'，我们要有'先天下之忧而忧，后天下之乐而乐'的胸怀。因此要树立长期建设的思想，做长远打算，把西藏建设成为一个美丽的大花园。这两天是做'走'的准备，明日（24日）正式出发，正式开始修筑康藏公路了。"

24日早饭毕，按照我军的传统习惯，开始检查群众纪律。这次群众纪律做得不好，丢失麻袋一条，赔偿白菜5公斤；丢失大缸一口，赔偿25公斤白菜；另查丢失竹席一张、木脚盆一个，有三块木板找不到了，但没有赔偿。有些可能是送错了地方，一时找不到了，但我们都一一按价赔偿，并予以道歉，失主也满意了。

行前，还检查了"五不走运动"的落实情况。房东的水缸装满了，地打扫得干干净净，我们向房东致谢并赔偿了损坏物品，补给了失物的损失。百姓称赞我们是人民的军队。

早上7点钟，部队冒雨出发。虽然天公不作美，但我们士气高昂，一路行军一路歌，排与排相互拉歌，歌声此起彼伏。

25日，8时出发，人均负重25公斤左右。今日行程30公里，夜宿名山县西15公里处。这里的农民住的都是茅草房，穿着破烂，道路坑坑洼洼，家里有牲畜的很少见，看来这里的老百姓很贫穷。抵达宿营地后，第五三师师部送来一封《致全体指战员的信》。

（二）

6月26日，几百人浩浩荡荡，人人背着25公斤左右的工具、粮食、行装和武器，雄赳赳气昂昂高唱歌曲向工地进发。途经名山县城时，受到党政军民各界的热烈迎送，标语贴满街头：“欢迎158团全体同志，祝全体健康，并完成艰巨的筑路任务”“158团是开路的先锋”“158团全体指战员、功臣模范们要在这艰巨任务中发扬艰苦朴素的优良传统，功上加功，更加光荣”“你们在前方，要啥给啥，做坚强后盾”“四川西藏一家亲”“西藏需要什么，四川大力支援”……到处红旗招展，道路两旁站满手持小红旗的群众，高呼口号，腰鼓队跳得特别起劲。锣鼓声、欢呼声，响成一片。群众夹道迎送的热情对部队鼓舞很大，我们下定决心，连续作战，把公路早日修到西藏边疆。

我连配备的3名文化干事，有分工有合作，我负责通讯报道。经指导员批准，我在街上买了几尺白布和红布，请人做了一个4平方米的布墙报，白布作为底，四周用红布镶嵌，很是好看。可是向司务长报账时，发现钱少了1万元（折合现在的人民币1元），我回去找做墙报的老板时，他立即走过来将钱递给我，说：“你把工钱放在桌子上就走了，我后来数钱时，发现多了1万元，我正准备把钱交还给部队呢。”我接过钱后，再三感谢了他的诚信。

连里不少干部对这个布质墙报很满意，根据大家的意见，我在墙报两边加了12个字，左边是“加强内部团结”，右边是“完成进军任务”。这样，墙报更引人注意。

在艰苦的条件下，部队十分重视互相关心、互相鼓励。我们行至西关，兄弟部队夹道迎送。我们仅仅是先走一步，其他部队随后会陆续到来的。但他们高呼“向第一五八团老大哥学习”“欢送第一五八团”“光荣完成修路任务”“发扬艰苦的优良传统”“在修路中立大功”“立功最光荣”“西藏人民渴望你”“西藏人民欢迎你”“进军西藏，巩固国防”“国防兵更光荣”……

我利用行军的空闲写了《张志光同志的模范行动》《工作积极的炊事班》《转变》《前进》等6篇稿子，而且都被团《战友报》采用了。另外，我帮助两个战士写了家信，还帮副连长姬怀德写了一封3000多字的家书，他家的事不少，两次才写完。我们六连有5个连干部，指导员识字，可以写家信，副指导员可以念报纸，连长、副连长识字不多，为他们写家书也是我们的任务之一。

26日的行程也是30公里，我们不觉得累，很开心，因久盼西进的渴望正在践行中。晚上住在雅安郊区农村的一处空房里。炊事班做了一锅鱼，据说是雅安的特产，也是名菜，很香。

首长讲了，为了早日投入建设，我们要连续作战，中途不休息，继续西行。

（三）

27日，从雅安继续西行。我打头阵，走在队伍前头，每到可以写标语的地方我就写，字或多或少。内容以政治口号为多，表扬一类的约占三分之一，一来鼓动大家的情绪，二来也可以提高战士的政治水平。今日共写标语百余条，累得满头大汗，受到了第一野战军同志的夸奖和好评。我心里想，革命工作都是艰苦的，要想立功、入党，就得积极做好自己的工作，并且做出成效，不管在任何情况下、环境里，不低头，不屈服，坚决跟困难做斗争。我们革命者的享乐观是“前人栽树，后人吃果”“先天下之忧而忧，后天下之乐而乐”。以劳动、艰苦换取幸福和光荣。我们这一代人是幸运的，只有现在艰苦，才有将来的幸福。我要在这种复杂而艰苦的环境里经受住考验，做一个合格的革命军人。

行至飞仙关时，我被吓了一跳。这里地势险要，河水湍急，河上是数十丈长的铁索桥。人在桥上行走，左右摇摆得十分厉害，人站不稳，无法挪步。向下看则头昏眼花，急流不时掀起浪花来。我心惊胆战地过了桥，还久久坐在桥头向后观望。

又前行了10公里，到达宿营地——始阳场。此时，我感觉饥肠辘辘，去街上买了一碗牛肉汤，价格500元，买了半斤水果糖500元，共花去1000元，我此举一改平时很少花钱买零食的习惯。

下午，我去营部参加排连干部会议。霍政治教导员讲话，他指出：“全体战士对困难的认识较之前有所提高，但还要充分认识更艰难的事。掌握思想动态，尤其是现时的活思想，善于发现苗头，发现问题并及时解决，积压不得，拖延不得。不要过了铁索桥，就产生轻敌思想，对困难不在乎，认为没啥了不起。七大队过桥后说，原来讲铁索桥多么多么难过，一抬脚就过来了，就开始轻视、小视困难。如果不正视困难，到二郎山及以后困难会更多，会出现大批逃亡的，干部们必须头脑清醒，防患于未然。坚持查铺制度，坚持一天吃两粒奎宁，预防感冒，认真做到‘人马健康’。积极开展文体活动，活跃部队。要有重点，从战士的情绪及心理出发，充分运用多种形式，战士喜欢什么，我们就满足所需。发扬官兵一致，互相学习的好传统。爱护公物，所发的物资是第二生命，一定要爱惜，否则会出现生命危险。进藏才开始，刚和困难、问题接触，不能大意，要准备和大困难对抗，只要思想上认识够了，行动上准备足了，世上没有克服不了的困难。同志们！‘大战’将临，天天要和‘敌人’（困难）做斗争，你硬它就软，你软它就硬。共产党人是不会被困难吓倒的。革命的胜利，就是通过同形形色色的‘敌人’做斗争得来的。我们是开路先锋，要做个好榜样，带个好头，把筑路任务完成好，向党中央、刘邓首长交个满分答卷。”

（四）

28日，继续西进。

7时早饭毕，天已大亮，部队离开始阳向天全进发。下午2时抵达天全县城，住在罗家坝村，村子很小，仅20余户，且分散，民居均是茅草房，没见到一户砖瓦房，据说川西一带的房屋都是这样，说明群众并不富裕，天下穷人一个样，不解放怎么行，不发展生产就要永远贫困。

出发没多久，翻了一座山，接着又是一座山，山的坡度还不陡，是老公路，坑坑洼洼的，只能并行两辆车。山垂直高度不足500米，山坡森林覆盖，青枝绿叶，负重25公斤行进也不觉得喘。这里自然环境比老家河南好多了。

今日行程只有20公里，除翻两座小山外，都是一马平川，走在老公路上，加上早饭吃得饱，没感觉疲劳就到了天全宿营地。今日行进同样是排与排之间拉歌子，你一个，他一个，走一路来唱一路，部队情绪饱满。

今日的午饭和晚餐都达标，大家吃得开心。

下午各班都开班务会，总结这几天行军的经验教训，因为再往后就更困难了。四班说：“要想走得好，思想准备是关键，搞好伙食很重要。”八班说：“互助友爱少不了。”炊事班说：“不怕累，多动脑，做好饭，饭熟菜香才健康。”五班讨论时说：“我们这一代人肩负重任，改朝换代，砸碎旧的，建设新的，不轻巧。重担压身，要勇于承担。西藏苦，你不去，谁去？西藏没路，你不辛苦修路，路不会自然形成的，要进要修，就要吃苦。革命是苦造就的，有苦才有胜利，才有幸福。”七班接着说：“俗话说前人栽树，后人乘凉。我们把路修到拉萨，西藏就会变成新的，人民世世代代会记住我们的。再说，年轻人吃点苦有什么了不起。我们的长辈打仗、长征，消灭了敌人，建立了中华人民共和国。我们接过这个任务，要把中国建设好。”最后，指导员做了小结，表扬了全连指战员，他说：“这几天同志们都表现不错，摔伤的及病员都坚持下来了，互相帮助成风，面对困难很坚强。令人高兴的是，全体同志西进认识提高了，任务明确了，决心加大了，信心更足了。”他最后号召大家发扬革命的英雄主义精神，准备吃大苦，走泥泞路，爬大山，出大汗，与险恶的环境斗，与艰巨的任务斗，群策群力，圆满完成任务，为十八军争光，在这股洪流中入团、入党、立功！

这几天有空余时间，我写了9篇稿子投给第一五八团团报，包括《民主诗》《全体动起来的六连》《我的思想是怎么转变的？》《工农是否能写稿？》《新三字经》等。

下午，团部送来一叠《战友报》，我的《炊事班的转变》《节约与改善伙食》等3篇见报了。我翻了几张小报，觉得内容丰富，讲形势、讲政策，贴近生活，与士兵息息相关，很有教育意义。我决心依靠群众，力争为六连多写一些稿子。

阅读了小报，我即兴写了几句观后感：

战友战友出版了，
咱们大家瞧一瞧。
表扬批评也都有，
经验教训也不少。
模范事迹登的有，
班排挑战多热闹。
总而言之一句话，
为把学习来提高。

另外还有一件事，
进军思想要牢靠。
咱们都要争着瞧，
里面意义可不少。
学习他人好榜样，
好坏大家来对照。
帮助咱们求进步，
知识一定能提高。
希望大家来注意，

可别把它放松了，

办好咱们的党报，

努力为她来投稿。

这20句话是顺口溜，没有什么诗意，可是，却很受没多少文化的战士欢迎。不久，顺口溜见报了。

站在天全，往东看是平原，往西看就是高耸的山脉，山叫二郎山，是通向西藏的第一堵屏障，我们的任务就是要疏通这一障碍。

开赴筑路工地
——向二郎山进发

第一五八团团部驻扎在天全县城。再往前，就是进藏的第一大山——二郎山，那里属于高原气候，环境完全变了，任务完全变了——与大自然拼搏。意想不到的困难天天都会碰到，因此必须夯实饱满的进藏激情。团首长指示，在天全休息一天，自下而上认真总结，肯定前一阶段工作的成绩，找出问题，让士兵们出出气、说说心里话，总结经验，吸取教训，密切官兵关系，疏通感情，同心同德完成筑路任务。

根据首长指示，上午的班务会开得很热闹。我去了4个班，人人争着发言，做到了畅所欲言。一班说："连干部重视思想教育，轻视生活管理，副连长没抓好炊事班的工作。"三班说："连队成立了'军人委员会''体工队''报道组'等机构，有名无实，没发挥多大作用。"四班说："指导员讲话跑题多，无关话多，空话多，不实际，应有的放矢。"六班说："几个文化干事配合得不好，各干各的，应携手共办。"四排（正规编制一个连只有3个排，第四排是杂务人员，由连干部、文化干事、司号员、卫生员、通信员、炊事员等10余人组成）说："我们是为士兵服务的，在不少方面服务没到家，饭做得不合胃口，健康教育没到位，有时病号较多。行军中互助欠缺，号召少了。我们四排是为3个正规排服务的，是为士兵服务的。从出现的问题看，是我们对士兵的感情缺失造成的。今后应认真改正，把士兵们当成兄弟对待。”指导员也听了几个班的发言，他在全连大会上发了言，肯定了前一阶段的成绩，点名表扬了好人好事，检讨了自己。然后指出主要是对士兵的情感问题，这个问题不认真解决，不但老问题解决不了，还会出现更多新问题，严重影响官兵关系和任务的完成。最后，他大声说："西进的战斗已经打响，我们要同心同德，团结一致，共同努力，完成修筑康藏公路的光荣任务。"

当天下午，营霍政治教导员在排以上干部会议上讲话。他说，要明确任务，我们二营负责二郎山两路口至水车坪之间的10公里路段，配合工兵二团二营完成这段筑路任务。具体任务是运石头和木头，砸石头修水沟。之后还要学习爆破，这得向工兵老大哥学习。首长决定我们明日7时出发，团首长准备了欢送会，还要讲话，一营和团直也要参加欢送会。各连文化干事要准备几条适当口号，主要内容是修路。各连的骡马一律留下，一匹牲畜留一人看守。

我们是一段一段地往前修，修路的同时也要提高警惕，枪支随身携带，以提防敌人可能趁机搞破坏。病员全留在后方，个人的财物全部装车运走，米袋、武器随身。只有20公里路可以通车，各连坐汽车的不超过20人。炊事人员坐车，打前阵，在终点站做好饭菜、烧好开水迎接步行人员的到来。修路要准备吃大苦，这里天气变化异常，夜寒昼热，天天下午降雨，地没干过。在二郎山上住帐篷是相当冷的，蚊虫又多，我们每天要吃2粒奎宁，预防打摆子（疟疾）。

这里接近藏区，我们要做好吃苦的打算，因为只有两天的粮食供应，两天后要自给自足，所以要拾柴，要找野菜、野肉，靠野物度日。但不准触犯纪律，再饿也不能违纪。政治动员、思想教育是经常性的工作，根据目前的中心任务和连队具体情况，加强教育和行政管理，防止逃亡事件发生。我们要向第一五六团学习，他们在二郎山顶峰修路，更加辛苦，依然超额完成了任务。为防止生病，开水要多烧一会，不喝冷水、冷茶。一营病员大多患的是疟疾，要坚持吃药，要注意休息，出汗多易感冒，喘气时间不宜长。山上遍布一种叫火麻的植物，不小心碰着皮肤会溃烂，所以要打好绑腿，不能触摸。藏族同胞和山里人向我介绍，火麻的毛刺能使人的皮肤像火烧一样痛，不过它可以吃，营养价值还很高，当地群众多以它来充饥。在山上的几个月，我们不知吃了多少火麻：先用木棍把它夹掉，放在开水中稍煮一下，没有了毛刺，它就不扎人了，可用来炒菜，味道好极了。

除了修路，我们还要接力向前背运物资，领导要我们向三营学习，他们每天向前运送20万公斤的军用物资。有的战士背送90公斤，后来被禁止了，在高山上走路都喘不过气来，再背那么重的东西是会伤身体的。要记住，我们是一个革命大家庭，是同志，是骨肉，当干部的更应关心大家。

我们返连后，召开班排干部会议，学习贯彻营首长的讲话，大家一致认为：当前即将上高原修路，困难会更多，因此要团结全连官兵，共同应对，完成任务。

王指导员详细讲了当前形势和任务，号召全体共产党员、青年团员、革命军人振作革命精神，迎着困难向前，修好公路，建设西藏。

开赴筑路工地
——二郎山，我来了！

（一）

6月30日，凌晨4点半起床，6点钟装车出发。我连包括炊事班6人在内的15人乘车先行，其他人则步行。我连预先教会的“进军西藏，建设边疆”“路修西藏，巩固国防”“吃苦在前，光荣一生”“前人栽树，后人乘凉”“路到西藏，大有希望”“再苦再累，幸福后辈”“修通公路，感谢全国人民”“努力筑路，让党放心”等口号一直喊到天全县西门外。沿途群众夹道欢送，也高喊鼓励口号。

西门外，团首长在等候。八号首长孙德泉副主任对大家说：“从今天开始，我团修路任务正式开始，整个二郎山由第五十四师、五十三师及工兵团负责修建，我团在山东坡，你们负责东坡这40公里路段，全山最险要最艰难的一段落在你们二营肩上，你们是毛主席的好战士。不是常说‘越是艰苦的地方越是要去，这才是好同志嘛’，你们在前头，接触单位多、任务重，环境又恶劣，因此要注意几点。第一，认真搞好团结。大西南进军时，我们和四野并行，人家给我们让房、让粮，关照我们一路。我们在川西剿匪和一野一道活动，也不如人家亲善，甚至还歧视人家，我们二营最差，本位主义严重。这次进军西藏，困难多，任务重，更应加强团结，互相关照，给人方便，共同努力，完成任务。第二，爱护身体和物品，这些是第二生命。第三，准备吃苦坚持到底，越往后环境越差，完全是高原生活了，难度更大，需要付出更多。但是只要有思想准备，没有克服不了的困难。第四，是互相关照，多体贴战友，减少病员，搞好生活，吃饱喝热。祝筑路先锋做出优秀的成绩！”

今晨出发前，按惯例逐户检查“五不走运动”的落实情况。连部借的门板没有归还，借的小板凳找不到了，我们都按价付了银圆，挽回了影响。

为鼓动士气，我随大部队步行上山。从天全到康定一线公路原是刘文辉计划修的，十几年过去了也没修通，只修通了20来公里，没有汽车通行。由于长年失修，道路坑坑坑洼洼，有些土坑有1尺多深，幸亏前方部队修整了一下。刚开始这段路还是尘土飞扬，几里路外就是泥巴路了，步行中，几乎所有人腿上都粘满了稀泥，行走很吃力。即使这样我们也不愿休息，因为没有歇息的地方，只能慢慢往上爬，渴了有水喝，饿了有馒头。7个多小时后到达了山上的一片平地。乘车先到达的人把水烧开了，饭做好了，帐篷也搭好了，减少了步行人员的体力。乘车的同志讲，你们有福气，没有受罪，我们可吃苦了：20几里路下车推车20多次，一推就是几十米，累得满身大汗；坐在车上晃动得厉害，左右摇摆，把人颠得很高，炊事班6人中就有3人呕吐，心都快蹦出来了。他们说：“明天就好了，没有公路，就靠自己的双腿了。”

晚上，团政工股张股长召开排以上干部扩大会议，他说，目前部队思想有动摇的苗头，情绪低落，怪话多了。目前处于正式进藏修路阶段，由静变动，此时出现一些思想波动也属正常。我们要面对现实，认真细致做好每个人的工作，严防逃亡和非正常死亡，形势严峻，不可忽视。思想要做活，让先进人物现身说法，文体要活泼生动，侧重于表扬，形成活跃的气氛。同时，要想方设法改善生活，比如在山上修路，后勤是保证不了的，我们还要向前方接力背运物资，不得截留一粒米，宁肯自己饿肚，也要把粮食运到前方。听藏族同胞和山民讲，二郎山上能吃的东西很多，我们可以采集一些度日，弥补供应之不足。总之，抓思想工作的同时，也要抓好生活管理，双抓双赢，完成任务。

会后，我们六连12个人研究落实意见，认为双抓十分重要，要一步一个脚印，扎实做好连队工作，完成筑路任务，打通二郎山。

（二）

1950年7月1日，今天是中国共产党成立29周年纪念日，她领导中国人民历经了无数苦难，推翻了蒋家王朝，建立了中华人民共和国。没有共产党，没有毛主席，就不会有中华人民共和国。出发时，我对全连战士说，我们把公路修好，就是听党的话，就是毛主席的好战士。大家高呼：“战胜二郎山，让党放心；修到西藏，感谢毛主席！”

从悬崖上开出一条公路来。　　（佚名）

每个战士背负10公斤大米及部分修路工具，大约35公斤。炊事班挑着炊事用具，虽然机枪等重武器留在后方，战士们看似轻装，其实并不轻装。部队按班排次序单行前进，路上有说有笑，打打闹闹，班与班之间不时拉歌子，几个文化干事轮流拿着喇叭向部队喊话、表扬好人好事、提醒注意等。一般行进2个小时左右后，会在平坦的、干的地面歇息10分钟。行军中有句“不怕慢，就怕站”的说法；不歇息不行，行走慢点，适时站立，喘喘气，很有必要。歇息时，就是文化干事展示才华的机会，那就是宣传！

部队在泥泞小道行军，不时会听见“扑通”一声人跌倒的声音，我粗略数了一下，今天摔跤的不下15人，摔得浑身泥巴。出发不久，大家的鞋都湿透了，到宿营地时，脚泡得又白又胖，山上终日没有阳光，天天阴雨连绵，湿鞋只有烤干了穿。越往上走，海拔越高，空气越稀薄，走路越慢，喘气越急，吃力得很。身强体壮的战士帮助其他战友背米袋、枪支，炊事班锅碗瓢勺多，班里战士主动帮助挑担，三班张志光一挑就是十几里。战友互相帮助成风，真像亲兄弟一样。

上山路不好走，全是小道，大雾遮天，视野不足百米。但路两旁是绿色，树多草多，盖住了土地，还有许多叫不出名的野花，五颜六色的，煞是好看；山沟里溪水潺潺，好似“歌声”不断，山上不甘寂寞的小瀑布也来凑热闹；林中不时还传来小鸟的啼鸣声。这里是天堂，是个好地方，通车后会变样的。我将自己的感受多次通过喇叭传递给战士，希望大家都热爱这块土地。

经过7个多小时的步行，终于来到了我们居住的“家”——两路口西。这里是一块长约100米、宽20米的平地，适合搭帐篷。打前阵的同志将水烧开了，饭也做好了，各班所在位置也划定好了。我们抵达后，便搭建36顶帐篷，山沟里冒出了一个帐篷小村。

今天班务会开得早，大家一致认为，这里虽苦，但很有发展前途，只要通了车，会很快得到发展的。我们有决心、有信心把路按时修通。

指导员讲了“七一”的意义，表扬了今日行军中的12个人，并提出了明天和后面几天的任务和要求。大家最后表态：纪念“七一”最好的行动就是修好路。

战歌在二郎山飘荡

“二呀么二郎山，高呀么高万丈”。这首《歌唱二郎山》刚一出炉，就被修路战士所接受，并且传唱了半个多世纪，至今仍广受大家喜爱，成为经典。

在二郎山上修路其艰难不言而喻。从天全城出西门就是重峦叠嶂的雪域高原了，而首先要面对的就是海拔3400多米的二郎山。它像一堵无法逾越的高墙耸立在川西平原西侧，这里是入藏的必经之地，拟建的康藏公路就要穿越它。眼下筑路部队仅有少量的施工工具，更谈不上筑路机械了，战士们只有凭赤手空拳与险恶的环境做斗争！

面对如此的困难，我们遵从党中央、毛主席进军西藏的命令。全军要上下一条心把金桥修到西藏，这样，战胜困难的办法就多了。

山上自然条件差，后勤没保障，物质虽缺乏，但精神必须跟上。筑路期间任

筑路大军在战斗！　　（佚名）

务十分繁重，时间紧促，但一周中仍有6天的早晨，军训和藏语学习各1次、政治学习2次及修理工具2次；隔一天开一次班务会；连队墙报栏一周换两次，所有文稿都要念；一周教一首新歌。我将藏族同胞的风俗习惯写成四段22句顺口溜，用《三大纪律八项注意》的曲调，教战士唱。“七一”“八一”“十一”“抗美援朝”等节日、事件都要进行宣传讲解，让战士们人在山上，心系北京，关心国家大事。同时，对部队中那些全身心为提高劳动效率而付出以及助人为乐的人和事要加强力度进行表扬，既宣传报上登的事迹，也宣传走访的材料。在那种缺粮、缺菜、缺油的条件下，炊事班动脑筋、想办法，尽量改善大家的生活，人人称赞，他们的事迹不仅多次登报，连里也多次进行表扬。关心战士，每天都帮战士代写家信。通过代写家信，还可知晓他们的思想动态，这也是联系与战士关系的桥梁。

有一天，十几个年龄稍大的人从山上下来，在我们工地采访了半个多小时。其中一个胡子拉碴的人问我：“识曲谱吗？”我说：“不会。”他给我唱了几句《歌唱二郎山》，征求意见，我觉得很好听。半个月后，我们文化干事集中团政治处马干事一句句教我们，我们半天也学会了。于是我们“现学现卖”，回部队马上教战士学唱，大家很快就学会了，都说好听、上口。从此，筑路战士脚踏着二郎山，口中高唱“二郎山”。后来，我们乘车穿越二郎山时，一路行进一路歌。

《歌唱二郎山》这首歌我唱了60多年，歌词至今还牢记心间：

二呀么二郎山高呀么高万丈
枯树那荒草遍山野
巨石满山冈
羊肠小道那难行走
康藏交通被它挡那个被它挡
二呀么二郎山
哪怕你高万丈
解放军铁打的汉
下决心坚如钢
誓把那公路
修到那西藏
不怕那风来吹不怕那雪花飘
起早那睡晚忍饥饿个个情绪高
开山挑土那架桥梁
筑路英雄立功劳那个立功劳

二呀么二郎山
满山那红旗飘
公路通了车
运大军守边疆
开发那福源
人民那享安康
前藏和后藏处处那遭灾殃
帝国主义国民党狼子那野心肠
人民那痛苦深如海

日日夜夜盼解放那个盼解放
中国共产党
像那红太阳
解放军真坚强
下决心进西藏
保障那胜利
巩固那国防
前藏和后藏真是呀好地方
无穷的宝藏没开采遍地是牛羊
森林草原那到处有
人民财富不让侵略者他来抢
要巩固国防
先建设边疆
帐篷变高楼
荒山变牧场
侵略者敢侵犯
把它呀消灭光

昌都战役打开了西藏的大门

中共中央、中央人民政府决定进军西藏的同时，也争取同西藏地方政府谈判，和平解放西藏，但却遭到国外反华势力和西藏当局的阻挠和拒绝，他们积极扩军备战，将原有的14个代本（相当于小团，每个代本约500人）扩充到17个，加上地方武装，总兵力达2万人，并从国外运进大批军火和电台，训练藏军。我军先遣部队徒步抵达甘孜后，他们便更加忙乱起来，急忙抽调10个代本约7000兵力重点布防藏东重镇昌都和金沙江一线，企图依托金沙江天险阻断我军入藏的要道，为了实现解放西藏的战略目标，中央决定以打促和，及时实施了昌都战役。

昌都战役是在毛主席的亲切关怀和西南军区具体部署下实施的。我军先遣部队进驻甘孜半年多，经过军政训练、生活高原化，军政素质普遍提高。开展了广泛的统战和群众工作，密切了与藏族爱国人士及藏族同胞的关系。同时，康藏公路已初通甘孜，这些有利条件为胜利进行昌都战役奠定了基础。遵照毛主席“集中绝对优势兵力，四面包围敌人，力争全歼，不使漏网”的军事原则和“如我军能于10月占领昌都，有可能促使西藏代表团来京谈判，求得和平解决”的指示，军党委决定以6个团的兵力，形成南北二线作战，钳形夹击，将主力用于北线的战役方案。参战部队于9月底开始向西运动，从10月6日开始，我军在北起玉树南到贡山的750公里战线上，相继渡过金沙江，打响了昌都战役。

昌都地处横断山脉中部，金沙江在昌都地区河段长580公里，战场地域辽阔，道路崎岖，平均海拔4000米，高寒缺氧，山脉、河流为南北走向，这些恶劣的自然条件再加上渡河器具奇缺，更加剧了部队进军的困难。而敌军则熟悉地形，善于奔驰，又处于固守地位，这更增加了我军的难度。但我参战部队渡江之后猛追勇打，不顾疲劳，日夜兼程，日行百余里。没粮食就吃野菜，宁可饿肚子也拒收藏族同胞送的糌粑和元根，宁可淋雨挨冻也不住民房，尊重藏族同胞的风

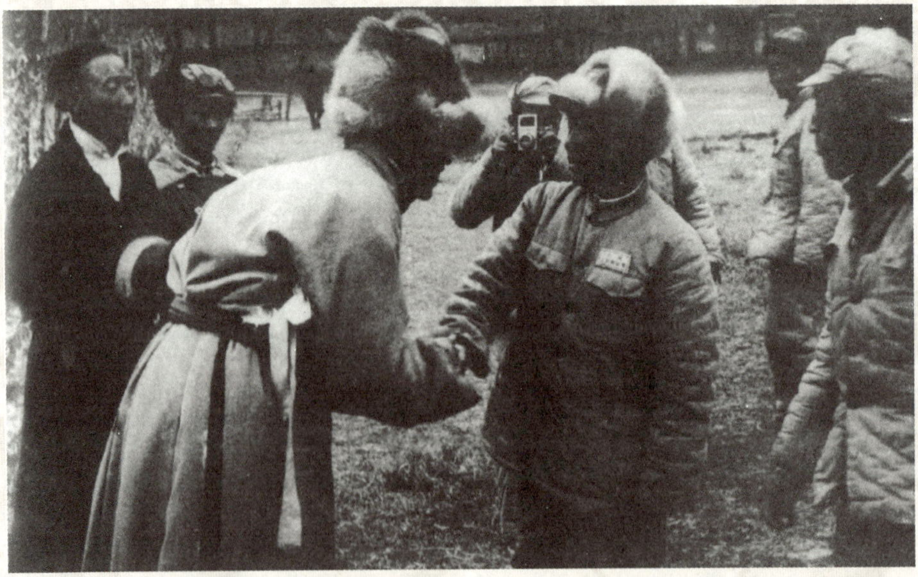

藏族同胞欢迎“金珠玛米”（解放军）。（佚名）

俗习惯；战士脚上磨了泡仍咬牙坚持，包抄迂回，不让一个敌人溃逃。在我军强大的军事打击和政治瓦解下，担任金沙江下游防务任务的第九代本德格·格桑旺堆在宁静（今芒康）率部起义，不少溃军也纷纷放下武器。我军的模范行动不仅赢得了广大藏族同胞的赞誉，还得到了他们对部队多种方式的支援，有的主动要求给部队当向导做翻译，有的整修被敌军破坏的桥梁、道路。还有些被遣返的藏军士兵成了我军的义务宣传员。

昌都战役共进行了大小战斗21次，歼敌5700余人，缴获了大批武器和其他军用物资，俘获外国特务福特等4人，在军事和政治上双双获胜。

昌都战役的胜利，不仅消灭了藏军的主力，敌人的阴谋被粉碎，而且还促进了西藏上层统治集团在政治上的加速分化。在我军强大的军事压力下，在毛主席民族政策的感召下，西藏地方政府的代表与中央人民政府代表经过谈判，签订了《中央人民政府和西藏地方政府关于和平解放西藏办法的协议》（简称《十七条协议》）。

总结提高，庆功鼓劲

第一五八团顺利完成了二郎山及以东几百公里的筑路任务，康藏公路东段至甘孜段也基本竣工。在完成上千立方木料的扛运中，我亲身体验了一次扛大树的重活，一棵树干大都20余米长，这些大树很粗壮，最细的也有人腰粗，得六七个人肩扛，行走在弯曲河边不平的小路上，相当费劲吃力，大家必须步调一致，我只抬过一次，但几天时间都没恢复过来。

任务完成后，2月18日全营撤回天全县营地，进行休整、总结、建团和庆功。

1951年1月30日，我们在天全县举行“第一五八团庆功大会”，会议开得简单隆重。上午11时，全团357名人民功臣按一等、二等、三等、四等的次序，由团长和副政委带队进入会场，人人胸前戴大红花，满脸笑容地向欢迎战友、群众挥手致意。团腰鼓队50人走在功臣的前面，“向功臣学习！”“向功臣致敬！”“一人立功，全家光荣！”“人民功臣无上光荣！”口号声、欢呼声和锣鼓声响彻云霄。

团四号首长（副政委）首先讲活，他讲话比较简练，重点突出，广大战士喜欢听他的报告。他说：“同志们，今天是我团自建团以来首次举办的庆功大会，大会严肃而隆重。首先，我代表团党委向全团500多名人民功臣和模范致以崇高的敬礼和衷心的感谢！

“我们这个会议是在全国大陆基本胜利解放以后，西藏即将解放之际，全国人民正处在热爱祖国、保卫祖国和建设祖国的热情之中，是在普遍积极参加抗美援朝，保家卫国，期望彻底打败美帝国主义疯狂侵略，保卫世界永久和平之五大壮举中召开的，更加显得意义重大，因此必须开得成功，取得圆满结果。

“我们胜利地取得了1950年的五大胜利，又迎来了1951年的光荣而又艰巨的修建任务。因此，在这个庄严的大会上，我想提几个问题作为庆功大会的礼物，仅供参考和研究。

“首先，功臣是旗帜，人人是功臣。我团在1950年做进藏的准备工作，扫清了进山剿匪这个进藏的绊脚石、拦路虎。在进剿中，白天黑夜冒雨踏泥，爬大山、钻密林，挨饿受冻，吃不上热饭，睡不好一个安生觉，克服了多少难以想象的困难，完成了歼灭4000多名土匪和溃兵的任务，维护了社会秩序安定，我军仅十几名战士伤亡，取得了以少胜多的巨大战果。在修、搬、抢运中，同志们上山下水，风吹雨淋，抬木料、扛石头、砍大树、砸石子，铺了路，架了桥，智战大塌方，接力向前背运物资，保证了交通运输，支援了前方部队，取得了昌都战役的胜利。在我们本身的建设上，军政文化时事的学习都取得了显著成绩。任务的完成，人人有份，功绩归大家。我们的功臣同志，在完成1950年的五大任务中，更表现了人民战士的高尚品质，高度地发扬了革命的英雄主义精神，他们克服了许多困难，付出了更多的血汗，以忘我积极苦干的精神创造了许多惊人奇迹，成了完成任务的骨干，成为全团学习的榜样。所以，这些同志成了我团的代表人物。他们代表了我们大家，也是大家的荣光。

“其次，功上再加功，靠党靠群众。我想，我们立了功的功臣代表同志，更要虚心学习，努力进步，争取功上再加功。个别同志不懂得怎样立功、为谁立功，稍有一点成绩被选上功臣代表，就满足止步，认为自己了不起了，自称‘人民功臣’，不愿向别人学习、向群众学习，忘了自己的缺点毛病，更不愿去改正和克服了。英模同志永远不要忘记党和群众，否则，你便是孤军作战，将一事无成。任何时候，都不能忘记党和群众。没当功臣的别松劲，加紧学习再努力。英模们都有三件宝贝：一是全心全意地为人民服务，始终献身于革命事业，永远跟着毛主席走；二是做群众的学生和骨干，以自己的模范行为影响群众，与群众一起拼搏，为党的中心任务服务；三是克服困难耐力强，是非分明，正确对待自己、群众和事物。没立功的也不要悲观失望，要以积极的态度去求立功。群众是英雄，眼睛雪亮，只要你做了好人好事，他们不会看不见。争取人人立功，个个光荣。

“要深入学习时事，认清目前形势。目前，我们祖国处在热烈开展‘抗美援朝，保家卫国’的爱国运动中。认清目前国际紧张形势，时刻保持清醒的头脑。以美帝国主义为首组成的所谓‘联合国军’，反诬我国为‘侵略者’，大举向北扩张，轰炸我国东北，充分暴露了他们的狼子野心。革命斗争是相连的，我们要互相配合，扎实做好进军和修筑任务，就是对志愿军的支援，就是对以美帝为首的帝国主义集团的打击，就是在尽国际主义义务。”

最后，首长带领我们高呼：“向功臣看齐！”“争取功上加功！”“向模范单位学习！”“反对骄傲自满！”“虚心努力学习！”“反对落后松劲！”“争取进藏立功！”“在党的领导下，大力开展立功创模运动！”

接着，第五十三师七号首长洪流主任讲话，他说：“功臣同志们，全体同志，1950年已经过去了，今天，我们可以说‘1950年是个胜利年’。主要表现在昌都战役的胜利，我们歼敌的人数超过中央所要求的4倍。美英帝国主义也好，西藏地方政府中部分反动分子也好，都已被昌都战役吓得胆战心惊了。在金沙江以东，已经建立了民族自治政府，组建了人民自己的武装，西藏人民已经知道我们去解放西藏，知道我们是真正为了帮助他们翻身的。

“昌都胜利是怎样得来的？参战人员背负70多斤行装，每天要在高寒的雪山草地行走120~150里路。我们在后方剿匪、修路、搬运木料架桥，接力运输，保证了前方部队的物资供应。我们在完成任务中都出了力、使了劲，不过，有的人出的力更多一些，成了大家学习的榜样，成了功臣。

“同志们，我们不要自满，认为自己苦，自己成绩最大，但是，也不要看不起自己。我们在党的领导下，会继续前进，成果会更大的。有个人英雄主义的人，立了功就会骄傲自满；没有全心全意为人民服务的人，一立了功就会看不起群众，不尊重组织。功臣要不骄不躁，这一切都应归于党，归于毛主席，归于群众。在这次的立功人员中，干部、党员及老同志较多，这是合理的，因为在完成全年任务中，党的领导及老同志起的作用是决定性的，斗争历史短的同志的进步是和他们的帮助分不开的。

“1951年全国的任务就是抗美援朝。我们十八军就是以进军西藏、解放西藏和建设西藏的实际行动来抗美援朝。我们当前的具体任务是修好通往边疆的甘孜机场，外加修建甘孜到昌都的一段公路。完成这个任务还得在思想和行动上做好面对更苦更累工作的打算，要有高度的组织性和纪律性。我军是铁军，定会圆满完成党交给我们的艰巨任务。今年的新任务在向我们招手呢，我们要勇敢地迎上去。祝大家在完成任务中立功！祝功臣同志们在完成任务中功上加功！并祝功臣同志们身体健康！”

一等功臣奚云华表态：“我今天代表30多名一等功臣表态，今天这个功，并不是我自己的，这是在党和毛主席的领导下，大家共同努力才取得的。立功后，绝不会骄傲自满。特此向首长和大家致以军礼，以示感谢！”

一等功臣郭景讲话：“我今天代表立功同志们在此表态，永不骄傲！我们知道为什么立功、怎样立功，如果没有毛主席和党的领导，别说立功，恐怕我们还在被蒋介石压榨，还在当牛做马呢！我们明白了这一点，永不忘本，永不自满，永远前进！我们要当毛主席的好战士，配合志愿军，以建好机场的实际行动打败美帝野心狼！”

二等功臣魏治中讲话：“今天，我代表一中队的功臣同志们感谢上级党、首长们对我们的关爱。我们深深知道功来自何方，是党领导得好，首长们指挥得好，是大家同心协力干出来的。功来得确实不容易，有功大家分享，我们不会独占，再次谢谢党、领导和全体同志。我们会牢记教导，谦虚谨慎，向大家学习，不脱离群众，跟战士们同心同德，一起拼搏，完成任务。我们恨死了美帝国主义，我们要以解放西藏、建设强大祖国的实际行动支援志愿军。”

会场专设功臣席，四方桌上摆满了瓜子、花生、香烟、糖果等。

会议结束时，首长亲自发奖。一等功臣钢笔一支，功臣小本两册，民生墨水一瓶，外加立功喜报；二等功臣立功本子一册，外加喜报；三等功臣和二等功臣奖品一样。在当时那种艰苦的条件下，奖品算是够奢侈了。颁奖时，锣鼓声、欢呼声、鼓掌声长久不息。大会在军歌声中结束。

1月31日上午11时，团党委召开功臣座谈会，副政委一再强调“功臣要团结群众，向群众学习。要永不骄傲自满，永当小学生”。座谈会开得热烈，大家争先发言，谈认识，表决心，我也说了不少。大家异口同声地表示，去年确实取得了很大成绩，国家也好，个人也好，都取得了辉煌成绩。上级给了我们荣誉，应功归于党、上级和大家，今后更应“夹住尾巴”（低调）做人，起到比以前更突出的表率作用，团结战友，同甘共苦，更好地完成进藏任务。让毛主席放心，让全国人民满意。

晚饭是两菜一汤。晚饭后观看了全团优秀的“兵演兵”节目，其中有我连的《辛勤的炊事班》，师文工队的演出受到了大家的好评。

修路纪实：天全至甘孜

部队在川西天全一带休整、总结、庆功后，广大指战员充满了饱满的进藏热情和坚定的决心，并都急切盼望进藏的日期。康藏公路已修通甘孜，根据形势的需要，上级命令后方部队于近日按建制分批西进。1951年3月20日，我们第一五八团奉命向甘孜挺进。

3月20日，部队一大早起床时，发现二排有一名战士不见了，他的私人财物也不知去向。这是我们连第一个开小差的人，他于1949年2月参军，跟随大部队解放了大西南，平时表现不错，性格内向，平时我们没发现他有多少进藏抵触情绪。这个教训极其深刻，给我们敲了警钟。

我团在天全驻的时间较久，给天全人民做了许多好事、实事，军民鱼水情深，关系融洽。我们离开时，大家都恋恋不舍。这天一大早，从部队罗家坝驻地至天全西郊，两旁站满了党政军民及各界代表，不下千人，他们手挥小红旗，敲锣、打鼓、放鞭炮，歌声、欢呼声连成一片。有的给战士送熟鸡蛋，有的给战士戴红花，场面热烈又感人，对部队鼓励很大，“感谢天全人民”“进军西藏无上光荣”“修好机场，保证运输”“毛主席万岁！”“中国人民解放军万岁！”口号声不断。汽车走远了，欢送人群还站在那里目送远去的亲人。

我们连乘坐3辆苏制嘎斯车，百多号人挤得满满的。汽车“嗡嗡嗡”地爬山，很吃力，我们坐车的人都在为它使劲。3个多小时才到达我们所修的两路口，中途下车推了5次，有一次推了50多米远，人人满身大汗，二排长说：“坐车比走路还累。”二郎山上的公路是劈开土石坡而修成的，仅几米宽的平地，地基不牢，不像川西平地的地基是石头垫成的，这里经汽车一压，路便成了“搓衣板”，坑坑洼洼的。尽管有护路的，也仅在坑洼处填上几锹土，这一带雨水又多，一冲又成了坑。路面不平，又是上坡，而且坡度很陡，汽车又都是旧的，马力小，走这种路实在够呛。司机满足了我们的要求，在我们修的路段停车休息，全体下车后挥臂高呼“劳动创造世界”“劳动最光荣”“劳动最幸福”“工人万岁！”这就是战士们的幸福观。

中午，在滥池子兵站就餐，虽然米饭夹生，但菜合口味，大家还是吃饱了。我们和杜副站长聊天，他说：“这座大山阻挡了进藏部队的后勤供应，西南军政委员会不少领导多次到此考察，提出在条件成熟时，从这里打个山洞到泸定，就可以不爬大山了。”我们听后都笑了，刘排长说：“我们修路遇到大石头都没办

向大自然开战！　　（佚名）

法，去钻山洞那困难岂不成堆？”孔文干反驳说：“科学发展了，说不定能成呢。”大家望着云雾笼罩的二郎山，摇头叹气，打山洞似乎成了天方夜谭。

二郎山原来只有羊肠小道，现在通了公路，尽管是初通，但藏汉文化商贸的交流方便多了，不时能碰到成群的骡马商队，见到我们后都面露微笑致意。筑路部队的驻地随后便成了过往商客和行人的驿站，原来仅有的几户农家如今已成了小村，居民多了，两路口、滥池子也就成了进藏的热闹“乡镇”。物资仓库一排又一排，大米包堆积如山，牦牛、驮畜上上下下，人员川流不息，一片繁忙。兵站在路边设有茶水站，免费为过往行人提供食宿，受到军民一致的好评，一个叫扎西的昌都茶商用藏语对我说，从前他在山上行走要耽搁二十几天，还提心吊胆，生怕遇上土匪抢劫；现在好了，到处都有“加米萨巴”（新汉人）保护我们，还管吃管喝，真是菩萨兵。

我们下午3时从滥池子村乘车向山顶冲刺。汽车一直用一档，“嗡嗡嗡”地吃力往上爬，“之”字形的路，拐过去又拐过来，一直这样向上拐着。天公又不作美，大雾迷漫，细雨连绵，我们穿着棉衣都还感觉凉飕飕的。虽然坐的是汽车，但跟坐老牛车没有什么两样，人人都在心里为汽车鼓劲加油。我们越心急，它越走不动。4个多小时才走25公里，在距山顶还有5公里时，突然起了大雾，能见度不足10米，刘连长说：“人倒霉买两斤盐巴也生蛆。”很快，大风夹着鹅毛大雪一齐向我们压下来，汽车打滑走不动了，我们只好步行轻装上山，行李全部放在车上了。这里到高耸入云的二郎山山顶，虽然不足5公里，我们却用了2个多小时，人人狼狈不堪。幸亏山顶有十二大队三营一连1个班在守护、维护公路，他们让我们烤火取暖并送来茶水招待。我们心想他们长年坚守在山顶，多么辛劳呀！

我们歇息了一会儿，又顺着弯曲的公路下行了5公里。天快黑了，我们就在路边稍干的地方烧火取暖，两人背靠着背有说有笑。二排的“活宝”邓双全说：“我们真有福气，在世界屋脊上烤火睡觉，他们大城市可享受不到这种待遇啊！”说得大家哈哈大笑。整个晚上我们基本没合眼，靠烤火到天明。还好，从泸定上来一辆汽车给我们带来了口粮，并且让我们坐这辆汽车抵达泸定。

我们原先的那辆汽车很晚才赶到泸定，因任务紧急，我们乘车夜宿康定城。这是进入高原后最大的城市了。康定是藏族聚居地，藏族是个能歌善舞的民族，在乐山学藏文时，藏族老师隆果法师就说过，藏族人从会说话开始就会唱歌，会走路时就会跳舞。

3月22日早饭后，我们8点就出发了。一出康定北关就遇高山挡道，这是进藏后的第二座大山，比二郎山高出约千米，海拔近4200米，这座山叫折多山。整座山光秃秃的，没有树木，草矮，是标准的高原山。该山坡度不大，急弯不多，汽车不太费劲地在下午5点就抵达了塔公寺，夜宿九连驻地。这里属高寒气候，干燥，风沙弥漫，昼夜温差很大，极易感冒，卫生员监视每人口服药丸。晚上点名时，指导员表扬了全连干部战士的吃苦精神和团结友爱精神，安全抵达工地。

到塔公寺就来到了道孚，那是一马平川的大平原，很远才有一些馒头山。从这里开始，村庄就多起来，牧场也不少，广袤的大草原牛羊成群。我们经过的地方，都受到藏族同胞热情的招手欢迎。到了炉霍县，更有大批的群众在路边迎送，场面很热闹。原来，第五十二师同这一带的藏族同胞打了很长时间交道，他们为群众办了许多看得见摸得着的好事、实事，这里的群众热爱解放军、支持解放军，军队的形象很好，藏族群众由衷感激，并说："红军回来了！"

过了折多山，路况好多了。汽车时速最高可达30公里，5个小时，我们安全抵达甘孜，住在先遣队安排的老土窑洞里。这里距机场近，便于施工。甘孜是个好地方，坝子大得很。西边山上是一座有名的藏传佛教格鲁派寺院白利寺，有500多名僧人，红军朋友藏人领袖、著名的第五世格达活佛曾是寺庙的主持。

进藏前的休整及任务分配

1951年5月3日，连队指导员王景山和我谈心，他开门见山地说："你要记住毛主席的一句名言'枪杆子里面出政权'，我们解放西藏后，大量的工作要靠地方政权、靠大批干部。干部从哪里来？靠部队解决。昨日接到团党委通知，决定抽调你和二排长去做开拓波密地区的工作，总共可能有几十人。这是光荣的，也是艰苦的。"我说："军人以服从命令为天职，叫到哪，就到哪；叫干啥，就干啥，保证干好，让首长放心和满意。”

我的表态，是真诚的。在川南安家决心多大呀，突然宣布进藏，我马上就接受了，不但思想通，而且行动积极，藏语学得最好。今天，领导决定让我去西藏开拓地方工作，任务更重、更艰巨，也更光荣，自然也会无条件地接受，并保证一流地完成任务，让组织、领导放心。

今天下午，在师司令部楼上，一号首长金绍山、七号首长洪流分别做了指示。金绍山师长说：“向大家提四点希望：第一，要树立长期建藏的思想；第二，学好政策，执行好政策；第三，提高原则性；第四，爱护身体，保护人马健康。总的要求是要把工作做好，端正思想。不管在任何情况下，时时刻刻都要记住党和人民，记在心坎上，只有这样，才能做好工作。我坚信，经过反复挑选的同志，一定不会辜负党和人民信任的，一定能把波密建设好。”

师七号首长洪流做了长时间的讲话，他说：“军党委高瞻远瞩，接受进藏任务后，就着手西藏解放后的事宜，其中包括决定第五十三师主管波密和林芝地区的工作。我们第五十三师审查、挑选人员的工作是从2月份开始的，首先由团里首审，再报师审核，最后报军党委批准，反复多次才确定下来，名单近日才公布。选拔条件很严格，一点都马虎不得。我们向军首长做了保证：第五十三师下地方的同志是不会犯错误的，定会圆满完成任务的。”洪主任严肃地说：“我们信任你们，定会完成任务的。不过，丑话说在先，到波密后，只准做好，不准做坏。个别人经不住考验，出了事，犯了错，要调回部队，从严查处。”

听了两位首长的讲话，我深受教育，也明确了任务，认清了形势，完成任务的信心更加增强了。

5月7日，军部召开欢送大会，欢送去波密、拉萨、昌都的先遣工作队。谭冠三政委做了热情的讲话，他说：“要明确我们的任务，总的来说是解放西藏、建设西藏，巩固西南国防。这个任务还带有国际性，这个任务既艰巨又光荣。”他又说：“发扬一个革命者的高贵品质，忠心耿耿，解放自己，还要解放全人类。要树立坚定的人生观和世界观。”他要求革命者克服一切不良思想和行为，不计较个人的一切得失，一切行为符合人民利益。如若犯错，要从严处理。他还号召大家努力学习理论和政策，执行政策不走样。用政策发动群众，教育群众，惠及群众。最后，他要求大家增强组织纪律性，加强团结，联系群众，向藏族同胞学习，共同努力，建设新西藏。

这几天重点学习军部颁布的《进军守则》。守则共有34条，涉及各个方面，属纲领性文件，也是行动的指南，每条都重要，越学越想学，真可谓学而不厌。这个守则凝聚了以张国华军长为首的领导们的心血，是广泛征求各方意见后制定的，对我们的工作很有指导意义。我还将守则内容记在本子上，随身带着，有空就学，免得犯错。

守则条款简介：关于风俗习惯的8条、政策方面的9条、外交纪律的6条、藏人禁忌的27条、入城纪律的4条。

每条都有详细内容，如禁忌项包括：不可买或宰杀放生的牛羊；衣帽不可放在经书或佛像上；不必询问老人的年龄；不可轻易抚摸藏人的刀枪等。再如政策方面：对藏兵大力争取，昌都1800名僧兵没参加战斗；对藏俘宽大，不杀、不侮；不没收个人财物，保护寺庙，宗教信仰自由等。

经过学习，我不但能背下条文，还尽量吃透精神。

5月14—17日，根据大家的要求，第一五八团政治处主任孙德泉向我们传达张国华军长的一次讲话，在传达军长指示的同时，他谈到自己对指示的理解，他讲得通俗易懂，我们很受教育。

孙德泉主任头天传达了张军长讲的西藏的一般情况、西藏是五大民族之一、社会情况、藏汉关系、自然情况五个问题。又强调说军长要求下地方的同志要根据西藏各个地区的不同情况进行工作，一定要从实际出发；要牢固树立长期建藏的思想，算大账，算国家的账，不要算小账，算个人得失，如待遇、军籍等；要做国家的预备官，一旦国家需要，再调回来，保持原来的军籍；你们要把当地的干部培养出来，为将来的工作打下良好的基础。

军长还说，快乐是建立在工作搞得好、对人民贡献大的基础上的，享乐是建立在自己创造的业绩上的，否则是享乐主义，是资本家、地主阶级的剥削思想。要明确树立自己创造享受的条件，这就是主动积极工作，长期建藏，为藏族人民服务并彻底解放的观点。

军长还提醒大家，西藏工作搞得好坏，决定于我们脑袋里是否肃清了大汉族主义，这是一个很重要的问题。

5月15日，孙德泉主任继续传达张国华军长的讲话。军长说，过去我们坚决执行了毛主席“慎重稳进”的方针，宁愿不做，也不违反政策、出毛病；宁愿慢一点，也不愿犯急性病。中央的方针是：达到团结西藏各阶层人民的目的。

军长说，要做好西藏的工作，必须熟悉西藏的实际情况，才能从实际出发搞好工作。“慎重稳进”结硕果，昌都战役的胜利影响很大，震惊全球，各国人民都高兴。对分化瓦解西藏统治集团起到了很大作用。此外，军长对运输问题、采购问题、除奸工作也都做了具体指示。

5月17日，孙德泉主任继续传达和解释张国华军长的讲话，重点是讲过去一年的经验。

团结是首要的经验，是非常重要的。我们是有原则地团结。

对待西藏上层统战人士要诚恳热情，多花几个钱，但要有目的，这对党对人民都是有好处的。要讲礼貌，防止野蛮等不良现象。还要根据他们的特点、兴趣和喜好以待之。团结的总方针是：通过上层人物去接近、教育、改造群众，完成解放、建设西藏的任务。团结也是为了教育和改造他们，变阻力为助力，这是中央的方针。团结有界限，即拥护中央政策，拥护解放西藏、驱逐帝国主义势力出西藏。对西藏的反动分子，尽量大力争取和教育改造他们。目前团结上层方面有两种偏向：一种倾向是不耐心说服教育，犯急躁病，对他们持怀疑态度；另一种倾向是无原则团结迁就。在批评中一定要结合教育，好的进行表扬，并善意地指出其问题，即先表扬后批评。不能罚款罚物，那样影响不好。

关于培养干部。军长说培养新干部不易，不能要求过高。首先要明确两个问题：一是干部来源，主要以土司、头人、喇嘛活佛、藏军官和士兵为主要来源，这就要重视物色，教育改造他们，使他们改变观念，学会新作风，为西藏人民服务；二是不能讲资格，只要是拥护共产党解放西藏，拥护共同纲领，驱逐帝国主义势力出西藏，又能联系群众，在群众中有威望的人，就是好干部。对他们不要抓得过紧。对有些风俗习惯要看得惯。应再三向他们讲明，我们是去帮助他们工作的，帮助西藏人民翻身解放的。要防止我们的干部应付支差，防止不安心现象。明白一点，我们不是去西藏、波密当官的，要当官也只能当个副的。军长最后要求，从西藏实际情况出发，对现有制度不予变更，要循序渐进地工作，不能照搬汉族地区的工作方法和经验，要和当地统战人士及藏族同胞密切合作，在现有条件下做好工作，为将来的工作奠定坚实的基础。

最后，首长号召全体共产党员、革命军人团结一致，全心全意为解放和建设新西藏努力奋斗，再立新功！

在甘孜这段时间主要是学习，学习军、师、团首长的多次讲话，学习文件，学习毛主席有关指示。通过认真学习，深入讨论，大大提高了我们的政治、政策水平，决心大了，信心足了，走上工作岗位的条件成熟了。

今日开始向西藏进军。早饭后，我们乘苏制嘎斯车向西行进。这段路初通，坑坑洼洼，高低不平，汽车颠簸得十分厉害，全是“搓衣板”一样的路，有时把人颠到1米来高，乘车人中不少都被颠呕吐了，我还好，经受住了这个考验。120公里路走了10多个小时，途经松林口和玉隆，夜宿三兵站搭建的大帐篷里，每个帐篷可住20多人。兵站为我们提供了食宿，那个用干白菜混同红烧肉做的菜，吃起来特别地香。今天的康藏公路终点就在这里，位于高耸的海子山东坡脚下，这里的气温也比甘孜更低，也更冷。

胜利翻过海子山

勇士们蹚着冰河向西藏挺进。（佚名）

由四川西进去西藏，要翻越许多南北向的大山，即被称为“横断山脉”，大的山约14座，眼前的海子山就是其中第一座，据说海拔近4560米，山路弯曲得很，路程约15公里。

5月30日，住在大山东坡3里处，这里很平坦，有一个营部，3个连队分布在大山的东坡，每个连负责3公里的筑路任务。他们在这高海拔地方施工得付出多大的辛劳呀。当他们看见我们负重行军时给予了鼓励，拍巴掌、喊口号，而我们反观他们，人人脸色紫黑，身着脏衣，不少战友的衣服很破烂，头发老长，年龄仅二十来岁的乍一看竟三四十岁，老相多了。这些可怜又可爱的战友，大大激励了我们，我们咬着牙，忍着累，向山顶攀爬。因为长期修建，没有很好锻炼，今日爬山显得特别疲劳，四肢无力，如大山压肩，汗水滴个不停，到现在才体验到什么是“寸步难行”。

中午时分，全队人马登顶成功，在山顶啃了馍，一根蛋黄腊当菜，用溪水解渴，皱着眉的脸也有了笑容。

这个山，上山容易，下山也不难。过了山，视界开阔，广袤的草原上牛羊成群，山清水秀，水声潺潺。顺着山沟走了20公里，沿途周围的村庄、树林、牧场陪伴着我们，迷人的风景大大缓解了我们的疲劳。最后，翻过一座小山，便到了宿营地——竹箐村。

6月1日，我们第一批20多人抵达竹菁村，波密工作队第二批30多人次日到达。

竹箐村地势开阔平坦，眼前是一片广袤的草原，一个美丽可爱的地方。从这里向北去青海省，向西去西藏，是康藏公路的必经地，也是兵站驻地。这里有一座规模宏伟的藏传佛教寺庙，有几百僧人，附近村民是寺庙的差巴户（寺

骑兵向西藏进军。 （佚名）

庙的农奴）。

旧西藏社会是封建农奴制，农奴主主要包括政府官员、贵族和寺院上层僧侣，西藏的所有生产资料几乎都掌握在三大领主手里，广大农奴不但没有生产资料，连人身自由都没有，全部都依附于三大领主，生的孩子都是领主的“财产”，领主可以任意将其赠人、买卖或杀戮，农奴没有一点人权，更没有什么尊严。

今天休息，我同七八个藏族同胞进行了交谈，通过沟通了解了不少社情、民情。他们对我们的宣传感到十分高兴，他们说：“藏民生活够苦了，盼望太阳出来，过上好生活。”他们对“甲米萨巴”（新汉人）解放西藏很欢迎、很支持。他们还说：“菩萨兵真辛苦，用汗水修金桥。”他们还问了毛主席、共产党、解放军是什么。我都一一做了回答。今天同藏族同胞初步接触，感受很深：一是藏族同胞在黑暗中挣扎，渴望翻身解放；二是他们盼望得到知识。

6月2日，一排和二、三排的牦牛没有赶到，兵站又没有驮畜，我们只好在此再休息一天。我有了时间与藏族同胞接触，从他们口中了解到封建农奴制度不得人心，人民恨之入骨。

早饭后，何祖荫科长召集开会，他说：“从这里到昌都需要个把月时间，牦牛怕热，到处钻，阴天才能行，而且走一站得换一站牦牛，还不一定有足够的牦牛。如果轻装，则半个月可到昌都。”于是，我们临时决定每班留一人跟随牦牛队前行，其他人则轻装出发先走，这样就可以早走、早到、早工作。先走的人，每人背负10公斤左右的主副食。科长号召大家发扬我军特别能吃苦的革命精神，以积极、愉快、坚决的姿态，完成进军任务。

会后，我清理了一下行装，心里真舍不得扔掉一些东西，如3本藏汉文字典、5本日记被我视为“珍品”，虽然有5公斤重，但再累我也舍不得丢呀！最后，我清理后的行李仍有28公斤。

下午，利用闲暇，我将收藏的4种军报刊载的重要文章抄在日记本上，以备学习和阅读。如关于和谈的经历、《十七条协议》、毛主席和朱总司令讲话、《人民日报》社论，还有昌都介绍、解放昌都等。这是我的习惯，平时爱把认为重要的材料都收藏起来并抄在本子上，这样一来不易丢，二来随时可以翻阅。

进军西藏：甘孜至昌都

我们二排比较军事化，所以打前站，一、三、四排行动迟缓，3日才赶上来，6月4日，全队一起行动，集体翻山。

从竹箐村出发一直向西，道路忽高忽低，一上一下，很费劲。大约走了5公里就开始爬山，上下有18公里路程，坡度不大，走的是大“之”字形的路，部队缓慢前行，虽然吃力但还承受得了。部队来到山腰的一大块平地，烧开水，吃糌粑，喝酥油茶！当我们爬上第二个山腰时，倾盆大雨下个不停，平时的小沟瞬间成了小河，鉴于登顶还需要很长时间，队里决定宿营，我们找了一块篮球场大小的平地，搭起了十几顶帐篷来。以班为单位，大家忙着端水、拾柴，很快喝上了开水。但让人头痛的是米饭做不熟，这里海拔高、缺氧，后来，米饭多闷了一些时间，才稍微好些。炊事员在干白菜中放入猪肉罐头做成肉汤，用米饭泡汤就餐，大家非常满意。天下着雨，雨云时时笼罩着营区，我们好似成了神仙一般。

下午，雨过天晴，我们发现了许多鼠洞，不时还听见有“咕唧、咕唧”的声音，走近观看才发现是一只旱獭，藏语叫“其贝”。我和李朝群、李晋孝、薛炳玉将几个大鼠洞堵死，只留下两个，一个洞口用铺单蒙着，形成口袋状，另一个洞口点燃几块干牛粪，将牛粪冒着的烟直往洞里扇，不大工夫，一头公獭窜入铺单，接着又窜出一只母的……每只旱獭剥皮后有4公斤肉，然后由队部分给了各班。晚上点名时，

向西藏进军。（佚名）

带队的何科长表扬我们有整体观念。

晚上，风雨交加，幸好帐篷都搭得结实，没有被吹倒。不过一个帐篷住4个人，没有垫子，只在杂草树叶上铺一块铺单，无奈之下，只好两个人睡一个被窝，盖两床被子。

6月5日，一大早就出发了，天下着雨，人人一块雨布遮身，被子淋雨后潮湿得很。早餐后，我们约2个小时走了近3公里，爬到了山顶，却出现了头痛脑涨，脉搏急促的高山反应。解决办法是早点离开，多喝水。我们高一脚低一脚地下山，山上积雪不少，摔倒、滑倒成了家常便饭。山腰白云、黑云交织，形成一幅幅美丽的图案！这时，传来了“艰苦是光荣！”“顽强是胜利！”的口号。担任连队文化干事的我们这一批小资产阶级、小知识分子，今天走在雪地里听到这种鼓劲的口号是起作用了。

晚上我们住在山脚距柯鹿洞有七八公里的一个寺庙里。所谓住“寺庙”是指住地确无居处，经和寺庙负责人协商，暂住寺庙管理的多余空房，如佣人住房、牛马棚圈等处。我们虽然不进寺庙跪拜，但仍然向寺庙赠送了砖茶什么的。

6月6日，雨下个不停，衣服都淋湿了。在百丈悬崖的山沟里，浪涛呼啸的急流一直伴随着我们前进，山沟狭窄，抬头才能看到山顶，两山把人夹在中间，令人恐惧。山上都是树，林鸟众多，山花烂漫。

一路上，我观察到不少地方的水塘中冒着水蒸气，个别的还被水蒸气所笼罩。快到目的地时，才发现有不少男女藏族同胞光着身子泡在水池中。我们住下后，从和藏族同胞的交谈中，才知道这叫温泉。扎西老人说这条山沟有许多温泉，其中十几处可以洗澡，大的池子可容纳20多人，水温不冷不热，有几个温泉水的温度很高，可以煮熟鸡蛋。他还说泡温泉可以治很多病。天黑了，我们也去泡了温泉、洗了澡，身体轻松多了。

6月7日，一直沿河而下，河谷开阔，土地肥沃，靠山边有一个10来户的小村子，每户人家均是木板房，户与户之间相距几十米，每户人家一般有5~8间房屋，房顶插着经幡，微风吹拂，发出哗哗的响声。草坝上散落不少牛、马、猪，有的在吃草，有的躺在那里晒太阳。我家乡河南的小麦这时早就收割完了，这里的青稞禾苗才尺把高。不少地里藏族妇女在拔草（男人持家，当裁缝），歌声不断传来，我只听懂了很少一部分，有一首：

山不可能没有帽子，

白冰雪是它的帽子；
山不可能没有衣服，
棉花云是它的衣服；
山不可能没有腰带，
小泉是它的绿腰带；
山不可能没有鞋子，
拉姆措是它的鞋子。

我在甘孜时，藏族民间歌手扎西多杰是我的朋友，他向我讲了许多藏族民歌，上面这首歌就是其中之一。不远的地方，又听到一首我似懂非懂的歌谣：

沐浴节的那天，
我俩相距不远。
你的眼光一闪，
秋波让我难眠。
平时我俩常见，
本想倾诉心愿。
你总微笑不言，
令我难以攀谈。

歌声过后，是一阵欢笑声，藏族真是能歌善舞的民族。

在德格吃的午饭，米饭喷香，绿绿的白菜中加些猪肉罐头，还有葱花，好长时间没享过这种福了。

6月8日，久盼的金沙江终于看到了。这里叫岗拖，金沙江渡口。过了江就属西藏的江达县了。岗拖渡口十分有名，沿江20几个渡口，唯岗拖平稳安全，它是进藏的必经之路，来往人员多，这里有20几户人家以渡船为业。据老船工索郎旺堆回忆，在他28年的渡船经历中仅有两次小事故，无大碍，更无伤亡。他的经验是：维修好牛皮船，风大浪高不开船，航行时撑好舵。

金沙江发源于青海省，穿行于川、藏、滇三省区，至四川宜宾纳入长江始称长江，是川藏两省的界河。岗拖江面约150米，流速约每秒8米，流速还算快的，虽然渡口江面翻起一米高的波浪，但水下无暗石阻拦。牛皮船出航后，好似一个圆物快速向下漂去。一只船一般搭乘3人，最多5人。老船工旺堆说："这只牛皮船用了3张牦牛皮，皮子经过加工变柔软了，再将3张皮缝制套在做成的木架上。

一年得换两次船，按现价，一只船造价200个银圆左右。平时过江一个人仅收半两藏银，一年可进账千元左右，不过也辛苦，有风险，愿干的人并不多。我家是祖传的，已经三代了，打算叫儿子接班干下去。”

我、余铎和世华3人坐一只船，船工次仁让我们坐成品字形，世华坐前，我和余铎坐后排，并坐在背包上，船工要求我们两手紧抓船帮、坐稳坐牢、不得起身。我们坐定后，次仁解开绳索，船似脱缰的野马，顺江斜着向下冲去，船工使劲划桨，并掌握方向，约15分钟就划了200多米，抵达了对岸。说实在的，船在江中时我还是害怕的，水流快船就快，人心跳得也快，生怕出事。幸好，胜利渡过了金沙江。

5月31日从甘孜出发，步行多天才过了金沙江，长途跋涉，累得很。6月9日，队部决定休息，名曰“小休整”。大家松绑一下，洗洗衣服，清理行装。在班里我念了一些材料，并详细讲了《十七条协议》签订的经过和内容，还好，大家爱听。

早饭后，我和比我大4岁的副班长徐志洪进山采集野菜。我昨日从房东康珠老阿妈那儿了解到，她卖给我班2个银圆的野韭菜，在北边高山上多得很。我俩爬了近2个小时才到山顶，那里野韭菜好像菜园子，拔了1个多小时，我俩的包包都装满了，约15公斤。回来后交由老徐分配，除我班吃两顿外，绝大部分分给各班了，科长夸奖我们大公无私，一人辛苦万人幸福。

6月10日，一出门就爬山。爬山成了家常饭，烦它、怕它，都无用，只好顺其自然，把它踩在脚下，才能到达西藏。经过多日的攀爬，有了经验，战胜它的办法也多了。所以，爬山成了常态，不惧怕，不回避，勇于登顶，一直登到目的地。今日，爬山正常了，领导也不费心了，动员也少了。

今天出现一件事，昨天采集剩下的韭菜如何处理，多数人的意见是扔了，都不愿带。我想：菜来之不易，而且到了下一站无菜吃，我自告奋勇说：“我带！”借赵天云的口袋，我身背包括脸盆及4公斤韭菜走了15公里地，老赵看我满头大汗，便帮忙拿了一袋。

今天晚饭和明天早饭都有菜吃了。在这荒山野岭的路上行军，有菜吃、吃饱饭就不错了。我俩累些，但十几个人能吃饱吃好，我心里很舒服！

6月11日，要翻过宁静山脉的第一道山，虽然不知海拔高度，但整个山都是雪，云雾迷漫了山体从身边掠过，不久又飘过来，我们恍若置身在仙境里。我开头还担心爬不过大山，一则山高，二则昨日身体不适。还是筑路部队的英勇气概激励了我，向他们学习，走路有什么了不起！这里海拔高，空气极度稀薄，挪步非常吃力，有时眼冒金火星，腿也配合得不好，连舌尖都被咬烂了。不过，今天行进安排得好，速度慢，适时休息，我还是可以跟上队伍的。经过8个小时的耐力行军，终于登顶成功。山顶和天连成一体，天地不分，让人们误以为这是大海呢！在山顶只是小憩，头又痛又昏，喉咙好似塞了棉花，鼻子也不通气。

6月12日，凌晨3点半起床，帮炊事员做饭，米饭还是半生不熟，天天、顿顿吃夹生饭，这是进入高原后“闺女穿她娘的鞋——老样”。不过，肚子已经适应了，也没有得胃病，环境真锻炼人呀！

今天一直逆河流而上，只有23公里，路程不远，但累得很。中午，在河边烧水吃饭，午餐还是代食品：即各种五谷杂粮磨成粉后装入布袋，食用时，各人根据喜好，用水搅和。有的吃糊糊，我吃的坨坨，无盐无糖，填饱肚子就行了。途中无兵站，没饭店，没商铺，全靠自己了，没有条件择食呀！

这里有个空投站，大家叫它卡贡空投站。一望无边的草原上，牧草繁茂，牛肥羊壮，一座座帐篷星罗棋布。据空投站同志讲，他们无数次迎接飞机的到来，也来过几次从太昭方向过来的，但却没有投下过一次物资，尽管这样，我们还是要做好接收空投物资的准备。在草原空投场中心有一个约30平方米的红色标记，即空投中心点。现在国家困难，还不能造飞机，仅有的几架也是缴获国民党的老飞机。有一次，从新津起飞到太昭，据说油不多了，差点飞不回机场。如果有飞机空投，进藏部队要少吃多少苦啊！

6月14日，天刚亮，约6点钟就启程了，因为今天要翻大山。一出门就开始爬山。这是宁静山脉的第二道山，比前边的山高多了，山上无树，光秃秃的，不过草长得还好，到处绿茵茵的。据牧民讲，草虽短，但草质远远高于长草。在山坡上还可看到散落的牦牛，那里凉快、草好，是牦牛喜欢的地方。

这个山虽高，但道路弯弯曲曲，是商家来往的骡马驿道，人畜走起来感觉不是很累，出汗也少。上山走了5个小时，在山顶吃午餐，当然还是代食品，一根蛋黄腊作为菜，口渴也不敢喝冷水，怕坏了肚子。下山速度快了一些，因坡度缓，下午4点下到山底。驻扎后照旧搭帐篷、烧水做饭。晚饭后，我和余锋、德彬、克级等6人又去捕捉旱獭。我们分成两组，还不错，各组都捉到一只。两只獭肉够3个排明晨打牙祭了。草原平展，大无边，人少，牲畜多，可惜不能种庄稼。

6月15日，翻越宁静山脉的第三个山头。这几天几个山考验了我们，锻炼了我们，教育了我们。这个山和第二个山差不多高，山形相似，好似三兄弟。我们有思想准备，决心翻过去，也有条件翻过去。早餐吃得很好、很饱。早上7时出发，约11时抵达山顶，这里干牛粪多，便于我们烧水做饭。何科长饭后说，不要松动，还要继续吃苦才能到达昌都。

下午4时到达脚龙（有人写成觉龙）兵站，住在兵站帐篷里，吃兵站的饭，饭菜合口。吃饭时，有个东西碰了我的腿，我弯腰一看，是一头大黑熊，正在桌子下面找东西吃。兵站司务长告诉我们说，不用怕，刚建站时，他们就捡到这只小熊，一直把它喂大。那时怕它野性发作，拔掉了几颗牙齿，它从没咬过人，对人友善，他们把它当狗养。过往人员都爱和它玩，有时它还撒娇，专门在人身上磨蹭，不时站起来和人亲昵。它已经成了兵站的一员，大家给它起了一个藏名叫“罗布”（宝贝的意思）。一喊“罗布”它就来了，乖得很。

脚龙温泉很有名气，青海、甘肃成群的藏族同胞、善男信女四季来此长住，沐浴温泉，尤其秋冬季来的人更多，只有限时限人。设立兵站后，兵站对原有的3个浴池进行了维修和扩建，将原来同时沐浴四十几人扩大一倍增至百人，由当地头人管理，不收分文。兵站还建立了4个浴池，每池可容纳20人，单房间，不收费，专供部队来往人员使用。我今晚洗了两次，水温约50℃，进水口有两个小闸门，一冷一热，可调配水温。这里的石头发白，有硫黄味。西藏真是个好地方，地下不知蕴藏了多少矿产。

6月16日，队部决定休息一天，几天翻越大山把大家累坏了，这里有兵站，饭不发愁，环境又好，是理想的休整地。

上午洗了衣服，又上山拾柴，这些刺柴不耐烧，午餐后又上山拾柴，每次都拾回十来斤柴火，全部交给了兵站。并将一个偏僻小河沟捡到的一只不会飞的小黄鸭交给了杨站长，他说把它养起来。四班采取老办法，逮住一只老旱獭，剥皮后净肉有十多斤，炊事班石班长说：“明天早餐大家改善一下生活吧！”今天名义上休息，实际上大家捡柴、采菜啥都干，没人躺下晒太阳的。

6月17日，行程45公里。逆小河而上，全是上坡。其中15公里难走，称不上是路，忽高忽低，坑坑洼洼，坑水溅湿了裤子，鞋子也没有干过，脚被水泡得虚肿。不少人扭了脚，但还是坚持前行。累了，站立一下再走，不敢坐下休息，怕天黑走不到宿营地。长途行军要有耐性，不能急，一步一个脚印前进。走完这一段难路，大家才停下休息，烧水吃饭。不知何因，今天吃的代食品特别香，仿佛有五香粉味，口感甚好，我吃了一大碗。

午饭后开始下坡，坡度不大，在一个小草坝上看见几顶帐篷，牛羊不少。西藏牧民喜欢分散居住，便于放养牲畜。

6月18日，将翻越宁静山脉的第四座大山，山脚下水草丰茂，烧柴不缺。队领导说，今天好好休息，明天再翻一座大山就到昌都了。首长何祖荫补充了一句，这叫“养精蓄锐”。号召大家发扬吃大苦的精神，战胜明天的大山，同第一五七团下地方的同志会合。

今天行程35公里，只翻了一座不大不小的山。但云雾太浓，我们在云中穿行，视线仅十来米，水汽太重，比较寒冷。我们仍然走“之”字形的路，这样才不太累人。快抵达山顶时，下起了中雨，大家只有一个心愿，忍耐再忍耐，咬住牙也要爬到昌都。

今天很早到了热亚，我趁机去山上挖野菜，不到2个小时采到三四公斤野韭菜，分给其他班一半。然后又同几个人搞到一些柴火。炊事班烧开了水，大家围坐喝茶，谈天说地。晚餐有韭菜佳肴，又美餐一顿。

我们第五十三师第一五七团配合第五十二师胜利完成了昌都战役后，从南路

先遣部队抵达拉萨。（佚名）

巴塘、宁静撤至热亚驻扎。他们得知我们的到来，便带着印度香烟来看望我们，双方相互拥抱，热泪盈眶。

6月20日，行程45公里。出现在眼前的这座大山叫达马拉山，是宁静山脉的最后一座山，即第五座山，目测海拔5000米左右。该山连绵起伏，一出发便开始爬山，约4个小时才到第一个山头。又过了3个小时到第二个山头，不凑巧，这时下起了大雨，洪水顺着干涸的山沟猛冲下来，我们班12个人被洪水隔断。前面过去了7个，5个被挡在沟边，直到半小时后雨停了才跟上。在翻第三个山头时，正好走到第一五五团一营驻地，兄弟部队很友好，强行留我们吃了午饭。饭后又翻过一个山坡，就一直下到昌都。今日行军用去10多个小时，是几天来走得最远、耗时最长的一天。

昌都是金沙江以西的重镇，货物的集散地，藏东政治、经济、文化中心，是战略要地。1950年10月获得了解放。

6月21日，上午10时出发，第一五七团来了二十几个同志帮我们背行李、扛行军锅，一直把我们送到昌都西5公里处一个叫“列亚”的村庄。他们负重，我们空手，真不好意思。说实在的，他们比我们更辛苦，他们参加了昌都战役，长期坚守在前方，还要克服物资匮乏和高原环境的考验，是功臣，是英雄，是我们学习的榜样。

我们大部队的到来，在这里同第一五七团下地方的23人相聚，彼此都感到格外亲切。苗丕一师副政委、师保卫科科长何祖荫、一五七团组织股股长王长安等和大家热烈拥抱。我们这次进军胜利完成，大家都很幸福，很兴奋！

进军西藏：昌都至波密

1951年5月23日，《中央人民政府与西藏地方政府关于和平解放西藏的协议》签订了，即人们称的《十七条协议》，宣告西藏和平解放。

进藏前，第十八军党委就划分了各师的管理范围。军部主管拉萨地区，第五十二师主管日喀则地区，第五十三师主管波密地区，第五十四师主管昌都地区，第十八军独立支队主管那曲地区，新疆军区主管阿里地区。

《十七条协议》签订后，各单位从速行动，挑选合适干部组成先遣工作队，然后进行培训，提高认识。

我们第五十三师组成方案是以师四号首长苗丕一为队长的波密工作队，工作队由80名排以上干部组成。在甘孜机场师部进行动员时，军二号首长谭冠三政委、金绍山师长、洪流主任在行前都讲了话，并给予了我们殷切期望。

第五十三师工作队是5月5日在甘孜开始集中的，在甘孜的二十几天里，唯一的任务是学习，学习军党委制定的《进军守则》34条，学习民族、宗教理论和规定，学习领导讲话。第一五八团首长讲得详细、深入浅出，收获颇丰。这次学习胜似进学堂，有针对性和可操作性。

5月31日我们波密工作队离开甘孜，徒步向昌都挺进。6月21日抵达昌都，和参加完昌都战役后先期抵达昌都的第一五七团的苗丕一副政委、何祖荫科长、王长安组织股股长，所率领的下地方的二十几人会合于昌都西列亚村。

6月22日，苗副政委对80名工作队队员讲话说，进军西藏和建设西藏是和国际及全国总任务一致的，我们的任务只是全国总任务之下的具体组成部分；我们去建设波密和建设西藏的总任务是一致的。

首长讲话反响很大，他让我们要看得更远，个人的活动和全局相关，不能鼠目寸光；个人和国家要融为一体，才能看得远、干得欢，事半功倍。

我们在昌都学习了一个多月，而且学习得很细致，如学《进军守则》34条时，是逐条学，不仅学习它的内容，还要学习遇到各种情况该如何应对。大家提问题、出主意，大家来解决，加上领导辅导，做到真正通、会，为开拓波密工作做好了精神和思想准备。

通过一个多月的学习，收获很大，我的思想有了进一步升华，自我感觉良好，对做好工作有把握了。

8月3日，离开昌都向波密进发。原计划上午9时出发，由于机关人员耽误，拖到12时才出发。

今日行程20公里，夜宿俄洛桥。由于行程不远，又没有大山险路，我背负行装30公斤，有大米10公斤，加上蛋黄腊、清油、盐巴，还有自己的衣物、日记本、藏汉文字典等，尽管再三精减，最后还是不少。走平路，问题不大，若爬山就够呛了。

8月4日，行程30多公里，全是上坡路，加上天气炎热，走一会得停下来歇歇喘口气，内衣湿了干，干了湿，身上好似针扎的痛，还痒得很。一直顺着小河向上爬，快到山顶时，脚步好似灌了铅，挪动都很费劲。拐过来转过去，走着“之”字形路。虽然感到疲劳，但咬咬牙就过去了。

太阳下山了，才到山半腰，这里没有平地，全是刺丛，大家各自找憩息之处。我头枕一块石，简单平整了一下，铺上树叶杂草，就当作床了。旁边的溪水“欢叫”声很大，两人对面说话都听不清。这样的条件虽然艰苦，但自己已经习惯了。我躺在“床”上，眼望天空繁星闪烁，慢慢进入了梦乡。

8月5日，行程30多公里。开始一切顺利，快到山顶时，我们秘书科的4匹驮马翻了3匹，耽搁了近2个小时。此山有3个山头，第一和第三个比较大，陡峭难行，每走一步都感到既累又苦，累得上气不接下气，不知啥时候咬烂了舌尖。

当我爬到山顶再向后看，发现几个年纪比我大的同事挪步很困难，我下山去帮助了他们，替其中的两位背东西。郑西元的脚崴了，痛得掉眼泪，我扶着他到达了山顶。

翻这座山，大家都感到精疲力尽。吃饭时，饭也只有半熟，用劲才能咬烂；没有菜，每餐只有一根蛋黄腊当菜；饭菜在嘴里打个滚就咽下去了，不知是啥味。

8月6日，行程35公里，全是沿河逆流而上。天很热，汗水直流，人人感到累，走不远就得停下来休息，身上好似背了座大山，压得躬背直不起腰。走着走着，路边出现了一排名叫“新加庄”的木板房，这是第五十二师第一五四团某营为后续部队修建的。有20余间，可住下两个连，大门两边还写着“为减轻进藏部队困难，为长期建设康藏之始”的大字，这对我们来说是很大的鼓舞。当爬到第一个山的半山腰，鹅毛大雪阻挡了我们，再加上天也不早了，我们不得不在这荒无人烟又无平地的地方露营。咋办？只好找个相对平缓的山坡搭起4个帐篷拼成“卧室”，4个人背靠背“睡”了一夜。

8月7日，出发就爬山，第一个山道路崎岖，爬得费劲，汗流得多，约10公里就花去2个多小时。又经1个多小时翻越了弯弯曲曲的第二座山。这时已经下午2点了，部队停下来休息，吃午饭。今天的午餐是代食品。饭后继续攀爬第三个山头，它更高更陡。此时肚子填饱了，有劲了，不太费劲就登顶了。山顶积雪很厚，坡度也不大，大家就采取滑雪的方式往下溜，虽然出尽了洋相，最后都安全滑下了山。翻越这座大山时没人叫苦、说怪话，情绪一直饱满，因为大家心里拥有“不吃苦到不了波密”的誓言。夜宿在山脚下的一平坝，柴火很多。我们4个人一个帐篷，远处一看，小坝子上满是帐篷，给这荒山僻壤带来了生机。

8月8日，行程逾百里，是正常行军两天的路程。今天要翻3个山头，俗话说“上山40里，下山也是40里”，而且道路弯曲，山高路远。人人背负25公斤行装，加上休息又少，大家感觉特别累，于是怨声四起。领队说，“为了撵上学习队，人家两天的行程我们要一天走完。”我听后心里嘀咕：“又不是紧急任务，何必这么折腾大家嘛，没有群众观点。”心里虽然这样想，但脸上却没有露出不满情绪。

快到山底时，看到好多野果，杏树居多。在溪边，每人喝了两碗放了消毒药丸的凉水。

8月9日，行程45公里，要翻过一座终年积雪的大山。由于我们事先有思想准备，出发又早，所以，山虽高但比较平缓，很轻松就登顶成功了。然后沿着一条河走到洛隆宗。我们远道而来，第五十二师腾出住处给我们，他们端水送茶，十分热情。晚上为我们放映电影《青年近卫军》。在这漫长的进军路上，同一部队的战友久别重逢，那关怀备至、亲如家人的情谊温暖着每个人的心。

8月10日，从洛隆宗出发，行进了5公里，就和通往拉萨的大道各分东西了。去拉萨的路向西，俗称进藏的北路；我们向南，俗称南路。这条路路途遥远，要经过原始森林、大塌方区，进藏人员、商人一般不走南路，而走北路。王其梅副政委率领的先遣部队就是走的北路，而之后的第五十二师走的南路。南路途经波密、林芝，南北两路于工布江达（原名太昭）会合。我们翻一座小山，仅花3个多小时就到了牦牛场，提前休息。午饭是代食粉和两根蛋黄腊，不知何故，对这顿午餐深感满意，觉得口感很好，因为平时吃它是无奈，今天觉得很好吃。想来原因有二：一是天天盼洛隆宗，现在终于到了；二是距波密越来越近了，显得兴奋，也许是心理作用吧。

8月11日，行程40公里，经过昂寺寺庙，比较寒冷。当地群众说山上有成群的草鹿和岩羊并霸占着森林，多得惊人，这里没有狩猎者，任其自然繁殖。有时候，鹿妈妈带着一群儿女来到寺庙，既没人招惹它们，更不会伤害它们，所以它们不怕人。

由于思想准备充足，大家情绪高昂，8月12日顺利翻过了去波密的最后一座大山——倾多拉。

自甘孜起到倾多拉的山，属横断山脉，怒江、金沙江、澜沧江等均为南北走向，大山也是南北向，所以第十八军进藏都必须要翻越横断山脉的14座高山。

山虽高，但好在路不难走。休息机会不多，也不觉得特别累，行程顺利，一路无人烟，这种情景给人一种孤独寂寞的感觉。当晚在山脚下的一湖泊旁夜宿。

8月13日，翻过倾多拉大雪山后，一直沿倾多河而下。今日行程40公里，每步一尺高，下坡腿肚痛。周围环境不错，到处是树，野花迷人眼，野果品种多，挂满了枝头。这样的气候和环境，走路也不觉得喘。身体感觉轻松多了。不时还能听到野兽的叫声。夜宿在一个草坝上，这里海拔较低，大米饭可以煮熟了，没有菜也可吃饱，再也不吃夹生饭了。我心里想：人们说波密是西藏的“江南”，能去西藏的“江南”工作生活，我真是好运气、好福气。

8月14日，从宿营地的河边出发，顺河而下，走了46公里路，下午5时，安全顺利到达目的地——波密地区倾多宗（县）。

工作队的到来，受到当地官员、头人的欢迎，不少群众也列队欢迎我们。先期到达的十几名干部也来到欢迎的队伍中。这里是由第五十二师解放的，之后第五十三师先遣队的十余人又在此工作了几个月，有了一些群众基础。

大队人员到来后，背的大米也吃完了，所以晚餐是吃糌粑，没有酥油，不甜不咸，菜是清炒元根，无油无肉，我是咬着牙强行吃饱的。

进藏的基本政策

1951年5月11日，星期五，甘孜城内。

第十八军军党委机关报《建军报》第83期头版头条刊发了《干部政策学习提纲》，其中一节是我们的基本政策。

一、团结西藏各阶层人民，亲密合作，共同驱逐帝国主义侵略势力，实行区域自治。

二、兄弟民族亲密团结、友爱、互助，帮助藏族同胞发展教育和农牧工商各业，改善人民生活。

三、保护西藏僧俗人民的生命财产，保障宗教信仰自由，保护寺庙，承认达赖喇嘛的地位。

四、西藏现行政治军事制度不变，一切有关改革事宜，完全根据人民意志由西藏人民及西藏领导人员采取协商方式解决。

五、西藏原有军队今后起义或归顺之部队将改编成为中华人民共和国武装的一部分，各级官员照常供职。过去亲英、美帝国主义和国民党的官员，经事实证明已脱离关系，不进行破坏和反抗，仍可继续任职，既往不咎。

为民办事。（佚名）

架好桥梁，学好藏语

遵照第二野战军刘、邓首长关于“进军西藏，认真学好藏语”的指示，我们第十八军各级组织和领导都十分重视组织干部和战士学习藏语，层层狠抓，级级落实，在进军前夕和进藏途中掀起了既轰轰烈烈又扎扎实实的学习热潮，取得了很好的成绩，为以后的工作创造了有利条件，奠定了坚实的基础。

部队在紧张做进藏前的准备工作的同时，把学习藏语提上日程。军首长特地从重庆和成都等地请来藏族同志担任教员，后来他们都成了进藏的骨干，并担任了各级领导工作。我们的教师是峨眉山的隆果法师，他性格开朗，诚实俭朴，治学严谨。每天3节课、3个小时是雷打不动的。上级有规定，不得耽误藏语学习，连节假日都照常上课。因为正在苏联访问的毛主席从莫斯科致电中共中央并转刘、邓、贺及西北局，就进军和经营西藏问题做出“进藏宜早不宜迟”的指示，时间紧，任务重，不突击学习是难以完成学习任务的。同志们废寝忘食地学习，课堂听讲，课后背诵，白天背，晚上背，不少同志做梦都在背。部队的藏语学习气氛很浓，学习成绩优良是很光彩的事情，被认为是听党和毛主席话的实际行动。班和班、排和排、个人之间都掀起了学习竞赛，有一周巡回一次的流动红旗、有学习一个阶段评比一次的优胜红旗，大家你追我赶，齐头并进或者交替争先。团、营、连领导率先示范带头讲、带头学，同士兵一样听课、考试、评比，同士兵一样在课堂回答教师的提问。他们的学习劲头不比士兵们低，在许多场合甚至晚上点名讲话时也运用刚刚学会的生硬藏语词汇，不时引起大家的哄笑。我们二营教导员连有祥，每次评比都榜上有名。我们六连李副连长是农民出身，识字不多，但学习少数民族语言文字特别卖劲肯钻，学习成绩特别突出，被树为团里的学习标兵。当时，军的《建军报》和团的《战友报》所刊登的学习模范标兵的先进事迹对促进部队学习起到了推动作用。经过两个多月紧张艰苦的学习，完成了小学一年的学习任务，绝大多数人会读藏文书籍，能讲一般生活用语了，个别的加上手势比画可以和藏族同胞进行语言交流。靠打手势、比画的“哑巴时代”成为历史。

学习藏语文，建设新西藏。（佚名）

为了巩固学习成果，不论是进军刚刚开始，还是残酷的剿匪活动、进军的途中，每个同志背包上都插有一块藏文单词的字牌，举目可见，随时念，随时记。就是在修筑康藏公路极艰苦的环境条件下，每天早晨还要坚持背诵一会儿藏语。1951年5月23日，中央人民政府和西藏地方政府签订了和平解放西藏《十七条协议》后，为了执行协议，军党委决定我们师抽调80名政治文化素质好的干部到波密和塔工地区开展地方工作。

经过长途跋涉，我们到达了波密倾多宗，当时疲惫不堪不说，连吃饭都有问题，“进军西藏，不吃地方”在大家脑海中扎下了根。为了生存，为了工作，大家响应中共波密分工委的号召，立即掀起了大生产运动，一人一天从开荒三分增加到七八分地。就在这半饥半饱、一天开荒10个小时以上的艰苦条件下，每天早晨学习一个半小时藏语的事从未间断过。分工委苗丕一书记、保卫科科长何祖荫和各级领导带头学、带头用，仅四年的时间大家都可以不用翻译独自工作了，有的同志还同时学会了珞巴话和门巴话。

牢记教导，建设波密

1951年5月5日，我听了师一号和七号首长在欢送会上语重心长的讲话，深受教育，仔细品味，觉得意义深远，如果完全兑现的话，波密会变样。我躺在地上（因为无床），深思许久，梳理出几点体会。第一，明确了任务的重要性。我们第五十三师的驻防和建设地区是波密，要镇守边疆，巩固国防，必须要有大军守卫，但是西藏条件有限，不便集结大军，即使有少量军队，也得由地方供应。波密是西藏的粮仓，气候好，雨水丰富，出产多，又是边防，今后对部队的支援一定会很大。建设波密这个任务既光荣又艰巨，落到我们头上是难得的，而且我们又是先行部队，首批进入波密的军人，属于开拓者，也是“枪杆子里面出政权”的践行者。我们先去了解情况、打好基础，制订出切合实际的计划。部队待修通公路进入波密防区后，即可不费劲地开展工作。因此，我们先遣队的任务十分重要，一定要努力工作，奠定好基础，迎接大部队

道路艰险越向前。（佚名）

的到来。俗话说“头三脚难踢”，我们一定会和藏族同胞搞好关系，现在条件具备，只要认真实践，就一定会开创出新局面的。第二，个人的问题永远是个人的事，是小事。党、国家、军队、人民的事永远是大事，是头等大事，小事要服从大事——任何时候党的利益高于一切，个人的利益要融入之中。如婚姻问题，30多岁尚未成家的不少，现在战斗队任务没有完成，进军解放西藏正在紧张进行，哪有谈情说爱的对象和条件。咋办？只有忍耐和等待。只要我们爱党、爱军队，政治上进，工作积极，表现好，将来自然会有女孩主动找上门的。只要自己进步，总会有人爱的，人都爱进步的嘛！牢记教导，遵纪守法，去迎接美好的未来。第三，上级对我们是相当信任和器重的，上级经过层层审查和筛选，最终决定将这么重要艰巨的担子让我们来挑。因此，我们要听领导的话，按上级指示行事，不走样地工作，让党放心。人生活在社会中，各种思想现象都有，我们要善于分析和判断，不能被坏的、错的左右。我们的工作有规章、有制度，一切按规定办，从实际出发，多和藏族同胞交流学习，宣传群众，密切联系，打成一片，共同努力，把波密建设好。党信任咱，咱也得做出优异成绩回报党。我决心发挥自己的特长，积极学习藏语，力争当个好翻译，和群众搞好关系，执行政策，遵守纪律，尊重风俗习惯，为民多做实事，取信于民。在艰苦的环境里少考虑个人问题，现在吃点苦有利于今后，俗话说，先苦后甜嘛。下定决心，标准地完成上级交给的任务来回报党、上级和领导的教诲和信任。

进波密动机不纯，想吃好又好奇

这次进军西藏来到波密，自5月31日从甘孜出发，8月14日到达目的地，历时76天，其中坐车1天，在昌都学习43天，行军22天；走路1800公里，翻山11座，蹚河21条。在昌都学习时，第五十三师副政委苗丕一介绍说：“波密是个好地方，靠近边境，出产丰富，气候温和，雨水充沛，人民勤劳，是人们向往的好地方，我们去那里工作生活是福气。那里比三十九族（即丁青附近诸县）的丁青和昌都都优越。”我听后喜出望外，产生了一种幻想，总感觉波密和老家豫皖苏大平原差不多，要啥有啥，生活物资应有尽有，我心里盘算着在那里享福呢！可是我看到的是：藏民穷得很，很多人食不果腹，衣不蔽体，劳动强度大，还吃不饱，哪有余粮卖给我们。出产也只有小麦、青稞、豌豆，品种不多。这几天吃糌粑，又没有菜，三天都没排便了。这里的平坝很小，四周雪山环绕。于是，思想动摇了，消极低沉。此时，何祖荫科长狠抓思想政治工作，大讲为人民服务的宗旨，大讲明天的幸福，同时采购了少量农副产品，改善干部的生活。同时，我们建农场、拓耕地、养猪喂鸡，苗丕一（时任中共波密分工委书记）带头干，跟我们同锅同饭，他还说：“经过一年的工作、劳动，今后的生活会逐步改善的。”领导的教诲使我的思想有了变化，决心克服享乐思想，把工作做好，扎根波密。

“向其他地区扩展”的计划

波密地区三宗工作有了一定基础，如成立了半政权性质的第二办事处，许多爱国人士被接纳，还有职有权，爱国进步势力在壮大，干部经受住了考验，安心、积极工作，实际经验在积累，语言基本畅通，扩大播种超千亩土地，加上部分采购，解决了吃饭问题；各项民生事业开始发展，道路维修，桥梁架设，荒地复耕，救灾济贫，建立小学，成立医疗门诊和文化宣传队；配合支援部队修筑康藏公路；军民关系友善，觉悟在提高……总之，我们在波密算初步扎下了根，站住了脚，扩大工作范围的时机到了。林芝地区也是我们第五十三师分摊的工作区域，那里面积更大，人口更多，是未来工作的中心。分工委5月中旬召开会议，决定根据西藏工委既定原则，向太昭、德木和觉木、则拉宗等地派出工作组，逐步开展工作。

7月5日，我们工作组接分工委指示，要求孙科长带领我们原工作组成员8人于近日从易贡（汉译为“欢悦之地”）向工布进发，其任务是选择机关驻地，其条件是：周围要能开垦出2000~3000亩荒地，水利条件要好，便于灌溉；能够盖200间房屋的地方；周围要有村落。工作队要做的是：耕种500~600亩土地并种上庄稼；盖一些简易住房；宣传落实监督《十七条协议》的兑现；收集各种资料，为下一步全面开展工作打下基础。

原计划从通麦经排龙去工布，但由于这15公里的桥梁全部被冲毁，再加上有上千米宽的大塌方至今还不时出现险情，因此决定翻越雪山，多走4天。我们十来人于7月8日从仲伯村出发，各人背负自己的物品。我再三清理，加上5天的口粮，正好28公斤，可以承受。另雇请了5名民工护送并背负少许公物，带路当向

向雪山进发。（佚名）

导，翻越雪山时起帮扶作用。临别时，易贡宗董代表和全体干部与我们拥抱祝福，眼望不少群众目送我们远去。大家都赞叹我们的勇气，因为走这条雪山路的人很少很少，最近一次是5年前，有3名东久的商人翻山来收购麝香和虫草，以后几年还没有人走过呢。

我们面前是易贡湖，无船可渡，只好沿湖边向对面（西方）走去，18公里路走了8个小时，只爬了一个百米高的山坡。湖边大多是平地，仅有几户人家的小村，土地不多，但桃树、核桃树却不少，有一大片，估计有几百株果树。湖边静悄悄的，湖中野鸭成群，没人惊动它们的悠闲宁静。堰塞湖四周的山上是呈黛青色的原始森林，林中鸟儿叫个不停，有独唱、有大合唱，很是中听，令人陶醉，可以说不是仙境，胜似仙境。当我们距宿营地还有5公里时，卡那村的几个小伙子前来接应我们，说是迎送我们过雪山的，一路说说笑笑来到进山口处的大松树下。

这里大树成林，那棵几个人手拉手才能抱住的松树是过往行人的憩息之处。几个小伙子帮我们拾了很多干柴，向我们介绍了路途中需要注意的事情。地是干的，我们砍来小树枝铺在地上，上面再铺上树叶、杂草，最后将布单在上面摊开，那就是“席梦思”了，睡在上边软绵绵的。

晚饭后，我们照部队那样开了一次“班务会”，我转达了群众讲的路况和注意事项，强调了雪山上的安全，冻死、摔死都有可能。孙科长说：“这又是一次考验，相信大家会经得起考验的，争取再立新功。”并再三强调安全第一，他最后说：“共产党员、青年团员应起示范作用，带领大家安全顺利到达工布。”人人都表了态，决心连续作战，战胜雪山、困难，完成这段行军任务。

我们的藏族朋友为我们准备了许多干柴，有3棵整树，每棵都有几百斤重。睡觉时，在中间点燃大火，大家在四周围火而卧，很是暖和，不知不觉我们就进入了梦乡。

早上，鸟儿的歌声唤醒了我们。

开拓波密工作小记

1951年七八月份，进入波密地区工作的第五十三师干部达400余人。这么多人齐聚这里，既带来了活力，也带来了压力。从大的方面来讲是统战和群众两大项，对内和对外，细化起来就复杂多了，难度不小。但我们胜利了，打开了局面，站稳了脚跟，形成了鱼水般的军民关系，党和军队的良好形象在藏族同胞心中扎下了根。

内部事务相当繁杂。从做军队工作转换成地方工作，需要重新适应新环境，一切靠白手起家。这里待遇低，后勤供给无保障，群众穷困，大脖子病尤其多，干部中特别是营团级干部年龄偏大尚未成家……许多问题急需要解决。做好工作关键要靠干部，靠大家的积极性和主动性。必须狠抓各级领导的思想，发挥党员的模范带头作用，学党章，以党员八项标准做镜子对照自己，重温入党誓词，谈当前、论未来，让先进人物现身说法，诉苦教育穿插其中……通过以上措施，不仅激发了我们的工作热情，还提高了阶级觉悟和政治水平，大家纷纷表示愿为改变现行的封建农奴制度奋斗到底！中共波密分工委对干部是十分关心的，他们在解决思想问题的同时，还注意解决实际问题，如采取措施采购一些酥油和小麦，提高糌粑质量，设法从内地运来一些防治大脖子病的海带及药丸，还吸收了一批年轻女青年来波密工作。分工委还给干部评了级，发了工资。我是正排，定为23级（后更正为21级），月薪48元（属半包干）。下乡补助5元，节余归公，一年发两套衣服，5～7年可以休一次假，报销往返路费。分工委这种既提倡“艰苦”，又加以“改善”的做法，收效颇佳，很得人心。

男大当婚、女大当嫁是人之常情，可是在当时的特殊环境下却成了大问题。部队长期行军作战，没闲暇考虑个人问题，现在环境好了，很多人都成了大龄老干部，应该成家了。可女性少之又少，领导不得不重提“二八五团”的限制条件。分工委书记苗丕一在他的回忆录中说：“当时执行男方‘二八五团’，即团以上干部、28岁、5年军龄，而女方1年军龄才准予结婚的规定。这样，绝大多数人是不符合结婚条件的。加之初到波密地方工作，存在男多女少的实际情况。我在1951年10月正式宣布‘为集中精力于工作、学习，现阶段一律禁止谈恋爱’。这项规定在现在看来似乎有点不近人情，但在当时却是必要的。”苗书记还说："这个规定的发明权归林亮。1949年4月初，我参加了军里召开的组织工作会议，听取了林亮部长关于上级组织工作会议的传达，会上明确了有关党委、支部工作和建设方面的许多问题，规定了许多制度，如：以革命军人委员会代替原来的战士委员会；参军的知识分子可分别按班、排级干部定待遇；结婚条件定为男方28岁、5年军龄、团级干部（简称"二八五团"），女方18岁，1年以上军龄等。我借用了这个老规定应用到今日的这个特殊环境里，很难得到大家从心里的支持，他们不理解，埋怨，我也苦心无法呀。"有一天，我轻松地向苗书记提出："苗书记！我有个朋友也想到墨脱工作。"苗书记是个严肃的人，我很少见他笑过，当时他反应很快，忙问："冀文正，你几岁了？"我不好意思地说："我21岁了！"他认真地说："人家戴承钧34岁了还没成家，你急什么嘛！"我脸红了，也理解了当时的处境，没怨言，不生气，也想得通。在扎木部队工作的刘姐和我一道从开封参军，她很想到边防墨脱工作，现在来不成了，理解万岁。那时，干部的婚姻基本是"供给制"，领导拟定的成功率不高，"可敬不可爱"是主流。

为了解决燃眉之急以及做长期打算，分工委办了农场，领导带头战斗在朗秋荒地上，日夜奋战，半年时间开垦出500多亩荒地，取得了大丰收，解决了部分口粮和副食问题，改善了生活。干部们深刻认识到"自力更生"不仅是个经济问题，还是一个政治问题。自己动手，丰衣足食，不但维持了我们的生命，也得到了广大藏族同胞的认可和称赞，密切了军民关系，也提升了党的形象。第一五七团在驻扎巴塘期间吸收了34名藏族男女青年参军，成了开展波密工作的主力军。由于工作范围大，急需大量翻译，分工委成立了藏训队，领导带头学，仅苗书记就学会了千余个单词，可直接与藏族同胞简单对话。他在回忆录中写道："一年多时间，大都可以和藏族同胞对话了，能说出去，能收回来，可以独立工作，扔掉了拐棍。其中，李朝群、李晋孝、姚学勤、李永华、薛世华、冀文正、刘德彬、李亚卿、周艳炀、贾龙湘、李希贤等人的藏语都学得很好。"在少数民族地区工作，不懂语言就成了"哑巴"，不仅工作难做，而且效率低下，我体会得很深，也受益匪浅。

大批人马的到来，领导问题、组织机构问题都得妥善解决。1951年2月下旬，随着和平解决西藏初见端倪，西藏工委研究了工委机关和各分工委主要干部的任职意见并上报，确定苗丕一任波密分工委书记，3月31日西南局批准了这一任命。工委决定由第五十三师包干波密。经上报批准，第一五八团政治处副主任孙德泉任分工委秘书长，师政治部保卫科科长何祖荫任保卫科科长，第一五七团政治处组织股长王长安任组织科科长，团政治处宣传股股长张克宇任宣教科科长，后勤处长王笑雨任财经科科长。8月18日，分工委举行第一次会议，会议通过组成3个宗党的工作委员会并任命军事代表的意见。倾多宗，赵云堂为工委书记兼军事代表，鲁洪波为副军事代表；曲宗，何祖荫兼任工委书记兼军事代表，孟宪民为副军事代表；易贡宗，孙德泉兼任工委书记、军事代表，董玉珍为副军事代表。同时，组成的10个工作组分赴各宗开展工作。田玉玺组去倾多寺工作，朱洪振组到育儿寺，孙守卿组到许木宗并负责坡伦寺，惠建昌组到雪瓦卡，何祖荫带机关一个组到松宗，连有祥、丁永泰组到达兴，孙德泉带机关一个组到通麦等地。各组在工委指导下开展工作，宣传协议，了解情况，为下一步工作打基础。还要大力开荒，了解各地土地资源、各地粮食储备情况。

地方工作细、杂，每处都得兼顾，做到有条不紊，抓主要、带次要、全局动，才能更好地完成任务。进入波密差不多一年了，干部得到了锻炼、提高，进一步认识了藏族，认识了西藏，对西藏感情深了，知识面广了，视野开阔了，“长期建藏”的思想又往前进了一步。我的进步很大，领导很满意，同志也夸奖，我决心长期建藏，以边疆为家，为藏族人民服务一辈子。

统战工作顺利开展

在西藏开展统战工作的重要性我们认识得比较清楚，因为毛主席把它列为我们党取得胜利的“三大法宝”之一。进藏伊始，学习的重要内容之一就是统战工作。第十八军党委和西藏工委都根据西藏的实际情况制定了西藏工作总的方针：以统战工作为主，相应做好影响群众的工作；并且细化了许多条条框框、规定及约法八章，这些都在我们脑海中扎下了根。后来，层层领导又传达了邓小平政委的指示：“没有统一战线工作，任何一件事情都是办不好的。”波密地区位置特殊，它位于西藏东南部，其南部是喜马拉雅山和雅鲁藏布大拐弯，是西藏的主要林区，四周雪山环抱，气候温和，雨量充沛，这里出产丰富，盛产辣椒、南瓜，是西藏富庶的农业区，历史上波密地区由噶朗王统治。17世纪后期，西藏地方政府曾向该地区征收赋税、支派乌拉差役。18世纪初期，波密地方官员不愿受西藏地方政府的统治而抗捐税，并杀死西藏地方政府官员，随即西藏地方政府派军队进行征讨。后来，清朝道光皇帝下旨，由噶朗王担任波密总管，西藏地方政府不再向波密各宗委派官员，波密每年向西藏地方政府缴纳定额赋税。1925年，西藏地方政府委派堪穷（四品官）贡布索朗为波密和白马岗地区商务长官。贡布索朗横征暴敛，激起了民愤，噶朗王的军队杀害了其随行官员及藏军代本等数10人。西藏地方政府令昌都总管噶伦门堆巴指挥藏军及寺院僧兵3000余人，从东西北三面攻入波密，杀戮百姓上千人，致使许多百姓被迫逃亡。

由于历史原因，波密人对藏人有很深的积怨，反而对汉人、解放军很欢迎，很支持。波密民间有“五兄弟的传说”，传说汉族、波密藏族、珞巴族、门巴族和僜人是同父同母的骨肉兄弟，直到现在，他们一直笃信这个传说是真实的。在波密，汉族走到哪里都受欢迎。我沿康藏公路一线200公里往返不止10次，都是吃在群众家，住在群众家，多数情况下都是“白吃”，藏族同胞善良，对过往行人、乞讨者是免费提供食宿的。对我的招待就更好，吃糌粑、喝酥油茶，夜盖藏被，因为我是动员、指挥他们搞好生产、多种蔬菜的，是办好事的。他们对我十分友好，还建立了朋友关系。

波密和墨脱毗邻，好似双胞胎，一对好兄弟，一个在北，一个在南，中间横亘着喜马拉雅山。每年的7—10月是雪开山期，两县物资商贸交流开始，互通有无，以物易物。历史上，墨脱宗（县）每年向波密土王缴纳50背茜草（中草药、染料）、大米200克（克即斗，每克为14千克）、麝香10个、虎皮2张、熊皮5张、干辣椒5背（约150千克）等，既叫过路费，也叫赋税。据珞巴族老人次旺仁增说，他爷爷的时代就是这样，算起来应该有80年了。墨脱人过去一直要给波密土王进贡缴税。藏波之战一直不断，大约在1927年的交战中，波密土王大败，外逃至境外萨地亚，热死在印度。在这场恶战中，双方死伤惨重，尤其是土王臣民死伤成百上千。战后，西藏地方政府采取分而治之的方针，将白马岗和墨脱宗一分为三，分别划归给当年在消灭土王中立功的地区，色拉寺为墨脱宗的领主；“珞堆卡”（即旁辛地区）为倾多寺的封地，由山北麓邑村农奴主代理人索朗旺扎代管，任命“定本”（区长）；将金珠宗划归为松宗寺的封地，任命当地官员。将墨脱划归为三个寺院的封地，一直延续到西藏民主改革时期。

西藏民主改革前的工作总方针是根据当时西藏社会的现实来制定。苗书记根据张军长及王其梅副政委的指示，对我们说："在没有实行改革以前，我们的一切工作都要通过上层才能进行。这里的上层人士包括宗本、寺庙的活佛与堪布等，他们人数虽不多，但影响很大。只有做好上层的工作，才有可能办好其他事情。必须改变那种因为他们是剥削者而敌视他们的观念，要学会同他们协商办事。对他们要热情，要尊重，要有礼貌。"

在波密做好统战工作有不少有利条件，第一，内部干部因素不错；第二，外部社会条件不差；第三，爱国人士不少。昌都战役后，1950年冬，波密地区代表江巴悦西（拉萨三大寺之一的色拉寺强佐，大管家）参加了昌都地区人民代表大会，并被选为昌都解放委员会委员。他们还派人到已被解放的洛隆，要求解放军前往波密进驻。12月中旬，由第五十二师第一五四团政委杨军率领40余人的小分队到达波密，宣传共产党的政策、扩大解放军的影响，并设法将该地应上缴西藏地方政府的公粮运到洛隆宗一带，解决了部队的部分燃眉之急。后来，许多方面的活动均得到了江巴悦西等波密上层人士及广大群众的帮助与配合，使他们不仅很好地完成了任务，也为后来的工作奠定了基础。通过这些工作，大家认识到统战工作的重要，只要调动爱国人士的积极性，把他们组织起来，就会变阻力为助力，化消极因素为积极因素，为完成当前和今后的任务打下了基础。经过长时间的调查和考察，各地物色了一批爱国上层人士。

9月2日，第二次波密工作会议召开了，确定年内筹备召开波密地区和各宗的人民代表会议，正式成立波密办事处和各宗解放委员会。准备成立办事处，这就涉及原有政权问题。昌都解放时，波密三宗原有的宗本有的逃跑了，有的不愿干了。《十七条协议》签订后，逃跑的宗本愿意回来。当时，和谈首席代表阿沛·阿旺晋美从拉萨来信说，请解放军对易贡宗本占堆给予保护，并接受原曲宗代理宗本基甲回来工作。阿沛·阿旺晋美原为西藏噶厦驻昌都总管，波密三宗属其管辖范围，地方官员同其关系密切。我们采纳了阿沛·阿旺晋美的建议。9月15日，工委批复了我们的请示报告。批复称："西藏官员原则上不予免职；原宗本已逃亡又暂时指定了代理人的，可继续代理；同意占堆的请假免职，可吸收其参加办事处工作。"西藏工委对西藏的各项工作，包括统战工作都是持"慎之又慎""慎重稳进"的态度。10月13日，西藏工委根据西南局意见发来指示，称：

“目前以争取达赖集团为主，凡与之有影响的皆须慎重；逃跑之宗本如返回，仍任宗本；未逃者照常供职；办事处改为委员制，吸收地方头人参加，以便开展统战工作。”24日又强调：“为很好地开展统战工作，尽量吸收地方头人（包括大商人）、活佛参加机关工作，不应急于改变旧制度等。”党的这些指示为我们做好波密地区的统战工作指明了方向。经过几个月的排查摸底，三个宗已发现了一批有代表性的中、上层人士，其中除江巴悦西外，倾多寺的堪布洛桑钦巴、易贡寺的当各活佛等地位比较突出，可考虑作为办事处的负责人选。经过反复协商，确定各地出席会议的代表50余人，其中披袈裟的僧人喇嘛占一大半，这表明宗教在波密地区的作用和地位相当突出。我们利用3天时间接触交流及沟通感情的“预备会议”，协商办事处及三宗的人事安排，讨论了修路、采购、开荒、运输、办学等涉民事宜。江巴悦西在会议内外做了大量工作，对各项协议的达成起了重要作用。

22日，波密地区各界人民代表会议开幕。会议讨论通过了各级机构组成及人选，通过了开办训练班、修筑道路、分配粮食、采购食品、发动群众开荒生产等事项，宣布昌都地区解放委员会第二办事处成立。会后，召开第一次全体委员会议，推举苗丕一为办事处主任（丁青为第一办事处），洛桑钦巴、当各、江巴悦西为办事处副主任。办事处成立后，波密地区三个宗的解放委员会相继成立，尽管它们是带统战性质的政权机构，但在这里仍影响深远，发挥了它应有的作用。机构对参加办事处工作的人员采取尊重和教育的态度，在提高认识的基础上发挥他们的作用，为人民办好事、办实事，做到有职有权，并按职务给予一定级别、发放薪酬，在工作中适当顾及他们的利益，以便更好地开展波密地区的各项工作。在统战人士中江巴悦西最具代表性，他在群众中有一定的威信，是我党的可靠朋友。他被选为办事处副主任和倾多宗解放委员会主任后，经常出头露面，他的说服教育有人听，群众也反映他办事公道。他还作为西藏参观团成员到北京等地参观，受到毛主席等中央领导人的接见，返回波密后，他工作更加主动积极。在拉萨发生的“人民会议”骚乱事件平息后，余波涉及波密，还发生了通麦等处的杀人事件，谣言四起，部分上层人士产生了顾虑，连江巴悦西的寺庙也来信指责他，说他不应积极为解放军办事，并要他在藏历九月返回拉萨。

他向领导反映了一个重要消息：藏历二月间，西藏地方政府派了一名四品官并带领60余人到工布，名曰任则拉宗宗本，其实是到工布配合拉萨骚乱，来林芝一带煽风点火的。这个信息给我们提了个醒：西藏不安宁，要提高警惕，防范动荡。从拉萨返回波密后，他到处大讲《十七条协议》。鉴于他有一定工作能力，领导决定让他长期驻会做实际工作，给了他行政13级的工资待遇。驻会后，他大胆工作，积极负责，建言献策，他所做的不少工作，是我们替代不了的。

初期波密大事记

中国人民解放军第十八军在西北军区的配合下，经过充分准备，于1950年3月开始向西藏进军。10月6—24日，昌都战役结束，歼敌5700余人，打开了和平解放西藏的大门。12月12日，中国共产党西藏工作委员会、第十八军党委在甘孜召开会议，决定各师分片包干做地方工作，第五十三师抽调干部负责波密地区的工作。1951年3月31日，西南局电告西藏工委同意苗丕一任中共波密分工委书记。同年7月，西藏工委批准分工委的编制，地方系统159人，军队系统200人。7月18日，西藏工委正式批准了分工委干部任职：王长安任组织部副部长，张克宇任宣传部副部长兼教育科副科长，苗丕一任统战部部长，孙德泉任分工委秘书长兼办事处秘书长，何祖荫任社会部部长兼公安处处长，王笑雨任财政科科长，鲁洪波任民政科副科长，戴承均任农林科副科长。7月25日，组成波密分工委财经委员会，苗丕一为主任，孙德泉、王笑雨为委员。8月20日，西藏工委正式批准波密分工委和纪律检查委员会成员名单，苗丕一任分工委书记兼纪检委书记，王长安任纪检委副书记。

刚到波密，头道难题是语言问题，“有嘴不能讲，有耳无法听，拄着拐杖走路”是普遍现象，做事离不开翻译的局面必须要改变。于是，8月下旬专门组成一支藏语训练队，由戴承均任队长，丁永泰任指导员，李朝群、格朗等任教员，头批学习人员70多人。通过几个月的学习，他们可以单独工作了，几期培训下来，基层干部差不多都扔掉了“拐杖”。训后，他们当中不少人还成了民俗、文化专家。分工委为加强学习做出硬性规定，早上学习一个小时藏语的制度雷打不动，领导带头学。一段时间下来，大家几乎达到可以直接和藏族同胞交流的程度。

12月19日，中央文委西藏工作队的肖前椿、王葵等专家到达倾多，进行水利、气象等专项调查，对易贡铁质矿苗十分欣赏。他们一行人于1954年春节从拉萨返京路过波密，在茶儿岗分工委驻地，庄巧生教授和肖先生向分工委部分人员做了精彩的西藏农业发展远景设计演讲，干部听后对建藏信心更足了。12月23日，分工委的全部机构搬迁到茶儿岗办公，这里距松宗仅2公里路程。1954年3月7日康藏公路通车松宗，不久，中央慰问团抵达这里。上级计划本年年底康藏公路一定要全线通车，向毛主席生日献礼。经过努力，1954年11月25日全线通车，东西两线修路大军和修路民工在雪卡宗的巴河桥胜利会师，在西宁、雅安和拉萨同时举行两路通车典礼，毛主席为此亲笔题词："庆祝康藏、青藏两公路的通车，巩固各族人民的团结，建设祖国！"

1955年2月14日，分工委机关移驻扎木。2月25日，西藏工委发布《关于合并（波密）东三区工作与成立塔工分工委决定》，分工委由何祖荫、孙德泉、王长安、王笑雨、张克宇、高传义等6人组成，霍春禄为候补委员。何祖荫为第一副书记，孙德泉为第二副书记，对外仍用第五十二师留守处名义，何祖荫为副政委，孙德泉为副处长。4月29日公开党的组织。

1955年2月25日，西藏工委正式决定合并波密东三区（倾多、曲宗、易贡宗），成立扎木中心县委，由赵云堂任书记，董玉珍任副书记，归昌都分工委领导。另成立塔工分工委，原波密分工委大部分人员调塔工分工委工作。3月底，波密分工委正式宣布撤销，苗丕一回第五十三师任副政委。

1959年1月4日，叛乱武装向扎木中心县委发动进攻，我守备一个排和县委参战人员60余人，击退1660余名叛乱分子，坚持了3天，歼敌190余名，我军伤亡仅5人，受到通令嘉奖。

倾多至通麦见闻

我们第五十三师负责开拓波密和林芝地区的工作。1951年7—8月期间有400多名干部开进波密。我是随苗丕一、何祖荫一道于8月14日抵达波密的。

在8月18日的中共波密第一次会议上，确定三个宗的领导干部名单，其中易贡宗由孙德泉兼任工委书记、军事代表，配备的工作人员有刘德彬、刘振清、王振洲和我等，翻译是方扎西（巴塘藏族）。我们对外叫通麦工作组，人员安排是：我负责通麦片，刘德彬负责甲仲卡片，其余人员随孙德泉去易贡宗（仲白村）。

9月1日开始领取资料及生活用品，一个工作组只发一本信纸、一瓶蓝墨水。副食只有5盒蛋黄腊和2.5公斤酥油，还有几斤含碘土盐（预防大脖子病）。我们工作组一直住在一个可睡10个人的大帐篷里，但帐篷较为破烂，窟窿很多。我将酥油放在最下层，天亮时发现酥油被狗掏空了，所剩无几。我检讨了自己，没保管好，有责任，愿出钱赔偿。虽然领导既没批评，也没让赔，但我心里更难受。

9月5日10时，我们从倾多宗（寺）沿倾多河逆水而上（北），因倾多河无桥无船，要到对面只有绕道多走10公里路了。不过，都是平路，坡度不大，又是晴天，加上沿途村落不少，遍地是核桃树、桃树，给人一种舒畅悦心的感觉。历时8个多小时，夜宿噶朗村。

噶朗村位于帕隆藏布江北岸的小山坡上，距地面260米，是原来波密土王噶朗巴的王宫，有20多间石房，不过都成了残垣断壁，那是1950年8月15日8.5级大地震所震毁的，而村民低矮房屋却幸免于灾。我们借宿群众家，自己做饭，炒个白菜，手抓糌粑，支付给主人1个银圆作为柴钱。晚上，我们和房主聊天，土登说，自从你们来后，这里开始变化，人心稳定，有了生产的劲头，今后会好起来的。顿珠大爷介绍了往昔的经历："噶朗巴人并不坏，但下边的人一个比一个坏，得罪了百姓，大家怨声载道。藏军来后进行报复，土王的亲属、朋友遭了殃，被抓走了不少，据说被杀后投江了。我们期盼安宁，无战无事，一心生产，过好日子。"听

波密林区。（佚名）

了老人的心声，我们受到了鼓舞，决心扎根波密，稳定社会，宣传群众，积极生产，多打粮食，改善生活。这一夜睡得很香，跳蚤叮咬都没感觉。

9月6日，早晨8点就出发了。根据实践经验，在康藏地区远行，宜早不宜迟。因为环境特殊，天有不测风云，我有三次走着走着就“变天了”，太阳被遮，山风呼啸，黑云密布，能见度不足50步，顷刻暴雨淋头，平时干涸的山沟瞬间洪水奔流，阻挡了前行的道路。第一次足足等了3个多小时，第二次只好就地搭帐篷过夜。尽管我们经过调查，知晓沿途概况，但未知数太多，必须要有充足的时间来应对可能遇到的麻烦。噶朗村位于倾多河与东西走向的帕隆藏布江汇口处北岸。从此村沿帕隆藏布江北岸向东可达扎木、松宗、然乌湖，向西可达通麦、易贡和鲁朗、林芝。我们今日沿河北岸向西行进，不少小村大多分布在北岸，北岸平坝多且大，在平坝靠山处许多村落星罗棋布。村中的木板房顶飘着五色经幡，时值小麦、青稞抽穗灌浆阶段，村民们在田间拔掉燕麦草和病株做牲畜的青储饲料，一串串挂在木架上。这时，从田间劳作的藏族同胞处传来阵阵歌声，此起彼伏，一个接一个，好似部队在“拉歌子”，自己唱完了，欢迎对方来一个。唱的内容我大多没听懂，他们边唱边呼唤，很是热闹、欢快。我只听懂了几首，其中一首是妇女唱的：

我到哪里都唱歌，
来生神域也要唱。
好酥油产自鲁朗，
悦耳歌声唱家乡。

这首民歌我在倾多时已搜集到了，所以记得。我偏爱民间故事和歌谣，尤其是情歌。接着男方唱一首：

喜欢自己故乡，
迟迟不出太阳。
乞讨流落他乡，
方才见了太阳。

由于封建农奴制度的残酷剥削和压迫，广大农奴过着饥寒交迫的悲惨生活，背井离乡者很多，村民中除“差巴”外，多数是“娘穷”，译为“行户”，也可译为“外来户”，不支差纳税，过着流浪生活，正像歌中唱的那种人，生活不稳定，更是底层人，更苦更累。

我们一直走在平路上，尽管桃子已收获完毕，但树上地上还有不少，我们捡了许多来吃。两岸的山上是茂密的原始森林，山边及以上是青冈树和杂树，顶部雪线处是各种松树、杉木林。我们身负28公斤走在这环境优美的平路上，不感疲惫，心情舒畅。6个小时后，到了河边一处空地，停下烧水、休息，午餐是糌粑和一根蛋黄腊。我们的生活已经高原化了，人人成了抓糌粑的能手，水和面搭配相当，不干不湿，不浪费。就这样一口糌粑，一口开水，蛋黄腊作为菜，能吃饱就行了。午餐后又步行2个小时，到达了雪瓦卡工作组，我们依然自己开火做饭。这时随校战友徐志洪送来萝卜、白菜，还有几个青辣椒，晚餐我们美美地吃了一顿。晚上，工作组组长惠建昌向我们介绍了艰险的西行路程和通麦一带的社情民情，并再三嘱托安全为重；随后我们同居民交谈得知，从这里翻山行程5天可抵达墨脱县的加热萨村，那里全是珞巴人，以狩猎为生，兼营农业，善良好客，每年的7—10月，大批珞巴人会步行多天翻过大山来波密以物易物，进行商贸活动。怪不得沿途看到不少身背藤筐、手持拐杖，赤脚走路的群众。看来，他们就是珞巴朋友了！

波密道路状况差世人皆知，其中最糟糕的地段是从这里至林芝县的排龙村，约40公里。9月7日，我们一出门便必须翻一个高约200米的小山，眼前河边是陡壁，只好绕道爬山通过。山虽不高，但路况极差，因长期少有人往来，无人维修，不少地段塌陷，别说牲畜了，连行人都难迈步。我们有4匹驮马，全部失蹄跌落林中，折腾了1个多小时还没将驮马救出来。孙科长叫我去找惠组长派几个民工帮忙和雇匹驮马。4个多小时后才解决了问题。我们继续前行，大家更加小心牵马，有几次是卸驮空行。天黑了还没吃午饭，也没走出险区，无处歇息，只得摸黑前行，突然3匹驮马跌落林中，一片漆黑，没带手电筒，我们只有摸索着解绳，将物资从马背上卸下。

我们几个人坐在湿漉漉的小道上，背靠山坡说笑。孙科长讲了1947年山东孟良崮战役的经过，我讲了进军大西南在雪封山饿肚两天的情景，刘振清、刘德彬、王振洲都讲了一些有趣的事。天上繁星一闪一闪的，孙科长害怕凉坏了大家，问我知不知道吕布恋爱的故事，我说几千年前的婚恋记不清了。他打开了话匣子，说了1个多小时，我们听得晕头转向，不知不觉，林中小鸟开始歌唱了。天亮了，我们把驮马牵上来，把驮子重新扛上，牢牢放在马背上。出发时，孙科长说了一句："又经历了一次考验，大家及格了。"

由于昨晚没有睡，也没吃晚饭，又上上下下折腾驮畜，人特别累，走路时眼睛都睁不开。到了一溪水旁，烧水吃了糌粑才恢复了元气，继续前行。这里河谷狭窄，平坝很少，多是盘山小道，忽高忽低，有时爬上几百米，忽又降至河边。山上是尖石路，磨薄鞋底的双脚吃不消，钻心的痛，河边泥泞，双腿上全是泥浆，人受不了，驮畜更难，看它们吃力使劲的样子，让我们心疼！快到索通时，骑兵和周民江牵了两匹马来接我们，孙科长骑一匹，我们的行李由驮马代劳了。

索通有几个战士是分工委警卫连的，在这里开荒生产，他们拿来自己都舍不得吃的大米招待我们，我们真不忍心吃下去。饭毕，廖班长详细讲了从这里至通麦25公里是出了名的“生死路”，塌方、泥石流都集中在这里，天天几乎都有塌方，逢雨天，塌方、泥石流一天数次，10天前，就有两批共7名群众被塌方冲入江中。塌方的轰隆声令人毛骨悚然，不过我们听惯了。班长讲了以后，孙科长说：“天有不测风云，今天天气好，估计不会塌方，咱们发扬连续作战的作风，坚持一下，今天继续前进，跨过第一个大塌方。”我们加速前行。

出发半个小时后，进入首个塌方区。老远我就看见宽约300米、高约500米的一片黄色，一根草也没有。之前塌方时，半边山的泥石垮下来，道路破坏，堵塞河道。据说在5年前的1946年大塌方，将帕隆藏布江堵塞，成了堰塞湖，下游群众下河捉了许多大鱼。据专家讲，这个山系冈底斯山脉，虽高但年轻，构造不实，泥石松动，加上坡陡雨水多，土壤储存不了那么多水分，从而形成了灾害。这个重灾区阻挠了行人，为将来修路也带来麻烦。如今还好，战士们维修了通道，人畜可以安全通行，不过，在它下面行走还是担心的，生怕出事。越过大垮沟，虽松了一口气，但仍心有余悸。

今天行程15公里，历时10个多小时抵达登村。登村位于大塌方的中间，往西是通麦，往东是雪瓦卡，这里是个小平坝，住有5户藏族同胞。除了30多亩现有耕地，尚可开垦的还有上百亩，分工委警卫连的5个战士奋战在这里。我们单独开伙，现在这种情况，有糌粑吃就不错了。这里生长着许多可吃的东西，二郎山上的火麻，这里叫“萨布”，我和一位战士不一会儿就采了一筐，开水一煮，便成了美味佳肴。我们还有一筒红烧猪肉罐头（1公斤重），放入四分之一，晚餐时大家不禁直夸我。我找群众聊天，得知这里可食的野菜有十几种，其中“萨布”和蕨菜多得吓人。群众领着我采摘来各种样品，其中蕨菜嫩苗有5公斤。之后，我观看了战士们开的荒地，不少菜都开始出芽，有的长有几片叶子了，看见自己种的菜长出来了，高兴，吃起来也特别香。

9月9日，从登村到通麦村有3个大垮沟，都相距不远，一个比一个险，一个比一个大。今天过天险，神经一直处于一级备战状态，考虑着如何应对各种险情。过完几个大垮沟，坐下来静静心，梳理一下情绪，觉得背上痛痒，王振洲帮助我从衣服里捉了3条花蚂蟥，都软绵绵的了，血浸染了汗衣，我洗了3次水还是红的。原来它们趁我去采摘野菜时偷袭了我。

从倾多宗到这里也不过50多公里，我们却走了5天，闯过了闻名遐迩的大塌方区，幸运抵达目的地——通麦。这里是"一夫当关，万夫莫开"的战略要地。

战略要地——通麦

我对通麦情有独钟，感情特别深，60年前的事儿至今记得清清楚楚，许多画面不时在脑中闪过。

通麦闻名遐迩，在旧时出版的省际地图上，翻开西藏部分，有两个地名映入眼帘，一个是墨脱县的哈普，另一个是波密县的通麦。两个小村能进入省级行政区域，可见它们的战略地位。

通麦汉译"下坝"，从倾多宗的古村至林芝县鲁朗村的80公里内，通麦属最大的平坝了。这个冲积平坝面积上千亩，全是树木，主要是速生林，粗20~30厘米，高低差不多，非常整齐。五户村民的耕地全在村庄附近。这里海拔2400米左右，北纬30.1度，东经95度，位于念青唐古拉山、冈底斯山和喜马拉雅山三山交会处，易贡河、帕隆藏布江汇合处，两河均是欧亚板块和印度板块缝合处，俗话说是"两块布的重缝处"，不稳定，容易动荡。地壳稍有活动，它首当其冲，这里的地震不但频繁，而且震级很高，1950年8月15日的8.5级大地震造成多处大塌方，河流断流，房屋倒塌，所幸人员伤亡很少。

从昌都进藏有南北路之分，从洛隆宗开始，北路经富八站、穷八站的嘉黎县等地到太昭，南路从洛隆宗与北路分道扬镳，经波密、林芝到太昭会合，一道同路去拉萨。凡从南路去拉萨，通麦是必经之路。从通麦往东是扎木，往西是鲁朗，是康藏公路上的大站。从这里沿易贡河逆水向北是易贡宗，那里是一片冰川群。易贡错是因1900年前后爆发的特大泥石流堵塞而成的堰塞湖，面积2.2平方公里，海拔2150米，长16公里，宽2公里，最深处2.5米。

易贡的冰川名气很大。卡钦冰川位于八玉沟，朝向东南，长35公里，面积约172平方公里，冰川末端海拔2530米，是西藏至今发现的最大冰川，为全国三大冰川之一，也是我国最大的海洋型冰川。同是位于八玉沟的若果冰川，长14公里，末端海拔3750米。易贡北部基本形成了一条东西长约300公里的冰川带，不时肆虐发威，造成人间灾难，如通麦大塌方、古村泥石流毁灭性的灾难至今令人刻骨铭心。

从易贡向西有两条绝路，行者极少。一条沿八盖河向偏西北到八盖乡，再向西翻山抵达嘉黎县；另一条出门爬山抵达林芝县东久乡，我们工作组1952年走过此路。

通麦是交通要道，是往返拉萨的必经之地。史料记载，藏军攻打波密王，赵尔丰进藏平息叛乱，张大爷（荫堂）派兵去墨脱月儿冬，所有这些活动都通过了通麦要塞，别无他路可走，也无绕道可寻。若在此处设防，一人可挡百人、千人的进攻，战略地位十分重要。

中共波密分工委根据毛主席“进军西藏不吃地方”的指示，按西藏工委的要求，我们在郎秋办了农场，100多人加上机关干部长期坚持在工地，至1951年年底共开荒800多亩，并且种上了庄稼。没多久，分工委派军事科长曹宗堃率警卫连60余人前来通麦开荒种地。通麦海拔低，天气炎热，杂草丛生，蚂蟥多得吓人，一个大的树叶上大都有两条，至少一条。群众夏季每天会给牲畜和狗洗灰水澡，蚂蟥怕碱，用灰水一洗，自动脱落。我们可爱的战士天天被蚂蟥叮咬，血淋淋的，没人害怕，没有怨言，听不到怪话。战士们将伐倒的木料，劈成木柴，堆于路边，供过往部队使用。

通麦往南15公里处，有一个门巴族村庄，叫排龙村。它所处的这一段成了通麦第二大塌方区，塌方长度约400米，坡度更陡。有时候塌方，整座山都一齐往下垮，大小石头相击，发出刺眼的火花，轰隆声几里外都能听到，可怕，惊险。1952年7月，我们去林芝宁肯翻雪山多走4天也要避开这个塌方区。通麦群众讲，走这条路的人不多，冒险的人年年都有死的。20多年前（约1927年）一股藏军70多人分五批穿越塌方区，其中十几个藏兵大摇大摆走到塌方区中间，突然半边山有上百立方的泥石垮下来，将他们推入大江里，不少商贩也同时死于非命。

1954年6月8日，第五十三师第一五七团修路部队进入排龙段，适逢雨季，洪水暴发，路基、桥梁、涵洞遭到严重破坏，正在“老虎嘴”施工的17名战士被洪水冲走。在这段仅十几公里的施工区里，梁兴邦、吴才滨等52位解放军战士壮烈牺牲。善良的群众为烈士们做了个木牌，竖在村庄的山坡上，让人缅怀纪念。

波密区内道路因地震和年久失修，多处垮塌，桥梁断裂，人马行动不便。曹宗堃负责从通麦各地动员民工200余人，经过34天的紧张修建，恢复道路42公里，架成大小藏式桥梁20余座。对参加修建的民工支付了费用，影响大，反映很好。

通麦是交通要道，而易贡河不仅宽，且水大湍急，又无桥无船，暂无条件架桥，于是决定造船。由警卫连派会木工的战士就地伐木、解板、建造，2个月时间完成了一条小木船。当副连长章秉福带着4名战士，在通麦河里驾船摆渡时，由于河水流速急，难以掌控，木船触礁碎裂，5人全部落水牺牲。战士们接受教训，便建成了更加坚固的木船，也摸索出一套急水驾驶渡船的经验，再没出现事故。

我们工作组的任务很繁杂，除做群众工作外，还要配合部队联络、解决军民间的事务，如开荒种地、运输、修路、动员民工、翻译沟通等。那时，军民一家，军政一家，有事一说就通，办事利索，大家目标一致，愿景相同，非常顺利。

通麦村原有5户人家共37人，4户藏族，1户是从门仲迁来的门巴族。藏族同胞家中有一名珞巴女奴隶。他们相处得很和睦，属甲仲卡定卡（区）差巴。我们住在群众家，吃自己的糌粑。我们只有主食，作为副食的菜却是房东的，有时我们弄点罐头给房东，有福同享嘛！我成了房东汪扎家的成员。我们之间交流没有障碍，他们热爱解放军，对党的号召很拥护，对开荒扩大面积、多种蔬菜、修路架桥、讲究卫生等都持支持的态度。房东种了一亩多萝卜、元根，还有小白菜等，并计划明年扩大到两亩菜地，再种南瓜、辣椒，大部分卖给部队，以增加收入，改善生活。

有一天晚上，房东多喝了些青稞酒，醉醺醺地问我：“你小小年纪被拉来当兵？”我给他讲，我是为了解放全中国才主动当兵的。他们家人都称赞我的勇气。我说：“我只是一个普通的兵，和大家一样是来西藏帮助藏族同胞翻身解放消灭旧制度的。”他们听得很认真，对我也给予了极大的信任。

住在群众家，生活过得惯，又懂语言，既宣传了群众，我从中也学到很多东西，如社情、民情、群众情绪、心愿等。他们的需求就是我们要努力做到的，他们人人都希望早日通车、早日废除剥削制度，这就是我们党和我个人应努力做到的！

在同群众的接触中，我了解了不少民间文化，他们的传说故事、歌谣、谚语和习俗很丰富。我差不多每天都有记录。

我和通麦有不解之缘。自修筑松宗公路以来，我多次路过通麦。当初动员群众生产，我一直住在房东家。不到两年时间，通麦成了拥有十几户人家的村落。在通麦我住的时间并不太长，但在那里开拓的那个阶段给我留下了永恒的纪念。

易贡见闻

通麦大塌方的上游15公里，即北纬30.2度，东经94.5度的地方，原为波密三宗（县）之一。这里是标准的山区，它北部是恩达、类乌齐宗，属念青唐古拉山，山高且狭，村落极少，互相无法往来，成了禁区。工作干部配合猎人探险5天，发现的均是蓝白相连的天和冰川，面积约50平方公里。冰川朝南，河流条条向南，流入帕隆藏布江，在给波密带来了丰沛水源的同时，也带来了毁灭性的灾难，形成举世闻名的通麦天险。冰川还在沉睡，但它处于活动期，要加强观察，防患于未然。我们分工委秘书科工作组实则是个临时工作组，是为下一步开展工布（林芝）地区的工作做准备的，目前在桥头堡——易贡宗工作是练兵，以提高干部素质。但我们没有临时观点，对当地的每项工作都认真负责干好，视为自己分内的事，也为今后的工作积累经验，打好基础。经过近一年的工作，通麦一带稳定了，部队陆续来了，这里成了基地，而我们即将向工布进发，把通麦交与部队。我们全部会集易贡宗后，我们工作组8人加上董代表他们，共计20人，在宗政府共同生活、工作、学习，完成了全区“三反”（反贪污、反浪费、反官僚）运动的任务。地方工作比较复杂烦琐，老百姓的事多，都得靠我们帮助、协调、解决，不过大家都各尽其能较好地圆满解决了问题，领导布置给我的工作重点是“调查”，包括社情、民情、敌情、历史，我的语言优势有了用武之地。在和群众接触、交流、晤面中，获得了不少材料。

那旧制度的黑暗、农奴主的残忍、群众的期盼，让我深受教育。我们当时对外的工作是统战和群众两大项，两者难以分离，但大量工作还是群众方面的。当时时局动荡，上层人士不稳定，什么事都出现了，上层和百姓矛盾加剧，若不解决，会阻碍社会的前进。易贡、波密与西藏其他地方一样，存在一个所谓的“公地”问题。据了解，易贡有公地百余亩，分别属寺庙和宗府所有。群众普遍强烈要求谁种谁收，但《十七条协议》规定旧有制度不予变更，上级再三指示我们“不要急于改变原有制度”。经过说服双方，最后，达成双方都比较满意的解决办法。这个土办法既没有改掉剥削制度，又初步满足了群众当前的利益。双方认为，劳动创造世界，农民确实辛苦而受益太小，适当照顾是应当的，劳动果实对半分是合理的。我们还鼓励农民多垦荒，扩大面积，增加收入，改善生活，促进和睦为邻。

1951年12月19日，中央文委西藏工作队肖前椿、王葵等20余名专家到达倾多，进行农业、水利、气象等项的调查，分工委派4人配合工作。他们1月份来到易贡，苏萍、高飞二人跟随服务。当他们得知当地铁匠用捡来的铁矿石打制铁质农具时，十分震惊，顾不得休息便前往实地察看。在距宗府5公里处是念青唐古拉山脉的如扎阿翁支系，山高约500米，宽约5000米，没有植被，山体全是裸露的，山石呈黑红色，滚落的石块是砸不烂的。专家们到几家铁匠那里观看了农具制造过程，初步估算这种矿石含铁量在80%以上，中国少有，世界没有。“将来很有发展前途！”专家们欣喜地说。在这里，专家们还发现了许多稀罕矿物，如品位在60%以上的石膏、属高档宝石的猫眼绿柱石等。植物学家钟补求考察后，估计这里平均每公顷木材积蓄量为300多万立方米，也是世界奇迹。

1953年我陪同他们从拉萨返京路过这里时，遗传学教授庄巧生在索通、通麦一线采得多组标本，高兴地说：“世界许多作物的历史要改写了，青稞老家在英国，油菜老家在丹麦，应改写为‘它们的故乡在中国西藏，在西藏的波密’。”他在给波密干部做报告时，特别展示了野青稞、野油菜的植株标本——这是极其珍贵的。这说明，世界上很多物种的老家可能就在西藏。西藏大有前途！这批40多人的多行业专家在西藏两年多，调查了许多地方，写出了许多考察报告，对工作起了巨大作用。专家们于1953年1月5日举办了西藏首批农业技术干部培训班，对来自昌都、波密、江孜、山南、拉萨地区40多名排以上干部进行了4个月的培训，这次培训让我学到了很多知识和技术，对后来的工作起到了很大作用。毕业后，我将墨脱的玉米“结婚”（人工授粉）、果树嫁接，堆龙的“农民要想富，种粮种草多栽树”应用到实践中……

易贡是锻炼我们的场地，也是我们前进的桥头堡，根据形势的需要，我们将离开这里，向工布地区进发！

翻雪山去工布：易贡至林芝

（一）

“我是个万金油干部”我常常说自己。开头，我啥也不懂，慢慢懂了一些，但知识面太窄，样样不精通。我又是一个求知欲很强的人，不懂就问，搜集资料也成了习惯，几十年前的“旧闻”我还保存至今，如1949年2月20日《开封日报》刊登我参军渡江南下的报纸。另外我还爱抄录各种数字、资料等。这些使我既增长了知识，开阔了视野，而且对撰写文稿有很大帮助。刚进西藏从二郎山开始，我对西藏高原的奇特地形地貌很不理解，尤其对波密、林芝和墨脱三县的地理形成根本不懂，但又好奇，除了不多的学习资料外，我还向专家学者当面求教。老师们向我这个中学都没毕业的小战士揭开了地球的秘密，我对以通麦为中心的西藏特殊奇异的地形有了初步了解。经过50多年的琢磨，尤其是老师的面授，我对许多未知领域有了一定的了解。20年前，我配合地质学家耿全如教授合著了一本《雅鲁藏布大峡谷国土旅游资源》（汉英文），全国出版发行。

波密地区的东部是横断山脉，北部是念青唐古拉山，西部是冈底斯山，南部是喜马拉雅山脉，通麦和易贡处于几大山系的会合点，形成了得天独厚的地质构造、神奇的地貌和丰富多彩的地学景观。一句话，形成了人们听后毛骨悚然的“大塌方区”“通麦天险”。

世人都知道，雅鲁藏布结合带是印度板块和欧亚板块碰撞闭合的位置，而帕隆藏布、东久藏布、易贡藏布都是小的闭合部，犹如做衣服时两块布的缝合处，地震等也多在这里发生。

一般认为，地球有46亿年的历史。地球上所有的大陆在中生代以前都是统一的巨大陆块，周围是一片汪洋，后分裂漂移成南北两大部分，南块包括南亚次大陆、澳洲、南极洲、南美洲和非洲；北块包括欧亚大陆、北美洲。南亚次大陆后来向北漂移和欧亚大陆结合。印度板块继续向北漂移，慢慢下插到欧亚板块之下，使地壳增厚。随着两个板块碰撞力逐渐加强，水平运动最终转换成垂直运动，使喜马拉雅山脉和青藏高原慢慢隆起形成。

雅鲁藏布江就是印度板块和欧亚板块相碰撞的巨大的缝合线。这一带的挤压力强，地壳的隆升作用显著，所以形成了许多高耸入云的山峰。在地壳惊醒隆升运动的同时，大气降水形成了河流、冰川、瀑布。这些水体运动对地壳表面岩石的摩擦、切割作用十分强烈，形成了深不可测的峡谷，并使山峰变得更加尖锐高耸。综上所述，波密所处的区域特殊，在地理方面形成峡谷多、山峰多、冰川多的特性，这些有利于人类的优势，同时也带来不少灾难，如交通不便，灾害频繁。我们要因势利导，扬长避短，充分利用优势造福人类，尽力减少灾害和损失，把波密建设好。

（二）

离开易贡抵达进山口，夜宿大松树下。虽露宿，但气温不低，又加上烤篝火取暖，不冷，心里还畅快呢。吃的是“巴勒”（锅盔或叫火烧），烧了一锅白菜汤，还有葱花，菜汤配面饼也够丰盛的了，满足了。第二天一大早就出发了，顺着山沟一直向上，山道直上直下没有迂回，这是山区行军最忌讳的，一迈步就得使大劲才能上去，体力消耗大，汗水没有干过，毛巾不时可以挤出水来。因这不是去工布的大道，所以过往的人很少很少，道路失修，坑坑洼洼，加之有一人高的杂草封堵了道路，而且扎人的火麻居多，攀爬相当难。我身背28公斤重的行装，双手被扎得鲜血直流。右手被火麻扎得不知痛痒。下午2时许，孙科长加上王振洲和我三人手拄拐杖一脚高一脚低地上山了。孙科长虽空手行走，但年龄比我们大十几岁，还有一只眼睛失明，走起来比我们吃力，他不时说些令人开心的话给我们鼓劲。孙科长在这最后几里地跌倒5次，一次经两人搀扶才站了起来，他还乐观地说：“真有意思！”正说着，抬头望见一缕青烟，说明快到宿营地了。

我们一鼓作气，很快和前面的同志会合了。老刘将开水送来，我一口气喝了两杯。休息片刻，我环视了宿营的这个大山洞，有一亩地那么大，很平展，洞顶距地面2~3米，可驻下一个连，洞内干燥，清凉无味。据民工讲，这个山沟里还有7个稍小的山洞，都可以住许多人。我们捡了一些小树枝和树叶铺在地上当床，又捡了许多木柴做饭烧茶取暖。晚饭后，我们和民工一起商议，他们说，从易贡出来几天了，雨没有停过，衣服没有干过，累坏了人，下一步是要命的雪山，因此需要在此"雪板铺巴"（冰山窟洞）休息一天，做些准备，孙科长同意了。

7月10日，工作组在石窟休息一天。我们抓紧这一天时间学习，讨论了中共波密分工委《为执行好和平协议对整理内部思想及工作的决定》，决定分为五大部分：即树立长期建设西藏，为藏族人民服务的思想；要有明确的政策思想；大力开展统战宣传工作；做好调查工作；加强内部团结，巩固提高，为藏民族立功。这个文件是1951年7月29日以波密工委的名义发布的。我们多次学习它，并以它为准绳、为依据来做好工作。今日在大石洞里的学习，说明我们虽然被抽调做地方工作，但部队的作风一直坚持着，抓思想、抓政治，常备不懈。党的许多文件每学一次都有新鲜感，体会也深了一些，做工作有了底气。下午，倾多寺江巴悦西大管家的聂巴（会计）坚村到此，准备去拉萨。我们热情地欢迎他，同他一起就餐，他很受感动。

7月11日，我们一行多人行进在雪板拉山上。有的走得快，有的落在后面。我和吕存智同行了7.5公里，一起到达雪山下，这里也有一个可容纳30多人睡觉的石窟。我们在这儿吃了糌粑，喝了冰雪融化的雪水，那雪水凉得牙痛。这里是个宽1里，长5里的大草甸，非常平坦，青草绿油油的。民工讲，这里是鹿和香獐生活的领地，是猎场，东久和易贡的猎人时常出没在这里。草坝上有许多叫"措"的水坑（小湖），蓝天、雪山倒映在湖中，十分优美。孙科长说："我们轻装先到了，民工尚未赶到，你冀文正一人留下来等候民工一起翻山，我们几人今日不得不翻过雪山。"在这寒冷及野兽时常出没的雪山上留宿，我是害怕的。老吕体谅到我的难处，同意陪我在雪山上等候民工。在这头顶大雪山，四周是悬崖陡壁的荒野过夜，我俩心里还真有两怕：一怕野兽，二怕冻死。我们在雪山坡上的一个大石头旁扫掉积雪，平整出一块2平方米的坡地，勉强搭了个帐篷。外边已经不下雨了，里边还在滴水，路上没淋湿衣服，现在反而像是从水中捞出来的，冷得发抖，没有铺床，只有一条薄被子。捡来的湿柴不易点燃，吹呀吹，眼

艰难前行。（佚名）

泪都吹出来了。若今晚无火烤，非冻死人不可，所以拼老命也要吹燃火。功夫不负有心人，2个小时后终于点着了火，接着去捡了两捆上百斤的湿柴，够小火烧一夜了。生命有了保障，心里的一块石头才落地，静心一想，不觉后怕加剧，过了许久才安下心来。火燃起来了，摄影记者许安宁和两名向导赶到，有水喝，有火烤。我们5人在帐篷里坐了一夜，因为有火烤，没感到太冷。记者说："我几次在雪山上碰到雪盲，有两次看到7名战士的尸体。"他喝了口水接着说："我从几个连队那儿听到，在翻越横断山脉的几个山头时都有人牺牲，仅第一五四团有个连就损失了8名战士，有3个人走着走着就倒下了，再也没有起来。第一五五团二营在翻一座5000米的雪山时，因患雪盲失足跌入崖底牺牲了多人。"他又说："这个山在盛夏雪线还这么长、这么厚、这么陡，要高度注意安全，防止雪盲，防止失足跌落。"这些也是民工多次提醒过的。我们几个都说，人人要多加注意，互相关照，行动缓慢些，人距近点，多点站立歇息，尽量走"之"字形的路，宁慢勿快。

每人吃了两个面饼，喝足了水，天刚一亮，我们就负重爬山了。从山脚仰望，山势较陡，约4000米高，白皑皑的，在我们的头顶有几只秃鹫在空中盘旋。而我们一行8人却像蜗牛一样在雪地里蠕动。尽管人人负重，但科学攀登，并不十分劳累。在海拔4060米的雪山上，谁也不愿让已经劳累的同志来帮忙，坚持再坚持，宁肯自己累点，也不忍心麻烦战友。5个小时后，我们攀顶成功，站在山顶环视四周，美景尽收眼底：海拔3500米以上是座座雪山头，草甸是野生动物的天堂，食草动物很多，獐、鹿、野羊、岩羊等有十几类，互不争斗，和睦相处，再往下是松树之类的冷松、云杉，再向下是青冈和杂木林等。我向北向南眺望，仅能看到10公里左右，全是雪山头。据我所知，从藏北的嘉黎县开始，这条山脉自北向南经过这个"雪板拉"再向南至色齐拉，至雅鲁藏布江北岸的德木拉终结，700多公里，名曰冈底斯山脉。我们此时就踩在它的脊背上。山的背面也很美丽，一条长长的南北向山沟叫东久荣巴，我们要通过它去工布。往南方眺望，民工指着一个山腿说，那里就是东久村，有干部驻村，走快点天黑时可以赶到。我们的想法和他一致，于是加油赶路，夜宿东久。我们折腾了几天，就是期盼早日到达工布，再苦再累也心甘情愿。每人啃了一个面饼，吃了几口雪压底。因为没有悬崖，我们怀抱行装顺雪往下滑，连续下滑4次，一个多小时滑出雪线，大家都松了一口气，记者说他裤子磨烂了，王振洲说自己的屁股磨烂了，我一摸，血淋淋的。滑雪是轻巧，却吃了皮肉之苦。大家你看我，我看你，都笑了。我们烧了开水，歇歇脚，我吃了民工的糌粑，用辣椒水当菜，味道好极了。我们是走的下坡路，个个情绪饱满，步伐加快，天将黑时，我们终于赶到了属林芝宗的东久村。孙科长一行和其他几个干部前来迎接，大家拥抱。当晚，他们给我们炒了两个菜，一个白菜，一个土豆丝，主食当然只有糌粑，吃得好香啊。晚上摊开被子，可以睡在床上了，比睡树下、石洞和坐在雪地强几百倍，真是幸福呀！

（三）

患难之交于偏僻山沟相遇，有说不完的话，总想多待一会儿，昨晚聊天到深夜，一觉睡到天大亮。

任务急又重，我们不得不与战友惜别，今日继续向工布行进。

老李和延瑞为我们饯行：吃咸糌粑，喝酥油茶，萝卜干当菜。记者边吃边说，如果是甜糌粑就好了。我笑着说："你想得怪美，来到波密两年了，我还没有见过什么白糖、水果糖呢。今天有饭吃就不错了，吃起来比大城市的什么海参鲍鱼还香呢。"孙科长说："你小冀还真会说！"大家大口大口地吃，多香呀！

饭后，我们一抹嘴就走了，没打条，没付饭钱，吃的是“共产饭”。

老李照顾我们，为我们雇了3匹驮马，孙科长骑一匹，我们的公物及口粮由驮畜代劳。自己物品自己背，我背30来斤，很轻松。延瑞等和我们恋恋不舍地惜别，握住手不舍得松开，互相再三祝福。

我们沿东久河南行约2.5公里，同川藏大道会合，这里有一个12户藏族同胞的小村。从这里向北6公里是排龙和通麦，有小半天路程，是去波密的必经之道，即中外称为的“通麦天险”“排龙天险”。为了安全，我们宁肯多走百里翻雪山，绕过这道天险。我们很幸运，安全越过了天险继续向西前行。

我们继续向南前行5公里，到了一个叫曲尼玛的小村，从此开始向南是25公里长的鲁朗普容——鲁朗山沟。山沟开阔，宽约3000~5000米，属标准的半农半牧区，无霜期短，下坝的青稞已经成熟，上坝牧场只能收籽粒不成熟的青青稞草，这是营养价值高的上等饲草。这些都是随同民工向我们介绍的当地生产常识。

欢送勇士。（佚名）

提起曲尼玛唤起了我的一段回忆。

有一次，我在东久一带动员群众多种蔬菜时，巧遇波密财粮科会计易才永带队向拉萨转运银圆。有一匹驮马失蹄跌落曲尼玛河里。护送战士及当地牧民跳入冰冷的河里，捡拾了1个多小时，才将1000个银圆交与易会计。我们可爱的战士和可爱的藏族同胞身无分文，对国家白花花的银圆毫不动心，完璧归赵。

我们在河边烧水，吃午饭，糌粑配萝卜干也算不错了，民工多一点辣椒水。这种生活过久了，也就习惯了，没有过高的期盼，吃饱肚子就是最大的奢望。在喝茶时，我问4位藏族同胞，对未来有啥要求。年纪稍大的达娃吞吞吐吐地说，最大心愿是吃饱饭，有自己的地，劳动果实归己所有。18岁的江措接着说："我们住在这天天塌方的地方，提心吊胆，要治住它才行。"我的话匣子打开了，说："解放军来西藏就是为了消灭封建农奴制度，实行耕者有其田的制度，自己解放自己，过上好日子。解放军正在修筑康藏公路，'通麦天险''排龙天险'会被战胜的，金桥一定会修到拉萨的。"孙科长后来知道我的宣传效果，点头直称赞。

我是走到哪，宣传到哪，老百姓都爱和我一起聊天。进入波密2年了，在原来的基础上，经过实践，文字水平有所提高，语言进步更快，基本过关了。在藏47年，我没当过哑巴，心里美极了，既做好了工作，又捞到了许多珍宝（非物质文化遗产），我心满意足了。

吃过午饭，继续前行。平坝越来越宽，两边的山坡坡度小，生长着松树、冷杉之类的高寒树种，地里的青稞苗高两尺多，不少牦牛在草滩上吃草反刍，一片寂静。中午过后，我们来到扎西岗村。这是一个有28户藏族同胞的大村，虽是半农半牧区，还是以农为主。我们借宿村长旺堆家，他家有8大间的16根柱子的木板房，我们借住两间空房。我们花两个银圆请村长买了几个萝卜、土豆和白菜，他给我们一些葱和一把没有见过的"拉罗"（手掌参）。我们做了一锅菜，给房东舀了一半，主食仍然是糌粑，人人吃得肚子鼓鼓的。饭后，我站在屋外瞭望，比我大12岁的次仁问我在看什么，我说不知康藏公路从哪里修。他说："公路必须经过我们门口，如再往前修，有两条路可走，一条顺老路走完这个山沟，翻德木拉山去德木、林芝普拉村；另一条是新路，从此向西翻色齐拉山到普拉，若走此路可缩短上百里路程。"

后来，我向前来了解情况的一行人讲了村民的这个建议，他们向上级反映了这个情况，领导决定让他们亲自到实地考察、测量。他们雇请了5个民工参与活动，仅5天时间每人给了20个银圆。

他们钻入密林，荆棘划破了他们的衣服，双手血淋淋的，大家一块儿吃饼干，喝泉水，在大树下烤火取暖过夜。他们在前面砍刺条、杂草，修了一条简易小道，树上留下标记。几个汉族兄弟关心民工，再三叫他们吃好、休息好。民工回来后向我讲了同汉族朋友的合作，说汉族确实是来帮助西藏建设的，大家应该关心他们，帮助他们解决困难，同心协力，把西藏建设好。我再三感谢藏族同胞和村民对我们的无私支援，咱们是兄弟，目标是一致的，不要听坏人的话，要共同建设新西藏。以后，我又多次路过这里，都住在旺堆家，我们成了知己朋友，好似亲人一般。藏族同胞忠厚，以诚待人，很守信用，我对他们有好感，他们也信任我。修建指挥部采纳了群众的意见，康藏公路翻越色齐拉山，缩短了60公里，受到好评。

7月14日从扎西岗村出发，顺着鲁朗山沟向南。沿途几十里都是平坦的草坝，那些一二十亩的田地，都用木篱笆围成，防牲畜践踏。这里的牲畜全是放养，包括香猪，早晨放出，晚上自己回圈。地里种的都是耐寒的青稞作物，粮食收获仅够每户食用3个月，然后再以畜产品换回农产品。群众更喜欢青稞草，作为青储饲草，牲畜爱吃，营养价值高。这里土地十分肥沃，他们以畜养地，将所有肥料全部施于地里，有的青稞秆高1米多——这是群众最喜欢的。家家户户都有上千斤的青储饲草。这里也下雪，冬季寒冷，但畜有圈，有吃有喝，没有西藏其他地方所谓的“春死关”。

这里的畜产品名气很大，价格要比其他地方高出一两倍。山沟左侧的山上差不多都是野茶树，昨天房东用它来招待我们，好喝，有咸味，房东说这种茶能帮助消化，当地群众盛传可治肠胃病。这茶树低矮，枝丫多，叶小且厚，晒干后，在拉萨市场很是畅销，一克（3.5公斤）可卖2个银圆。

由于轻装，走的平路，不知不觉我们就到了这条山沟的顶端——鲁朗牧场。天空晴朗，太阳挂在天上老高，环境静得一丝杂音也没有，好似这里是无人的世外桃源。这个牧场的小村只有12户群众，既是农民，也是牧民。确切地说，他们是牧民，以牧为生，家家都有上百头大畜，收入全靠畜产品，但每户都有十几亩土地，种的全是青储饲料。户户都有两顶牛毛帐篷，一顶住人，一顶是储藏室。善良的群众腾出两顶供我们夜宿。这里地势虽高，气候寒冷，但白菜长得很好，几户人家都给我们送来不少，土登牧主给我们两串奶渣（每串20个），温水泡后，用刀切成小块，用酥油一炒，有一种炒鸡蛋的味，很香。

晚饭很早，我和群众坐在帐外聊天，中年人尼玛指着右边的山说：“明天你们翻过这个德木拉（幸福山）就到了工布的地盘了。这个山不高，山顶仍有树木，2个小时就上去了，下山路好走，半天时间就到工布的大村——德木村了。”我问山顶南边是哪里，他说：“从我们这里有两条路通外，向西到德木，向东翻玉松拉可到米林宗的苏松村去墨脱宗。向北去东久村，向南无路，山下就是雅鲁藏布江。”我仔细观察，鲁朗山沟两边是冈底斯山脉的两条支脉，支脉底端到此结束。站在这里向北可以看到整个鲁朗山沟的全貌。

翌日，天气晴朗，我们一大早就上路了。上山的路很宽，坡度不陡，只用两个小时就到了山顶，不感到很累，一是吃睡很好，二是天公作美，三是道路宽敞，四是快到目的地了。德木拉山顶海拔3750米，不算高，森林密布，冷云杉高达40多米，笔直笔直的。我们在山顶驻足歇息，环顾四周，引人注目的东方方向，雪山连片，一个比一个高，其中两个独占鳌头，一个叫南迦巴瓦峰，峰顶直插云霄，海拔7782米，是世界第十五高峰；它的对面是海拔7294米的加拉白垒峰，位于雅鲁藏布大峡谷的西岸，两山像两把利剑直插天际，仿佛是大峡谷的卫士。围绕南迦巴瓦峰，大大小小的雪山头有7个，民工次仁告诉我："据说它们是七兄弟，在保卫着绿度母女神呢。"

我们心情舒畅地下山，上山容易下山难这句话不适合这里。我们边走边说，仅用4个小时就下到了山底。看见第一个小村有一小寺庙，下边几个村还有几个小寺庙，民工告诉我那是"彭波滚"，他再三解释，我才弄懂那是本波寺，也就是人们常说的本波寺庙。本波教是我国藏族本土的固有宗教，崇奉鬼神和自然物，认为万物有灵，灵魂不死，是永恒的。

我们顺着一条溪水来到了最大的村落德木村（幸福村）。这里往下2.5公里是雅鲁藏布江，江面宽700米，两岸开阔，宽3000米，村落很多，是富庶的农业区。村头有座红教（藏传佛教宁玛派）寺庙，周围村民是它的差巴。我们住在当地很有名气的德木"德巴"（首领）白玛次旺家里，他是统战人士。我们每到一地往往都住在当地的头面人物家里，便于工作。年前，他曾和路过这里的第五十二师的同志接触过，感觉不错。来到这里，他欢迎我们，让孙科长住客厅间，我们住客厅旁的一间空房，铺有藏垫和花毯。他交代佣人要热情真诚周到地照顾我们。头顿饭是主人招待的，有4个菜，其中炒鸡蛋是进藏两年来第一次享受，我们感谢了他。

第一次接触白玛次旺，我们对他的印象是对人诚实。天有不测风云，人有旦夕祸福，1959年西藏叛乱，康区叛乱头子给他委任"工布司令"的头衔，他的厄运到来，名声一落千丈。1959年5月他从米林边境回归，在羌纳寺庙被我和李朝群率部将其逮捕，移交塔工军管会，被判刑坐牢20年。

踏遍林芝，选准基地
——初选基地的经过

我们工作组的任务之一是为将来塔工分工委初选建设基地。因我藏语可能好些，孙科长将这项工作交予我来完成，王振洲当助手。我牢记使命，经多方调查了解后，决定徒步到初选基地实地考察。

工作组在德木住了半个多月，一是做统战工作，工布地区名望较大的德木活佛和白玛次旺是我们工作的重点对象。在宣传及下一步工作打算上都取得了共识，并得到了他们的配合，愿意把《十七条协议》宣传好、落实好，帮助解放军解决粮秣。双方协商很顺当、和谐，给我们留下了良好的印象。

我们工作组渡过尼洋河，来到则拉宗，这是工布地区最大的宗，宗本是刚到任不久的旺堆。孙科长照样给他赠送一条16块的砖茶。在两天的时间里我们商议了许多事，均得到对方的口头承诺。不过我们心里有数，在波密时就听二办副主任江巴悦西反映，在工布混乱时期，旺堆前来任职，可能有名堂，我们得注意点，多一个脑子，防患于未然。

我们沿尼洋河向北10公里的俄党村进发。这里地势开阔，东西河谷有4公里宽，村落多，人口稠密，土地平展。我们夜宿仲果村时，村长对我们不友好，有空房不让住，也不认真接待，让我们住在两间肮脏的马厩里。不帮助买菜买柴，对我们很反感。而我们照样友善待他，赠送5块砖茶及各种宣传品，并主动接触，耐心交流，仅5天时间，他把我们请到客房里住，菜、柴充足，给了许多方便，也非常愿意和我们交流说话了，来了一个大转变。后来，他说了心里话，那是“轻信了坏人的假话”。

在村长的帮助下，大家群策群力，在村旁的核桃树林里为我们盖了5间草房，形成了一个小院——可谓是村里又增加了一户异族居民。几个月里，我们相处很好，常来常往，并解决了我们的主副食供应问题。

有一天，我们几个人去距此仅有两里地的俄党村办事，看到村庄南北进口处竖立两个腰粗且高5米的大木桩，仔细一看是个木头人，栩栩如生，凡人的各个部位器官它都有，是个男性。村长尼夏说：“这是避邪的。”我想，可能是大家期盼“人口兴旺”吧！因为，在生产力低下的时代，人是第一生产力。我们从50

米处观察，这个木雕裸体人形象非常逼真，给人留下了往昔的记忆，人类童年的生活景象复活了。

有一天，工作组安排我和另一人过尼洋河到东岸的帮那村观察。帮那村所在的这片坝子面积可耕土地有千亩。村里的23户紧靠本教神山，村边有一棵桑树王，树很高大，树围有十几米，树干四米处分出7个大枝粗，其周长近两米，枝叶繁茂。据85岁的曲批老人说："'唐佳查'（文成公主）路过这里时，还向它献过香呢。"大家都说这棵树龄超过了千岁，实属举世罕见。

我俩下午又到巴结村，巴结土登头人接待了我们，并很热情地介绍了这里的情况，还带我们来到村庄北的北缘，这里是冈底斯山系的一座山，山腿处有一丛占地百多亩的苍劲挺拔的巨柏，其中有一株树龄已达2500年，树高30庹，树干8个人才能抱住的"树爷爷""巨柏王"，据说是我国天然柏科中树龄最长、直径最大之一。

我们又去了真龙邦卡实地观察。这里是一望无际的大坝，有5个村庄，溪水潺潺，可耕土地上千亩，未来的康藏公路将路过这儿，因此我俩看了5处，最后认为这里符合未来建立政府基地的各项条件。孙科长后来也亲临考察，完全同意将这里作为塔工分工委基地的候选地。后来又经过多次反复考察论证，西藏工委批准了分工委在此建立办公所在地的报告。于是我们工作组成了这里的第一批居民，不到一年的时间，这里就成了"帐篷城"，各个机关都在这儿办公。后来塔工分工委、塔工专署搬至康藏公路线上的普拉村，只剩下军分区在那儿。

林芝至拉萨沿途随记

（一）

我们进驻工布半年多了，一切工作开展得很顺利，虽然生活苦点，但稳定，大家合作得很愉快，对建设新工布信心很足。

半年多来，我们跑遍了工布所属米林、林芝、雪巴和太昭的许多地方，《十七条协议》差不多人人都知晓，与大、中统战人士多次接触座谈，尤其号召群众开荒生产、扩大播种面积、增产增收、改善生活，协商的事情都达成了共识。另一件事是配合部队修筑康藏公路，动员群众自愿参加筑路，国家付给合理的工资。协助工作组采购部分粮食也得到了上层人士的支持和落实。更令人高兴的是广大藏族同胞都愿意和我们接触交流，我们讲的革命道理他们爱听，相信无疑。我们的语言大有进步，融入群众生活中，没有孤独寂寞感。大家很安心，内调、换防之类的话也听不到了。

12月中旬，办事处接到分工委公函：为了落实毛主席“进军西藏，不吃地方”的战略部署，为了解决西藏部队和地方长期的吃饭短板，也为发展农牧业，改善群众的生活，应大力、科学发展农牧业，大力培养科技人才。工委决定举办科技培训班，由农村出身的、有文化、能吃苦的排以上干部参加，每个分区分配7名。经研究，我区参加培训的人员是徐志洪、高飞、罗继、姜时钧、傅奎年、马全美和我。公函最后提到“请做好他们的工作，愉快参加”，并要求于1953年1月20日前往拉萨报到。

我对留守处领导讲：“分工委这个决策十分重要，培养了人才。由于我军是个生产队，它利于指导群众科学种田，发展西藏的农牧业，增加收入，逐步提高人民群众的生活水平，这对巩固边疆大有好处。我拥护，积极参与，努力学习，提高技术，为建设新西藏出力。”领导说：“党信任你们才决定让你们参加。俗话说‘艺多不压身’。发展农牧业要靠科技，用科学指导生产，就会大发展、大收益。经过培训，你们肩负着重任，领导这一片的生产，人民寄予很大期望。预祝学习成功！”“我们会积极钻研科技的，会学成的。请领导放心，不会辜负大家的期望。”我说。

我在工布等候，徐志洪等4人经过8天徒步从波密赶来，休息一天，1952年12月29日我们5人离开第五十二师留守处，前去西藏首府——拉萨。

（二）

按规定，下乡可以雇马报销路费。我们商议还是徒步行军合适，因为从天全到工布有2500多公里，全是大山大川，都走过来了，从这里到拉萨仅千里路，并且除翻一座大山外，全是平路，我们完全可以徒步到达。再说多雇马会增加群众负担。我们只雇了一匹驮马，空手行进。从这里到太昭的150公里路，全是沿尼洋河谷向西北方向走。

我们5个人想法一样，观点一致，认为能到拉萨学习是难得的。大家边走边聊天，罗继说学好农业技术，将来回到家乡也能用得上，饿不着肚子。你一言，我一语，边走边看风光。我们夜宿嘎拉村，照例住在村长家里。村长帕加是个老实人，有活动能力，我们相识几个月了，他是我们的“义务宣传员”，他将自己知道的革命道理，不厌其烦地向村民讲解，该村群众对我军格外亲热，大人小孩都称我们是“加米萨巴”（新汉人）。群众送来鸡蛋、土豆、元根、白菜，我们都执意付了钱。

晚上，村长讲了很多情况，他说这个山沟里有个名气很大的湖泊，有叫错高湖的，也叫巴松措的（改革开放以来，巴松措风靡中外）。我去过那里，饱览了那里的美景，给我留下了难忘的记忆。

错高湖位于念青唐古拉山脉的高山峡谷中，被奉为神湖，湖面积达37.5平方千米，群山环抱，古木参天，湖面如镜。四周的山头终年积雪，山下是原始森林，湖边全是红叶树。湖水碧绿，冬天不结冰。湖心有一个上千平方米的小岛——扎西岛，关于小岛的故事五花八门，其中岛上那礁石是“善良岩女的生殖器”的故事流传最广。帕加说：“我们相信这个传说。在五代人之前，我们的祖先在岛上修建了错宗寺，寺中殿堂里供有强巴佛、千手观音和金童玉女。每年藏历4月15日都举行盛大的转湖节。”

31日，我们抵达阿沛村。这里属太昭宗峡龙乡，是阿沛·阿旺晋美的故乡，这里有他的“豁卡”（庄园），庄园主白马是我们的委员，对人和蔼、诚恳、热情，和群众关系好，对我军友好，积极支持我军进藏，曾接济断炊的路过部队。我住他家是第三次了。他家是个四方院，正房是个两层石楼，约12间房屋，左右各有4间偏房，一半家奴居住，一半是马厩。白马委员把我们安排在正房的客厅里，下铺地毯，上铺花垫，条桌上放着点心，一个铁盘里有“萨嘎巴里”（油炸甜饼）、印度硬糖和桃干。火炉上热着酥油茶。有一“约波”（男家奴）专门伺候我们。他家的规矩是往来汉族朋友在他家住、在他家吃。晚饭吃的“古吐”（肉汤面块）。晨饭吃的酥油糌粑，还有牛肉土豆菜。临别时还拒收我们交的5个银圆。

晚饭后，我们参观了他一亩地大的果园，有桃树、核桃树、大小苹果树、花红树及山楂树、花椒树等，多种多样。白马还给我们摘了不少水果，让我们路上吃。

晚上，我们同白马委员夫妇聊天，重点是解放军为什么要进西藏，更多的是讨论《十七条协议》。他精通协议，条条记得清。我们都赞赏阿沛·阿旺晋美对和平解放西藏的重大贡献，对《十七条协议》签订所做的贡献。他说，“古休”（先生，这里指阿沛·阿旺晋美）再三指示，要诚心帮助为西藏人民服务的汉族兄弟。他们远离家乡、亲人，来到西藏，困难重重，我们有责任、有义务关照他们，替他们排忧解难。他讲的这一番话对我们有启迪，说明现阶段在西藏做好上层人士的统战工作的重要性。

1953年元旦，我们胜利抵达太昭，在行军途中过新年，有纪念意义。

说实在的，我们这些人对过节是不大注意的，因为当大家在欢度节日时，我们却在雪域跋涉行军。因为要记日记，才知道今天是1953年的第一天。我们虽然对民间节庆不关心，但对建军节、国庆节和建党日，却倍加关注。

我们抵达太昭平坝，发现这是一个奇特的地形，太昭很像一根拐杖，丁字形，上边一横向东是去嘉黎、恩达，向西是去拉萨，下边这一竖是向南去林芝、雅鲁藏布江，也是从昌都去拉萨的北路和南路在此会合的地方。向西去拉萨，宽敞的河谷从这里变得狭窄，山高耸入云。这个坝子很大，所以被选为空投场地。但山太高，飞机来过两次，听到飞机轰鸣，却没人看过它的模样，当然也一直没有空投成功。这里是宗府所在地，全宗的政治、经济、文化中心，小有名气。

太昭位于西藏东部，念青唐古拉山南麓，雅鲁藏布江以北、尼洋河中上游，距林芝八一镇140公里，距拉萨市285公里。念青唐古拉山脉的两条支脉把尼洋河紧紧夹在中间，东部是色齐拉和德木拉，西部是米拉山和工布巴拉，两条支脉向南直达雅鲁藏布江。

清末，清政府在此设太昭宗。1912年后改设太昭县，后又更名为工布江达县。

历史上从内地来西藏的客商、军政人员主要走北路，尽管要途经穷八站，但除了高山险峻和缺氧外，危险性不大，距离还短许多，王其梅副政委率领的先遣队就走的这条路。而我们的康藏公路却走南路，第五十二师率先走波密、林芝南路进军西藏。这里处于入藏南北两路的交汇点，加上没有可以绕的路，它的北面、东面和西面都是入云的高山，此地的战略地位相当重要，易守难攻，历代都有重兵把守。不久前，第五十二师一个团才离防去拉萨值勤。波密分工委派得力干部组成太昭工作组驻在宗府办公。

我们抵达太昭后，自然先要和工作组联系，他们7个人都热情欢迎我们，帮助卸行李、端开水，给我们让坐，并安置我们在宗府的一间空房里住宿，屋里铺有地毯当垫子，条件够好的了。按老规矩，凡是来了人一块儿搭伙，可朱洪振组长却叫我们自己开伙，而我们除每人有十几斤糌粑外，什么副食也没有。我们只好从群众那里买来一些土豆什么的。战友兼老乡的郑西元悄悄给我们买了一块两元钱的香猪肉，算过了一个年。

太昭工作组的马全美和高飞加上我们5人，于2日又继续西行。

（三）

按惯例今日行程25公里，夜宿江达村。

从太昭向南是开阔的尼洋河河谷，向西是狭窄的山谷。这里是尼洋河的支流，有6个小村庄，20来户农家，大大小小的田地分布在支流两岸。北岸是阳坡，多为村落，两岸都有小道，走北岸的较多。尽管是上坡，但坡度不大，我们背负的东西仅十来公斤，不是很累。几个人行军，有说有笑，海阔天空，其乐无穷。马全美说：“你们长途跋涉，在太昭没招待好你们，也没休息，十分对不起。”大家对去西藏首府拉萨学习持积极态度，行动迅速。一致认为，今后的主要任务是建设，农牧业生产又是主业，要靠科技指导，这样发展才快才好。高飞说：“我们将来都是技术人员了，属专家阶层。”大家都笑了。寡言少语的姜时钧说：“我总有一天会回老家的，学点技术把地种好，日子好过些。”我说：“咱们学成了，懂了技术，将来一定会大有用武之地，成为农业专家，对藏族同胞会有好处的，会受到欢迎的。”说着说着就到了村里。

这个村有36户农民、5户牧民，农民一年四季住在家里，牧民是“冬窝子”，春天上山放牧，秋季回村过冬。这个平坝很大，有1.5公里地长，200米宽，太昭的一个空投场就设在这里，可惜没有使用过。从这里向北是个山沟，通向林周县，墨脱宗宗本扎巴顿珠的家就在这条山沟里。

夜住村长刀杰家。马全美和高飞都认识他，刀杰很热情，为我们炒了土豆丝，还用青稞酒来款待。

翌日离开时，我们付给房东2个银圆，经再三解释后，主人才收下。

今天走的路程太多了，河谷又窄了许多，我们一直沿河逆流而上，海拔又高了许多，走路也显得吃力，背的东西仿佛重多了，不过无风无雨，少受许多罪。

我们在河边烧水吃了糌粑，高飞从挎包里拿出几个熟鸡蛋，一人一个，鸡蛋是他的房东给的。藏族同胞诚实，不忘朋友，免费招待。在这里野餐，有个鸡蛋当菜，好似神仙过的日子。因为在当前的行军路上，能吃饱就是最大的享受。

从这里通向拉萨有两条路，一条是翻越念青唐古拉山脉的米拉山，方向正西。该山陡峭，在近10公里的路上，悬崖一个接一个，康藏公路选择走此路。另一条是老路，客商骡帮必走之路。此山坡度缓，拐弯多，距离拉得长，海拔高出200多米，四季有雪。我们走此道，方向正南。

我们照样住在村长洛桑家。他建议我们在此休息一天，因翻这座大山需要两天时间，是非常累人的。我们接受了他的意见。

第二天上午，村长带我们出门观景。他说："米拉山和工布巴拉山都是念青唐古拉山脉的山垭口，这个山脉一直延伸到雅鲁藏布江边，也是从内地通向拉萨的最后一座山。山虽高，但事故并不多，只要注意，一般是不会出事故的，我陪你们过山，保障安全。"

今天可把村长忙坏了，他为我们每人准备了4个"巴勒"（小麦面锅盔），够吃两天。又为每人煮了4个土豆、2个鸡蛋。我们感激不尽，再三向殷勤的主人表示谢意。经过几年的接触后，我们深感藏族同胞真诚好客、善良！

今天一出门便进入陡坡山沟，由于负重，不足1个小时就出汗了。不愿说话，呼吸急促，脸庞绯红，每走10分钟就得歇歇脚。在溪水旁烧水吃午餐时，村长带了一碗辣椒水，用它沾面饼，口感好极了。我们席地而坐，围成一圈边吃边聊天，饶有风趣。村长说再走三分之一就到宿营地了。

继续往上，坡度更陡，不时出现雪地，更显吃力。我们咬住牙坚持，终于在下午5时到达雪线下的一块平地。这里海拔在4000米以上，无树无林，只有不高的绿茵小草，抬头仰望雪山是阴森森的。在干燥处我们搭了一顶小帐篷，捡了一些干牛粪作燃料，烤饼、烧水、取暖用。晚上无法睡觉，背靠背取暖过夜。村长心地善良，不时加牛粪燃烧，供大家取暖。

第二天一早就出发了，越往上走雪越厚，越吃力，我们照样走"之"字形的路，好在没有悬崖，身上虽然一直出汗，但休息多还是能承受。经过5个小时，登顶成功。站在山顶遥望，一览众山。这时，村长交代要注意安全，我们就此告别。他返回，我们向西下山。我们没有下滑，一直走到山底。再向前步行3个小时后，在山西麓的一个驿站夜宿。这是旧政府信差住的驿站，一间土石房，里边什么也没有。我们捡了许多干牛粪，烧水取暖，四周无人也没村，有个住处就不错了。晚上睡得很香，做了梦，度过了一个美满的夜晚。

（四）

昨晚睡在空荡荡的驿站里，1.5公斤重的被子又不太能挡寒，但人挨人睡没有空隙，牛粪火冉冉燃烧所冒出的一股异味有些呛人，大家都不在乎，只要不受冻就满足了。说实在的，在城市里根本体会不到这种别味风趣。在这高海拔的荒原上能有个避风挡雨的土屋，那真是幸运。

我仔细观察了这个土屋，墙是用草地的一块块草坯垒起来的，密不透风，四根横木上是用薄薄的大石板覆盖，木头很粗，石板至少有5层，因要承受4个月的积雪。石板略有坡度，雪水不致流入，室内始终是干燥的，室内堆积了不少供行者使用的干牛粪。我们也捡了足够烧几天的牛粪。在这走路都喘不过气来的地方，还要到几百米远的地方去捡牛粪，不但自己使用，还要为后来人着想。

据了解，旧日的信使有政府的、有寺院的、有商家的。往往是两人一组，骑马通行。信使大都是信得过的人，待遇也高，有的一月能有200两藏银，折合20个银圆。任务重，时间紧，风险大，愿干者并不多，所以主人往往还得向信差求情呢。

工布巴拉山西麓是一条宽敞的大山沟，海拔高，是墨竹工卡宗的纯牧区。在山脚方圆十几平方公里范围里，有3个牧民村落，各有十来户人家，分布在相距2.5公里的地方。每顶牛毛帐篷间距几十米，每户都有一个用草土坯垒起来的牛圈，圈高2米，一是防风保暖，二是预防兽害。从远处眺望，黑色帐篷好似镶嵌在绿色的地毯上，十分壮观。

吃过牛粪烤热的“巴勒”和一个土豆，很合口味，吃饱喝足，9时便启程了。我们走在宽敞的草坝上，喘气虽急促，却不感到吃力，因为是下坡路。草坝上牛羊在吃草，前面山坡上传来男女悦耳的歌声，男声唱道：

去年我被马摔，
手脚没有摔断；
今年情人甩我，
伤心肝胆欲裂。

接着，传来了女声：

我和你的姻缘，
好比山中流水；
听到哗哗响声，
如愿比登天难。

老徐听完我的翻译后，说：“你小冀是情歌专家。”

他们还在唱，有控诉旧制度的，有歌颂劳动的，有渴望自主婚姻的。我大致给他们翻译了。高飞说：“我在太昭下乡多次，经常听到群众唱歌，有的听懂了，有的似懂非懂，内容好得很，出本书多巴适啊！”

行走了5个小时，大家肚子都饿了，正想就地烧水吃午餐时，凑巧有一股泉水。水有热气，还有一股硫黄味，谁也不去品味，填饱肚子就行了。

又向前走了1公里，大家看到前边不远处有缕缕白烟袅袅升起。我们加快了步伐。“这荒山僻壤，不会有人烟，可能是温泉吧！”我对大家说。

来到近前，看到河边方圆近百平方米有几十处都在冒白烟，有大有小，大的几平方米，小的也有个把平方米。泉水从地下直冲几米后落下，蒸腾的白烟挡住了视线。我数了一下，群众挖了5个水池，大的可容纳20多人，小的也够5个人沐浴。有个牧民在洗脚，他介绍了温泉的情况：“这个温泉叫‘德宗温泉’，在全宗是最大的，最有名气的，昌都、丁青和青海来的人最多，不但泡浴多天，临走还带走不少泉水，说可以治病。由于来的人多，当地人还盖了几间土坯房免费供来人居住。”

我们商议，好几个月都没有洗澡了，今晚住此享受沐浴。

我们住了一间，捡回不少干牛粪，还有不少小灌木柴火。晚餐后我们占了一个浴池，水温在50℃左右，不一会就冒汗了，“身上搓下来的灰可以肥二亩田”，高飞说的调皮话赢得大家一阵笑声。

傍晚来了几批游客，有安多的、拉孜的、堆龙的，还有青海的，一共8个人。他们分批各占一个浴池，男女同池沐浴。一个堆龙藏医浴后对我说：“温泉沐浴好处很多，对治疗关节炎、胃病特别有效，藏医经典上有记载。”

第二天清晨，我仔细观察，这里的温泉水清澈见底，无异味，人体沉下后，会感觉到一股强大的浮力。早晨，热雾缭绕，暖融融的小气候，融身心于大自然，逍遥、惬意，别有一番情趣。

我看到，在一个大石头上，一个人将5个鸡蛋放在一股烫手的泉水眼里，不足10分钟取出，鸡蛋完全煮熟了。

洗了两次澡，今日行走，身上好似轻松多了，下次回来，还要享受。

（五）

今天继续西行，徒步20公里，夜宿墨竹工卡宗的工卡村。

我们沿墨竹玛曲河西行，走了六里地才离开温泉区。西藏的温泉很多，如昌都的觉龙、波密的通麦、林芝的排龙、堆龙的德庆、当雄的羊八井等都很有名气，其中的德宗温泉称“水大、水热，治疗诸病，效果当头”。因此，慕名而来的藏族同胞扶老携幼地前来沐浴。

温泉形成之谜，科学家做了解释。1952年夏季，中央文委肖前椿教授在波密衣贡对我们说，通麦一带温泉很多和地壳运动有关，而一般板块缝合带上的温泉较多。由于深大断裂充分发育，地热出露点多，形成众多的温泉点。这些温泉喷涌而出，且不时连成串珠状，其规模、强度、水温各有特色，对人畜无害，含硫黄成分低，可供沐浴或饮用。他详细解释说，清澈的温泉从断裂裂缝中喷流出来，是由于地壳深处的断裂带贯通了深层的热能，加热了遇到的地下水而形成的。轻微的从池底鹅卵石层向外冒泡而出；连续的则潺潺地涌出，形成腾腾烟雾；猛烈的则涌泉般喷出，冲起很高的水柱。泉水注入低洼，流入河中，水边常年青草绿油油的，好似一层地毯，耐高寒的格桑花则万紫千红，大自然绘出一幅迷人和谐的画卷。我边走边回忆往昔的对话，又亲身体验了眼前的美景。中午时分，在河边烧水吃了糌粑。旁边有一个可容十来人的小温泉，正好有5个僧人在沐浴。我们坐在泉边歇息喝水，和沐浴的朋友对话。当我们讲了来意后，一个年岁稍大的僧人问我们如何对待寺庙，我仔细地讲了党的宗教信仰自由和保护寺庙的政策，他反问：“是真的吗？”我说，解放军进抵拉萨两年多了，纪律严明，政策执行得很好，没人干涉宗教活动，没人过问磕长头，寺庙好好的。我反问他们是哪个寺庙的，几个人指着不远的方向。我抬头仰望，在距此不足千米的山坡上，有一个红白相间的院子，他们说是仁钦林寺。年长者介绍说：“我们宗里有34座寺庙，其中以直贡堤寺最负盛名，它是藏传佛教四大教派之一的直贡噶举派（白教）的祖寺。我们的墨竹仁钦林寺也很有名，寺龄已有575年了，有僧人近200名。寺庙位于墨竹河边，背倚山峦，地处富裕的半农半牧区。田地分布在沿岸上，景色宜人，这个温泉是我们僧人的浴池。我们的生活一靠差户供养，二靠化缘度日，无忧无愁。但愿天下太平，无战无事，大家幸福。”

今日行程20公里，夜宿工卡村。墨竹工卡藏语译为“墨竹色青龙王居住的中间白地”。从吐蕃时期起即为重镇，历代皆然。墨竹工卡宗设于清代咸丰七年（1857年），宗政府最早隶属江甲布，后归西藏地方政府管理。这里和其他地方一样，饮用河水，夜点油灯，群众生活原始落后，自给不能自足，靠互相接济和借贷度日。我们住在旺扎村长家，旺扎说，一年有3个月靠借贷过日子。我讲了河南老家经过解放、土改，农民成了土地的主人，生产积极性很高，彻底解决了温饱难题。他说：“我们也盼望呀！”我说：“西藏也有这一天的。”他双手合十说：“巴加，巴加（会的，会的）。”在同群众的交流中，我深感群众是现实主义者，殷切盼望彻底翻身和解放，目前条件还不成熟，要努力创造条件，在条件具备时，西藏会进行一场翻天覆地的伟大革命——民主改革。

（六）

今天一大早离开工卡村，向达孜方向行进。翻过工布巴拉山后，河谷开阔起来，尤其从工卡村以下进入农业区后，越走越广阔，土地、草坝布满两岸，牛、羊、马牲畜成群，香猪在拱土觅食。两岸村庄密布，家家户户木板房上挂满五种颜色的“龙达”——风马旗（也叫经幡）。常见的风马旗图案中是一匹矫健宝马，马背上驮着燃着火焰的佛法僧三宝，四周有金翅鸟、龙、老虎和狮子四尊保护神，这种构图代表金、木、水、火、土五行，寓意五行循环往复、生命经久不息。风马旗中的马、鹏、虎、龙、狮五种动物象征人类的五种组成部分。马象征吉祥，鹏象征生命力，虎象征身体，龙象征繁荣，狮象征命运。风儿吹拂，风马旗发出哗哗啦啦的悦耳声音，给人以轻松舒适的感觉。

我们在河边午餐时，一位40多岁的放牧人过来凑热闹，他开口就说：“你们‘新汉人’的祖先婆婆‘佳查’（指文成公主）的‘乔嘎’（丈夫）就出生在这个山沟里，山上出金子，很有名，青海人都来捡石头。”藏汉联姻的故事在这里妇幼皆知。实际上，松赞干布为朗日松赞之子，617年生于墨竹工卡县甲玛乡。松赞干布为吐蕃王朝第33任赞普，实际上为吐蕃王朝的立国之君。他在位期间，平定吐蕃内乱，确立了吐蕃的政治、军事、经济及法律等制度，并从唐朝和天竺引入佛教，备受藏族拥戴。650年，松赞干布英年早逝，享年34岁，葬于琼结藏王墓群中。

夜宿一个大村，适逢一宗教仪式的举行。村民盛装，远来的人不少，仅骑马的就上百人，林子里人山人海，台上僧人讲着听不懂的话，两旁8个僧人在诵经。之后，12个人围成圆圈在坝子中央演藏戏。据房东讲，这是为纪念释迦牟尼而举行的活动。

今天行程20公里，抵达达孜宗，住在德庆村宗府的一间客房里。这是按宗本指示，对过往的“新汉人”要接待好、照顾好。他们给我们提供柴、菜，既热情又诚恳。这间客房有20多平方米，四周是藏垫花毯，可睡下10个人，长条桌一个挨一个，墙上挂有多幅唐卡。有一间厨房，木柴不少，村长送来了一些土豆、萝卜。还安排一人一直陪着我们做事。经询问，得知他是差巴户，每逢客人到来，差巴就被派轮流服务。晚饭后，我们特地向宗府官员致谢。结果宗本去了拉萨，“聂巴”（管家）接待了我们并用酥油茶招待。我们互致问候，我回答了他的有关宗教、制度改革等方面的问话。我重点讲了我们的学习任务，学成后可以为西藏的农牧业大发展效劳，发展生产，改善藏族同胞的生活。交谈中我一般少用“人民”“群众”等词，多用“藏族同胞”，显得更亲近。聂巴向我们介绍了许多达孜宗的情况。他说，这里离拉萨有25公里路程。达孜，藏语意为“虎峰”——古代多以虎作为英雄标志。

达孜宗始建于元代末期（1354年）。康熙五十九年（1720年），清军抵达拉萨，驱逐了准噶尔部，于布达拉宫立13岁的格桑加措为七世达赖喇嘛，确定由寺庙、贵族和噶厦分别管辖。1934年热振摄政后，达孜宗划归热振寺，由热振寺委任宗本。1947年达扎任摄政，达孜宗又归地方政府管辖至今。他又说：“本宗最大名气的是甘丹寺，它是西藏三大寺之一，你们明天去拉萨，就要经过那里，我只简要介绍一下。”甘丹寺是闻名国内外的黄教（格鲁派）六大寺之首，位于拉萨河畔南岸的旺波日山山坳里，海拔约3800米。该寺始建于明代永乐七年（1409年），格鲁派创始人宗喀巴在帕木竹巴阐化王扎巴坚赞和内邬示本仁钦桑布等地方政权首领的赞助下创建的第一座藏传佛教格鲁派寺院。甘丹寺的壁画和雕塑都很精美，寺内拥有许多珍贵的历史文物。该寺由50多座建筑构成，主要有措钦大殿、宗喀巴寝殿、羊八犍经院、宗喀巴灵塔祀殿、绛孜扎仓、夏孜扎仓及23个康村、20个米村等。甘丹寺定编住寺僧人3300名，多时达5000~6000人。聂巴最后说：“欢迎你们有空时前来参观。”

下午2时许，我们路过章多村时，向左仰望山坳里的一大片庙宇，那就是甘丹寺。寺庙很雄伟，名不虚传，将来一定要来朝觐。

下午5时，我们历时13天，徒步行军抵达了梦寐以求的拉萨！

到了迷人的拉萨

（一）

1950年1月10日，毛主席发出“进军西藏宜早不宜迟”的指示，层层传达，2月中旬在我们这一层传达。从那时起，我们每天说西藏、唱西藏，巴不得很快到达西藏；天天盼、月月盼、年年盼，盼了三年，今日终于顺利到达它的首府——拉萨，心里舒坦极了，心中的疙瘩解开了，夙愿实现了。我们在达孜来拉萨的途中，老远就看到拉萨平原中心矗立了一座山，山上的屋宇气势雄伟，金光闪烁，令人无比兴奋、震撼！

波密分工委领导何祖荫在拉萨开会，他叫我们在拉萨休息几天，会会朋友，看看风光，阅读资料，按时报到。

拉萨名声风靡中外，这里名胜古迹颇多，我们知道的色拉寺和哲蚌寺、大昭寺、小昭寺、龙王潭、罗布林卡、布达拉宫、药王山等都名扬天下。我们看不完，瞧不够，总想多看几眼，看了多次也不厌烦。在藏语里，“拉”是神，“萨”是地，“拉萨”的意思为圣地。“卧塘”是拉萨最古老的名字，关于它的来历，民间有很多传说。招待所隔壁有个老喇嘛叫洛桑，一天聊天时他说：“卧塘的传说很多，有一个是公认的：古时候，拉萨原是一片广袤的沼泽地。7世纪，吐蕃赞普朗日松赞的妃子赤萨德嘎生下一子，此人就是吐蕃聪明过人的赞普松赞干布。当胎儿在母体中成熟，于藏历的阴火牛年在加玛林宫降生。他一落地就会说话，说他要‘执掌国政’。他年满13岁时，父王把王位传给了他。这里土地肥沃，草木茂盛，但不时大水浸堤，洪水横流。他指挥臣民修建堤坝把水堵住，将淤泥塘一带变成了又宽又大的草原，牧民越来越多，牧业得到很大发展，牛羊肥壮，奶子长流，于是人们便给这地方取了一个美好的名字——卧塘，意思是‘奶子坝’。”老人越说越有劲。“赞普松赞干布的祖父预言，在卧塘中央的红山上居住，命运超世。于是就在红山上修建了九层楼的红宫，宫内共有990间房屋，这就是布达拉宫。红宫建成之日，举行了隆重的庆祝典礼，邻邦的使臣前来祝贺，在庆典仪式上正式宣布卧塘成为吐蕃的新王都。”老人说，历史更迭，社会变迁，卧塘给后人留下了永恒的记忆。

我们在西郊布达拉宫下面漫游。看见5个转经者面对宫殿在议论，二位老者是僧人，肩披袈裟，手持念珠。经询问，一个是后藏人，一个是那曲人，都是山南桑耶寺40多年的主持，他们是陪乡亲前来拉萨朝觐的。他们说，举世闻名的布达拉宫是地球上海拔最高的古代宫堡之一。宫堡高117米，东西长360余米，按照红山的自然形势由南蜿蜒修到山顶。虽然已历经了1300多年，至今仍完整无损，充分证明了古代藏式建筑的高超技术。布达拉宫红宫中有8座达赖喇嘛的灵塔，其中以五世达赖的灵塔为最大，高14米多，耗费黄金3721公斤，钻石珠宝约2万颗，灵塔内还有佛祖释迦牟尼的指骨，格鲁派祖师宗喀巴用过的碗等宝物，灵塔被命名为“世界第一庄严”；也有十三世达赖灵塔，用了黄金590多公斤、珠宝10万余颗。塔前供奉的金灯银碗香烟缭绕，油灯长明。另一位老者接着介绍，说宫堡里的墙上绘满了色彩绚丽的壁画，壁画内容极其丰富，都是宗教故事，多以连环画的形式呈现。有的配有藏文说明，是研究西藏历史和艺术发展的重要资料。

我们一行人来到大昭寺参观。在大门的右侧，有一棵枯柳，藏族同胞称之为“唐柳”，据传由文成公主亲手种植，树龄近千岁了，还有两支青枝绿叶在微风中摇曳。唐柳旁立有一块“唐蕃会盟碑”。碑高3.42米，宽0.28米，厚0.35米，它由藏汉文两种文字书写，为当时赞普赤德祖赞为表示汉藏两族人民世代友好而立下的。此碑立于823年，有风化，掉了不少石皮，但所镌汉藏文碑文尚能辨认。时钧赞美说：“今天，唐蕃会盟碑已成为汉藏两族友好团结的历史见证。今天看了很多，听了很多，感受很深，受益匪浅。西藏是美丽的、可爱的，潜力巨大，前途光明。”

（二）

初到拉萨，对这里的风情、风物、地理、社情都感到陌生、新鲜。一再了解、观察，还是不够透彻。

这几天下来很有收获，增长了不少见识，还想获得更多的知识，而西藏、拉萨尚有许多谜底待解开，未知领域太多，只有希望科学家、有志之士去研究了。出于安全考虑，我们得结伴成行，先期到达拉萨的战友陈茵、许安宁等分别配合我们旅游观光，介绍情况，提醒注意事项。我们8人漫步在八廓街，这个围绕大昭寺圆圈的街道只有2.5公里左右，街上人来人往，好不热闹，多数人手持转经轮，口中喃喃念诵六字真言，祈盼幸福安康。陈茵介绍说："拉萨城区约有5万多人，西藏全区不足120万人，市区却有3000多名乞讨者。"他指着宇妥桥一条干涸的河床说："这里是丐帮的主要居住地，没有房子，遮盖物是破烂毡垫，五颜六色，粪便满地，野狗成群。"我们又来到大昭寺前，这里人流如织，十分拥挤，磕长头者不下10人，大门两侧坐着不少于20个乞讨者，每人身前的破碗里有几个"雪巴"（藏币铜板）、几坨糌粑。我说圣地里有这么多乞讨者，令人寒心。陈茵说："这是残酷的封建农奴制度造成的。"安宁拍摄了不少照片，保存至今。

眼前的大昭寺是藏汉人民世代友好的见证。向导陈茵介绍，大昭寺是西藏最早的土木结构建筑。该寺主殿高四层，两侧列有配殿，铜鎏金顶，金光四射，宏伟壮观。主殿内供奉着相传是文成公主入藏时带来的释迦牟尼佛像。佛堂里供奉着松赞干布、唐文成公主、尼泊尔尺尊公主等的塑像，神态和蔼，栩栩如生。大昭寺始建于7世纪中叶，正值第三十三代藏王松赞干布在位，为吐蕃王朝的强盛期。吐蕃以后不断修补和扩建，面积增加了，壁画艺术及文物增多了。在1300多年的时间里，大昭寺精湛、优美而独特的壁画艺术，是西藏人民聪明才智的结晶，是祖国壁画长廊中的一朵奇葩。

我们下午到北郊的色拉寺参观，色拉寺的全称是色拉大乘寺，坐落在拉萨北郊色拉乌孜山麓，明成祖永乐十七年（1419年）由宗喀巴的弟子释迦耶歇兴建。寺内主要建筑有措钦大殿、麦扎仓、吉扎仓、阿巴扎仓及康村等。寺院建筑宏伟，屋宇毗连，重楼叠阁。寺的殿堂内绘满色彩缤纷的壁画；各类佛像、唐卡、法器、供器、经幡、经幢比比皆是。色拉寺是具有代表性的黄教寺院。法定僧人为5500名，实则近万人。大殿面积1092平方米，共四层，殿内壁画完好，幢幡琳琅满目。寺内藏有大量有价值的文物及民族工艺品，其中以明成祖赐的《大藏经》最为珍贵。据老僧讲，寺内还珍藏有檀香木雕刻的十八罗汉等。

我们沿乌孜山脚西行2.5公里，到了西藏藏传佛教格鲁派在拉萨三大寺院的首寺——哲蚌寺。该寺建于1416年，法定6500僧人，实际过万。1642年五世达赖喇嘛在寺内噶丹颇章建立地方政权，是宗教正式参与政治的开始。该寺在西藏声望最大，势力也最大，自愿入寺者甚多。我在返回的路上反复思考，经过几天的参观，印象最深的是这块圣地处处呈现着浓厚的宗教色彩。体会到在动员进藏时，领导一直强调西藏是全民信教，一点不假。信仰是人们长期形成的，不易改变。群众对此很敏感，并通过它来判定你的态度，是好或是坏。因此，我们要严格执行党的民族宗教政策，尊重群众的风俗习惯，从情感上加深与他们的联系，增加信任，共同把西藏的事办好！

在拉萨的日子

（一）农训班深造

按规定要求，我们1953年1月20日到西郊的七一农场"农业技术干部训练班"报到。抵达目的地已是傍晚，受到李璞老师和十几位战友的欢迎。填过学员履历表后，肖前棒对我说："你分在二分班四组，组长是周敏，副组长是王仕才，四组还有雷兴儒、王德田、王廷银、袁文杰，共七人。"周敏他们把我领进宿舍，一个大通铺，铺的是草垫，可睡下10个人，只有门，没有窗户，更没有电，晚上点蜡烛，这是先遣部队修建的土坯房。在这个艰苦的年代，有个挡风遮雨的地方睡觉，就已经是享受了，总比风餐露宿强。

当晚，为了节省，我们没点蜡烛，睡在被窝里夜谈。周敏来自江孜，系第五十二师连职，他来5天了。他说："现在形势很严峻，先期到藏的部队不足千人，吃饭成了大问题，距内地远，物资运不上来，而西藏三大领主在看我们的笑话，卡我们的脖子，《十七条协议》上明明有‘帮助进藏部队解决粮秣’的义务，他们借口困难，迟迟不予解决，甚至还有‘饿肚皮比打败仗还难受’的恶毒论调，妄图把我们撵走。”他又说：“‘进军西藏不吃地方’多么英明呀。军党委决心扎根西藏，首先搞好部队生产，我们还是‘生产队’嘛！”接着大家你一言，我一语，都坚决拥护和积极参加农训班，学到知识和技术，不但指导内部搞好生产，还要领导百姓搞好生产，生产发展了，生活提高了，群众才会跟着党走，共同努力，把西藏建设好。仕才说出了大家的心声：“被派来学习是信任，解放军不但会打胜仗，还会种庄稼，还要当科学家。我们是西藏首批科技干部，任重道远，努力学习，当个称职的科学家。”

为发展农牧业，繁荣西藏的民族经济，由先遣支队农牧部举办的短期“农业技术干部训练班”，经过长期准备，于1月25日在“独支”（独立支队）农场举行开学典礼。出席典礼仪式的有西藏军区司令员张国华，副政治委员范明，独支组织部长慕生忠和昌都、波密、日喀则地区负责人，“八一”“七一”两农场的场长及训练班全体师生，共70余人。

典礼开始，先遣支队农牧部王直副部长简要介绍了筹办这个训练班的经过和意义。接着张司令员讲话，他首先指出，这样的训练班是西藏历史上从来没有的，而所有的教员又都是来自中央各专业部门和国内各著名大专院校农牧林业的专家，同志们能参加这个训练班的学习是难得的，是异常光荣的。他继而详细阐明了开办训练班培养建设人才、发展西藏农牧业、建设新西藏的重要性。他说：“如果我们把经济建设搞好了，提高了人民的生活水平，党和军队就更会得到西藏广大人民的拥戴，党和军队既然密切地联系了群众，它的力量就会大大地壮大起来，祖国边防也将进一步得到巩固。”因此，他号召大家努力地、虚心地学习，把理论与实际结合起来。范副政委在阐明政治与技术相结合的重要性时，他说：“你们学习农业技术就是在执行毛主席的民族平等政策，因为民族平等的基础是经济平等。要实现经济平等，就需要发展农牧业。”他希望大家在学习时要注意民族化，深入了解情况，向群众学习。最后，他号召全体学员要发扬人民解放军的优良传统，树立坚定的信心，克服一切困难，争取在短期内学到更多的本领。到会的来宾均以兴奋愉快的心情祝贺训练班学员学习成功。最后，教员和学员代表一致感谢首长们的关怀和指示，决心教好学好，不辜负领导们的期望。教员代表李连捷教授（训练班副主任）说：“我们誓以坚定的信心保证把教学工作

部队在布达拉宫广场举行会师大会。　　（佚名）

做好，使这个训练班在祖国的边疆生产建设事业上担起领军任务。”学员代表周敏表示：“我们向首长和教授们保证，在学习和生活上团结互助，努力钻研，完成这一光荣的政治任务。”开班典礼在“团结就是力量”的高昂歌声中结束。晚上放映电影纪录片《生产战线》助兴。

训练班设在拉萨农业试验场里，也叫“七一农场”。聘请中央文委西藏工作队农业科学组的17名农牧林专家授课。四十几名学员分成3个分班、9个小组进行学习和试验。教学方面分农作园艺、畜牧兽医及自然环境3个小组，相互讨论教材，研究教学方法。教材内容首先是农、林、牧三位一体，使学员们对农业科学先有一个整体的概念，然后再分别教授实际技术，进行深入的讨论和研究。学习的课程是很多的，有植物、农业气象、土壤、肥料、遗传选种、作物栽培、蔬菜栽培、果树园艺、园艺加工、造林、森林保护、林木管理与利用、兽医常识、畜牧概况、农田水利学等13大门类。在预定的3个月学习期里，第一个月先学习一些基本的理论课程，如气象、土壤、植物遗传等，然后才进行农、林、畜牧、兽医等应用课程。这样，学员们将会系统地学习到新的科学知识和技术，各个部门的相互关系也容易了解。同时，为了帮助学员们学习，除了课堂讲解和田野实习外，并自办一份叫《学习与生活》的油印简报。半月出版一期，四版，作为课外的补充读物；简报内容广泛，有问题解答、教学经验、训练班点滴、学习心得，很受欢迎。

训练班的生活很苦，油肉不多，一周吃两次罐头，平时就是白菜、萝卜、土豆，菜里有些油星，便秘的人不少。有时还缺粮，只好吃马料。艰苦的生活并没有影响大家的学习情绪，仍然认真学习、快乐生活。最后如期完成了学习任务。

在雪域高原举办农业训练班，领导高度重视，时刻关心，对完成学习任务起了很大作用。如张经武代表和范明副政委的题词就贴在墙上，天天鼓励着我们。

张经武代表的题词：发展农牧业是建设新西藏的重要工作之一。希望同志们努力学习和钻研，把理论与实际结合起来，为将来发展西藏农牧业起带头示范作用，并能做出成绩来。张经武1952年冬于拉萨。

范明副政委题词：民族平等的内容就是政治、经济、文化各方面的平等，而又以经济平等为基本条件，而发展农牧事业又是发展少数民族经济的先决条件。因此，希望训练班全体同学要以完成政治任务，即实现民族政策的精神，来胜利地完成自己的业务学习。1952年冬。

（二）培训结硕果

我们在训练班学习、实习几个月了，师生关系亲密无间，同志间战友情谊深，平时无话不说，大家敞开心扉，交流沟通，增长了知识，开阔了视野，学习劲头更大了。就以七一农场这块300亩荒石滩来之不易来说吧。我军要在西藏立足扎根，必须大力开荒，建立基地。但不得与民争地，只好开垦新地。而农奴主却卡我们的脖子，迟迟不予解决，强调困难。经“两张”（张经武代表、张国华司令员）多次耐心说服交涉，终于花了4万个银圆天价购得这片石砾遍地的荒地，要在这种荒滩上种庄稼、创高产，西藏一些地方政府官员讥刺说“这是天方夜谭”。我们共产党人不怕邪，不信邪，就是要创造世界奇迹。周敏还讲了开办农训班的经历，他说：“张军长高瞻远瞩，在接受进藏任务时，他向毛主席汇报工作，提出西藏发展远景时请求中央派专家到西藏帮助工作，毛主席点了头，在场的中国科学院院长郭沫若答应马上落实。我们的这些老师都是毛主席派来的，张国华军长请来的客人，我们这些士兵能当大教授的学生多难，又多荣幸呀！因此，我们要认真地学习、钻研，在不长的时间里学到更多的东西，为西藏的发展尽力。”从这些情况看，军首长重视人才，重视科技，重视知识，我们有责任学好、用好，不辜负首长们的期望。领导的重视和关怀，激励了我们学习的主动性和积极性，圆满地完成了学业，达到了培训的预期目的，胜利结业。

1953年4月26日是个晴天，蓝天白云，一轮红日高挂，这同往日大风呼啸、沙尘满天判若两个世界。今日农业技术干部训练班举行结业典礼。主席台正中央悬挂着毛主席大幅肖像，两边是对联，右边是“全心全意为人民服务”，左边是“不骄不躁提高自己”。与会首长有张代表、谭政委、王直副局长、先支后勤部政委及李璞队长、王魁专家等和全体师生、来宾共百余人。典礼在雄壮的国歌声中开始。张代表首先讲话，他号召大家要不断地学习，向群众学习，来充实自己，为建设新西藏而奋斗。接着，谭政委说：“中央对我们是十分关怀的。我对大家有几点希望，一是学好了就要用；二是永远是小学生，还要不倦地学习；三是要树立长期建藏的思想，提倡‘死在西藏’；四是要和各方面联系起来，就是农林牧各方联系协调好。”王主任说：“希望大家把所学的知识灵活地运用到实际工作中去，千万要防止骄傲、自满、自足，认为自己了不起等不良思想，成了专家不能摆架子，要永不满足，力求进步，不断提高，团结群众，积极学习，永当小学生。在工作中不能操之过急，根据现有条件，慢慢稳进，一步一个脚印，逐步提高。分区办的试验场要小型，不要一下子就铺得很开很大，力量弱，还挥霍。”西藏军区第一副司令员桑颇认为，训练班是西藏农牧业建设的先声。李连捷在讲述训练班学习和教学情况后赠言：“技术是属于人民的。要求大家还要不断地学习，力求进步，团结藏族同胞，共同搞好工作。”到会来宾多人发言，赞扬训练班办得很成功，感谢北京专家辛勤劳动，预祝全体学员在西藏农牧战线上打胜仗。学员代表徐志洪说：“由于诸位专家苦口婆心的、无微不至的、忠心耿耿的、大公无私的教学精神，激发了我们的学习热情，今后誓以实际行动来回报师长们的恩情。”

大会在军歌声中结束。

会后，首长们和大家合影留念。首长们和老师一一握手告别。

训练班结业后，学员们回到自己的分区工作。据说大部分学员成了分区农牧战线上的领导和骨干，为农牧业建设和发展做出了突出贡献，后来都成了专家级科技领军人物。如波密分区的姜时钧，在倾多办了试验场，培养了几个好品种，推广效果不错，对提高单产和总产立了功。他内调四川内江专区，成了专家。

由于各种原因，我没有成为农牧战线上的一员，但也没有白学，一生践行着“知识出成果”这条路。后来，在堆龙推行“农民要想富，种粮种草多栽树”的耕作制度，在岗吉扎根蹲点3年，将土地分成上中下三等：上等以耕种为主，种粮，多施肥，偏管，解决口粮；中等地轮作；下等地栽树种草（苜蓿草）。实践结果，第二年全公社总产增加18万斤粮食，三年后的人民公社时期，岗吉公社农林牧全面发展，成了全县的典型，在全县推广，并在《西藏日报》进行整版报道。拉萨市开过两次现场会推广岗吉经验，前来参观者络绎不绝，军区任荣政委亲临视察。

在边防墨脱16年，我无论在哪里都宣传、教授农牧知识。刚开始，办了两期十多人的农训班，教授简单易行的玉米人工授粉、水稻合理密植、棉花打杈及果树管理嫁接等直观教学，收效不错。我还善于引种，葡萄、佛手瓜、矮香蕉等我都从印占区、林芝引进，也还有人学会了水蜜桃嫁接。因此，群众给了我“生产老师”“生活老师”“小麦老师”等荣誉称号。我一生在西藏，在基层和群众长期接触，学到的那些知识、技术，有了用武之地，发挥了作用，受到群众称赞。

（三）受命培训兽医

训练班即将结业的几天，我们波密分区的几个学员在一起酝酿落实意见多次，最终取得了共识。大家认为，波密和林芝自然条件优越，是西藏的粮仓，我们有责任对西藏做出更多更大的贡献，尤其在粮食供应上要担当重任，应起带领示范作用，当好参谋。大家设想：当前，分工委及大队人马在波密，毕竟它地方小，人口少，将来会搬来工布林芝的，因此两地都要考虑，目前应以波密为基地，人力多放，即姜时钧、徐志洪、马全美、罗继、傅奎年等以倾多宗郎秋农场为基地进行试验，取得经验，全面推广。冀文正和高飞留林芝第三农场搞试验，打基础，倾多经验在这里试验成功后再推广。因条件所限，试验以简防繁，尤以解决当前影响增产和高产的短板为重点，如种子老化、肥料质差、耕作粗放等，也考虑未来发现培育高产新品种。大家决心干一行、爱一行，理论同实践相结合，从实践中学习、提高，要向藏族同胞学习；把内部的生产搞好，还要带动群众运用新技术，提高单产，增加总产，改善生活。傅奎年说出了大家的心愿：“当个技术员不容易，当个科学家更难上加难，不过，经过努力拼搏，是可以荣获的。因为，西藏是块处女地，我们奋斗在第一线，名额就在咱们身上。”调皮的高飞说：“你想得怪美，还想当科学家呢？”大家都笑了。

举行完结业典礼，我们就开始做返回分区的准备工作。晚上，先遣支队（以下简称“先支”）刘科长召集我们开会，他开门见山地说：“经研究决定，你们分区7人中，姜时钧和傅奎年留场继续试验，马全美和罗继返回波密，高飞随科工队去江孜、日喀则考察，然后经山南、林芝、波密转赴北京，担任翻译工作，冀文正和徐志洪到防疫训练班当辅导员。”他说：“农训班结业了，但牧业是西藏经济的另一大块，牧业发展缓慢，兽医极缺，而牲畜病又多，死亡率高，春死关难熬，牧区问题多于农区。因此，上级决定举办一期有几十名藏族青壮年参加的防疫训练班，语言又成了问题，你们两个可以同他们交流，当个翻译，提高教学质量，以期达到预想效果。”他征求我们的意见，大家表示服从分配。刘科长说：“训练班是短期的，只几个月，结业后，你们会回波密的。”

说实在的，我们不愿在拉萨多待，风沙太大，一年要多吃很多沙子。领导决定再留几个月，我们也情愿，个人服从组织，个人利益服从国家利益嘛！我当日在日记“完成政治任务，培养民族干部”中这样写道：“要想使西藏人民生活水平逐步提高，使西藏经济逐步发展，使祖国西南边疆得到巩固，首要任务是落实《十七条协议》中第十条‘依据西藏的实际情况，逐步发展西藏的农牧工商业，改善人民生活’。要搞好农牧业生产，必须有技术人员指导科学的发展。因此，培养民族干部，培养少数民族科技干部成了我们的政治任务，不可忽视，不可小视，这是大局，关系全局。我就要尽这个义务。这也是西藏走上繁荣道路的开端。我要尽力为培养西藏第一代畜牧兽医人才尽点薄力！”

1953年5月15日，“先支防疫训练班”开课。37名学员来自那曲、昌都和日喀则三地的牧区，全系藏族男性，以青年为主，另有5名30岁左右的。说的牧区话，我只能听懂三分之二，加上没一人识藏文，这更增加了教学难度。不过他们都很诚实、认真，学习一丝不苟，课堂讲得少，问得多，辅导讨论多，这样不拘束。根据他们的接受能力，从低到高，一课弄懂了，再讲第二课。讲一课需讨论几天，边讨论边实践。课堂上主要是刘尔年畜牧师讲，四个组分组讨论，我们讲得多，有时反复讲几次才听懂。千万急不得，要求高不得。不管什么课程，以真正弄懂为原则。

这个训练班同样以农林牧为一个整体开始的，它们虽然不同类别，但却互为联系，互相促进，缺一不可。如农业开始是爷爷，牧业是孙子；牧业发展了，反过来成了爷爷并支持农业，农业又成了孙子。它启迪人类要全面重视、发展，不可偏废，更不能单打一。通过学习，学员们增长了知识，学到了技术。8月15日结业总结时，大家异口同声："长这么大，没听过这么多道理，不知道有这么多技术。我们回去后要广为宣传，首先搞好本部落的牧业生产，也要为邻近部落服务，大家都发展，都过上好日子。"

防疫训练班结业时，我们7个教员、辅导员进行了总结，在由党支部书记高仰成、李致勤在鉴定书上签字，对我的评语是："冀文正在3个月的防疫训练班担任辅导员期间表现突出，团结好，工作积极主动，为人诚实，生活朴素，和藏族同胞感情深。缺点是有临时观点，怕留拉萨工作，另外，有时说话不注意。"

我签了字，认为这个鉴定是客观的。今后注意克服并改正缺点，防止自满的老毛病抬头。应时刻保持清醒头脑，夹住尾巴做人，做个永葆青春的革命乐观人。

北京专家在西藏

党玉川撰写的《张国华同志在西藏》（西藏党史资料1994年第1、2期）一文中说："张国华的远见，还表现在对科学技术的重视上。他想当务之急固然是贯彻《十七条协议》，进驻西藏边防，但要建设西藏，就必须有先进的科学技术。否则，西藏封闭的资源就无法开采出来，造福人民。为此，他在北京谈判期间，专门拜会了中国科学院院长郭沫若，还有李四光等著名的科学家。郭沫若对张国华的想法非常赞同，并断定西藏是一个资源丰富的地区。他幽默地说：'西藏！西藏！中国西方之宝藏也。'郭院长对张国华的要求，慨然应允。于1952年6月4日就派出了一个48人的科学考察队随军进藏。该队共有28个专业，其中大部分是搞地质、医务等方面的自然科学工作者，少数从事社会科学。这批专家学者，在队长李璞的带领下，离开城市，走出办公室，决心在西藏高原一展宏图。他们来到第十八军的行列，穿上军装，带上干粮，走路、骑马、住帐篷、抓糌粑，过着普通士兵的生活，为开辟西藏科学领域的事业勤奋工作，虽苦犹乐。他们的足迹几乎走遍了昌都、波密、拉萨等地的山山水水，搜集了不少珍贵的资料，做出了应有的贡献。其中，有的志愿留在西藏工作，一干就是几十年。”

作为第十八军的普通一兵，我曾在西藏高原度过了47个酷暑寒冬。昔日乞丐遍地的西藏，今日变成了欣欣向荣的新西藏，真可谓“旧貌变新颜”。喜看这些变化，我思绪万千，自然而然地忆及了进藏初期那种艰难的峥嵘岁月和战斗历程。近日，翻阅了1953年我和科学工作队接触所记录的一些珍贵史料奉赠给广大读者。

（一）跋涉万里奔高原

尽管20世纪50年代初期国家经济十分困难，国内阶级斗争十分尖锐复杂，但党中央、毛主席是十分关怀西藏的。根据中央指示，政务院文化教育委员会委派以李璞为队长，包括各个学科的专家、教授组成的48人的科学工作队，来藏落实《十七条协议》的有关条款，摸清西藏的各类资源，培养第一代科技人才，以便制订规划，帮助西藏发展各项经济事业，改善藏族同胞的生活。这批人中的长者已年过半百，多数是留洋的知名专家学者，他们放弃优越的生活、工作条件，凭着一种信念和精神，怀着远大理想和抱负，骑马、步行跋涉100多天，翻越5000米以上的高山8座，蹚过长江、黄河源头，通过无人区和广袤的草原，攀爬悬崖峭壁，战胜塌方泥石流和蚂蟥咬、毒蛇袭，有时断炊以野菜、地鼠充饥，强忍伤痛坚持行军，历经人间最大的苦痛，克服了高寒缺氧、恶心头痛等许多难以忍受的高原反应……这批科学家历经艰辛，终于用双脚丈量了从祖国心脏北京至拉萨的路程，他们胜利了。他们永远值得我们学习，他们是人民的公仆，是我们尊敬的老师。他们为西藏树立起了一座丰碑，将永远铭刻在西藏人民的心里。

（二）举办农技训练班

为了宣传和执行《十七条协议》，我军先遣支队数百人先期抵达拉萨，当时，西藏地方政府口头上表示拥护和执行《十七条协议》，实际上不但不帮助我解放军采购粮草，还有人吐出“赶不走解放军，饿也得把他们饿走”等狂言。面对严峻的局势，1952年2月西藏军区召开了第一次党代会，专题研究了开荒生产问题，提出“向荒野进军，向荒地要粮，向沙滩要菜”的号召，广大干部战士风尘仆仆投入同大自然斗争的运动中。拓荒者再次学习了毛主席“进军西藏，不吃地方”“一面生产，一面建设”“政治重于军事”的教导，从南泥湾谈到今日的严峻局面，更加激励了大家的革命热情和生产积极性，他们夜以继日地劳动。张国华军长、谭冠三政委、王其梅副政委和各级领导，都以身作则，同战士一样，没有节假日，不休息，硬是饿着肚皮，开垦了大片的处女地，播下了希望的种子，当年就获得了丰收，渡过了难关。“自力更生万岁”的呼声从此在拉萨河谷响起。

为了从根本上解决吃饭问题，必须着眼未来，建立牢固的生产基地，培养人才。当时，西藏地方政府百般阻挠我解放军开荒生产，因而无法选择适合农业的试验场地。后来经张经武代表多次同西藏地方政府交涉，用4万个银圆的高价购买了拉萨西郊8公里的牧羊荒地“罗堆林卡”。1952年7月，我解放军在这块荒滩上建立了拉萨七一农场。当时这片荒地上房屋没有一间，耕地没有一分，沟壑纵横，荆棘丛生，砾石满地，土层很薄，在这样的条件下搞科研，真是不可想象。但十几名科技人员和藏族农工没有一句怨言，大家都说：“路是人开出来的。”没有房屋住帐篷，自己动手挖草皮垒起了一排排土房；没有机械，用铁锹、十字镐向荒滩开战；口粮不足吃马料、野菜，当年就开荒130亩地并获得了丰收。

随后，经过酝酿和筹备，西藏先支管理局首届农业技术干部训练班于1953年1月25日在拉萨七一农场正式开学，并宣布农场改名为拉萨农业试验场。出席开学典礼的有第十八军军长张国华、副政委范明、独立支队组织部长慕生忠，昌都、波密、江孜地区负责干部及“八一”“独支”两农场的场长和63名学员，全体师生共70多人。典礼开始由先支农牧部王直副部长讲了开办训练班的重大意义，接着张军长做了重要讲话，他首先指出这样的训练班在西藏是前所未有的，接着阐明了开办训练班的重要性，最后他希望大家在学习时要注意民族化，争取在短时间内学到更多的东西。到会的来宾以兴奋愉快的心情祝贺训练班开办成功。教员代表、训练班副主任李连捷教授发了言。最后，学员代表周敏表示："我们向首长和教授们保证：在学习和生活中团结互助，天大的困难也难不倒英雄汉，坚定信心，努力钻研，坚决完成这项光荣的政治任务，争取在建设新西藏的事业中再立大功！"

训练班的学员来自昌都、三十九族、波密、江孜分区和拉萨驻军，他们是具有一定文化水平和生产经验的连排级干部。波密分区来了徐志洪、高飞、罗继、马全美、姜时钧、傅奎年和我。

我们于12月3日离开波密倾多宗，20日翻越5300米的工布巴拉山，26日徒步抵达拉萨。昌都方向来的学员历时37天才到达拉萨。训练班聘请科工队农业组的13名专家们授课，他们是李连捷、庄巧生、张昆、钟辅求、张纪增、邱龙章、郑丕尧、肖前椿、夏荣基、吴耕荣、李志勤等。学员编为3个班、9个小组进行学习。教学方面分农作园艺、畜牧兽医和自然环境。指导思想是明确农、林、牧三位一体的关系，对农业这个大学科有一个整体的概念，然后分类教授实际应用技术。教授们讲，这些课程在正规大学需要学习两个学期，而我们只用了1个月时间。除了课堂讲授外，还不时到田间地头实习，边学习边实践，把理论的东西与实际结合起来，这样才学得会，记得牢。为了活跃学习气氛，每周出刊一期《学习与生活》墙报，作为课外的补充读物，墙报有问有答、学习心得体会，还有颂扬好人好事的，而"天下大事"一栏占了很大位置，都是标题新闻。通过墙报的阅读，让师生们的心紧紧地和北京系在一起。谈心活动成了风气，部队里行之有效的做法也照搬过来了，对稳定思想和促进学习起到了不小的作用。

当时的条件是相当艰苦的。几名军队干部和十几名藏族同胞凭着一颗颗滚烫的红心，硬是凭着一双手和简易工具，在这荆棘丛生、砾石遍地的荒滩上开出了良田，种出了粮食和蔬菜，为部队渡过吃饭难关和为以后的农牧业发展奠定了坚实的基础。特别值得一提的是，我们尊敬的专家教授们经过长途跋涉，刚刚抵达拉萨，顾不得歇一口气，就和农场的同志们一道奋战在荒滩上。当年11月份就种上了19个冬小麦品种和26个蔬菜品种。到训练班开学时，农场已初具规模，有35亩耕地，一排7间土平房，3个草坯冷床，试验地里禾苗绿茵，给干燥寒冷的圣城带来了生机。

开学后，人们又用草坯修了7个冷床，盖了5间草坯平房，对15亩试验地加厚了土层，每亩增施5马车有机肥料，还盖了一个40多平方米的大棚。棚顶是部队发给每人的一块日本造方块雨布（第十八军进藏时，四野老大哥将缴获的战利品支援给了我们）拼凑起来的，周围是用土坯砌的墙，这里是学员就寝之处，白天是课堂，春季风多且大，有时在帐篷里都睁不开眼睛。可是，人多嘴就多，吃饭成了最大的难题，西藏地方政府中的某些当权者公然说“饿肚皮比打败仗还难受”，企图用粮食来掐断我们的脖子，把我们饿跑。《十七条协议》上明文写着他们有义务为我军解决粮秣问题，但他们就是不执行。刚开始还有一点库存粮食，每天两干一稀可以饱腹，慢慢的库存少了，后方运输的马帮尚未到达，一天早晚稀饭，午饭是稠稀粥，劳动量在增加，体力消耗过大，大家实际上是在半饥半饱的情况下搞试验的。那时我们正年轻，脸色显得苍老，人人消瘦，但没有一个人叫苦、说怪话。最后不得不与马共吃马料，将马料同野菜、树叶熬成粥度日。1953年春节刚过完，从青海运来一批粮食，张经武代表首先拨给训练班30袋大米。鉴于当时在拉萨的同志们都遇粮荒，为了顾全大局，当天退回10袋。这种高风亮节的优良品德和光荣传统，至今记忆犹新。就是在训练班的一个大锅里，大家也是互相谦让，总想让对方多吃一口，多喝一口，宁愿自己挨饿。我们的老师更是爱兵如子，从不先下勺舀饭。在这种半饥半饱且一天干10多个小时活的情况下，士气依然旺盛。大家没有分文工资，也无香烟可发，水果糖什么的也没有吃过，没看过电影，老师们只有一个破旧的小收音机，连日历都没有，精神文化生活枯燥的程度大大超过二郎山修路和进军途中的情景。但大家仍用丰富多彩、富于教育意义的演出活动，把十分艰苦的环境搞得热气腾腾，保证了学习任务的完成和各种试验的顺利进行。

老师们严谨治学的精神令人敬佩，他们自己编教材，课堂上苦口婆心地讲，耐心地解答问题。他们身先士卒参加并指导实践，处处示范，碰到难题、遇到困难、遭受挫折时，主动承担责任并指导大家总结经验。还鼓励大家说：“在科学的领域没有平坦的道路可走，尤其在西藏这块科学的处女地上更无坦途可言。实践、再实践，失败、再失败，最后直至成功，这是一个规律，要坚持下去，不怕失败，成功属于有心人。”这批从毛主席身边来的科学家同我们第十八军的高原战士结下了不解之缘，我们是同志、是战友，亲密无间的师生关系结下了丰硕果实。

俗话说“庄稼是枝花，全靠肥当家”。那时人们还不知道化肥这个词。农场人少马不多，而试验田和高产地却需要大量肥料。拉萨城内人口较多，于是北京专家们带领学员从城内拉肥料，那时没有手套，也没有口罩，大家抢着钻到厕所里淘粪，粪便溅到手上、脸上都无所谓。由于合理施肥而且肥量充足，加上精心管理，多数品种都获得了丰收，番茄、辣椒果实累累，一株玉米结两个棒子，有的西瓜达十几公斤。1952年11月冬小麦播种晚了，出苗率低，来年春天才两三个发黄的叶片，经过对每棵禾苗的重点管理，深施追肥，适时浇水，中耕除草，防病灭虫，19个品种有13个获得高产，折合亩产比预期还超出4公斤。

金秋是丰收的季节，张国华等首长多次陪同西藏地方政府中的上层人士前来参观和视察，对所取得的试验结果深表满意，并鼓励大家再接再厉，取得更大的成果。有一次，领导视察后说："榜样的力量是无穷的，这些试验的丰硕成果有力地证明了西藏这块被称为'不毛之地'的世界屋脊，农牧业生产是大有潜力的，真是前程似锦。它必将极大地鼓舞广大群众和科技人员发展农牧业生产的决心和信心。"

4月26日，农训班举行毕业典礼。亲临指导的有张代表、谭政委、王直副局长、先支后勤部政委、李璞队长、科工队王魁等专家及全体师生共127人。张代表和谭政委分别讲了话。桑颇·次旺仁增副司令员认为这个训练班是西藏农牧业建设的先声。李连捷教授汇报了大家学习和教学的情况，来宾们赞扬和祝贺训练班的胜利结业，并预祝全体学员在农业战线上打一个大胜仗。最后，学员代表徐志洪表示，今后誓以实际行动来回报首长和老师们的关怀、培养和期望。

1953年5月，大部分学员回到各分区办农试场和指导生产，少部分留场继续学习和实习。我们班11人中，除雷兴儒、罗良臣和姜时钧留场外，其余分赴各地开展工作。我从1954—1970年在高原"孤岛"墨脱县负责党务工作，尽管工作很忙，但我还开办了7期有珞巴族、门巴族和藏族青年参加的农技培训班，下乡亲自指导实践，如简单易行的玉米人工授粉、棉花整枝、水稻和鸡爪谷的合理密植、果树嫁接、精选良种、深施底肥等技术，在广大的山区农村得到了广泛推广，效果良好，仅玉米选种一项可提高单产10%以上。我任堆龙德庆县农牧局局长10年，总结出了"要想富，种粮种草多栽树"一整套农牧综合发展技术；柳梧区历时5年在拉萨河滩植树逾2000亩，推行树下种苜蓿草，该区连续多年粮、畜增长率为全县首位，那里没有"春死关"之说，幼畜成活率在90%以上。

（三）一路考察一路歌

北京的专家们是不会休息的，说实在的，要休息也没有时间呀。他们继续长途跋涉，忍受高原不适应症，走一路还考察一路，记载了大量第一手资料。

1952年5月，科工队一行艰难地抵达农贡宗，当我汇报这里的铁匠从山上捡来的石头经火烧后便打制成了斧头时，李璞队长高兴地说："在哪里？在哪里？"他们吃了糌粑和元根，就催促着我上了高山。他们背着沉甸甸的标本回到驻地时，天已经黑了。李队长说，这种铁矿石含铁量恐怕在90%以上，是世界上含铁量最高的富有矿藏。

他们刚到拉萨就投入紧张的冬播工作中和筹备开办训练班。经过100多天的培训后，又参与了各项试验的汇总、指导工作。这些工作不仅细致，而且繁杂。一到秋季他们就写出了《拉萨农业试验情况报告》。郑丕尧、张崑、夏荣基、肖前椿和邱龙章又赴后藏的日喀则、江孜、帕里和亚东等地考察，庄巧生完成试验后期工作后也追随前往。一个月后，吴耕荣和张纪增再度去后藏，补充未知的部分。他们返回拉萨后写出了《日喀则地区农业考察报告》，详细叙述了日喀则地区农业生产的现状、自然条件、规划和远景。他们用汗水浇灌的杰作至今仍有现实意义。这些史料如今仍保存在自治区农科所的情报资料室里。惜别前，他们对农试场今后的试验工作再三叮咛，反复交代，他们的心和农试场是连在一起的。

他们没有休整，便接着长途跋涉，于1953年11月5日离开拉萨，经曲水、山南、塔布、工布、波密、昌都地区返回北京。工作的紧迫感、强烈的事业心使他们马不停蹄。他们是人民的专家，人民的功臣，西藏人民永远铭记他们。

另一队专家先后沿拉萨河及雅鲁藏布江流域考察，历时34天，12月9日到达米林县帕路丁村。这里是波密办事处的第三农场，也是我从农训班返回后在农场建立的农业试验场，全场仅9人，种地、试验、放牧，我样样都得干。边防站的格朗等帮助了我们。专家们在农试场考察了一天，主要了解作物的品种、分布、耕种方式与气象，以及群众的生活习惯、珞巴民俗、生产关系和生产力等。当得知这里有冬小麦种植后他们感到相当惊奇。他们观看了我们36个试验小区麦地的12个冬小麦品种，当时每株分蘖已达5~7个，苗高5厘米，叶宽，呈黑色。试验小区一片葱绿，深受专家们的称赞。庄教授、郑教授和我一道去村里查看和了解情况，我当翻译。藏族同胞和珞胞苦难的生活深深触动了专家们的心，庄教授安慰群众说："有共产党的领导，有毛主席的关怀，西藏的前途是光明的。"

关于试验方面，庄、郑二位教授都认为，技术力量不宜分散，叫我随同姜时钧和高飞一道返回倾多，集中力量办好一个农试场，集思广益，共同研究和提高。肖教授则认为，波密办事处将来要搬到工布来，另外农试场的试验工作是长期的，所以在工布办个农试场是很有必要的。不过，农试场要建在交通方便、距政府机关较近、有代表性的地方。后请示波密办事处组织科副科长王长安，他同意了集中我们7人于倾多办好一个农试场的意见，于是我随科工队返回波密。

17日我们离开第五十二师留守处马本村，于1954年1月6日安全到达波密办事处所在地——松宗。专家们沿途很辛苦，多数时候难以雇到牲口，只好徒步，他们一边走一边考察、询问、采集标本，饿了抓把糌粑充饥，渴了喝碗冷水解渴。我们携带的口粮很少，肉食匮乏，副食也难以买到，为了工作只好弄到什么吃什么，这20多天经常以野菜充饥，慢慢地，从北京来的专家们也“生活高原化了”。他们从来没有计较过伙食的好坏、是否有马骑，庄教授还风趣地说：“没有马骑更便于工作呢！”

1954年元旦是在波密的遂村度过的，我想尽办法希望能买头猪让专家们补养一下，解解馋，倾多宗军事代表赵云堂还帮我做动员工作，但未能成功，最后花了4个银圆买了老房东达杰的两只鸡过了一个年。这天，专家们不顾疲劳又钻入原始森林采集标本，到群众麦场查看，回来时每人的挎包里都装得满满的。庄教授特别兴奋，他发现了野青稞和野荞麦品种，并让大家观看，他说：“以往他们都说这两种作物的野生品种是在外国发现的，现在应该更正为青稞和荞麦的祖籍在中国西藏。”他稍停顿一下，呷了口水，接着说：“从我们已经采集到的几千份各个品种的分析来看，世界上很多珍稀品种出自西藏，比如半野生小麦是在林芝德木村和米林县纳玉村搜集到的，还有世界上作物矮秆基因品种只有5个，我们在西藏却发现了2个，这说明西藏是许多野生珍贵品种的重要发源地之一。西藏是富饶的，也是可爱的，前途无量。”他讲完后还清唱了几句京剧，逗得大家捧腹大笑。

1月7日，庄、肖二位教授向波密分工委全体人员做了《西藏—波密发展前景》的报告。肖教授在介绍了康藏地区的一般情况后，兴奋地指出：“波密地区在康藏高原各方面的条件都比较优越，自然资源十分丰富，有广袤的原始森林，受印度洋气候的影响，雨量充沛，气候温和，适宜种植各种农作物，许多矿苗裸露，波密发展的前景是无限好的。”庄教授说：“今天，我们能在康藏高原的波密地区会面是很难得的，我们感到十分荣幸。你们站在祖国的西南前哨，以忘我的精神建设康藏高原，并且取得了成绩，我代表科工队的全体同志向你们致以崇高的敬意！顺便说一下，通过拉萨1年来的农业试验的结果，充分证明了西藏不是不毛之地，相反这说明了西藏是祖国肥沃土地的一部分，是可以造福人民的。拉萨试验的结果还说明了西藏农牧业发展是大有作为的，比如试种的番茄最大的达到650克，平均200~300克，大萝卜达21千克，甘蓝达16千克，莲花白达19千克……这些数字是惊人的，是令人难以置信的，在内地条件优越的地方搞试验，也没有如此大的成果。我相信这个成果还是初步、低水平的，经过继续试验、探索、改良栽培方法，可以获得更高的产量，创造更多的世界之最，对此我是坚信不疑的。”他最后鼓励大家：“西藏是美丽、富饶的，只要我们按照科学规律办事，扎实地干下去，一定会把康藏高原建设成花园一般的地方。预祝全体同志成功。”

1月9日，我陪同科工队的专家离开松宗，10日到达康藏公路的终点壤阿根村。我请求汽车第十六团李副团长让每位专家坐嘎斯车的驾驶室，他满足了我的最大愿望，并保证把人民的专家安全地护送到成都。11日分别时，专家们把剩下的一把挂面、两小袋水果糖和一包“中华牌”香烟留给我，我只好收下了。专家们登车前，再三嘱咐：争一口气，把西藏农牧业搞上去。

我走得很远了，回头一看，他们还站在那里目送我。我思绪万千，流下了热泪，暗暗下了决心：尊敬的师长们，请放心吧，我一定不辜负你们的期望，长期建藏，努力工作。

发展民生事业，救灾济贫

西藏民主改革前，即1959年3月前，我党根据西藏的实际情况，确定了以统战工作为主，相应做好影响群众工作的总方针，实践证明这是完全正确的。这也叫两条腿走路，有主有次，不可偏废。但群众工作是大量的、繁杂的，它关系到群众的切身利益，群众对此看得很重，并盼望得到解决。所以，在千头万绪的事务中，我们在努力做好团结、教育、改造上层人士工作的同时，还必须花费大量人力物力发展社会民生事业，让百姓通过这些看得见摸得着的好事、实事，来认识我军我党，逐步打好群众基础，为最终消灭封建农奴制度创造条件。民生事情烦琐复杂，政策性又强，必须慎之又慎，既要解决问题，又不违反规定。

我们抵达波密后，那里正处于“兵荒马乱”的时期，人心惶惶，农奴主更像坐在火山上，有的已逃离家园。时值秋收，“劳动果实归谁所有”成了一个普遍关注的问题。《十七条协议》第四条规定：“对西藏现行的政治制度中央不予变更。”第十一条规定：“有关西藏的各项改革事宜中央不加强迫。”遇到这类问题时，领导亲自出马，一是宣传协议和我们的主张，二是同其亲属朋友和群众座谈，根据规定协商解决。而一般是按照原来的规矩平分劳动果实，主人应得的一份由其亲属朋友保管。这样一来起到了很好的社会效果，仅易贡宗3户外逃农奴主代理人自愿从珞渝返回，还主动退还农奴一部分粮食。封建农奴制度下，农奴不仅没有自己的土地，全部生产资料（含土地）均归农奴主所有，而且农奴连人身都依附于三大领主（官员、贵族、寺庙），毫无人身自由，哪还有什么人权！哪还有什么生产积极性！大片土地荒芜。鉴于此，工作组大力做宣传工作，欢迎开垦荒地，免征农业税；提倡扩大面积，提高单产。榜样的力量是无穷的，1951年分工委播种500亩，1952年播种1260亩，干部自力更生开垦荒地大大促进了群众的生产积极性，各地都扩大了播种面积，仅倾多寺周围各村就多播种了180多亩，易贡仲伯村增加了59亩。我们深耕土地、施足底肥、适量下种、适时浇水、九成熟收割等，简单易行的科学种田技术受到了群众模仿，收效不错。在当时的西藏看来，为了生存才开荒生产以维持生命，实则是个政治任务，因为“进军西藏，不吃地方”这个指示的落实，让我们站住了脚跟，扩大了影响，密切了军民关系，为西藏的社会发展铺了路。短短的时间里，我们发动群众，维修了许多道路，架设了不少桥梁，“独居一隅”的许多乡和村有了人员来往。各地也开始筹办一些民生事业，办小学、卫生所，普及卫生知识，动员群众在公路沿线多种蔬菜，除自己吃外，多余部分可以卖给部队。还号召他们养猪、养牛，发展养殖业，增加收入，改善生活。

刚进入波密时，部队采购了部分肉食和粮食，因无市场价，后来发现价位稍微偏低了，便进行了补偿，群众十分感激，说“解放军不抢东西，还补了钱，天下奇事！”在给群众补钱时，群众说的话大大教育了我。倾多朗秋村仁增老阿妈卖给第五十二师第一五四团一只鸡，这次补给她钱时，她说：“菩萨也不会做到这样的。”我在想，我们有错就改，不但没有损失，还换来了信任，这说明诚信多么重要。我一直在基层，和群众接触几十年，受到了不少教育。群众不但听你说，更要看你做。真心为他们办事，才会得到尊重和信任，你才会成功。他们清楚是非，明白好坏。只有相信群众，才会成功。

波密远离内地，又偏僻，极缺铁质农具。在尚无公路的情况下，必须设法运进一批农民急需的生产工具，解决他们的燃眉之急。

波密所处的地理位置决定了它是个“灾区”，而且还是个重灾区。这里系横断山脉，地处冈底斯山和喜马拉雅山的接合部，地质结构复杂，区域位置特殊，因此灾害频繁。如易贡湖是泥石流堵塞河道形成的。1952年9月29—30日，倾多宗的古村和虽村发生特大泥石流，房子大的石头像树叶一样被泥沙卷入帕隆藏布江，冲走两村，淹死70多人。分工委派江巴悦西和赵云堂亲临现场慰问救灾，我任翻译。对受灾的34户88人救济1696个银圆，粮食37克（每克为14公斤），给受灾群众解决81克（亩）耕地。发动机关部门捐赠衣物166件、球鞋100双、银圆300圆，全部用来接济受灾群众。事后派人查看，这是深山的冰雪融化形成的强大水流，冲垮松动山岩而造成的泥石流。这种灾害不时发生，又不可避免，只有多观察，予以防范。分工委在短时间里为边民做了大量工作，干部是辛苦的，没有怨言，虽远离家乡亲人，背地里还掉过眼泪，但都熬过来了。

寄希望于西藏人民

在1959年3月20日平息叛乱前的8年中，我党我军在西藏的工作方针是以反帝爱国统一战线为主，同时做好影响群众的工作。各级党组织坚决贯彻落实这个方针，团结广大人民，壮大了反帝爱国进步力量，孤立了反动派，为建立和巩固民族统一战线准备了条件。

统一战线是我国革命取得伟大胜利的三大法宝之一。根据西藏的实际情况，毛主席在我解放军入藏前后反复地提出：“……在西藏考虑任何问题，首先要想到民族和宗教问题这两件事，一切工作必须慎重稳进。”邓小平政委也指示：“一切问题的处理，必须是稳步前进，也就是说，要摸着石头过河。”他还指出：“到西藏去，就是靠政策走路，靠政策吃饭。政策就是生命。必须紧密联系群众，依靠群众。要用正确的政策去扫除中外反动派的妖言迷雾，去消除历史上造成的民族隔阂和偏见，把康藏广大僧俗人民和爱国人士团结到反帝国主义的大旗下来。”统战工作在当时的特定历史条件下有极为特殊的重要意义。当时，西藏人民依附于三大领主，没有人身自由，我们坚持每项工作同上层人士协商共事，这样扶持了左派，争取了中间派，孤立了右派，打击了反动派，巩固和发展了反帝爱国统一战线。这样做了3年，团结了上层，化消极因素为积极因素，减少了阻力，广泛接近下层，教育、发动群众，推进了西藏改革进程。

宣传群众。（佚名）

通过上层影响下层，寄希望于西藏人民，全体工作人员在大力开展统战工作的同时，通过各种形式和渠道，利用一切机会和场合，积极开展影响群众的工作。诸如免费医疗防疫、开办学校、兴修水利、架桥修路、抢险救灾、发放无息农贷、赠送良种农具、放映电影、组织贸易、开荒生产、以工代赈、参观学习……以最实际的看得见的摸得着的实际步骤和行动，一点一滴地把党的政策和温暖带给了西藏人民。随着影响群众工作的深入开展，扩大了我党我军的政治影响，增进了了解和团结，赢得了信誉，我党在群众中扎了根。“共产党是大救星”成了藏族同胞的共同信念。

西藏各民族是勤劳勇敢的，又是现实的。他们不但听其言，还要观其行。我在藏工作40多年，深刻体会到藏族人民对医疗卫生特别感兴趣。进藏初期，我仅在昌都地区和拉萨市区看到有少数藏医和西医，而地区和县都没有，农牧区更不用说了。广大农奴干的是牛马活，吃的是猪狗食，严重缺乏营养，卫生条件极差，疾病甚多，他们有了病只好求救于巫婆、神汉或喇嘛。后来许多人来请我军军医诊治。我们的医生不仅医术好，还十分认真，治一个愈一个，而且还向病人讲解病因和预防办法，用科学去和封建迷信斗争，深受人民群众的赞誉。那时，因为人民群众几乎没吃过药，没有抗药性，遵医服药，疗效特别明显，甚至垂危病人也获得了新生。有的人尽管病愈后感谢巫婆和喇嘛，但我们的医生还是照样认真地诊断和治疗，仍然大力宣传科学知识。中央十分关怀西藏人民的健康，1952年11月派来陶医生等6名医务人员，她们长途跋涉来到波密县，为巴图卡村开办医训班，并培养出第一代藏族医务人员17名；同时她们还在波密的大部分山村巡回，看病治疗，打针预防天花，调查疫情。有些被判定无药可治的病人，经过她们悉心治疗后而得到好转，她们因此赢得了“神汉医”的美名。

南进篇

从南下到西征

Nan Jin Pian

几年来，多次听到从珞渝回来的同志的介绍，听后内心充满了对坚守边防战友的崇敬，对独居一隅的边陲人民的关心。每逢提到『珞渝』『墨脱』时，我都会『毛骨悚然』，因为那里太独特和艰苦了，是正常人难以想象的恐怖和艰险。

工作调动去珞渝

1954年6月26日，军邮送来一些信件，却没我的。我们来波密分工委支援总会两个月了，负责解决筑路方面的诸多问题，我的具体任务是动员公路沿线200公里内的群众多种蔬菜卖给部队。两个月一直睡地铺，昨天晚上打算要做一个木床，正准备木材时，支总副指挥长（倾多宗军事代表）赵云堂半开玩笑地说："搭什么床铺？你不一定会在这儿工作呢！"我回答说不会调走的。他半真半假地说："你不相信吗？要调你去珞渝工作！"说毕，他顺手把分工委组织部的来信递给了我，信上写道："关于冀文正的工作，分工委研究决定去新区珞渝（墨脱）工作。请对其进行说服教育，愉快走向边防。"看完信后，我脑子晕了，不知所措。沉思片刻，我说："到祖国最需要、最艰苦、最边防的地方去工作是无上光荣的，我会引以为荣。"接着又说："赵代表你教育吧！"他说："我知道你的性格，会服从调动的，仅送你八个字'进军珞渝，守好大门'。"我俩都笑了。

事后仔细回味，当时我思想斗争相当激烈。公与私在打架，血液流速加快，脉搏可能大大超过每分钟100次，思绪十分紊乱，公私争斗的结果，最后公字占了上风，决心从思想上、行动上服从分配，愉快走向边防，并暗暗下定决心：走向边疆，安心边防，做出一流的业绩，为国争光，争取入党。

惜别战友赴边关

20世纪50年代，中共波密分工委所辖波密、工布、塔布和珞渝4个地区12个县，以波密倾多宗为中心，视情况逐步开展工作。至1956年后，便全面开展了所辖区的工作，波密分工委易名为塔工分工委，办公移居林芝县。

1952年7月，珞渝工作组八名成员进驻珞渝后主要开展旁辛和金珠宗的工作，直至1955年才南下进驻墨脱宗（县）。此时，上珞渝各宗区全面开展工作，军政人员增至14人，珞渝工作组易名为白马岗工作队。

四个辖区中前三个均位于川藏公路沿线，地势平坦，人口多为藏族，而后者则在波密的南方，中间横亘着喜马拉雅山，每年的11月至翌年的6月为大雪封山期，人畜从陆路不能通行，成为“孤岛”；那里是边防，紧挨非法的“麦克马洪线”，南部毗邻被印度侵占的中国9万平方公里的珞渝地区。那里地处亚热带，气候炎热，雨量充沛，物产丰富，因交通不便，制约了经济的发展和社会的进步。

我是1951年徒步来到波密工作的，三年来在雪开山期间，遇到过不少从珞渝翻山到扎木以物易物的门巴族和珞巴族同胞，我用藏语同他们交流后，了解了不少那里的情况。几年来又多次听到从珞渝回来的同志介绍，内心充满对坚守边防战友们的崇敬，每逢提到“珞渝”“墨脱”时，我都会“毛骨悚然”，因为那里太独特太艰苦了，是正常人难以想象的那种恐怖和艰险。

对珞渝、墨脱从陌生、恐惧到身临其境，我是经过了一场严峻的思想斗争和政治考验的。当时听到调我去边防工作，头脑一时发热，虽然愉快地答应了上级的安排，但实际上是拉不下面子，思想比较混乱，公私斗争厉害，“去吧，损失太多；不去吧，影响不好，入党呀、前途呀……”“小腿憋不过大腿”的消极思想成了主流，去墨脱工作还是被动的。

惜别战友（王振洲，左）赴边关。（冀文正摄）

在出发前的一段时间，我那4平方米的营帐里，每天都挤满了人，他们前来加油打气，不少战友说：“我几次提出去边防还不批准呢，你真有运气。”的确，想去墨脱边防工作的人很多，可组织上选派人员时挑了又选，条件非常严格：政治要可靠，思想要过硬，藏语要一流，吃苦精神要强，开荒种地要行，选定的人员还得报经中共西藏工委和总参的批准。分工委领导苗丕一、何祖荫、王长安、王笑雨等见到我时，总是要说几句赞扬和鼓励的话。领导的信任，战友的鼓励，成为我扎根珞渝边防的最大动力。当时我一再告诫自己：若在边防干不出一番事业来，既对不起组织的信任，也对不起战友的鼓励和期盼。

所谓准备，主要是思想准备、真正搞通思想，而做到“思想通，行动通”“口服心服不背包袱”的，却离不开当时在扎木军队工作的刘继蓉。她是河南省巩县（现巩义市）人，是我开封中学的校友。1948年秋，开封解放后，我们又同时参加军管会青训班学习，班里有46名男女同学，一起吃大锅饭，一块生活，一块操练，建立起亲如兄妹的感情。

那时，我们多是十五六岁的小青年、毛丫头，思想简单，没有杂念，在青训班这个温馨的大家庭里，我们之间的友谊也像泉水一样清澈纯净。我当时只有一个心愿，学好本领，随军南征，解放全中国。我们经常敞开心扉话激情，谈得很投机。

我渐渐地发现，刘继蓉性格开朗，待人和蔼，从没见她与人红过脸，笑容总挂在脸上。那圆圆的脸庞，乌黑的头发，浓眉慈目，在军中称得上美女。我家兄弟多，没有姐妹，非常渴望我们能成为兄妹。

有一天，我打完篮球休息时，她对我说：“冀文正，我比你大，你该叫我姐姐。”我信以为真，也没细问她的出生日期就随口叫了声“刘姐”，后来在日记、回忆录和信函里也这样称呼。事隔53年后，她讲起自己生于1933年11月23日，我才恍然大悟，她原来比我还小4个月呢。

1949年2月21日，部队启程南下。我们分别在第十八军的不同团队，并都历经了渡过长江、守卫南京、解放大西南、成都会战，但未曾见过面。1950年3月7日，我们参加第十八军进军西藏誓师大会时，在乐山广场见过一次面，仅说了几句客套话就各奔东西了。

在扎木期间，同刘继蓉的交流最多，桃树下留下了我们许多的身影。她全力支持我赴边防一线工作，多次鼓励说：“党信任你去边防工作，很光荣，我为你感到骄傲。”她问了很多那里的情况，对那里的事情也感兴趣，她文化程度比我高，问题看得准，多次提醒我多关注、搜集少数民族民间文化，说那是“珍宝”，搜集得越细致、越具体越好。民族的称谓是与许多民俗的事象分不开的，民族文化是一个民族的灵魂、精神和前进的动力，民族、民间文化大有作为。她讲得头头是道，对我启迪非常大，促使我在漫长的艰苦岁月中注重搜集民俗、民间文化影像等资料，起了很大的作用。经过半个世纪的努力，我搜集到500多万字的民间文化资料，编写了28本书稿，已出版22本；拍摄了上千张照片。可以说“刘姐”功不可没。

刘继蓉同志1955年扎木留影。

1955年，一次，我们在她住的帐篷附近的桃树下交谈，她送我一张小照片，照片中她半蹲式面向镜头微笑，给人以亲近感。另外还送我《钢铁是怎样炼成的》《远离莫斯科的地方》《萨根的春天》等名著，我如获至宝。这被我们边防战士视为精神食粮，尤其是《钢铁是怎样炼成的》的主人公保尔·柯察金，是我们崇拜的偶像。我从来没有收藏过异性的照片，我小心翼翼把它夹在小本子里，并一直带着这个小本子。有一次，在喜马拉雅山的岩洞烤火度夜时，三个战友看了照片都说长得美。而这张小小的照片却一次次陪我化解了危机。在后来漫长的岁月里，这张照片伴我22次翻越喜马拉雅山，16次穿越世界第一大峡谷——雅鲁藏布大峡谷。全县上千人目睹过照片，给出的评价是“心善人美”。2010年10月，在新都的一次战友聚会上，我将这张珍藏了56年的照片归还给了“刘姐”。

在去墨脱的生死路上
——奉命赴边关

中共波密分工委组织部通知我去墨脱边防工作后，在思想上我一度考虑得很多。我总结了这7年所做的工作，结论是领导信任，做到了“人尽其才，物尽其用”。就说这两年吧，领导都认为我服从安排：叫到哪，二话不说就到哪；叫干啥，不讲条件就去完成。聪明，灵活，反应快，敏锐，藏文名列前茅，尤其是经过农训班的培养，非常适合做群众工作。从拉萨返回后，我先在林芝第三农场搞试验，后随科工队返回波密，在支援总会负责松宗至鲁朗康藏公路沿线百多个村庄的群众生产，动员群众多种蔬菜支援筑路部队，成效显著，使群众增加了收入，部队也解决了部分蔬菜供应问题。现在又决定我去边防墨脱工作，这是信任，是难得的机遇，应该勇于担当，愉快地接受，高兴地去上岗。

在基层，我们天天和藏族同胞接触，讲生产、谈民生是他们最关心、最需要的。我和他们交流没有障碍，多少懂得一些农牧林业的知识和技术。因此，把我放在基层甚至边防是完全正确的。我接受去偏远的边防工作虽然内心也有斗争，但毕竟年轻单纯，勇于上进，顺利地通过了这一关，获得了领导的好评。有一天，我同何祖荫科长交心，我说：“领导总把我当万金油使用。”他说：“我们共产党人经过长期战争的锻炼、考验，没有条件当什么专家，可人人都是‘万金油’。万金油有什么不好？哪里需要到哪里，干好党需要我们干的事，样样行，行行通。你这几年不是干了好多事？群众都满意，组织放心嘛！这是好‘万金油’。至于一些个人问题，根据可能，会适时解决的。如入党问题，我们会通知珞渝工作组党组解决的。婚姻问题暂时放一下，惠建昌、戴承钧等都比你大十几岁还未成家。希望你充分发挥自己的优势，同珞巴族和门巴族打成一片，向外宣传他们，了解情况上报，团结同志，共同把边防工作做好。”我保证，愉快进军墨脱，安心于边防工作，向群众学习，向群众宣传，共同守好、建好边疆。

在几天的进军准备阶段，同领导和战友交流、沟通，互相鼓励，听取了大家许多赠言和发自肺腑的嘱托，大多为注意安全，团结同志和群众，共同把墨脱工作做好，为民立功，为党争光。我一再表示：听党的话，服从调动，愉快前往，安心边防，扎根边疆，团结群众，共同努力，搞好工作，巩固国防，为民立功！

这几天，我过得很有意义也有价值。我行囊中几本日记、藏汉文字典和“刘姐”送的书，加上衣物和途中口粮共计26公斤，我估计负重没有问题。

每天我都在扎木寻找路途伙伴，最后等到8名珞巴人、3名门巴人和2名藏族同胞，我们一行14人拟于8月25日离开扎木向墨脱进发。

离行前，我的房东为我烙了10个面饼，供路上吃，煮了5个鸡蛋及3盒蛋黄腊，还有一水壶清油，行装总重33公斤。说实在的，够重了，恐怕承受不了，但这已经是精减再精减，不能再减了。我心里暗暗下决心："我咬住牙也要爬过大雪山！"

在去墨脱的生死路上
——和公路拜拜

我们十几个人沿着帕隆藏布江东行10公里后，抵达江南岸的达兴村。这是波密前往墨脱宗的三个山口之一，也就是喜马拉雅山最东端的一个山口，叫金珠拉，海拔约4830米，往西的两个山口叫嘎隆拉和遂拉，均在喜马拉雅山脊上。每年的10月至来年6月为雪封山期，人马不能通行。波密是墨脱北路的终点站，物资交流枢纽，边民多走这条路，比较安全，到了开山季节，边民来往尤其多。

达兴是必经之地，群众往来频繁，久而久之，互为朋友。今晚，我们中的8人住在朋友家，余下几人住在村内的一间空房里，大家推选门巴族扎西为我们的"马勤"（炊事员），房内有炊事用具，木柴不少。几家房东又送来了一些蔬菜，做了一锅菜汤（远行者喜爱喝菜汤），还有一些肉丝，每人先舀一碗，最后又加上半碗。这顿饭吃得不错。晚上村民来了不少，大家很亲热，相互聊天问好，最后还祈祝我们一路顺风，平安。

达兴村有28户藏族居民。村庄倚山而建，村后就是喜马拉雅山脉，各种林木繁茂，山村掩蔽在树荫中，尤其是春天，上百棵的桃树花盛开，整个村庄淹没在花海中，另外几十棵高大的核桃树点缀其间，别有韵味。旧书记载，晚清汉军在墨脱失利后，百余人从此村溃逃至昌都；该村是去墨脱的主要关口，历史上曾常驻军把守，是战略要地。

从达兴沿江向东至然乌湖，从昌都南下是南北走向的横断山脉最后一道屏障，沿山南下是察隅宗，喜马拉雅山脉自西向东在然乌湖处同横断山脉相会，在相会处，西流的帕隆藏布江流经波密全宗，从达兴村头向通麦方向奔去。这条江是波密最大的河流，帕隆藏布江向西与易贡藏布在通麦交汇后转向东南，再与东久河汇合向东进入雅鲁藏布大峡谷，流入雅鲁藏布江。

帕隆藏布江的上游是名声很大的然乌湖。该湖面积22平方公里，蓄水量1.2亿立方米，年平均过湖水量约18亿立方米。湖面海拔3850米，湖长29公里，宽1~5公里。湖心有一小岛，生长着许多形态各异的树木。有一次我们在根阿村，听群佩老大爷讲了两个感人的故事。他说，12岁时听他爷爷巴桑讲，他在湖边放牧时，曾亲眼看到从湖心钻出两匹河马，一顿饭工夫玩够了，便钻入了河底。爷爷听其他人也讲过曾目睹河马在湖中戏水。群佩大爷问我们岛上树木花草是怎么一回事，我们摇头不知。他说："这个湖就是仙女的生殖器。"我们三人说："这是瞎说吧！"他认真地说："传说是真实的。原来，世界上没有人，怪荒凉的，天神善良，将这个东西从天庭扔了下来，后来才有了人。"我回忆不少地方，如墨脱的贡堆颇章湖、雪巴宗的措高湖等都有这种地貌形态，都说是女性生殖器。这很可能是原始初民对女性生殖器崇拜观念的遗存吧！河岸边绿草茵茵，牛羊成群，雪山倒映在湖中，别具情趣。

达兴位居林中，好似世外桃源。这里树种主要有云杉、冷杉、乔杉、高山松、华山松、巨柏、桦木、落叶松、楠木等数十种。中央文委钟补求教授初步估计，这里云杉树龄在200年以上的非常普遍，树高60米左右，直径约1米，年平均生长量每公顷10立方米以上。村长说，越往林中走，树越粗越高，地面见不到太阳。我观察，整座树林像罩上了一块偌大的黛青色布似的，美丽极了。

晚上，我特别拜会了琼则喇嘛，他是达兴寺住持，我们认识，但没有深交。他欢迎我过山去墨脱工作，并对波密的工作给予高度评价。我说，今后会更好的，共产党没有私利，一切为人民，让藏族同胞富裕起来，共同建设新西藏。临别时，他双手合十，祈求我们平安翻过雪山，顺利到达墨脱。

在去墨脱的生死路上
——夜宿大树下

天刚亮，我们一行就启程了。今日行程虽然仅15公里，不算太远，但全是上坡路，坡度很大，几乎是直上直下，全是走的"之"字形路，本来直线距离只有10公里，弯来拐去竟达到30公里，多走两倍的冤枉路。还好，今天老天爷照顾，是一个大晴天。去墨脱的生死路上，最盼望有个好天气，人少受罪，安全才有保障。

我们刚一出门，十几位村民就在村头欢送我们。我的老房东岗佐抢过我的行囊，要强行送我一程，再三劝说也没用。他陪同我们走了一个“纳当”（约2里路），这是来往过山人休息的站点。大家放下背筐，席地而坐，谈天说地。门巴族丹增将手持的“刀马”（木拐杖）用力往地上一戳，对我说：“米米（爷爷）老冀！你说刀马从何而来？”我说：“你做的呗！”他说：“是我们门巴族的爷爷江安教我们做的。”他的话我不理解，他不慌不忙地说：“到了驿站我再给你们说清楚。”

这个山沟是喜马拉雅山脉和横断山脉相会的最东端，翻过山就是墨脱宗的金珠地区。在雪域高原行军，最大的经验就是早出发，因为高原气候千变万化，说变就变，有一次在倾多拉、达马拉雪山上，本来天空放晴，没过多久，狂风呼啸，接着雨雪交加，阻挡了我们前进的路；另一次就地住宿；还有一次耽搁了3个多小时才再次动身。高原天气难测，因此要多几个预案，早启程就是重要的一环。上午10点，我们就走了一半路程，而且并不是很累。

从进山口至雪山脚，全是原始森林，刚开始林中全是小灌木和藤蔓，荆棘遍地，密不透风，人难以跨步。这里是各种野生动物的理想栖息地。据达兴村民说，低海拔林中有30多种野生动物，雪山草甸处有羚牛、香獐、雪豹等5种珍稀动物。越往上走，大树增多，林中小树却稀少，视野可达50米远。

午后3点，我们到了大树下，这里是上山下山行人的宿营地——“大树站”。树下四周40米内地面很干燥，地上既没青草，也无小灌木，视野开阔，可看到老远老远的地方。高海拔处尽是高大的乔木，诸如云杉、冷杉等不落叶松，树距在30米以上，它们相互争阳光，直往上长，一般都在70米以上，有的一棵树遮阴可达上百平方米，阳光很难落地，偶尔射进一丝光线，给人一种神秘感。地上虽无小灌木，但大树跌落的树枝遍地都是，我们捡了不少干柴，足够我们烧两个通宵，同时也能供后来人使用。珞巴人布都抱回一捆松树枝，全是紫红色，质地既坚实又松软，我闻了一下，还有清香味。我说这种树叫“喜马拉雅松”，很珍稀，是上等木材，它生长在高海拔的寒冷地方。几个同伴采回不少野葱和韭菜，味儿冲鼻，次仁说那片没树的山坡上尽是这种野菜。

大火通明，我们围坐一圈，喝茶聊天。丹增点燃一支旱烟，吐出一口烟，然后手持“刀马”，说：“这个拐杖是江安‘米米’给我们留下来的。传说，古代我们门巴人生活很苦，吃了早饭没午饭，靠到处采集度日。一天，几个穷兄弟去找善良的米米江安求救，一个人说，家里一粒米也没有了，老婆哭孩子叫，饿肚难熬呀！江安说了解危的办法，大家都称赞米米的智慧，并分头回去做准备。

“江安带领这帮穷兄弟们来到庄园主那儿，开口就说：‘古休（贵人），米米娃娃快饿死了，请借点粮糊口。’古休庄园主看到骨瘦如柴的江安一伙，人人手中攥着个口袋，心想惹不起这帮智慧超人而力气又大的穷小子，忙问：‘你们要借多少？’一个伙伴说：‘装满这个口袋就行。’随即将手一晃，庄园主也没看清楚，认为口袋不大，便说：‘我今后还会雇佣你们的，今天，你们只要将手中的口袋装满，算我送给你们了，今后不必偿还。不过，必须背起粮袋到家，途中不准歇息，否则要借一还十的。’江安反问：‘古休说话可否算数？’‘当然算数！老爷承诺，从不失言。’江安一伙谢了老爷。

“老爷将一串钥匙交给贵夫人。她打开粮仓，江安他们甩开蚕丝口袋，每人装了整整24克（即斗，每克14公斤）。贵夫人气得眼睛都红了，说：‘古休！不好了，江安他们骗了我们，他们的丝绸口袋装的大米足够4个人才能背得动。’古休瞪大了眼睛，思量一番，心想：你江安再聪明，也斗不过我！他对江安一本正经地说：‘这样吧！不多说了，既然装了，也就算了。但有一个条件，就是背走后粮袋不准落地休息，否则，再原封不动地送回来。’‘古休说话，可否算数？’古休大声说：‘当然算数！’

“江安一伙吃力地背起粮袋，一起向老爷谢别。

“老爷夫妇俩站在那里期待他们把粮食送回来。江安一伙走了百多步，站在村口，将粮袋放在预先做好的丁字形拐杖——‘刀马’上，重量落在‘刀马’上，人的身体轻松多了，他们面向老爷，大声道谢。片刻工夫，又背起粮袋，行走百余步，将粮袋依然放在‘刀马’上；身体放松了一会儿；‘谢谢老爷了！’又背起粮袋……再将粮袋放在‘刀马’上歇息，‘再见了，老爷！’就这样，他们利用‘刀马’骗过了庄园主。从此，江安爷爷给我们留下了‘刀马’，我们世代缅怀他，纪念他。”

我看到几位同伴人人手持一个“刀马”，原来，它是门巴人的机智人物江安爷爷留传下来的。怪不得珞巴人和门巴人负重外出时要手持一个“刀马”，那是帮负重的人减轻重物压身的工具。丹增补充说："我们远行归来，都要将第一碗平安酒献给江安爷爷，他会迎送我们一路顺风。"

晚餐，我们点燃篝火，围火而坐，由炊事员负责分配由各种食料煮成的汤菜，这"八宝菜"每人一碗。人人都拿出自己带的面饼、玉米窝窝头、鸡爪谷馒头等主食，各取所需。我每样都尝了一点，很合口味。珞巴人达东对我说："你们汉族兄弟，是我们传说中五兄弟中的大哥，现在你们回来了，我们当然欢迎。你们远离亲人，到这偏远山沟为我们办事，我们打心眼里感谢毛主席对边民的关心。"

明日要翻大雪山，我们早早就睡觉了，几根粗树桩堆积1米多高，慢慢燃烧，供围火而卧的朋友们取暖。我和同伴小李睡在外层，因我们有薄被御寒。

雪山脚下，寒风袭人，黑夜静悄悄的，不时传来鼯鼠的怪叫声，不知谁说："这里是鼯鼠的家乡，它只能下飞，主要是来捕捉山鼠、野兔等物，它的粪便是藏药，专治妇女病的。"我听着听着，便进入了梦乡。

在去墨脱的生死路上
——翻越大雪山

今天是27日，是徒步去墨脱5天中的第三天，也是关键的一天，因要翻越喜马拉雅山系最东端的一个山口——海拔4850米的金珠拉山。这也是5天中最艰难、最危险的一天，历史上这里常有人亡命山上的事故发生。因此，过山者都要做好思想和物资准备，以保安全。门巴人罗布为我找了一根高低适中的"刀马"。还对我的行装进行了检查，调整了背带的长度，将10公斤的米袋放在最上边。他掂量了一下，说："比我的轻多了。"时针对准4点，炊事员将火堆中未燃尽的木棒吹灭，堆在一处，将燃尽的通红火炭埋在热灰中，最后将一锅水倒在火堆周围，防止失火——群众防火意识很强。我们一条龙行走，开头是直上直下，约有2里路，路边尽是些叫"苏罗巴罗"的小刺棵灌木，它是藏族人民煨桑的原料。门巴同行说："不但藏族喜爱它，我们门巴人照样用它敬神。据说神族

作者徒步在喜马拉雅山上。（冀文正提供）

们大都喜欢这种味儿。”约在海拔3450米的地方，我们驻足歇息，然后开始进入雪地。这里是大山北坡，也叫阴坡，太阳难以照射，所以雪线比南坡（阳坡）低300米左右，几乎看不到裸露石崖，全是白茫茫的冰雪世界。远处雪地里有一片远看像荆棘的东西，同行人讲，有解放军同志称它们为红景天，我们门巴人用它熬水喝，防止缺氧头痛，效果不错。他还说，世上怪事太多，它偏偏生长在这与世无争的雪地里，还在为民造福，多无私，多伟大呀！我们一行人年龄最大、威望最高的是42岁的珞巴人嘎顷，他负责前行次序，走在前面的5人年轻体壮，负重量稍轻，他们吃力地踩出、踩实脚窝，让后来的人轻松地踏着脚窝前行；之后是体弱者、妇女，我们两个异族人也被安置在其中；后边的是类似我们军队的“收容队”，帮助弱者，共同翻过雪山。

经验丰富的翻山首领走在最前头，速度、歇息次数都掌握得恰到好处，在齐膝深的雪地里，还是走“之”字形向上攀登，十分累人，不能走快了，又不能不休息一下。休息也要感谢“刀马”，这里无处坐，只是空肩站着喘喘气而已。也不能多站，时值盛夏，现在的波密扎木是20℃，在成都是28℃左右，在喜马拉雅山的雪地里穿着毛衣棉衣还冻得发抖，气温约在-10℃左右。我们每走半个小时歇息一次，每一次小休10分钟。遍地皆白，随行群众用芭蕉叶遮眼，我们拉下帽檐，防止雪盲。一行人行进都还顺利，能承受继续攀爬。整个雪地约10公里，当我们距目的地还有2公里时，前进更加吃力了，雪深2米左右，坡度更陡，雪桥一个接一个，阻挡前行，我们只好用双手扒雪，手冻得像红萝卜。我们上气不接下气，心跳像打鼓，脉搏跳得厉害，一分钟不少于150次，头痛眼花，恶心呕吐，心慌，鼻子出血，脚下如灌了铅一样沉重。我咬住牙坚持，罗布专门空手过来抢走了我那个10公斤米袋。我坚持不让，他的负重已超过百斤了，他说："你脸色苍白，不能勉强的，玩命不得！"我被友好的少数民族同胞的真情所感动。幸亏北坡坡度不太陡峭，路旁悬崖很少，威胁生命的地方不多。时针指向11点，我们看到了垭口飘荡的经幡，只有100米了，大家劲头陡增。这时，发现路旁有不少几十厘米高的淡黄色花，引起了我的好奇，同伴说这叫雪莲，熬水喝可以清火。它不怕冷反怕热，在雪地里才开花。不远处还有几株一米多高的珞语叫丹芝的植物，它是独株，从上到下全是花萼而无叶片，傲立在雪海中。

走着走着就到了山顶，山顶片雪皆无，雪都被大风吹下了北坡，山顶风轻云淡，北坡方向只有几朵白云好似仙女在天界戏耍。我们卸下行装，放松一下身体。天空湛蓝，但头顶着太阳，好似信手可得，这里是距太阳最近的地方，我们也是距太阳最近的人，晒得头痛。四周的雪山，奇形怪状，仿佛相互在比试高低，西南方海拔7782米的南迦巴瓦峰最高，雪山的头直插云霄。四周阴沉沉的山沟里是林海。地上的苔藓上长着厚厚的地衣，那是木耳类的菌种，我的同伴们采摘了不少。同伴们说，山顶近处的虫草、知母、贝母被往来人员挖完了，远处山顶还有。我坐在玛尼堆旁，浮想联翩。

1950年3月7日，第十八军进军西藏誓师大会结束时，军宣传部夏川部长引领大家高呼："将五星红旗插到喜马拉雅山上！"我也高呼了，今天如愿以偿，践行了我的誓言，心里万分舒坦。"大山呀，大山！说不定今后咱们还要多次打交道呢！"我心想，这地球之巅，鸟儿都难以飞过的世界，还生长着各式各样的植物，它们是我的榜样。如果人类也能这样，该多好呀！

今日喝水较多，出汗也不少，顺利到达山顶，绷紧的神经松弛了下来。时针对准11时20分，领队催促大家赶快下山，因为中午时分，正是孟加拉湾台风光临的时刻，到时山石乱舞，能将人像吹鸡毛那样刮到山下。领队说，若遇此情，趴倒别动，时间不会太久，但每天的飓风会按时光临，翻山者必须在12点前越过山顶。

金珠拉南坡冰雪融化完了，现出了雪山小道。南坡坡度更小，山沟宽度更大了，一眼望去，像黑布一样把大地笼罩，那是原始森林。在片刻的休息时间，珞巴人故事家江措对我说："你知道大雪山是怎么形成的？有个传说晚上讲给大家听。"因为是走下坡路，费力不大，速度也快多了，下午4时便抵达了提琴驿站。这里山崖有3个洞穴，我们人多，住在一个大的洞穴。东西放置后，各人都自动忙乎去了，为当晚的生活做准备。我也跟随他们先去采集木耳等野菜，然后又去捡柴拾牛粪，忙得不可开交。

在去墨脱的生死路上
——好人留下柴

昨日的行动印证了在雪域高原远行须早出发之英明。早晨4点出发，下午4点到达驿站，耗去12个小时，安全顺利，体力没有透支，还提早宿营，有充足时间做宿营准备和休息。

抵达洞穴后，人人放下背筐各司其职。领队不准我外出干活，对我说："你守家！"守个啥家呀！明明是照顾我休息。我和炊事员在洞内忙乎，我将木柴砍成小块，见大师傅扒开热灰，将埋在灰里没有火星的四块木炭堆放在一起，用力吹气，仅吹了三下，火星迸发，他将我砍的小干木柴放上不少，说："你再吹几下柴火就燃着了！我取水去！"我点燃木柴，又添加了一些，火势越来越旺，大师傅将3个铝锅放在灶脚石上。我看他将一捆5个竹筒的藤绳解开，把一筒醪糟、一筒白酒分别倒入两个锅里。我百思不得其解：是谁留在这里的？我仔细观察，洞里还有5捆竹筒堆在角落。洞内边缘还堆放着许多木柴，干的放在里边，外边的有干有湿，从数量上看，可供燃烧5天5夜。同伴们陆续回洞，捡柴的将洞内的干柴堆在一块儿，湿柴堆在一块儿，即是为后来人准备的。喜马拉雅山区海拔高，气温低，气候骤变，像今天的好天气在开山季节也不多见，往往是雨雪交加，别说劳累，到了驿站还得冒着恶劣天气外出找柴觅菜。善良的边民为了自己，也为了他人，自发地形成了这个不成文而代代沿袭的传统。大师傅做好香气扑鼻的醪糟和白酒，又投放了不少红糖。我一直纳闷，这时他解答了我的疑问，他说："我们边民不分民族、性别，只要是一道远行，自发组成一个团体，自选个领头的，再选个'马勤'（炊事员）。行动安排听领头的，生活安排听'马勤'的。比如，我们边民远出必带一竹筒白酒或一竹筒糯米醪糟。'马勤'会根据雪山南坡往返需走几天和行人的体质进行安排，哪天喝谁的，留谁的均由他安排。这个洞里留的五筒都是体弱者带的，是为减轻负担，便于翻山。留下的五筒捆在一块儿，放在洞角，没人会动的。你看有那么多一捆一捆地放在那里，是他们返回时要用的。"

大家忙完了，坐下休息，领队说："今天天气好，咱们到达又早，拾的柴也特别多，够几伙人烧了。"每人面前的碗里盛满了香气扑鼻的白酒，然后各人用中指蘸点酒洒向大火，大喊"休马"，谢谢神佑庇护平安。人人一饮而尽，掌勺的又给各人斟满，接着大家又喝了两碗甜醪糟，我肚子喝得饱饱的。我一直在观察洞里堆满的柴火，珞巴人安布为我做了解释，他说："我们珞巴人有个谚语'好人走后留下柴，坏人走后闲言多'。我们祖祖辈辈遵循先人的遗训，世代传承，自觉践行，认为这样做了，脸上有光彩，受人称赞，被人学习。"这几天同边民接触，深感他们的诚实和善良。

大家围坐一起聊天、吸旱烟、喝酒，"马勤"将带来的地皮和刚采集的十多种野菜，以及他们从墨脱出发时带来的黑木耳煮了满满两锅，还放了二十几个青辣椒及"依巴"（豆酱）等。用竹勺搅个不停，瞬间菜香扑鼻，山洞好像成了香味四溢的伙房。领队开玩笑地说："今天翻雪山是少有的好天气，是因为欢迎我们汉族大哥回来了。"他接着又说："传说中的汉族大哥聪明，加之又背着钢枪（美式卡宾枪）把野牛（羚牛）吓跑了，原先我每次都能碰上十头八头的，今天连一个影子都没有。"他说得大家哈哈大笑。江措说："这条山（实际是山系）很长，是天神爷造的。爷爷告诉我说，从前的从前，天是黑的，有个年轻人向东寻找太阳，头发白了才走到这里，他不信邪，不怕邪，再艰险，都不怕，决心找到太阳。当他即将找到太阳时，魔王20次（珞巴人最高数字）的阻挡均未奏效，他顽强地向前冲，就在魔王即将抓住他时，天神大吼一声，猛然间，天昏地暗，从地下冒出一堵石墙，挡住了魔王的路，这道石墙越升越高，滚下的石头击中魔王，魔王和石头一起掉入江中淹死了，从此这道石墙永立在世。”大家听得津津有味。我说：“这是善良的人们对美好生活的期盼。”于是我简明扼要讲解了板块学说，他们听后都说“那是瞎编的”“不可能的”“没有根据的”，说我讲的板块学说是“天方夜谭”。这可以理解，不能要求尚处于奴隶社会和封建社会交替阶段的同胞相信这些，需要长期的宣传、实践来提高边民们的科学知识。

山沟里天黑得快，我们6点钟就吃晚餐了，非常丰盛，八宝菜很香，每人满满一碗，各吃各的主食。我还是吃面饼，两根木棍作筷，边民多数用手抓，最后又给每人添了一些。晚餐吃得很饱。

饭毕，我们站在洞外四下观望，领队说：“提琴是金珠宗兴凯村的牧场，场地广阔，草质优良，富有营养，其他村的牲畜也愿在这儿放牧。不过四年前的一个夏天，有一次丢了两头牦牛，后来发现被两头老虎（孟加拉虎）吃掉了，这引起了牧民们的重视，从此牧民配备了火药枪。这里的兽害除了老虎还有狼，不严重。”我们向北望，金珠拉山全部被浓云遮挡，一直延伸到山腰，领队说：“明天又是一个好天气，咱们可以无风无雨地进入金珠河谷了。”这趟扎木之行安全顺利，全托老天爷的福了。山南洞穴的气温比山北大树驿站高得多。加上洞中央烧堆大火，边民群众围火而卧，洞内温度还是适宜的。

在去墨脱的生死路上
——夜话说野人

我们从扎木到墨脱的5天行军中，今天顺利翻越大雪山，也算是经过了最艰险的一天，安全抵达体勤岩洞驿站。天晴，到达时间早，虽然体力消耗大，但人人都显得身心轻松，紧张的神经也松弛了下来。大家天南海北，无话不说。突然，嘎顷指着金珠拉雪山南坡东侧的一片草甸说：“我6年前（约是1948年）在追赶一头羚牛时，曾在那里同‘米者’（野人）相遇。”一说起野人话题，立即引起了我的高度关注，也很想仔细了解，在四川乐山准备进藏时就听藏文老师讲过西藏有野人，在波密、林芝也多次听说珞渝有野人。据说，野人是世界四大奇谜之一，关于他是否真的存在已有上百年的争论了。于是，我迫不及待地说：“你讲讲经过是咋回事好吗？”他说，大家都累了，晚上躺下再说吧。

今天的安全顺利抵达，大大宽慰了每个人，晚饭吃得香，觉也睡得早，闲话说不完。嘎顷睡在洞口火堆旁，几个人的头都对着火堆，距离不远，小声说话都能听清，我睡在洞口，紧挨着嘎顷。大家的夜话五花八门，我有意提起“米者”的这一话题，嘎顷打开了话匣子，他说：“我们狩猎组进山五天了，才猎获一头上千斤重的‘真聂’（羚牛）。第六天，我牵着5只猎犬，奔跑在雪山下的森林里。太阳刚出来，猎狗吠叫不止，我急忙放开它们，它们边跑边闻，向雪山南坡的草甸奔去。我追赶不止，不一会就追上了它们。只见它们将一个黑东西围困在悬崖上，距我200庹左右。正待我趋前时，那个会站着走路的东西跳下悬崖，钻入了密林中。我看得清楚，它周身呈棕黄色，比普通人的个子小些，时爬时走，走路比人快，脚大于人，脚板前宽后窄，有5个脚趾，毛发很长，前额突出，面颊无毛。从脚印看，步伐不大，三步相当于人的两步，脚印很深，说明身体很重，它经过的地方酸臭气很浓。在悬崖附近，发现不少贝母鸡毛和半只獐肉，可能是‘米者’吃剩下的。”他停顿了一下，点燃旱烟，接着说：“这是我二十几年狩猎生涯中第三次遇到‘米者’，我们互不为敌，友好相处。第一次是在原始森林中巧遇，它住在大空心树洞中；另一次，发现林中岩洞口有近一庹高的粪便，酸臭气令人恶心。我的猎人朋友也发现过‘米者’，它们都是单独行动，没有成双成对的。”不知谁补充说：“卡布村安布在嘎隆拉山沟和贡堆山沟也发现过单个‘米者’。”又一个人说：“‘米者’的传说很多，看到过的人不少，说的样子也差不多，猎人们都怜悯‘米者’的生存环境，不愿打扰它们的生活。”

珞巴族猎人雄姿！（冀文正摄）

从这些交谈中可以看出，珞渝地区广袤的原始森林中，可能生活着一种灵长类的什么动物，不然不会有那么多人看到、碰到以及听说。

我们这个地球村太大了，奇谜成堆，大自然给人类留下了那么多难题，要我们去探索、去发现、去研究、去揭谜。

在去墨脱的生死路上
——穿越原始森林

在雪域高原，就寝于喜马拉雅岩洞别有一番情趣。这里没有天花板，没有电灯，洞高4米的顶上有二十几只蝙蝠和两个燕窝伴着我们，不时还向我们献“歌”，歌声悦耳，比大喇叭好听多了；这里没有床，更没有席梦思，地上铺着厚厚的树叶，软绵绵的；这里没有枕头，用一双鞋放在两根木头上当枕；这里没有丝棉被，大家和衣而卧，身上盖着雨衣及3斤棉被。这里的伙食没有八菜一汤，而是大杂烩八宝汤……凭良心说，在这种恶劣的条件下能保住性命就是最大的奢望。人的要求和欲望应从实际出发，知足才会长乐，才不会苦恼。

今晨大家都起得晚，太阳露头时才进早餐。每人还是一碗八宝菜，饭毕人人一碗甜甜的白酒，我喝后头有点发晕，“马勤”说这是头道白酒，酒劲大，有利于行走。

临行，“马勤”照例将火堆清理干净：未燃尽的木柴堆放在一起，通红的火炭深埋在热灰中，一锅水倒在火塘四周。

我们一行顺着山沟下行，沟里溪水潺潺，是冰雪融化的水，水边有几种趴地小花，我不认识。刚下行一站休息时，领队向来的方向指着北边的雪山说：“你们看，左边有十几头黑色羚牛在山坡吃草。”又指着右边的雪山草甸说：“那儿的几个小黄点是香獐在啃草。”这些高山兽类早出晚归，中午歇息、反刍，晚上栖息在悬崖陡壁上，是为了防止被袭。领队是个猎人，20多年的狩猎经历积累了丰富的经验，他自称猎获的野兽成百上千，仅上千斤重的羚牛每年都要猎获3~5头。家中肉食主要是兽肉，家庭副业收入三分之二靠狩猎，以麝香、兽皮为主。他说，狩猎全靠射箭，一是轻巧，二是方便，三是不怕雨水，而且箭毒资源充足。毒源是用雪山一支嵩和过江龙混合制成的。一般50庹远，大兽必会中箭，中箭后逃逸百步毙命。珞巴和门巴健康男子从15岁开始狩猎，一直到55岁左右。

继续下行5公里便进入林海，开始是矮株的小灌木、刺荆、藤蔓。与大山北坡植物分布完全不同，松柏之类在这里无影无踪了。又下行5公里左右进入了热带植物的区域。植物品种增多，叶面宽了，绿色加深了，地上长满不知名的各式各样矮株草本、木本植物。越往下走，海拔越低，植物品种也不断变化。

在一个“纳当”我们烧水做饭。“马勤”去端水，领队扒开火堆，捡出火炭，不一会儿就吹燃了火。烧两锅开水，再煮一锅八宝菜，将路上顺便捡的黑木耳放入锅里，竟有一脸盆那么多，大家帮助洗净，煮了满满一锅，再放入盐、青辣椒、豆酱和一大把野葱，味道好极了。大家围坐一圈，有说有笑，有吃有喝，各人拿出自带的主食相互请客。我吃了4家的玉米面饼、鸡爪谷坨坨、玉米花和糯米糕。饭毕，每人照样一碗甜白酒，我喝得晕乎乎的，但感到有劲了。领队说：“米米老冀问原始森林是什么样子？从这里起就是了，你可以边看边问嘛！”

进入原始森林，环境完全变了，植物多得数不清，也叫不上名字，有一种叶面比内地的荷叶还大，共5片叶，“马勤”说它是“野山芋”，每棵只长一个山芋，有铝锅那样大，可供几个人吃饱。

我们顺金珠河西岸下行，到了悬崖边缘过独木桥，后又沿东岸下行，这样来回了5次，这些独木桥为一根大木头砍平，放在距水面二十几米的高处。走在这种桥上提心吊胆，一旦掉进激流，尸骨难收，就在过一个十分险要的独木桥时，竟吓得我尿了裤子。这十几里路竟有3处悬崖峭壁，人走在用藤木搭起的“路”上，一晃一晃的，两手必须紧紧抓住藤条不放，不敢大步往前迈，只有挪步，生怕掉下悬崖。这样的遭遇在西藏其他地方没有碰到过，却在喜马拉雅“享受”到了。我们过了悬崖，领队指着一片野芭蕉林说：“它可以吃，就是有点涩。”又指着一些伞状的树说：“这叫桫椤。那棵碗粗的比你年纪还大，最大的那棵比我爷爷还大呢。”噢！原来它是我们所发现的唯一木本蕨类植物，素有植物“活化石”之称的桫椤，这是中央文委的教授们在拉萨农训班讲的。桫椤树小苗可食，含丰富的淀粉，边民歉收时可以它代食。“马勤”说，边民酿酒，用它与玉米、鸡爪谷相配。我们边行边聊，看见许多树木的根都裸露在地面，犬牙交错。不少的树上挂满了树根，这叫气根，有些树枝上长着许多比鸽子蛋还大的果实，它叫榕树。这时，我们面前出现了几棵，果实是紫红色，味甜略酸，没有果核，妇女特别爱吃。大家放下背筐，吃了个够。我可能吃了近20个，肚子鼓鼓的。再前行到河谷，全在阴暗潮湿的林间穿行，只见树上生有许多苔藓，各种兰草科植物据说有近一百种。北京专家讲，兰草属“地主阶级”，是附生植物，靠汲取其他植物的汁液而生存。原始森林中是另一个植物世界，都是不落叶植物，叶片深绿。林中动物百样，其中白猴成群，天天打架，还有黄羊类的温和动物，猎人们还发现过熊和野猪打斗而亡的尸体。领队说：“蛇类烦死人，不下几十种，有青蛇、黑蛇和花蛇，还有会唱歌的细蛇（可能是响尾蛇），它的毒素最重，被咬必死，不少猎人在原始森林中发现很多被毒死的大兽。所以，人不要轻易进入原始森林。三四庹长的蟒蛇不时出现，它虽无毒，但急了也咬人。”我边听边看，发现原始森林同其他森林不一样，是宝库，在墨脱期间我会保护好全县的原始森林。领队说，大面积原始森林还在墨脱方向，正说着我们便到了金珠宗的河谷——兴凯村。

进村后，当地头人顿珠刀杰把我领到了他家里。我谢了同行的朋友们，大家分别去了各自的朋友家。

在去墨脱的生死路上
——秘境的魅力

中央文委张纪增老师送我的空盒气压表显示，兴凯村海拔为1850米，是墨脱地区海拔最高的村庄。

不管到哪里，我们一般都住在当地有名望的头人家里，这样便于工作。这一次，我们住在金珠地区社会地位居第二的统战人士顿珠刀杰家中，我被安置在有藏式家具、卧具、条桌的客房里。我和他们一同就餐，喝酥油茶。墨脱的大米颗粒长，好似糯米，即使没有菜，也可吃下两碗，汤菜用当地种植的茄子、豆角及黑木耳煮了一大锅，女主人给我舀了一碗，香极了。男主人递给我一双乌木筷子，他自己也使用木筷，女主人用铁匙，其他家人用手抓。快吃完时，女主人又给每人盛了一勺菜，我表示了谢意。

饭毕，我同主人敞开思想交流：统战工作是团结人，群众工作是改善民生，宗教工作是信仰自由，《十七条协议》是工作纲领等方面都涉及了。我们双方看法相似。他对珞渝工作组两年来的工作给予了肯定和认可，并说“我们合作得很愉快”，对未来也充满信心。我对这里是完全陌生的，他介绍了一些我急欲了解的情况。我俩走到屋外，他指着东边那条山脉说“有人叫宁静山脉”（即横断山脉），南北走向，从昌都八宿、洛隆南下至此，再向南至仰桑河，山东边是桑昂曲宗（即察隅宗），山西边就是墨脱宗，两地相距8天的路程，无路没道，只有极个别猎人曾进入过。他指着向南的一条山沟说，从这里进沟至贡堆颇章圣地徒步5天可以到达。圣地有几个名气很大的神湖，围湖转一圈得一天时间，其中莲花白湖中有一个小岛，岛上空间不大，鸟窝成百，湖上满是铺天盖地的飞鸟，几乎一个紧挨一个。这个小岛的形成，有一种说法是莲花生大师朝圣后留下的法帽，更多的人相信是神女的生殖器。圣地是朝圣者的天堂，每年雪融化后，从区内外前来的善男信女成百上千，湖的四周献的粮食成堆，献的物品什么都有，如嘎乌、手镯、串珠、藏币等。为了朝圣不怕路远，有的还客死在路上和圣地，他们都认为这是人生最幸福的归宿。

顿珠刀杰又面对西方，从这里可以看完这条山沟。他说：“这条山沟只有2天路程，全长30公里，沟内有18个小村，2000多人，大多是藏族。在80年前，类乌齐人朝圣留此居住，经得卡布珞巴人同意，将他们的猎场借给朝圣者居住，盖房建寺，后来人越来越多，最后形成了几个大小村庄。后来又在这里建成了红教（藏传佛教宁玛派）的恩达母寺的子寺——格当寺，尊师江求刀杰为活佛。金珠虽归松宗寺管辖，但它仍属珞渝，是墨脱的一个组成部分，至于将来要由上级决定。”我们回到屋里，他又继续介绍，谈得很开心，收获不少，增添了不少知识。我感谢领导培养我懂藏语、识藏文，我决心继续钻研，力争当个藏文专家。我现在面对的是珞巴和门巴同胞，他们基本不通藏语，我还得努力学习他们的语言，不通语言无法工作，勉强工作不但效率低而且质量差。

我在接受赴边关的任务后，积极搜集资料，知道在喜马拉雅山东端的南坡有一大片土地，被称为“珞渝”，约10万平方公里，旧时的藏文和汉文都将这里译为“野蛮”“未开化”地区。

藏文大藏经《甘珠尔》称白马岗为“佛之净土白马岗，隐秘圣地最殊胜”。

珞渝人民的口头禅是“隐秘圣地白马岗，肚脐就在仁青崩”，原来这里还有一个美丽的传说，那是妇幼皆知的。7世纪，红教（藏传佛教宁玛派）祖师莲花生应赤松德赞之请入藏弘法，来此月余，称这里为“白偶钦波白马岗”，意思是“隐秘的莲花圣地”。这个大圣地还包含有16个小圣地，故有“圣地之中最殊胜”的说法。莲花生开创的这块特殊圣地，很像多杰帕姆——仰卧着的金刚度母女神的化身。她的头部是海拔7782米的南迦巴瓦峰，这是一座终年积雪的高山，世界第十五高峰，雅鲁藏布江就是围着它南下印度形成的大拐弯。这座山全身是宝，羚牛、香獐、白猴成千上万，有几十个洞穴是野人栖息地，还是传说中神仙们的仓

远眺海拔7782米的南迦巴瓦峰。（冀文正摄）

库，山顶一个大岩洞是神祖们的议事厅。传说女神身躯处处是宝，不种庄稼而有吃不完的粮食，不养牲畜而有喝不尽的牛奶，奶汁像河里流的水那么多，山上布满桤杷树，花朵大得很，人可以睡在花蕊里……传说中的白马岗神乎其神，成了秘境，令人向往。

上午10时我们一行继续前行，这次是往西，而前几日的走向是南北方向。我们沿金珠河西下，平坦开阔的河边草滩上，牛、马、羊在啃草、反刍，香猪用嘴在拱地，觅食吃草根。同伴说，珞渝地区的三个地方，只有这里才有马。旁辛和墨脱是没有马的，一是因为没有放牧的平坝地方，二是因为那没有马行道，供人行走的路都危险得很，运输全靠人背肩扛，体力消耗很大。这里的村庄仅十户左右，全是木板房，房顶都有风马旗。土地平整，一年可收两季，青稞和小麦早在四五月收割完了，现在田野里的晚玉米和豆类处于灌浆阶段，大地绿黄相间，很是好看。

农民在田间作业，歌声此起彼伏，歌词有长有短，五花八门。我记下了几首情歌，歌词大意是：

你是否要去上波密？
去就去，不去就算了；
佩不佩锐利德格刀，
不愿佩也不强求了。

你是否要去上易贡？
去就去，不去就算了；
穿不穿靓丽氆氇袍？
不愿穿也不强求了。

我从下珞渝来，
你从上珞渝来，
你我相会仁青崩，
别让人们乱猜疑。

在神柏树上面，
杜鹃唱动情歌。

树下姑娘静听，
越听越发动情。

情人踱到湖边来，
朵朵鲜花笑颜开。
有心给他摘一朵，
怕他又把别的采。

凡是有劳动的人群就有歌声，唱歌伴随他们的一生一世。

今日行程20公里，行装减轻了20来斤，吃的消耗完了，走得快了，也不觉得累。下午3时到了珞渝工作组驻地——布隆村，8个同事出来迎接，握手、拥抱，亲热得很。他们把我安置在粮仓一间有十几个平方大的空房里，这里是以备下雨装粮食的。这里有床、有草垫。他们还把我换下来的衣服鞋袜拿去洗了，我坐在房外的木凳子上休息，喝茶，聊天，大家都欢迎我来边防工作。

长期以来，中央及西藏、波密的领导机关都对墨脱工作做了一系列指示，其中要求坚持“慎重稳进”的方针，一步一个脚印，稳扎稳打，并决定以金珠为依托、为基地，逐步向旁辛、墨脱方向发展。要把金珠建成示范基地，培养提高干部水平，让这里的模范工作影响、辐射到周边，待条件成熟时再向其他地方派遣干部以开展工作。

清军老兵话往昔

刚到这里，我对一切都感到陌生和新鲜，想多了解一些，想多知道一些这里的历史风貌。一天，突然听徐正忠说，金珠这里还有咱们的汉族老乡呢。我听后愣了一下：“在这偏远的边疆，哪会还有老乡呢？”他说：“他是清军老兵，因病留下来了，从此在这儿传宗接代。”这引起了我的好奇。

一个风和日丽的下午，我同廖忠义副组长一道专门拜访了这位老人。他家在金珠河畔，有两间木板房，木桩当墙，把院落围得严严实实，环境还是优雅的。

庭院里有30多平方米的菜地，种有辣椒、茄子、韭菜、香菜等，房后有2棵桃树和1棵花椒树。我推开竹门，门较矮，弯着头才进了屋，家具还比较多，样样都有，值钱的一件也没有，全是旧的，木碗已烂边，使用的是竹勺、木铲，火塘立有9个石头，上面可同时放3个锅使用。一间卧室还好，有木床，有一个木架，10多件衣物挂在上边，没看见一件新衣服，有几袋不同的粮袋，看来粮食还可以糊口，顶棚下的屋梁上挂有3条香猪肉，火塘边有一竹筐土盐以防止受潮。老人过着自给自足的原始生活。村民朋友旺堆给老人介绍了我俩的身份，递给他砖茶和一块红糖（墨脱产）作为见面礼，他弯腰接过礼品，用伸舌来表示感谢。我们坐在院里的木椅上聊天，老人讲的汉话大部分我听不懂，女人叫“婆娘”，老婆叫“坦克”，官员叫“长官”，房子叫“棚子”……他讲的藏话也变样了，幸亏旺堆做翻译，才了解了一点点。不过，我们认识了，成了朋友，互不猜忌，都有继续联系沟通的愿望。他很想深入了解赵大人后来的社会变迁，我也很想知晓一些民国前后发生的事，更想了解一些赵尔丰派兵前来墨脱的事儿。

这以后，我们多次接触，尽管每次只听懂一部分，但累积、串在一起，能明白个大概。他姓田，名叫“风鸣”或“风明”，是文盲，一个字也不认得。20岁左右为换取20个银圆养家糊口，在云南昭通被招兵。后被调至雅安、打箭炉（康定）、甘孜及江达驻军，最后奉命来波密。从时间推算，他20岁当兵，22岁来墨脱，加上现在会面已43年，实际年龄是65岁左右，但很显老相，像是八旬老人。可想而知，他在这40多年里吃了多少苦，受了多少罪。

田大爷只是一个普通的清军士兵，他知道的历史片断零碎，但整个进程和事件密切相关，从中可梳理出一些线索和结论来。

田大爷说：“我被抓去当兵后，在短短的两年里，从云南到四川，又从四川向康区移到昌都江达。长官们说，西藏事多，我们就是准备去那儿‘治理’的。”书籍记载，光绪三十四年（1908年），四川总督赵尔丰升任驻藏大臣兼川滇边务大臣。次年曾率兵进藏，多次打败受英国操纵的西藏叛军，派兵收复英属印度侵占的下察隅等地。1911年7月，波密土王白马泽旺兵败逃亡白马岗地区后，清军兵分两路予以围剿，均未奏效。“长官们说，西藏乱哄哄的，有的闹独立，有的要割据，战事、械斗不断，尤其‘南蛮’（指波密）最凶，让我们三股进驻剿灭。西军中领头刘赞廷于7月翻多雄拉，20日到格当，没遇敌，便返回波密了。张鸿生带领的一路人马在朱村、卡布一带作恶多端，因藤索被砍断而致多人中箭死亡，仓皇溃逃到虽拉雪山上，99人全部被冻死，全军覆没。”他说的这些，后来卡布村的珞巴人安布也讲了这个故事。“我们东路这一股113人，因怕‘南蛮’（指珞巴人），本来准备南下，配合西路军消灭波密土王的溃军，不得不顺原路退回波密。当时我病得抬不起脚，留了下来，另外还有两个人不知病死何处。我没抢劫过，也没做过坏事，加上病入膏肓，不知哪天归西，最后还是善良的百姓接纳了我，他们都喊我‘加米那布’（黑汉人）。我慢慢融入了这个地方，和群众关系融洽，成了当地人。我们这些闯入墨脱的人，不是想抢老百姓的食物，而是饿得没有办法呀！遭到百姓反抗也无可非议，给社会留下了坏的影响。你们到波密后，这里藏族官员大肆散布：‘这次来的汉人是给他们失败的爷爷报仇的，要吃掉小孩、烧死老人的，你们要不听不信他们的话，不合作办事……’谣言吓得老百姓惶惶度日，生怕灾难哪一天降临。你们来后的表现，完全戳穿了坏人的假话，大家都说你们是毛主席的‘新汉人’，说毛主席是边民的大救星。”

田大爷的最大心愿是，墨脱通了汽车，他要坐车回老家看看。

有一次，田大爷对我补充说：“我们几路人马在‘蛮地’（指墨脱）活动时，突然接到命令，说内地爆发了什么革命（指辛亥革命），新任川督赵尔丰被四川保路同志会杀害，驻扎在这里的清军一片混乱，也顾不及墨脱的事，各寻逃生的路，造成溃不成军而全军覆没。”他说：“我不喜欢战争，希望天下太平！”

我抵达珞渝墨脱1个半月，时间虽不长，但收获颇丰，得到了锻炼，对自己更有自信了。在这几十天的时间里，我特别愉快，因为找到了努力的方向，解决了久拖未决的组织问题。入党问题的解决，使我甩掉背了多年的沉重包袱，我获得新生了！

我是8月28日到布隆工作组驻地的，29日支部书记和我谈了话，转述了分工委组织部建议的解决我的入党问题，首先，要写一个入党申请书，对党的认识、动机和希望；其次，仍然要努力工作，把边防工作做好，发扬懂藏语、能吃苦的特长，在边疆为民立功。

9月20日，天气闷热，党小组5人开会讨论我的入党问题。大家纷纷发言，开诚布公，没一点客气和拘束，大家既像同志和朋友那样真诚，也像是医生那样对症下药，我静静地听着。最后大家表态同意我入党。小组意见栏中组长徐元功写道："对自己的缺点认识不足。"在这以前，我总认为自己不错，上级交给的任务都完成得好，领导满意，表扬多，立功不断，因此，长期抱着立功状不愿看自己的阴暗面，有时感觉到了自己的毛病，却有意无意放走了，俗话说"知己知彼，百战不殆"，自己都不认识自己咋会进步呢？一个人骄傲，看不起人，怎会团结群众，联系群众，共同努力搞好工作？从此，我决心以实际行动来做一名合格的共产党员。

别开生面的党的生日

我们军政人员在墨脱长年拼搏、磨炼，深深懂得思想政治工作的重要，它是一切工作的生命线，是做好工作的保障。

墨脱独居西南边陲，交通极为不便，一年有8个月为雪封山期，道路完全被隔绝。在墨脱，既无电影，又无文件、书籍，连学习材料也极缺，每天只能听电台播放的新闻，精神食粮奇缺，物资供应匮乏，生活上只能靠自己。而所处的环境和担负的重任摆在党委和大家面前，那就是必须用革命的乐观主义精神去克服，使大家能自觉地

大峡谷之子（后排中为作者）（冀文正提供）

学习政治理论，抓思想工作。

白马岗工作队党委把抓思想政治工作做得很活、很细，不放过一切可以利用的机会。这次借纪念党的34岁生日，召开了别开生面的“得失座谈会”，以此来提高大家的党性。在墨脱边防讨论党性更有现实性和针对性。大家争先发言。同志们说，我们在这里工作有得有失，失的多，得的少，这是事实，不承认不是唯物主义者。但是，我们是革命者，是共产党员，是青年团员，到这里是为了解放全人类，保卫和建设边陲，收复失地，赶走侵略者，消灭封建农奴制度，解放生产力，发展经济，改善人民生活，共同建设边疆的。这是个神圣的任务，这是一个大前提、大道理，它涉及党和人民的根本利益。用这个尺子、观点来分析，任何问题都可迎刃而解。4年来，先后在墨脱工作的同志有27人，其中大部分已调离边防。27人中，因男方调来墨脱工作，女方主动提出断绝恋爱关系的有9人，有4人因年龄过大不得不推迟婚期，我的知己女友因难得晤面也没成功。还有因交通闭塞，与家人难见面、难通信，物资缺，待遇低……这些都是事实。一句话，我们失去了爱情和享受，但是我们却得到了党和人民的信任和爱戴。边防的巩固，人民的信任，各族人民对党的信赖和对军队的热爱……这些成绩都有我们的一份功劳。大家还说：失，是暂时的，得，是永恒的，失得值得，得得光荣。大家决心在这艰苦的恶劣环境里知难而进，继续锻炼，炼成一块好钢，争取做个合格的党员和革命者，把祖国的西大门守卫好，建设好，为边防事业再立新功！

毒蛇蚂蟥难挡道——金珠至卡布沿途见闻

（一）

西藏工委和波密分工委都十分关心墨脱的工作，做出的指示和规定报经中央均得到同意，予以落实。“慎重稳进”是个总纲，一切都得遵从它、服务它，要不偏不倚落实到底。西藏工作是这样，波密工作也是这样，边防的墨脱工作更是这样。几年来，上级反复强调“金珠是依托，逐步拓展”，“目前对珞渝工作的总方针是集中力量在格当做好当地工作”。“根据慎重稳进、长期建藏和广泛开展反帝爱国统一战线的方针及任务，今后珞渝在一个时期内是以金珠为中心做好统战工作，对其他地区适当进行一些群众影响的工作，尽一切力量组织内部生产，创造条件早日站稳脚跟。”

我们在边防工作，有个“十四条规定”，很严格，一举一动都必须先请示后报告，不得先斩后奏。上级的指示大大开阔了我们的眼界，提高了我们的素质，增加了我们做好边防工作的信心。1952年11月10日，中央来电指示：“目前，我们在西藏立足未稳，印度政府在帝国主义影响下可能对珞渝地区有新的阴谋，故我们不宜贸然深入，要避开印度驻军。同时，在不刺激印军的情况下，继续扩大我们的政治影响，等将来时机成熟时与印度交涉收回下珞渝的条件。一切有关该地区的情况均随时报告中央。”接着又指示：“要特别注意的是，珞渝地处前沿，民族关系复杂，帝国主义存在一定影响，而我们缺乏工作基础，不宜过早刺激印方，在政策上要特别慎重。”中央特别强调指出：“珞渝地区不仅是一个特别值得注意的少数民族地区，而且还有情况复杂的边界问题。过去，是美英帝国主义，现在是印度政府，都曾对我珞渝地区有所图，做了不少的宣传。在下珞渝地区他们有一定的影响，他们的报纸不断叫嚣我解放军开到临近印度国境的问题，他们不少重要官员也在巡视边界并散布言论，我们稍不注意，很容易引起边界纠纷，那就恰好中了帝国主义挑拨中印关系的诡计，对我们整个工作不利，我们必须明确珞渝地区的工作是一个长期而谨慎的工作，目前只能进行医疗救济等民生工作。”以上引用的指示，说明墨脱工作的重要性及慎重稳进的必要性。我们都认真领会和条条践行了，并取得了可喜的成绩——在金珠（格当）站稳了脚跟，扎下了根。统战工作成就斐然，爱国力量壮大了，群众热爱解放军，我们生产的粮食人均460多斤，是工委规定的161斤的几倍，不但口粮做到了自给，还无息贷给缺粮户、救济困难户，军民形似鱼水关系。

我们以金珠为基地、为依托，逐步向外扩展的机遇来了，西藏工委指出：“卡布工作组是否撤出，要看其困难能否克服。如能克服，工作也有一定作用，但是在未经批准之前，依然保留。”珞渝工作组副组长、党支部书记廖忠义对我和李永华说：“上级决定你俩前去卡布前哨工作，替换丁培萱、徐正忠，他们撤回格当工作，这是信任，相信你们会圆满完成任务。”我俩愉快地接受了任务，并当面表示：“保证完成任务，请党组织放心，不会辜负领导的期望和信任。”后来，我在中共波密分工委书记苗丕一发表在《西藏党史资料》的内部杂志上看到这样一段话："经总参审批，同意冀文正和李永华守护卡布前哨点。"

这两天我俩一面准备行装和干粮，一面交代我所负责的工作组生产及群众生产任务。生产方面主要是冬小麦的越冬及来春返青管理，以及其他作物的选种等。医助徐元功给了我不少医治墨脱常见病的药，如疟疾、便秘、感冒、胃病等。炊事员任水清为我俩烙了路途中够吃4天的面饼。我清理了一下行装，其中有刘继蓉送的《钢铁是怎样炼成的》《远离莫斯科的地方》等6本书和3本藏汉文字典、5本日记，还有两套衣服、3双球鞋和一些零星物品，加上10公斤主副食、1.5公斤棉被，共26.5公斤，比在往时行军轻巧多了。

藏历十一月二十五日（1955年1月18日），我俩和同行的4名民工一道离开布隆村，向卡布行进。民工是我们雇请的，背负1153件铁质农具，是根据旁辛珞巴族和门巴族农民的需求而在内地专门打制的，免费赠送给那里缺农具的农民。临行时，工作组廖忠义、石良诚、于泉波、徐元功、高云、任水清都出来欢送，一些布隆村民也前来送别。惜别时，我们热烈拥抱，不少人掉下了热泪，他们祝福我们顺利到达卡布。

说珞渝也好，墨脱也好，实际上它包括三部分，即：脚下的金珠宗；其次是从卡布向西的"珞堆卡"（上珞渝），有旁辛、加热萨和甘丹三个"定卡"（区）；再就是从卡布向南的墨脱宗。尽管它们各属不同农奴主管辖，但地域相连，百姓互通，互有千丝万缕的关系，但总有一天会受统一领导的。金珠这条百余里路的河谷远远优于其他地区，平展，可以通行骡马，而另外两个是标准的山区，全是人行小道，不少村落连羊肠小道也没有，更没有马的踪影，运输全靠人背肩扛，相当艰辛和劳累。金珠河谷的下部至卡布的40公里是瓶颈，群众称为"郎切"（绝路），严重阻碍了金珠通向卡布的交通，往来者甚少，即使有顺利通过的人也是遍体鳞伤。这段险路在墨脱也是有名的，它和甘丹段相差无几，人们听之无不毛骨悚然。

我们走了1个多小时，到了格当村，自然要去向格当寺活佛界忠委员话别。他说："我计划近日招待工作组全体成员，今日便餐待之，请见谅。"他以四菜一汤招待了我俩，我们谈了很多，对未来充满信心。他送我俩各10个熟鸡蛋和一块约1斤重的香猪肉。我们再三致谢，并祝佛事兴旺，身体健康。我们相互碰了额头，惜别。

又步行了2个小时，抵达金珠宗最西的小村——宁巴村。该村有18户，均为

格当群众在修建藤索桥。（冀文正摄）

藏族。我们照例住统战人士格池林活佛家，他热烈欢迎我俩能来。快中午了，我发现村边田地里很多着盛装的人群像一条长龙蜿蜒而行，临近细看，才知村民在举行“门朗”（望果节，民俗活动）以欢庆丰收。整个队伍约60人，最前边有两人扛经幡，紧跟着的是吹号、打鼓、念经的喇嘛，之后为身背经书的群众。晚上，格池林说，“门朗”每年在年前举行一次，青稞灌浆期举行一次，祈求风调雨顺，当地农民对“门朗”格外重视，人人争相参与，再累无怨。格池林在招待我俩的同时与我们交流，一直谈到深夜。

（二）

白马岗（上珞渝）由金珠、旁辛和墨脱三部分组成。从交通条件来说，金珠是世外桃源。据资料介绍，宣统二年（1910年），驻藏大军联豫派协统钟颖率驻藏新军征讨波密。……联豫遂启用左参赞罗长裿，又奏请川滇边务大臣赵尔丰川军助剿……赵尔丰部西军中营帮带刘赞迁率部于1911年7月20日到达格当。1913年英国皇家地理学会会员贝利中校带领摩斯赫德上尉到金珠活动。6月2日，上尉外出测绘，贝利则同宗本接触。贝利是英国驻印度总督麦克马洪派的顾问，利用这种身份窥探珞渝国土资源，而后派兵侵占这片领土，给中印边界领土纠纷埋下了祸根。我们今天要守住这块宝地，把它建设成铜墙铁壁——别小看了自己所做的微不足道的工作，它是一张大网上的网丝，丝丝相连，牵动全局。

今日和明天要经过的山路是这个瓶颈的中心，极度艰难，我们将闯过这道难关，进驻卡布。我们一大早就出发了，因晨雾弥漫，看来今日是晴天，是年后少见的晴天，这种天气也是逾越这段险路特别期盼的。格池林天不亮就在为我们念经祈祷平安。他盛情招待我们，吃的是萝卜加香猪肉，味道美极了。临走还送了我们几个煮鸡蛋。我们再次碰额头，期望再见。

作者徒步在大峡谷中。（冀文正提供）

从宁巴村向下5公里的路逐渐收窄，不过还能分辨出路的痕迹，人畜可以通行至达布堆。达布堆是宁巴牧场，在这里，公牛、干牛（无奶母牛）、香猪都是野放的，畜主不时过来查看一下。我们在此小憩。同伴民工说，从这里一上路就是“朗切”，整整两天时间，无坝、无房，尽是悬崖、垮沟和杂木林，一上一下一个接一个，没有平路，断路多，竖梯多，野草挡道。而且这一段路蚂蟥成群、成片，吓死人了，必须做好防护。旺扎说："这段路天下无双，我们都得提心吊胆地过。"提醒大家要高度注意安全。我们一启程，便直上直下往山顶攀登，有3个地方是竖梯，就是将一根木桩砍出十来个台阶，旁边有根藤条做拉手，脚登木梯，手拉藤，小心翼翼地攀爬，若有失足，会掉入崖下的金珠河里，尸骨难收。木梯刚过，又是深深的沟壑，从独木上通过，吓得魂飞魄散，裤裆湿湿的。由于地形紧紧收窄，形成了形态各异的悬崖峭壁，在这艰险恶劣的条件下必须拼搏。我们今天要翻两座山，眼前的叫东久拉，下一个叫西欧拉，海拔在2500米左右，直高都有千米。原来这里是有路的，尽管路况不好，但危险程度不大。1950年8月15日发生的8.5级大地震，彻底摧毁了这条人行小道，形成了如今的沟壑纵横。我们今天跨越了5道垮沟，从金珠河边顺着垮沟一直爬到沟顶，垮沟是直上直下的，前边人的脚能碰到后边人的头，过垮沟还必须紧跟，因为垮沟的石头都是松动的，极易滚下打着人，我们一个跟一个，总算安全通过了。不过，时值寒冷季节，我们的毛巾都能挤出汗水。人人脸色绯红，我的脉搏比平时差不多快一倍，气短急促。有悬崖就有垮沟，爬到沟顶又钻入原始森林，披荆斩棘，然后再回到原来的老路上。历时9个小时才"走"出直线距离16公里路，林中有一个小石洞，可伸腿睡下5个人。民工说，这里原有一个大石洞，可住下20多人，大地震时石洞连同8名珞巴人被一起推入江中，现在唯有这个小石洞供过往行人夜宿。从此再坚持3个小时，可抵达下一个唯一住处——西欧拉杂。大家认为好天气难遇，再辛苦坚持一下，赶到下一站歇息。我们加快了步伐，砍倒路上的高秆杂草，不时用小刀刮除蚂蟥，歇息次数也减少，攀爬速度加快，人人决心赶到下一个驿站。我们过了最后一个千米高的垮沟，巧遇一块3米见方的平地，决定放筐休息。大家一看，每人身上都留下不少伤口，次仁最多，有24个，扎西最少，也有12个，我有19个，其中在烂袜脚背处有4个伤口，还在流血，痛痒难忍。几个民工用小刀刮掉不少害人虫，但他们并不杀害，扔掉了事。林中蚂蟥多得吓人，差不多每片叶子上都有，有的一片大叶上有十几条。蚂蟥有两种，黑色的细些，喝饱了血，有筷子粗；花色的吃饱了有大拇指粗。猎人旺堆说，他两年前在追赶一头羚牛时，在林中发现一头黄羊被蚂蟥吸干了血而死去。从宁巴至卡布这一段路是墨脱有名的蚂蟥山和毒蛇山，幸亏是冬季，它们多数休眠了，要是盛夏，非把人包围起来不可。

我们安全到了西欧拉杂驿站。这个驿站是一个小茅草房，可挡风遮雨，能住下6个人。我们正在忙着拾柴、烧水，收拾住处，从卡布方向上来了5名珞巴同胞。他们挤一挤也可以住下。我俩在草棚外铲除杂草，支起4根木棍，将一块布铺单伸展开来做篷布，再砍些树枝杂草当铺，这便是我俩的营帐。刚开始，我们的民工让珞巴人住草棚外，经我俩解释，他们才没有坚持。本来这是一件不值得提及的小事，后来"让铺位"却在边陲山村传为佳话。

晚餐很丰盛，各人带的食物品种不同，黑木耳是主菜，我们将所带的熟鸡蛋分给每人一个，同时也分享了他们的香猪肉、一个巴勒，加上一碗菜，吃得肚子鼓鼓的。饭后，我们也同大伙外出拾柴，那数量足够烧两个晚上。善良的朋友特地在棚外烧了一堆大火，大家都可分享。入寝时，我讲了解放军的性质及来墨脱的目的，说着说着，我发现他们一个个已在说梦话了。

（三）

从金珠地区去卡布是沿金珠河谷向西行，也就是从喜马拉雅山南麓向西行进。从波密扎木向东至达兴村，该村位于喜马拉雅山北麓，从达兴村笔直向南，翻越金珠拉山至金珠地区的兴凯村，又从该村沿喜马拉雅山南坡的金珠河向西至卡布。在到卡布的3天行程中，道路一直沿金珠河南岸，北岸是喜马拉雅山，山峦陡峭，像一堵高墙，难以看到天空，三分之二的地段是上千米、上百米的峭壁，峭壁之间多为垮沟，每逢雨季坍塌时，巨石发出惊人的碰击声，人和兽均难逾越，还没有听说从北岸来往金珠的。我们一直从南岸向卡布进发。夜宿的西欧拉杂就在谷底处，距北岸悬崖不足百米，猴子成群结队，闹得不得安宁。那里是狩猎禁区，野兽的家园。因民工用草木灰撒满了地，我们没有被害虫叮咬。大家都度过了满意的夜晚。

早餐后，各自准备行装。炊事员将剩下的干柴放入草棚里，湿的即放在火堆上烧烤，将通红的火炭埋入热灰中，剩水倒在火堆四周。人人都收藏了一两斤草木灰，炊事员也给了我一包，说路上用，并叮嘱我俩走队伍的后面，说"队前害虫多"。我们一出门就爬山，顺着一片森林向上，烦人的是杂草、荆条挡道，我们每走一步都披荆斩棘，讨厌的是火麻太多，它把持刀者的手臂扎得麻木，另有恶心的成群蚂蟥凑热闹，在我们身上寻觅下口处，我看见民工背筐上密密麻麻的黑色、花色的害人虫在打秋千。这片森林的两边是大垮沟，直上直下高900米。

在沟顶休息，我们放下背筐，扑打身体，大家懒得一条一条地捉拿害人虫，每人都在身上、背筐上撒草木灰，只见条条害虫立马跌落地上。几个民工朋友帮我俩捉害虫，小李身上37条，我身上42条，其中5条死在衣服里。旺扎说：“蚂蟥坏，惹人讨厌，喝人血，而且吮吸你的血时还没有感觉，不痛不痒，可事后伤口继续流血，才感到不适。不过，它怕碱性东西，如草木灰、烟灰等，夏天外出，人人需带一小竹筒草木灰，害虫多时，抓一把撒去，它们就自动脱落了。”炊事员看到我后脖上有巴掌大的地方呈红色，有两个伤口，原来是人家吃饱后“退席”爬走了。我们从森林顶端向西行，又得砍草寻路，和害虫搏斗，要继续斗到同同拉山顶。这里距下一个大垮沟3里路，其中有3处是悬崖峭壁，竖梯、横桥、藤条一个接一个，不敢俯视，否则头昏眼花，还得脚踩稳、手扶牢，生怕失足跌落悬崖。过了悬崖，又是垮沟。神经紧张，一直处于一级备战状态。艰难抵达同同拉山顶，有一条小水沟，是金珠和卡布的分界线，河东为金珠地界，河西归卡布管辖。我们在此烧水吃午饭。

山顶比较平坦，开阔，我站在山顶瞭望，次仁向我介绍说：“向北的山沟是从卡布翻嘎隆拉去扎木的，向西的山沟是从卡布去旁辛的，卡布向南沿大江是去墨脱的。”他说，咱们脚下就是卡布村，一条山脊直插村里。我心想：如何从山脊滑到卡布？

我们在海拔2150米的同同拉山顶，围坐一圈，炊事员给每人一碗热白酒，菜也丰富，黑木耳占多数。炊事员说：“下到山底就看不到害虫了，顺着悬崖下山，没有了蚂蟥，可悬崖更吓人呀！”

从兴凯村延伸下来的山脉支系，到这里忽地向南朝墨脱方向，伸展到“麦克马洪线”上的高尤拉结束。站在同同拉山顶，眺望雅鲁藏布江从西向东奔流，当它到达卡布脚下时（江面海拔700米），扭头向人西南墨脱方向奔去，大江像一根银腰带在深山里拐来弯去，咆哮着，几里地外都能听到它的吼声。炊事员年岁稍大，办事细心，他详细检查了大家的背筐后，把我俩的背包抢走了，对我说“你俩空手下山为安”，并让我俩走在队伍的中间。一下山就踩在山腿上，刚开始山脊上有路，还可平行走两个人，坡度较缓，接下来是3个竖梯，木梯有人的腰粗，砍有几个台阶，脚踩台阶，手拉藤条，小心翼翼地下，人只看木梯，不敢看崖下，稍瞟一眼，不得不胆战心惊。木梯过完，就是500米的像刀刃的山脊，山路被水冲得时断时续，宽度不足一米，踩上小石子一滑一晃的，稍一看两边的深渊，魂都吓跑了。其中两段约30多米路又窄又滑，我们是坐地上往下滑的。走到山脊中间的一段有50多米，简直无法通过，善良的民工放下背筐，两人一前一后把我俩携扶下来。山脊延伸到林中后，我俩松了一口气，绷紧的神经才松弛下来。今天的惊险是我平生首次经历。

我们下山越过了危险区，民工们打着口哨，哨声惊动了卡布，徐正忠、陶荣华、丁培萱以及不少村民都在村口等候，珞巴族酋长安布和知己朋友江措各提一竹筒白酒和鸡爪谷甜酒来迎接我们。我们让民工们先喝，大家一阵痛饮，好不热闹。我们的吊脚竹楼“营房”热闹非凡，大家长时间拥抱，有说不完的话。在雅鲁藏布大拐弯的“麦克马洪线”前哨，突然来了两名战友，你说他们痛快不痛快？是巴不得的期盼呀！我们身处祖国最前哨，同印度侵略者对峙，我们人少，平时只有两个人，面对数十人的印军，一点不怕。人民和我们站在一起，同心协力，能打败一切侵略者，守住边防。

当晚，我们参加了珞巴青年的篝火晚会，烈焰熊熊，火舌高达数米！他们的歌声在夜空中回荡！

太阳是一，
月亮是二，
星辰是三，
不生在一时，
却一再祝愿，
相聚在蓝天。
今年相聚福气好，
不是福气是缘分。
祈祷明年再相会，
今后常会我相信。
唱歌要对唱，
越唱越欢畅。
歌儿代代唱，
铭记苦和爽。
都说好的歌谣，
悦耳动听流畅。

世世代代传唱，

长盛不衰流芳。

都说“珞巴娃儿会走就会跳舞；珞巴娃儿会说就会唱歌”，果真不假。村里差不多所有人都来了，跳的、唱的、玩的、说的，好不热闹！

边疆过年情趣浓

我迄今度过了84个春节，年年春节各有不同，但有几个记忆却难从脑海中抹掉。其中，1955年1月24日的春节过得特别有意义，永生难忘。

从日历上得知，今天是春节，正好和珞巴人、门巴人和藏族的新年巧合为一天，怪不得珞巴同胞这几天都在张罗，忙得不可开交，酿酒的、油炸米饼的、洗晒衣被的、维修吊脚竹楼的、储备大量柴火的、捕捉山鼠的、修补村内外道路的……处处呈现繁忙的节日景象。

这次的新年是在边疆墨脱度过的。卡布村，这个小小地名在国家省级地图上都标有其名称“哈普”，可见它的战略地位十分重要。它四通八达，来往都必经此地，紧挨非法的“麦克马洪线”，与印军遥遥相望。总参、西藏和波密领导多次强调必须坚守此地，守住珞渝的前哨。我和永华深感骄傲，明白自己工作的重要性，决心当好边防哨兵，盯住印军的行动，和边民一起共同守好边防。

卡布是珞巴族小村，有12户人家，加上我们两个汉族人，共计13户，117人。珞巴同胞认定传说中的“珞巴五兄弟”汉族大哥是真实的，十分喜欢我们，特别亲切、友好、信任，没有猜忌，实诚待我。村民为我们修了一幢大吊脚竹楼，屋里有竹床、竹桌、竹椅，门口大石头上用白石子镶嵌了一个1平方米的“家”字，周围还种上各种花草，其中少不了珍稀的虎头兰。在鲜花的衬托下，“家”字显得更加鲜艳，令人喜爱。我们热爱我们的边防，热爱我们的家。

投笔从戎离家7年，我不是不思念爹妈、家乡，而是将它们深深珍藏在心中，每逢节日我都默默地在万里之外遥祝亲人安康！在这举国欢庆的节日里，珞巴族首领对我们也特别关照，我们“营房”里的客人比平时多，送香蕉、野果、醪糟、鸡爪谷甜酒的络绎不断。他们是怕我俩远离家乡亲人而寂寞、孤单，因此从各方面减轻我们的恋家思想。除夕晚上，我们到知己朋友江措家玩。他们吃的是“古土”——混合各种粮食的八宝稀饭，按当地习俗还在里面放入一个铜质藏币。最后，他的儿子扎刀吃到了藏币，全家人都祝福他，来年福气好、安康、获得更大成果（猎获更多野兽）。

初一，鸡叫时人们在泉水处抢水，谁第一个抢到便大声呼喊：“我胜利了！”并鸣放火药枪表示庆贺。白天各自在家自由活动，喝酒、吹牛、睡懒觉、晒太阳，村内静悄悄的。可是，我们家里却热闹非凡，小伙子、大姑娘、小朋友挤满竹楼，聊天、唱歌、跳舞。我记下不少他们唱的歌词：

百样鸟儿百个腔，
只有布谷最美妙。
它在枝头一声叫，
春天来到草坝上。

百个姑娘百个样，
只有情人最漂亮。
她在村边一微笑，
好像升起红太阳。

沐浴节的那天，
我俩相距不远。
你的眼光一闪，
秋波让我难眠。

平时我俩常见，
本想倾诉心愿，
你总微笑不言，
令我难以攀谈。

初一大早，安布来到我俩家。他说：“这几天你俩的生活我都安排了，一家一顿，轮换着就餐。”

年节间，他们家家、顿顿都少不了山鼠肉。过去，一听说鼠肉，我就恶心得很。后来，我们在来墨脱时，分工委书记苗丕一再三交代：“在西藏，尤其在边防不能有一点大汉族主义，对人家的风俗习惯，不但要看得惯，必要时还得迁就一下，从这个窗口打开做好民族工作。”于是，我大口大口吃了鼠肉，不过没有细嚼，没有品味，囫囵吞枣就咽下去了。也喝了鸡爪谷甜酒，感觉味甜且稍酸，后劲很大，喝后好似头上冒火。还吃了油炸饼和玉米花。当然少不了野牛肉干，肉丝虽然粗些，但味儿优于家牛。我们边吃边喝边聊天，主人再次讲“珞巴五兄弟”的传说来助兴。大家是多么亲切、多么友好、多么高兴呀！

初一至初三晚上，是讲故事、讲传统的，全村20多个小朋友在大树篝火下听老人聊天，其中，传说“珞巴五兄弟”和“勒布爷爷”中所期盼过上幸福生活的故事是少不了的。男女青年在村里的“吉康”尽情地唱歌跳舞，老人们则坐在篝火旁，说古道今。

初五，我们做了5斤面的水饺招待村里人。馅儿是一筒猪肉罐头加上我们种的韭菜、白菜、香葱。村民带来了酒和玉米花、油炸饼等，竹楼里人山人海，热闹非凡。还好，我们包的水饺没有煮烂，咸度适中，大家都说好吃。几个老人唱了珞巴创世歌，一人领唱，大家伴唱，十分热闹。小李应邀，唱了安徽黄梅戏《天仙配》那一段，我也唱了豫剧《花木兰》中刘大哥的那一段，我们的演唱迎来了欢呼和巴掌声。我心想，若有人懂戏的话，一定会起鸡皮疙瘩的。

晚上，仍是篝火晚会，篝火通明，照亮了天，也照亮了我们的心田，昭示着美好的明天。有一首歌一直在边疆的夜空回响：

两条河从不相识，
汇合后形成一条河；
不熟悉是陌生的地方，
熟悉了就变成了家乡；
不认识是陌生人，
认识了就变成了一家人。

采风珞巴村

我到卡布村这里驻扎已有百天，和群众都熟悉了，大家关系和谐，无话不说，军民一家亲，群众什么话都乐意给我们讲。

珞（左）门（右）汉（中）一家亲。（冀文正提供）

新华社西藏分社记者宗子度和赵家烈从波密分别来信，指导我如何报道墨脱，其中几次提到注意搜集民间文化，在扎木工作的刘继蓉也多次来信说“民间文化有大用”。我听从了他们的意见和建议，时时主动口问、笔记群众的民间文化资料，慢慢地，越搜集越发现其中的乐趣，也就热爱上了民间文化。从表面看，群众没有多少文化，他们只有语言而没有文字，显得落后，但通过一次治病使我开始改变了旧有的看法。我受过医务培训，会治疗十多种常见病，尤其是夏季的疟疾。珞巴民女亚姆患恶性疟疾，经巫婆、神汉许多天的驱鬼没有成效，结果我三天九次给她服奎宁药丸后被治愈了，从此她成了我们营房的常客，她长得美，又是著名的民歌手。她经常在山涧唱情歌：“天上圆圆的月亮，请不要匆匆走向西方，我和情人相会，想借用你的银光。”老妈妈告诉我：“你治好了她的病，她看上你了。”这里解放才几年，群众的疑虑还不少，坏人的谣言不断，因此，上级规定不准和民女通婚。我向她解释后，她的歌声里充满了无限忧伤：“太阳翻山走了，留下一片黑暗；情人抛我走了，留下满腹心酸。”说实在的，我比她还难受，还心酸。从此，我更加关注民间文化，全身心投入群众中去搜集民歌、民谣，差不多每天都有收获。

珞历正月初五，这天是每个月休息五天的“堆桑”日，全村不下地、不劳动，连砍柴都不允许，举行吃佳肴、拔河、抱石、比赛射箭等节日活动，自愿参加。这一天，青年大都唱情歌，我和六个老人坐在香蕉树下谈天。我爱和他们闲聊，听故事。不少时候还会主动提出心中的疑惑，他们都会畅所欲言，你一言我一语无所顾忌。雅西氏族酋长安布是个“忠肯”（故事家），他大口畅饮了一木碗鸡爪谷甜酒后说：“‘阿保老冀’（老冀爷爷）问人从哪里来的。我们祖先说，混沌初开时，天上的‘波如’（太阳）和‘多尼’（月亮）结婚后生了一个儿子和一个女儿，兄妹俩婚后生了五个儿子，大哥是汉族，二哥是藏族，老三是门巴人，老四是珞巴人，老幺是僜巴人。开头同吃同住，后来各自谋生，大哥去了汉地的峨眉山定居……”寡言少语的牛布接着指着我说：“大哥不是回来了吗？”大家听后嘴都合不拢了。我又要求安布把最爱讲的珞巴人向往幸福生活的神话“勒布爷爷”再讲一遍，这个故事我听了不下10次，只因我的珞巴语言尚未过关，不过每听一次印象加深一次。这个故事很生动，安布到处讲，百讲不厌，每次过新年，他都利用一个晚上向青少年大讲特讲，娃娃们爱听，迄今许多人都会讲不少其中的片段，可以说是脍炙人口。这个神话是说一个怪物偷了珞巴人的兽肉，善良的珞巴人答应了怪物的请求，骑在怪物身上来到大雪山的一个草坝。怪物指着“真都”（雪山一枝蒿，剧毒）的花说：“天底下有三种地，今天不给你上等地，也不给你下等地，只给你不好不坏的中等地，这种花是中等地才有，你把它的根挖回去晾干、砸碎，掺水和成浆，抹在箭头可以猎获野兽，至于幸福的上等地，你们以后……”

墨脱解放后，太阳出来了，珞巴人说“毛主席给我们送来了上等地，走社会主义道路”。我们这边听得津津有味，那边传来了小女娃悦耳的歌声，唱的都是情歌，半通藏语的安布给我当了翻译。她的爱女扎西卓玛唱道：“鞍和马背中间，隔着绸布毡垫；我和情人中间，隔着害羞的语言。”接着又唱：“仁照（望果节）那天，我站在你身边，几次想跟你说话，你只笑不开言。”我们边喝甜酒边说天道地，她们那边却又传来凄惨的苦歌：我是爹妈亲养，为何狠下心肠，八条牛腿迷住了眼，害我终身悲伤。这是纳卡姑娘唱的。安布吸口旱烟，说：“我们珞巴人祖传包办买卖婚姻，一般婚价是两头牛，还要试婚两年，成功率还是高的。”

换粮食

1952年我军进驻墨脱的后方——金珠宗（亦称县，实际上是个区）以来，墨脱宗当地许多头人和珞巴、门巴群众不顾路途遥远，步行多日来到金珠，向工作组要求豁免宗本（旧政府县长）的大米差。我们多次交涉，并且反复向宗本说明群众的迫切要求以及背运大米差所造成的许多惨景，但吸血成性的农奴主从来不考虑人民的死活。我们还多次以书面形式和电报向上级报告了群众呼声。1955年白马岗工作队（从这年开始珞渝工作组易名）部分军政人员南下进驻墨脱宗，群众的呼声更高了，要求更迫切了。我们也反复向上级报告了群众的要求和我们对“换粮”的意见。

西藏腹地不产大米，而位于西藏东南角亚热带的珞渝地区却盛产大米，独特的物产，成了农奴主剥削珞巴、门巴群众的主要手段。宗本（西藏三大寺之一的色

珞巴族（右）和门巴族农民在收割稻谷。（冀文正提供）

拉寺上层喇嘛充任此职）每年从墨脱宗搜刮的所谓“农业税”折合大米527克（即斗，每克14公斤，下同），再加上农奴无偿为其耕种收获的大米和宗本经商换取的大米，总计约有千克，每包按3克计算，折合330包左右，这些都得由差巴（户）无偿背运至工布林芝的派村，墨脱宗的差巴几乎每户都要负担运送一包大米。

稻谷的收获季节是阳历11月上旬，待把差粮收齐，时间到了12月，大批“乌拉”（无偿劳役）启程时已到12月底。这时已是寒冬腊月，喜马拉雅山上狂风呼啸，降雪不止，一天下来，地上的积雪可达5米厚，气温在零下30℃。而背夫“乌拉”衣服单薄，短裤赤脚的民夫怎能抵御暴雪狂风和严寒，冻伤致残者每次少不了，冻死雪山上者也经常发生：1937年冻死39人，1943年冻死32人，1948年非命死亡28人，1950年和1951年分别冻死23人和19人。所以。珞巴人和门巴人叫农奴主是毒蛇，称多雄拉是死山。人民挣扎在黑暗中。据粗略统计，不足半个世纪，墨脱宗人口减少了近4000人。

我们在报告中称：色拉寺宗本收的大米，要“乌拉”们从遥远的墨脱无偿地背运，翻过多雄拉大雪山再转运到拉萨，劳民伤财，致许多人死于雪山大峡谷原始森林中。而我们在墨脱宗工作的军政人员的主食大米又得花高价运费从波密或林芝远道背运到墨脱来。珞巴和门巴的头人和广大群众迫切渴望将宗本收的大米留给工作队食用，国家在拉萨如数将大米还给色拉寺。这样，对三方都有利。

这是群众的渴望，我们的期盼，大家都在焦急地等待。直到过了国庆节，中共西藏工委来电指示：“我们充分理解珞巴人民和门巴人民的心情，同情他们的处境，他们换粮的要求是合理的，我们是一直支持的。但是，事情的发展往往不在我方的意愿，而对方一直在反对、在阻挠。经过张经武代表和张国华司令员多次耐心做工作，对方才同意换粮的要求和建议。你们在墨脱收粮后，将总数电告财委，以便及时将大米如数付给对方，取信于人。”

换粮并非复杂的大事，而是大好事，但农奴主阶级百般阻挠多年，使问题迟迟得不到解决。我们共产党的干部是全心全意为人民服务的，换粮这一件事却牵动了两位领导的心，还时刻关心着珞巴和门巴同胞，关心着人民的痛苦，并亲自反复做农奴主的工作，终于如愿以偿。可以这样说，在西藏民主改革前，我们每前进一步，每个成果的取得，领导和工作干部都付出了艰辛。硕果是争取来的，成绩是斗争来的。

捷报传来，各曹的“曹本”（区长）和所有“孝本”（村长），都喜出望外，群众更是喜笑颜开，跳舞、欢唱到深夜。

群众将簸得干干净净的好粮交给工作队。1955—1956年这两年通过换粮，群众不再为支远差发愁了。从此每逢节庆，人们欣喜若狂地跳呀、唱呀，“这才像个过日子的样子”，群众无不兴奋地说。

正义之师撤军记

1962年那场举世瞩目的中印边境自卫反击战是被迫的，是我们所不愿看到的，但它终究成了现实。中印边境自卫反击战看似一场因边境冲突而引发的军事对抗，但实际上却是一次错综复杂的政治较量。在朝鲜战场上的较量，美国更是以敌视和遏制的政策对待中国；加上苏联与中国的交恶，想借印度来制华；印度自独立后实行对华侵略扩张的政策，即坚持以武力推行“前进政策”，并在中印边境制造了多起流血事件和武装冲突，越界挑衅不断，敌机低空盘旋，杀伤军政人员……这些反华活动，严重影响了边民的生命安全，给群众的生产、生活带来了极大的困难，严重扰乱了边境的安宁。尽管我方一忍再忍，他们把我方的克制态度视为软弱可欺，为了打击印度侵略者的嚣张气焰，以保中国边境的安全，中共中央决定对入侵的印军予以坚决反击。这场对印自卫反击作战，我参战部队打出了国威和军威。

如上所述，对印自卫反击作战是被迫的。10月24日，当中国军队在第一次反击作战中给印军以重创，我国政府便发出停止边境冲突、重新开始和平谈判、解决中印边境问题的建议。但印度政府却拒绝了这三项建议，再次发动军事进攻，我们部队再次给了入侵印军歼灭性的打击。就在世界舆论认为中国军队会“宜将剩勇追穷寇”时，我国政府决定：中国边防部队撤到实际控制线以北、本侧20公里以内地区。中央下令我军停火，就地待命。我军在印占区滞留期间，对边民做了大量的工作，深入宣传西藏的主权归属和帝国主义侵略我国领土的罪恶行径，边民对外国蚕食西藏领土的行为义愤填膺，要求两国政府坐下来和平解决。我参战部队还为边民做了许多好事，军医为民治病，抢救伤员，墨脱一连将果布村外逃珞巴边民的牛、猪、鸡看管得好好的，连一个鸡蛋都没动过，还割草喂牛，用节省的军粮喂猪；二连帮助更仁村门巴群众收割稻谷，连掉到地上的谷粒都颗粒归仓，群众送的香蕉、鸡爪谷甜酒一个不收，一口不喝。珞巴和门巴群众被我军铁的纪律、爱民和护民的诚意所感动，彻底戳穿了敌人蛊惑人心的种种谣言。

我参战部队撤军前，将缴获的印军武器装备擦拭得干干净净，摆放得整整齐齐，旁边还放有清单。解放军还将印军营房也打扫了，灶具没有油渍，灶灰掏净，深埋粪便，见不到一片卫生纸，厕所缸装满清水，营区见不到杂草和垃圾……整个营区甚至比原来还幽静和干净，怪不得珞渝人民盛赞中国军队是伟大的军队、人民的军队。

向大峡谷冲刺
——解边民之急

“你们到边防工作，除了做好统战、对敌、对印斗争工作外，要扎实做好边民的生产生活工作，他们是现实主义者，从切身利益做起，才能得到群众的认可。”中共波密分工委书记苗丕一不知强调过多少次。我奉命来墨脱边防工作，他反复指示关注珞巴人、门巴人的实际困难要从多方面着手，解决燃眉之急。他说：“在封建农奴制度下，西藏人民困难不少，而偏远的边防地区可能更加艰难，因此，要给予特殊的照顾。”领导的讲话充分体现了我们党全心全意为人民服务的宗旨，我们表示一定牢记并在实际工作中予以兑现。

关心边民生产生活，我们每个边防战士必须要记在心上，落实在行动上。通过广泛接触，深入调查，我才深深知道“铁比金缺”这句话的含义。卡布和旁辛地区基本相似，极度缺乏铁质农具。卡布村有12户108名珞巴同胞，男女劳动力74人，土地耕作全是刀耕火种，耕地靠牛角，砍树靠斧头，下种靠木戳洞，松土靠竹片，收割靠木枷，脱粒靠脚踩，运输靠肩扛。全村有斧头18把，砍刀32把，挖地小锄头22把，其他农具全系木、竹制品。在墨脱，刀耕火种是不能缺

砍伐竹林，刀耕火种。（冀文正摄）

少斧头的，尤其是砍大树，而它的价格却相当昂贵，一头牛才能换得4把，全村共4头牛，边民穷，根本买不起呀！我们根据中共波密财委指示，经过实地采集5件铁制农具样品并附上详细说明上报。分工委派专人去内地按样打造了3000多件铁制农具。当时扎木尚未通车，这批农具经长途跋涉才运到波密，又雇请民工翻雪山运至金珠，每一背的运费18个银圆。我们在金珠无偿发放时，缺农具的边民得到心爱的农具后掉下了眼泪；在卡布赠送农具54件，户户得到了农具，其中顿加一家最穷，得到了6件，内含斧头2件。他抱着农具生怕飞了，看了亲，亲了看。半天时间才说出了一句话："大哥真正回来了！"酋长安布给他擦了泪水，说："我们祖先代代传下来的说法，太阳和月亮婚后接连生了五个儿子，大哥是汉族，二哥是藏族，我们珞巴是老三，老四是门巴族，小弟娃是僜巴。现在大哥回来了，还带来了'上等地'（珞巴族渴望过上好日子的美好传说）。"太阳出来了，今后会过上好日子的。发放会快结束时，寡言少语的嘎琼老人激动地说："墨脱解放两年多来，我看在眼里，记在心里，揣摩着，正像谚语所说'水儿清澈，鱼儿看得清'，共产党、解放军大哥真是把百姓放在心里，一切为了我们。我们祖祖代代梦想得到一把斧头，谁给你呀？今天毛主席给送来了，感恩毛主席。"我们在金珠发放农具的经验得到了分工委的肯定，认为深入调查十分重要，可以普遍推广。每村都要召开发放大会，讲解政策，宣传形势，说明发放意义，使每次会议都开得成功，达到目的。

卡布前哨组还负责"珞堆卡"（上珞渝），即旁辛地区的工作。我们对那里二十几个村庄的情况，尤其对统战人士和基本群众的情况是了解的，为做好发放工作心中有数。

亚热带春来早，很快就要春耕了。据了解，旁辛地区缺粮、缺农具户还很多，亟待解决。为了解决群众的燃眉之急，搞好今年的农业生产，分工委批准了我们的计划——近日前往旁辛地区工作。从卡布沿雅鲁藏布江向西，百里左右之地被称为上珞渝，有3个区级行政单位，即旁辛定卡（区）、加热萨定卡、甘丹定卡。那里是珞巴人的主要聚居区，其中甘丹定卡的边民还没有见过汉人呢！这百里的道路艰险，大地震后基本成了"朗切"（绝路），来往行人受阻。当我们计划前往时，卡布群众好心劝阻，说那"危险性太大，由我们代为发放"。经过再三说服，他们才勉强放行，说"那我们护送你们前往"，还有人说"去那里等于送死，我们得祈祷保平安"。不少群众得知我们要去这段险区工作，一边称赞我们不怕死的精神，一边还说了不少注意安全的事项。说实在的，我们对这段险路是了解的，思想上也做了吃大苦的准备。

向大峡谷冲刺
——安全应当先

春耕在即，为不误农时，波密分工委批准了卡布前哨组的丁培萱、李永华和冀文正3人前往大峡谷一带开展工作，珞渝工作组要求我们于3月份返回，时间比较紧促，只有二十多天，于是计划2月8日启程。我们将这样的安排告诉了珞巴族酋长，他们很支持，并决定选派安布、江措、顿加三人配合我们，当向导、背运衣具，负责我们一行的平安往返。安布7日告诉我们，他经过占卜，8日不吉利，不宜出行。我问了个详细，他说："我们珞巴人出远门，都要占卜，一是杀鸡看肝，二是煮蛋，必用一种。昨日我煮了一个鸡蛋，剥壳，用力捏，洒落满地，说明不吉利，8日不宜外出。我又煮了一个，用力一捏，鸡蛋成五块，说明吉利，9日可以远行。"他还说："金珠河上的溜索只有两根，但我们又加了两根藤条，结实得很，安全有保障。"这两天，我们做了不少准备，防蚂蟥打绑腿，人人一竹筒草木灰，换洗衣服和携带主副食等。更重要的是思想上做了吃大苦的准

在墨脱工作的战友。（从左依次为赵德全、冀文正、李永华、丁培萱）　（冀文正提供）

备，再苦再累也要和珞巴同胞见好面，帮助他们解决困难，搞好生产，密切我们的军民关系、干群关系，共同努力，建设边疆。

卡布的群众听说我们去“上珞渝”“刀嘎”“旁辛”“大峡谷”时，人人提心吊胆，担心难以归来，比翻大雪山去波密还要操心得多。为力保平安，于是他们加固了渡河溜索，换了悬崖攀爬藤条。珞巴人崇尚万物有灵、灵魂不死的原始宗教，祈祷祭祀长年不断。我们这次远出，酋长仅在家中就进行了3次。为行前远行者向灶神敬酒、献饭，女主人四指蘸满锅烟子抹于行者胸前心口，祈求灶神跟随庇佑平安。在村口，行者还要喝“迫强”（欢送酒），祈盼一路顺风，平安归来。

我们出卡布村向西，站在海拔1200米的卡布居高临下，坡度极陡，林中潮湿，下山道是黄色黏土，溜滑得很，上山容易，下山难，我们不少时候是倒着走的，还得抓住树枝、杂草，待一步放稳后，再挪步，就这样缓行，还是滑倒了不知多少次。最讨厌的是蚂蟥和火麻，蚂蟥只是叮咬人，而火麻辣得手发麻、发痒，好似火烫一样难受。当时只注意通过，事后才感到既痛又痒，难以忍受。从1200米下到660米的金珠河边花去了3个多小时。从这里向北翻嘎隆拉雪山5天可达扎木，向西是上珞渝的几个“定卡”，向东去金珠沿金珠河无法逾越，只得经过卡布、达木，要翻3座山，历时3天才能到达。金珠河从这里向南流淌3公里同雅鲁藏布江汇合，这3公里全是悬崖陡壁，连擅长攀爬悬崖的黄羊也望而却步。因此，卡布村成了难攻易守的战略要地，藏军、清军都曾到过这里，外国“旅行家”也多次涉足。正因如此，旧政府官员往来频繁，无偿的乌拉差役压得村民抬不起头，只好背井离乡，逃向深山，这里便成了野兽的家。1952年太阳出来了，亲人大哥回来了，村民全部回归并重建了家园，一片兴旺。

在河边做渡河准备时，我看到安布将一只雄鸡杀掉，将鸡血抹在藤条、木桩上，然后把整鸡扔于咆哮的江中，扔时高喊：“体休、体休。”他转过身来，对我们说：“这叫祈求，祈祷桥神、藤神和河神保佑我们平安渡河，一路平安！”

我坐在河东岸的一块石头上，目睹了珞巴人的祭祀活动，他们一代一代继承了祖先留下的习俗，而且相当认真、虔诚。杀鸡祭祀毕，他们迅速滑过去一人，检查藤条结实程度，然后打了口哨，安布让小丁钻入四根藤条上的一个圆形藤圈里。他腰部置于藤圈，一条四指宽的藤篾固定在头部，与藤圈相连，头部朝向对岸，双脚夹住藤条，双手也抓住藤条，一根活动藤条拴住藤圆圈，对方拉动藤圈，小丁手脚配合，半个小时拉过去一个人，我是最后被拉过去的，实在吓死人：藤条距江面15米，咆哮的河水震耳欲聋，在悬空的藤条上溜过，若有失误，尸骨难收。人家是自己溜滑过去，我是在惊慌中被拉到对岸的。抵达对岸后我才松了一口气，紧张的神经才算松弛下来，瘫软地坐在地上，我心想：藏军和清军都从这里路过，清军百余人队伍竟全军覆没，安布曾讲过他家两头奶牛被抢走，爷爷被打，激起珞巴人奋起反击，中箭致死者不下20人，其余不是掉下悬崖，就是冻死虽拉雪山上。今日，为了我们的安全，珞巴兄弟绞尽脑汁，想了那么多办法。

我们继续西行，依然是一抬脚就爬山，前面的山叫安池拉，和卡布下坡相似，陡得吓人。我们在潮湿阴暗的林中攀爬，没有路的痕迹，繁茂的野草挡道，荆棘、火麻前后夹攻，虽手被扎破，又痛又痒，但又怕摔跤，还是坚持往上爬。衣服没有干过，泥浆满身，从五官上已分辨不出本人，毛巾能挤出汗水。“扑通”“扑通”一个接一个地跌倒，安布他们拉着我们往上爬。烦人的蚂蟥也不时地骚扰，大家没理会，只顾爬山。当我们在一棵大榕树下歇息时，人人脸色紫红，上气不接下气。大家用小刀刮掉害人虫，我逮到12个，小丁捉住17个，小李捡出19个，幸好还没被叮咬。又过了1个多小时，抵达山顶，海拔1650米，比卡布高出450米。站在安池拉山上向东俯视卡布村，直线距离约4000米，座座吊脚竹楼清晰可辨。从金珠南下的同同拉，从北边50公里来的山沟都一清二楚。安布说：“从卡布去上珞渝第一道难关就是今天经历的，中间的卡布下山，从滑溜索过江，再直上安池拉，距离虽不远，但很累，又不安全，尤其是滑索过江。”我现在的心总算平静下来了，并祈求下面的路也天天安全，完成任务，胜利归来。他对我说，再坚持2个小时，就到了上珞渝的第一个村庄朱村，全是我们珞巴人。这一路全是平路，直达村里。他吸一口旱烟，又说：“40年前那股藏军溃败后没敢进村，是从林中窜逃的。结果有的饿死，有的掉下崖底，有的冻死雪山，真是恶有恶报！”

我们首战告捷，顺利平安地走进了惊险的大峡谷怀抱。

向大峡谷冲刺
——惊险大塌方

从珞巴朱村沿江向西，路越走越险，越难，好似一个鬼门关，生死天天在考验我们，但“明知山有虎，偏向虎山行”，再苦，再累，再险，也要闯过去，将边民急需的铁制农具送到他们手上，将党和毛主席的关怀送到群众心里。再说，我们是解放军也是工作队，要工作，要宣传，要依靠群众建设边疆，共同守好边防。那里的群众没见过解放军、汉族干部，各种谣言在群众中蔓延，而他们在生产、生活中又遇到重重困难，急需解决，我们有义务前去帮助解决。我们要抛开一切私心杂念，将个人安危置之度外，闯过一道道挡在我们之间的障碍，让群众渡过难关，发展生产，改善生活。昨晚在朱村，村长绕登说：“去年（1954年）是我记事30多年来雨水最多的一年，整个夏季降雨没有停过，天上下雨，山上垮塌，河水猛涨，不少木桥被冲走，大江里漂流着汽车、大树，交通断绝，人员不能往来。庄稼更糟糕，稻谷、鸡爪谷歉收过半，玉米损失一大半。我往年收获稻谷30背，去年才入库14背；往年收获玉米65背左右，去年才收获22背。不仅朱村是这样收成，往大峡谷里走，村村如此。”他又说：“从甘丹区路过的人说，他们那里还不如我们，缺粮户更多，缺粮额也多。”他的介绍，更增加了我们战胜困难的决心。

我们沿山道行走了3个小时，抵达一个叫“萨玉”的大垮沟，在沟旁的草棚里歇息、吃午饭。安布说，这是进入大峡谷的第一个大垮沟，而小垮沟无法计算，至少有20个。我站在草棚外，观看这个闻名遐迩的大坍方。这片山高达2000多米，过去是原始森林，陡峭，像一个大石板竖立在那里，有一半已经垮完了，坍方上部还有许多树木，一旦暴雨成灾，林下土地承受不了那么多水分，就会往下坍塌，形成大坍方，成百吨的树、泥沙、石砾直冲下来，毁坏道路，伤及人畜。由于山坡直立，站在山崖边，俯视奔腾的大江，仰视将要垮塌的森林，平视将要跨越的近千米的大坍方。它像是一块土黄色的墙壁直立在那里，分辨不出道路，不知怎样通过？饭毕，安布叫我们三人脱掉球鞋，赤脚行走，我们的背筐被他们抢去，让我们空手走路。珞巴和门巴同胞从不穿鞋，一年四季赤脚，脚茧又厚又硬，不怕针刺。安布三个人每人都背负两倍的重量，还是轻松地过去了。然后他们又返回时，边走边用石块修路，他们一人在前拉住小丁的手，一人拉着小李，一人拉着我，小心翼翼地挪步，不少次脚下石块晃动一下，都会吓出冷汗，不敢看崖下几百米的大江，只盯不足尺宽的“路”。这是道路被冲垮后，群众在陡壁的坍方上挖出仅能放下一只脚的小道。垮一次，修一次，一年不知要修多少次。为了安全，此前安布叫朱村群众提前又加修了一次，显出路的痕迹。1个多小时后，我们安全越过了萨玉大坍方。

坐在地上休息时，我估计脉搏跳动每分钟不下150次，喘气急促，脸色苍白。这时，只有在这时，才觉着脚板疼痛，翻过来一看，脚板都让鲜血染红了，钻心地痛。安布安慰着说：“痛点没啥，保住了命就是胜利，穿着鞋过坍方不保险。1952年连有祥组长路过这里在一个小坍方处，被坍方冲入水中，幸亏在江边被营救。”我们顺利通过了坍方，心里万分兴奋，尽管心有余悸，但毕竟安全过来了。1997年4月，我故地重游时，马行道从中通过，整个坍方处长满了小树、杂草，多年来没有再塌过，因为这片山石、树木全部垮完了。之后，坍方上生长了树木和杂草，覆盖了大坍方的表层，固定了土壤。

越过了这道鬼门关，人人心情舒畅，走路也轻巧多了，绷紧的神经也松弛下来，大家有说有笑地向旁辛村行进。

向大峡谷冲刺
——石锅的故事

从朱村到旁辛村这段险路，我们安全通过了。远在多年前，英国高级特务贝利也在这一带活动，后来著书称：“那天仅仅走了3英里半（5.6公里）路，路坏极了，出村就是一个800英尺（约240米）高的陡坡，山顶虽然笼罩在云雾之中，但从上面可以看得见峡谷深处。村子周围都是5000英尺（1500米）高的坡，倾斜度为45度或者更陡，一个山坡如此之陡，看上去实在令人惊讶。”坡度再陡，难度再大，垮沟再险，我们都闯过来了。

我们住在村长土登家里，他实诚、勤朴、好客，是个典型的门巴农民。土登以鸡爪谷甜酒招待，我们谈得很投机，关系融洽。他没把我们当外人。他和广大群众一样，对党关心他们的生产生活深表感谢，并决心搞好生产，改善生活，以实际行动感谢毛主席！和其他村庄一样，我们与他一起研究了农具发放、无息农贷、救济对象和数额，以及发放时间等问题。

旁辛皂石锅。（冀文正摄）

村长陪同我们在村内走了一圈，在一个大竹棚里看见三个人在做石锅，我详细观看了他们制作过程：一个人先将一个腰粗的圆石头用钻子掏空；第二人紧接着将这未完成的工序继续掏空；第三人先做收尾工作，将锅壁细凿成所需要的厚度，他年龄稍大，50岁左右。村长说："做石锅是个细活路，急性人干不成，尤其是最后收尾，锅壁薄，稍不慎就可能前功尽弃，须细心加小心才行。他们三人都是细心人，做事不慌不忙，制造那么多石锅，从未打烂过一个呢。"他们都是村里的穷苦农民，自愿组合，各司其职，就像大家分兽肉一样，平均分配，从不计较分多分少。另外砍石料的、运石料的都是一条龙作业，同等分配。竹棚里放置有十几个做成的石锅，大小型号都有，最大的直径65厘米，这样的两个石锅可换回一头牛犊，大小型号都有，石锅壁两侧有两个端手，还有婴儿煮粥用的，有个长耳形把手，一个直径40厘米的石锅可换回15升食盐或8庹氆氇，或30升大米，或30两藏银，这里多是以物易物。这种锅传热慢，散热也慢，深受欢迎，畅销藏区、印占区，怪不得在康区的昌都以及拉萨、工布林芝、波密扎木的藏族同胞都喜欢使用。我们站在棚外，村长说："从这里到加热萨得两天路程，沿雅鲁藏布江两岸全是这种灰色崖石，专家讲这叫皂石，耐3000℃的高温，是冶金工业炼钢炉的原料，但最优质的在这里。不过，我们很难去江边采石头，从下向上背负累死人，而我们村东边这条山沟里的石头更多更好，距离又近，又是从上往下背运。"第二天，我跟随砍石人一道前往距村庄约400米的一条山沟，这里很陡峭，尽是灰色崖壁，有5个石洞，大的好似一个房间，那是多次挖取石材而形成的。为了减少麻烦，他们决定在崖壁上重新掏取。三个石工将两个木梯竖起，然后将一碗酒洒向崖壁，双手合十祷告："请山神和石神保佑人、锅平安。”然后两人用石斧按原先划的线猛砍壁石，壁石松软，一斧砍得很深，掉下不少石渣。经过二人2个小时的挖凿，一大块石头被凿下，有2立方米。他们从中一分为二分成两块，每块厚50厘米。他们吸完旱烟，将两碗白酒洒在两块石材上，不知嘴里咕噜的啥。然后各人坐在石材上，用石斧用力一斧头砍掉一大块，砍出石心。约莫1个小时，将石材砍成圆形，是个大锅，锅内的多余部分被凿去，完成了头道工序，成了石锅的毛坯。我们一起返回竹棚，将毛坯石锅交给做第二道工序的工人。村长说：“这个石锅是我们祖先阿崩嘎仁创造的。很早以前，他有一次狩猎，在追捕一头羚牛时发现一块凹形石头里冒白烟，一摸烫手。从此，他就用这些石头做成的石板烙面饼、用石窝烧水做饭，后来制造出石锅。”竹棚里热闹得很，村长刚说完，村里“仲肯”（故事家）达东按捺不住，说石锅还有一个脍炙人口的故事呢。他说：“古时候阿崩嘎仁制造了石锅，大大方便了我们的生活。有一天得知‘古休’（这里指农奴主的管家）要来收差，他们在‘古休’必经之地烧了一锅开水。当老远看到尘土飞扬时，他们迅速扔掉木柴，用土掩埋火堆，平平静静的，好似什么事都没发生过。不一会儿，‘古休’和随从二人飞也似的到了这里，肚饿口渴，下马歇息。这时，石锅里的开水好似懂得主人的心思，翻腾得更厉害了，‘古休’看得入了迷，阿崩嘎仁趁机给主仆舀了两碗茶水，说：‘天神看我穷困，怜悯我，专门给了这个锅，不用烧柴，水就开了，天下只有这一个。’‘古休’心想：‘送给国王又可多得好多领地和庄园。’忙说：‘喂！这个锅我买定了。’阿崩嘎仁说：‘这是天下第一锅，那怎么行！’经过反复多次讨价还价，最后阿崩嘎仁用他的锅换取了‘古休’的两匹马和马褡子。成交后，他对‘古休’说：‘这个锅爱打瞌睡，你装满水后，要敲5下它才醒来，头次轻些，二次稍重些，三次更重些，四次再重些，若还没开，最后一次，用力敲打，它就醒了，水就开了。’阿崩嘎仁骑上‘古休’的马，带走了所有债务借据，飞速奔向远方。‘古休’令随从取来满锅水，他要亲自操作，捡来一块拳头大的石头，按次序敲打石锅，最后用劲一敲，石锅被打烂，他俩瘫在那儿了。”故事讲完后，大家哈哈大笑，都说“古休”是“永巴”（傻瓜）。

1997年4月，墨脱县人大常委会主任旺久送我一个直径35厘米的皂石锅，时价66元，现价250元左右。我至今还保存着，舍不得使用呢。

向大峡谷冲刺
——新区开拓者

旁辛村在珞渝地区是有名的，一是它盛产石锅和藤竹工艺品；二是它在上珞渝地区地势平展，用牛耕地，出产丰富，人民生活较富裕；三是它曾是珞渝工作组的临时驻地，1952年7月，这里召开过由各阶层人士参加的会议，宣传了《十七条协议》，协商了当时的工作和远景设想，在全县影响深远。经和旁辛“定本”（区长）白玛旺秋及几个“学本”（村长）合议，决定在旁辛村举行农具、无息农贷的发放和救济（银圆）大会。附近几个小村都将与会，同时发放。在发放日之前，村长带头打扫村内卫生，维修通村道路；家家房顶上飘着风马旗，人人穿上新衣，仿佛过节似的。136件农具摆在条桌上，在阳光下闪闪发光，引人注目。经与头人协商，就农具、贷款和救济对象及数额取得一致意见，并且和受益对象见了面，切实做到“各取所需”。如斧头家家需要，我们按一户两件计算。旁辛村不大的广场上坐满了盛装的群众。村长讲了开会意义。我们的向导安布讲了农具的来之不易。我讲了当前的形势，小丁讲了《十七条协议》，大家听得很认真，一百多人鸦雀无声。“定本”讲了发放原则以及名单和数量，并且亲自发给受益对象。得到农具、银圆的受益人久久不离现场，根登村扎西说：“我家劳力5人，其中男劳力3人，每人少不了一把斧头，可过去只有一把，总在幻想能人均一把，年年落空，刀耕火种地不足，收入不多，年年缺粮四个多月，靠贷粮和‘达协’（棕榈树淀粉）度日。今天实现了愿望，两把斧头像太阳进了家，明年一定会有余粮的。”他举起双斧，高呼“斧头万岁！”“毛主席万岁！”有的人将农具擦了又擦，看了又看，揣在怀里，生怕飞了似的。家穷但有多个劳力的仁增得到无息贷款和救济款后说：“我爷爷欠农奴主15克（斗）粮食贷，年年还不清，爷债父还，按借十还十二计算，到我15岁时，累计欠债54克，只好将一头牛抵债20克，至今还没还清。今天，太阳出来了，毛主席给了我30元无息贷款和10元救济款。这天大的好事，连做梦都不敢想的。”从墨脱逃来的希蒙说，本来家乡墨脱气候好，出产丰富，但乌拉差役压得没有时间生产，一年8个月靠吃“达协”糊口，肠胃大伤，逃难避灾。因常年不能劳动，靠乞讨生活。这次，解放军大哥给了25个银圆，生活有了保障，还给了两件农具，村长还答应给一块免租平地耕种，今后日子不发愁了。

通过这次农具发放活动，调动了大小统战人士的积极性，我们信任他们，尊重他们，让他们抛头露面活动，自尊心也得到了维护，提高了他们和我们合作的积极性和主动性。这次活动在金珠、卡布多次经过实践、验证，说明是成功的。今后工作中要继续实践，边总结，边提高，以达到预期要求。会后，我们设“便宴”以水饺招待“定本”“学本”等10多位有名望的人士。用鸡汤下的水饺，凉拌鸡肉，大家吃得很香。

这里群众基础比较好，对我们有一定的认识。1952年6月，中共波密分工委指示，工作范围要向外扩大，由孙德泉科长率领，易贡工作组赴工布林芝；连有祥率领珞渝工作组去墨脱，丁培萱、李晋孝、任水清、王洛夫、赵德令、徐正忠等8人由组长连有祥率领，于1952年6月21日从波密的虽村翻虽拉（也叫遂拉）抵达加热萨村，沿大江向东行，走两天后抵达旁辛村驻扎。珞渝工作组首度到达这块尚未开展工作的新区，和头人及群众见了面，铁的纪律，模范的行动，良好的形象，踢好了“头三脚”，得到了人民的认可和爱戴。

文件记载了这段历史：7月30日至8月1日，珞渝工作组在旁辛召开了珞渝地区首次头人会议。工作组进驻珞渝后，积极开展宣传教育工作，为群众看病，送药上门，修水渠，解决群众饮水困难的问题，逐步消除了群众的顾虑，取得了头人和群众的赞扬和拥护。在头人会议上，进一步宣传了各族人民的伟大领袖毛主席和《十七条协议》，申明珞渝地区是中国的领土，珞渝人民是中华人民共和国大家庭的成员，我们要亲密团结，驱逐帝国主义的侵略势力。经过充分讨论，通过了《坚决贯彻十七条协议》《积极修路，采购粮食，支援进军》两项决议。会后宴请了头人，他们感触很深，认为解放军是救命恩人，使珞渝地区工作开展有了一个良好的开端。

11月10日，中央给了西藏工委并西南局《关于珞渝工作的批复》。批复指出：波密分工委珞渝工作组不畏艰险，在旁辛一带进行医疗工作，赢得了当地人民的信任，提高了我军的威信，为我们今后在珞渝全面开展工作打下了良好的基础。上级再三肯定了珞渝工作组的工作，给予了表彰，任命连有祥为珞渝工作组党组书记，在分工委扩大会议上予以表扬并评定行政16级。分工委根据上级多次指示、批示，如“目前对珞渝工作的方针是，集中力量在格当做好当地工作”。“开展下珞渝和墨脱的工作条件尚不充分，不应急于进行”。“大雪封山后，工作组仍住金珠。吃饭问题自己就地解决。应贯彻工委人均年生产粮食161斤的规定”。“珞渝今后一个时期是以金珠为中心，做好统战工作，对其他地区适当进行一些影响群众的工作，尽一切力量组织内部生产，创造条件早日站稳脚跟”。“中央明确告诉我们，目前更进一步地开展珞渝工作条件不成熟，即使条件成熟亦应稳步前进”。“墨脱工作主要力量以金珠为依托兼顾旁辛及下珞渝地区的工作”。根据上级的连贯指示精神，分工委决定珞渝工作组的丁培萱和王洛夫留旁辛工作，其余人员迁往金珠，大本营设在格当，以布隆村为中心，辐射四方。几个月后，小丁两人迁往要道卡布工作。翌年，我和李永华替换他俩返波。至今，旁辛人民还记得扎西（小丁的藏名）和王洛夫的名字。“定本”说，多好的人呀！这批新区的开拓者功不可没，人民永远怀念你们。

向大峡谷冲刺
——偏向虎山行

加热萨附近有6个小村，87户，375人，以珞巴族为主，门巴族次之，藏族27户。他们相处和睦，纠纷很少，没发生过械斗。这里是一片净土，虽然环境恶劣，生产滞后，生活穷困，但人们很知足，没有什么奢望，能平安地吃饱就行。大峡谷及原始森林中的原始居民都是如此。他们诚朴、勤劳、好客，在农具发放大会上没有发现有哄抢、多要的现象，对无息农贷，尤其救济款的发放上都是互相谦让，互相关照，山民朴实的举动大大教育了我们。

由于这里位于大峡谷紧缩地段，两山相峙，山高坡陡，几乎没有平地，滚石直落数百米深的大江里。这里连个篮球场大的平地都没有，户户民居都是三面悬空，被珞渝人民称为“挂在山坡的村庄”。从加热萨村向北是喜马拉雅山，翻过虽拉，可抵波密，沿江向东可达卡布村。向西沿喜马拉雅山南麓抵达甘丹定卡区，那里有12个小村，73户人家，365名路胞。这一段行程30公里，原来一天可以到达，1950年大地震后彻底摧毁了这条惊险的人行便道，留下了十几条大塌方，三天也难以抵达，几乎成了“朗切”（绝路）。布阿牛

作者漫游雅鲁藏布大峡谷。（冀文正提供）

区长说：“从这里去甘丹是送死的，别说你们外来的汉族解放军，就是当地居民听说去‘朗切’也毛骨悚然。因此请你们在这里歇息等待，我派人前去完成你们交办的事。我们还有一个规矩，我要负责你们安全的。”他们的心是好的，关爱我们，我们再次感谢他们，并耐心地做了解释。定本最后说：“不再多说了，我派我侄儿护送你们前往，确保万无一失，平安返回。”说实在的，走下段行程，我们的神经处于一级备战状态，思想上高度重视，再险也要爬过去，人家不敢去，我们是解放军，拼命也要闯过去，把毛主席的关怀亲自送到封闭地域的珞巴同胞心里。

地震后无人走过这条路，问题肯定不少，困难很多，我们天刚亮就上路了。一出门就直下一个山坡，从海拔1950米的加热萨村直达750米的江边，这千米坡度一边是悬崖，一边是森林，互相交替，高达几十米的几处崖石，有的竖着腐朽的独木梯。我们手拉藤条，极其小心地从木梯上一步一步往下滑，上山容易下山难，我们不敢往下看，瞟了一眼，立刻头昏眼花。刚过了独木梯，又从悬崖边悬空双木栈道前行，木头长了苔藓，巴掌大的黑木耳不少，木头上好似抹了油一样的滑，又没有扶手，晃来晃去，十分危险。我只好爬过去，民工对小丁、小李是一边拉又一边扶。再往下是人高的杂草，火麻成片，把我们的手扎得火灼一般痛痒。有草就有害虫，这时才注意到蚂蟥爬满了我们全身，捉也捉不完，民工在我身上撒了一把灶灰，它们一个个地掉了下来，也难以数清是多少，只看到它们在地上蠕动。面前这条河是从虽拉流下来的，河两岸为陡峭的悬崖，两岸间距也不过80米，但无桥，只好顺崖壁下到沟底，再从江边渡到对岸。五里地的距离我们竟走了3个小时，人人身上留下了许多被叮咬的伤口，痒得难耐。我用力挤血，仍流血不止，只好贴上纸片。我们在江边看到水中直冒白烟，民工说，这叫“龙勒温泉”。我们沐浴了1个多小时，暂退疲劳，压了压惊。

午饭后，我们沿河西岸向上攀爬，两岸地貌相差无几，也是悬崖居多，很陡峭，像用神斧砍下来的，遇悬崖又无可绕过，必须翻越它。5个悬崖都比较大，而且常年失修，非常危险，全靠民工搀扶。这段路虽不长，但都是在悬崖、独木梯、火麻杂草中通过，惊险程度比我们想象的还要大。

我们到了龙勒村，使村民感到惊奇。这是几年来首批路过该村的不速之客，也是他们第一次看到汉人、解放军。他们非常热情地接待了我们。龙勒村只有7户56人，这里海拔1750米，和加热萨村高度差不多，两村相距不过5公里地，但无路没桥，转来绕去，爬上去，滑下来，实际走了18公里，历时8个小时。不过，今天还算顺利，安全逾越了“朗切”，也就进了“鬼门关”的大门。

向大峡谷冲刺
——大峡谷侃述

今天虽然安全通过“鬼门关”，神经也紧张了一天，但体力消耗不大，而且天公作美，没风无雨，很早就到了大峡谷的第一个村庄——龙勒村。村长迎接我们住他家。经过商议，大家一致同意农具发放方案。

太阳还高挂在西天时，我们在村里开了大会，差不多所有人都来了，连行动不便的卓玛老阿妈都拄着拐杖来了，村长把他的藤椅让给她坐。村长讲了我们的来意，珞巴向导讲了农具来之不易，还讲了卡布村的新变化。发放农具时，都是自报公议，全村无偿发放27件，如占堆家男劳动力多，得到两把斧头，村内稍富裕的次仁说需要一把弯刀，这个要求也得到了满足。他的爱人问“要多少钱？”向导民工说，解放军大哥送来上千件农具，走一村发一村，都是免费的，今后也不会收钱的。村长说这是一件“天大的大好事”。“毛主席在汉地（指内地）知道我们铁比金缺。”“解放军都没吃的，却给我们运来铁器。”“人们常说父母好，我看解放军好。”大家七嘴八舌地议论着。接着有5户获得125元无息农业贷款，两户获得15个银圆救济。其中单身的卓玛得到10个银圆后，双手捧着，闻了、亲了，她说：“我见过银圆，但没有摸过。今天，汉族大哥圆了我的梦，美梦成真了，感谢共产党对边民的关心，毛主席的恩情重如大山。”村长说：“咱们村里还没有来过解放军，大家有什么问题都可以提出来。”“谁抓你们出来当兵的？”“你们家里有老人和小孩吗？”“你们到珞渝来，为了啥？”……村民们好奇地向我们提了许多问题，小丁讲了国际国内形势，我讲了我们的宗旨。村民听得很认真，有的点头，有的摇头，相信的、怀疑的都有，这很正常。村民中见过解放军的只有三十几人，他们去波密扎木以物易物和解放军接触过，大部分边民没有离村外出，听到的信息也是五花八门，真假难辨。我坚信，经过接触他们会慢慢接受更多的革命道理，支持革命，参与革命，配合解放军，把墨脱建设好。

一个小孩问：“你们家里有老人和小孩吗？”我说：“我奶奶过世了，爷爷82岁了，身体很结实，受家人、村里人尊重。我的父母都健在，家中有3个小孩，2个上小学，1个还小，他们过着幸福美满的生活。”几个小孩抢着告诉我们，这几年有人说汉人解放军要来珞渝，为他们的爷爷报仇，要烧死老人，吃掉小孩。我说：“那是坏人在造谣，不要相信坏人的话，跟着解放军把你们家乡建设好。”一个12岁的小孩跑向会场，边跑边喊：“不信坏人的话！不听坏人的话！”这引起了大家的注意。几个小孩还纷纷把我给他们讲的全部转述了出来。

散会了，人们还在议论，不愿离开。村长对我们说：“从这里到甘丹实际上并不远，”他指着西边，“你看！第三道山脊的背后就是甘丹村，这中间的道路被彻底破坏4年多了，极少有人来往，甘丹成了禁区，据说百姓生活很苦。没有路了，只好顺着大垮沟往山顶爬，至少要过5个大坍方区，危险度太高了，胆大的人也不敢轻举妄动。”我们谢绝了村长派人护送我们前往的好意。

我们围坐一圈，村长详细介绍了这段“朗切”的路况及注意事项，并感谢几个向导的护送。我们听过介绍后，心里有了底，明天是关键的一天，一定要高度注意安全，和民工向导配合好，顺利到达目的地。说实话，听了介绍，心里是万分害怕的，因为稍有不慎，就会丧命，死神跟着的。只要思想重视，行动小心，互相关照，一切都会顺利的，安全的。

晚上，村长催我们早睡，说明天一早出发才不会误事。

向大峡谷冲刺
——幸福的一日

我们早早就寝了。忽然听见鸡叫，还有人说话，我抬头静听，村长说："鸡肠说明，明日朋友们可以启程。"

第二天一大早，村长告诉我说，昨晚杀鸡看肝占卜吉凶，鸡肠肥满，说明今日是个吉日，尽管有雨，可以远行。他为我们做了玉米饼，煮了一锅以黑木耳和山鼠肉为主的菜肴。

天蒙蒙亮，我们就冒着细雨出发了。白茫茫的浓雾从头顶压下来，能见度不足5米，雾水打在脸上，针扎似的疼痛，眉毛、胡须变成了白色。林中小道杂草超出一人高，每人身背重负还要修路，汗水湿透了毛巾，身上则冻得瑟瑟发抖。走完这道山，突然出现一个大塌方，几十米的倾斜石壁是整块的，没有缝隙，根本过不去。我们只好从原始森林中直上攀登，一边登一边还要砍刺，整理出可以放脚的便道，一直砍刺到海拔1800米——接近雪线。从灌木丛中越过大垮沟，再从林中直下到老路上，直径不足500米，却耗去了3个小时。这天，我们翻越了海拔1800米左右的加格铺巴、当文铺巴、米哈达萨、加云铺巴和抗布拉山头5座山，最高的抗布拉海拔1920米。在珞渝境内，千米高的山头就算不低了，当下江边海拔才几百米，海拔2000米就是雪线了。每当我们到达高山头时，都会遇到从东边加热萨方向刮来能吹倒人的飓风，还夹着鹅毛大雪，冻得脸、手成紫红色，几乎麻木，碰着石头都没知觉。尤其在刚刚使完吃奶的劲儿登上加格铺巴山头时，风急雪大，飞云似箭，汗水雨水湿透的衣服已变得硬邦邦的了，敲打能发出响声。大家嘴角咬出了血，双膝像被木棒猛打一样，身体在颤抖，头昏脑涨，我摔了两跤，一跤滑出七八米远，幸好被树挡住才没滑下深渊。双腿冻得没劲，又出现腿肚抽筋，行动十分困难。今日的艰险大大超过1952年通麦大塌方和雪板拉所遇的艰险。到达甘丹村后我在日记中这样写道："胜利和幸福是从艰苦里熬出来的。今天我们虽然辛苦点，但它的价值是大的，意义和效果是深远的。今天我们走险路，二天（将来）孩子们骑马和坐汽车，孙子们坐火车和轮船。只有辛苦，才有幸福。这就是自己的享乐观。"在另一篇日记里，我写道："革命工作都是辛苦的，不过程度不同而已……我想，像我们今天这样的艰苦，真正的艰苦，恐怕在伟大祖国的每一个角落，甚至边疆地区，也只有很少很少的革命者才会体会到。正因为我们能忠心耿耿地守卫和建设边疆。在这个伟大艰巨而光荣的任务的完成中，我们能尽到自己的责任和留下应流的血汗，感到极大的荣幸。苦，对我来说，完全没有考虑的必要，坚决能战胜它！”

我们从加格铺巴下到山底，跨过百米大坍方，前行2里左右，又是正在垮塌的泥石流大塌方，又得顺着丛林向上攀爬，头顶是直插云端的悬崖，脚下是几百米的深渊，无路可走，只好从山腰通过。这段300米的悬崖，坡度大，缝隙弯来弯去，忽高忽低，时宽时窄，不少地方只能放下一只光脚，石上长了厚厚的苔藓，比抹油还滑。向导说这就是老路。石壁上仍有一根还算结实的藤条，供人扶着通过，给人壮壮胆。我们赤着脚，手扶藤条，小心翼翼，身体向里倾斜，生怕掉下深渊。顺利走了一半，突然直路断了，笔直下行30多米，有一小石窝，只能放下5个脚指头。两个民工朋友搀扶我们下滑，一人扶脚、一人抓住衣服，吓得我出了一身冷汗，若失脚，难收尸。这些小石窝，还是珞巴人用火烧水浇砸出来的。生活在这恶劣环境里的边民是多么艰难呀！他们用自己的智慧战胜了大自然，繁衍生息下来，多么伟大呀！走过这段险道，前面又是一处更险峻的大塌方。我们从朱村开始向西一直到眼前，都是沿着喜马拉雅山南坡的山脚前行的。从朱村开始，南北两岸的山峰逐渐靠近，间距从加热萨村开始急骤缩小，河谷更加狭窄，两岸山坡越来越陡，直径不足2000米，两岸打口哨都可听见，有首歌谣形象地描绘了这里的地貌：“上山钻云端，下山到江边，两岸说话能听见，走起来得一天。”雅鲁藏布江不少地方只有几十米宽，旁辛村头只有39米，成百上千的流量在几十米宽的河床奔腾，掀起十几米高的波涛，响声震耳欲聋，几里外都可听到。这里处于亚热带，年降雨量在4000毫米左右，入夏几乎天天暴雨如注，好像用脸盆倒水一样，碧绿的江水变为黄色，众多山沟都是泥水滚滚。喜马拉雅山最高，但它年轻，还在抬升，加上坡陡，岩石风化严重，土壤含水饱和，承受不了多余水分，造成坍方泥石流不断。山区地形千变万化，它的条条山腿伸向大江，山腿上或林木，或悬崖陡壁，两条山腿之间是个深山沟，河床宽的是藤溜索或藤索桥，窄的几十米是木桥。现在这一路什么桥也没有，只有靠蹚水过河。若遇坍方、泥石流，人就无法通过，只好沿沟向上绕道。而绕道的地方几乎全是树木，须费时费力砍出一条便道来。可是悬崖居多，塌方后形成笔直的峭壁，从山顶直垂江边，有的高达上千米，行人很难逾越。在过一个200米的坍方时，是民工拉住我们，脚趾紧紧扣住山石，右手扶着石壁，还得高度注意，放稳脚步，小心挪步，屏住呼吸，双眼直盯巴掌宽的石缝。走到大坍方中间，歇息片刻时，这才向几百米深的江边瞟了一眼，吓出了尿来。我赶快收回眼球，仰望那白皑皑的雪山，强烈的阳光照在雪山上反射出可怕的寒光，几只雄鹰在天空中翱翔。两个民工负责保护我们的安全，几次脚下石头一晃动，都会吓出一身冷汗。过了塌方心才平静下来，不过，脚板成了红色，十几条口子流血不止，钻心地痛，但我们总算安全过来了。就这样，我们今天穿过茫茫林海，攀爬十几座悬崖，翻越5座山头，跨越4个大垮沟，十几次同死神擦肩而过；脚板全是伤口，裤子挂破了，还被害人虫叮咬得体无完肤。今天真正称得上是“人生头一次”，我徒步进藏到波密、林芝、拉萨，又从波密步行翻越喜马拉雅山到金珠、卡布、加热萨村，吃了许多苦，但和今天相比，真是小巫见大巫了。今天遇险的路那么多、那么长是前所未有的，艰难困苦和死亡像影子一样伴随着我们。当太阳快落下时，我们到了甘丹村。

这里是雅鲁藏布大峡谷最核心的地段，从前来往人员不多，交通极为不便。1950年大地震后彻底摧毁了通外的羊肠小道，这里便成了墨脱“孤岛”中的“孤岛”，成了绝域。这里是我们的工作范围，我们有责任、有义务和他们接触和交流，帮助他们排忧解难，发展生产，改善生活。我们有决心，也有信心克服万难，完成任务。今天吃的苦是空前的，今天的收获也是空前的，因此，今日日记的题目是“幸福的一日”，这就是我们的幸福观。

向大峡谷冲刺
——踢好头三脚

经过千辛万苦来到甘丹村，村内除了几个老人出来看热闹并抓住狂吠的人狗外，没有年轻人、妇女和儿童。我们由村里的“陈巴”（负责接待过往官员）领到村里的“吉康”（村民议事活动公房）。住下后，我们有的去拾柴，有的去端水做饭，没有人伺候我们。

家家关门闭户。向导问“陈巴”：“村民都到哪儿去了？”“陈巴”说：“你们在抗布拉山上打的口哨，吓跑了不少村民。”向导七嘴八舌地说：“应该欢迎大哥回来，你们却藏了起来。”安布说：“大哥冒着生命危险给你们送铁农具和银圆来，多难得呀！欢迎、交流、亲热才对，而你们却躲了起来，对得起谁呀！快叫他们回来欢迎大哥。”民工同几个老人聊得很投机，有的还认识。老人问得少，民工答得多。我们虽然听不懂，但从表情分析，老人们相信了我们的“义务宣传员”讲的话，不时含笑应话。民工吸完旱烟后，说：“通知他们快快回家。”

喝完开水，我们和民工一起在村里活动。见了人就问好，笑脸相迎打招呼。民工说，这里来人太少，只有个别年轻男人才到外边买生产生活用品。大多数人像关在箱子里一样，对外面的世界一概不知，传进的消息也五花八门，各种谣传满天飞。虽然我们在村东头抗布拉山顶打口哨吓跑了村人，不少人在家里、在林中躲藏，不过，他们会很快出来的。

天黑了，我们分成三组到几户人家活动，做宣传、讲形势。不久，家家逐渐冒出了炊烟，我们和大多数村民见了面，给他们以友善的感觉，虽然他们有胆怯、恐惧心理，但还是进行了友好的交谈和接触。我们和民工同吃同住，他们再三请我们不要计较，我们说完全理解“独居一隅”地区同胞的处境，他们会慢慢认识毛主席、共产党和解放军的。将来交通变好了，他们很快会觉悟的。翌日，我们还是起得很早，不少妇女在远处、暗处观看我们。直到上午，村里人来人往时，很多妇女仍不敢正视我们，小孩抱住大人的腿。我们主动和他们打招呼，拉小孩的手，开玩笑。我坐在一块石头上，周围有七八个大人和小孩，安布也在场，他指着我说：“他是米米老冀，是汉族大哥，从汉地峨眉山来到卡布，这次差点掉到江里，给咱们甘丹珞巴送农具和银圆来的。”一个中年妇女问：“要钱吗？”安布说：“是无偿的，毛主席叫他们送来的。”我教小孩唱《毛主席的光辉》，开头没人跟唱，后来大人也唱了起来。人越来越多，安布擅长“演讲”，讲了一个多小时，大家鸦雀无声，听得很认真，像小孩在课堂上听讲一样。两个小孩坐在我身旁，摸枪摸腿，不时看着我笑。场面很感人，这是我在这个新区上的第一课，也叫开拓课、启蒙课，他们第一次听说毛主席、共产党、解放军、中国……到了中午时分，人们才恋恋不舍地离去。

午饭后，老定本阿旺益喜、现任定本次陈，虽村索朗旺扎的代表扎普玛和我们，还有向导走村串户访贫问苦，家家户户都拜访了。来到最后一户顿珠的家，我发现他家门口插着一人高的新鲜树枝“纳都欣”（忌讳树）。珞巴同胞家人生病、狗生崽都要插上它，三天内外村人不得入内，以免将鬼怪带入，伤害人畜。我们停了下来，没有擅自进入，得到了主人的赞赏。次陈从房内出来，说主人同意客人入内。扎西（小丁）会扎针灸，他进去为仁珍姑娘的关节炎扎了银针，并进行了热敷。连续3天下来，姑娘可以下地走路了，被传为佳话。我们还治愈了16个疟疾、感冒、胃病患者，受到他们好评，说“解放军还会看病，你们个个是医生”。珞渝热，疾病多，无医生，全靠巫婆、神汉来跳驱魔舞。在金珠基地，徐元功医助利用一周时间，教会了全体人员治疗十几种常见病，人到哪儿，治病到哪儿，治愈了大量病人，获得了“你们个个是医生”的赞誉。

在农具发放、无息贷款、救济等方面，我们都和当地头人一起商量，而且由他们讲、他们办，以示信任他们，群众也都会听他们的。开会那天，天放晴，是少有的晴天，江北岸3个村和大江南岸洛果等3个村，几乎所有成年人都来了，总共120多人，人人身着盛装，男子手持弓箭，腰佩砍刀，头戴熊皮帽，赤脚短裤，标准的珞巴猎人装束。次陈定本首先讲话，讲得也多，我们要宣传的东西他基本都讲了，结合他的见解，讲得很生动。几个珞巴向导也讲了自己的亲身体验，讴歌了共产党、解放军，对汉族大哥大加赞扬，安布最后说：“扎西他们3人，家有老，也有小，有爹有娘，过着好日子，可是他们为了让珞巴过上好日子，吃了好多苦，从龙勒到甘丹，逾越了‘朗切’，几次险些掉到大江里，浑身湿透，蚂蟥满身，不怕死，不怕累，把毛主席的关怀给你们送来了。他们为了啥？为了珞巴过上好日子。”老定本说：“我活了79岁，没人过问过我的日子。今天，太阳出来了，毛主席派汉族大哥从北京送来了农具、银圆，这是天大的好事，做梦也难以梦到的。毛主席是珞巴人的大救星。”他讲话时，有人激动得落了泪。这种场合，由他们出面效果更好，自己人教育自己人，现身说法是最好的教材，对新区的开拓更重要。今后，要继续发挥他们的作用，将宣传深化一步，取得更大的实效。我们充分利用这种场合，小丁和我都发挥特长，向新区同胞传播跟着党走的革命道理，开创工作的新局面。

发放大会激动人心。甘丹定卡六村户户都得到了农具，而且满足了户均2件的需求，最多的得到5件。次仁家劳力多，农具少，得到两把斧头、两把弯刀、一把锄头，笑得合不拢嘴。他说：“我原打算明年去扎木打工1年，能得到两把斧头。今天梦想成真，汉族老大哥还付运费给送来了，咋不感谢毛主席？家有男劳力3人，但只有一把斧头，每年等人家砍完树后再借来砍伐，错过了季节，树晒不干，烧不尽，影响了产量。这次得到汉族大哥免费赠送的两把斧头，彻底解决了问题，我要早动手，扩大刀耕火种面积，多打粮食，做到自给有余，帮助缺粮户，感谢共产党。”

这次共救济245个银圆，所有鳏寡孤独户都得到了救济款，有两个老阿妈跪地磕头，我们赶快扶起，让她们安静坐下，说：“这是毛主席、共产党送给你们的银圆。”有一户虽不困难，但因失火而无家可归了，我们也救济了他14个银圆。大江南岸来了6个妇女，是从藤溜索上滑过来的，其中一人说道：“我专门过来看看解放军是个啥样子的。结果个个是年轻帅哥，多可爱呀！”会议早早结束了，人们不愿离开，气氛还是那样热烈，谈得那样的投入。我们就见缝插针，见人就宣传，不管人多人少，有问就答。凡是有人的地方，我们就挤过去凑热闹，说不完，话不尽，总想把我们知道的革命道理都“倒”出来，让更多的人知道、践行，将革命事业干好。

散会后，我回头看看来的方向，几十户同胞世代繁衍生息在大峡谷的这个山窝里有多不容易啊！

向大峡谷冲刺
——神奇大峡谷

1994年4月17日，新华社向世界发布消息：我国科学家首次确认，雅鲁藏布大峡谷为世界第一大峡谷。过去曾先后被称为世界第一大峡谷的美国科罗拉多大峡谷，秘鲁科尔卡大峡谷则退居次要地位。

大峡谷是珞巴人、门巴人和藏族同胞的故乡，大峡谷以丰富的资源养育了各族人民，而各族人民又辛勤耕耘，捍卫并开发了这片美丽的疆域。

被誉为“极地天河”的雅鲁藏布江，是西藏人民的母亲河。她发源于喜马拉雅山北麓海拔5590米的仲巴县杰马央宗冰川，在海拔不足百米的原属墨脱县的巴昔卡村后流入印度阿萨姆部，易名为布拉马普特河，最后注入印度洋的孟加拉湾。西藏境内的雅鲁藏布江全长2057千米，横贯雪域南部，流域总面积240 480万平方千米，年平均流量4430立方米/秒，流域平均海拔4500米，是西藏第一大河，在我国各大河流中，其长度居第五位，流域面积居第六位，流量居第三位，仅次于长江和珠江。雅鲁藏布江自西向东流经藏东南米林、林芝、墨脱三县交界处时，围绕海拔7782米的世界第15高峰南迦巴瓦峰做马蹄形大拐弯，形成驰名中外的世界第一大峡谷。大峡谷的深度、长度及科研价值和壮观险峻程度在全球都是无与伦比的。大峡谷全长504.6千米，最深处为6009米，平均深度2268米，其深度居世界之首。美国科罗拉多大峡谷最深处为2133米；秘鲁科尔卡峡谷最深处为3400米。美国的科罗拉多大峡谷曾被认为是世界最长，其长度也不过440千米。雅鲁藏布大峡谷也是世界大峡谷中最窄的，两峰之间宽度仅21米，而世界著名的秘鲁科尔卡峡谷曾被认为是世界之最，最窄处为24.2米。与世界三大著名峡谷相比，我国雅鲁藏布大峡谷最深、最长和最窄，其壮观、险峻的地貌景观也是绝无仅有。《吉尼斯世界纪录大全》已于1994年1月正式将它列为世界之最。

我从1954年亲临大峡谷，身处大峡谷16载，其中深入大峡谷核心地段的“上珞渝”16趟，从不同方向串通了大峡谷全程，现将它简要叙述。

在我国境内，大峡谷的概貌不同。雅鲁藏布大峡谷入口处的大渡卡村以西，江面开阔，水势平缓，可以行船、捕鱼。从该村向东，开阔的河谷急剧收拢，两岸形成陡峭的绝壁，江水奔腾咆哮，气势磅礴，汹涌的江水自西向东，一路穿石凿壁，狂奔到南迦巴瓦峰北部山脚下的西兴拉山时，迎面碰上一堵巨大的直立岩壁，江水拐弯掉头朝西北方向奔流而去，声势浩大，十分壮观。这百里路段，只在距入口20公里处有一个六户藏族同胞的小村——加拉村。在20世纪初，就有一位英国人贝利从派乡进入了大峡谷，并在白马狗熊处发现了大瀑布。1924年，英国植物学家、探险家沃德沿相同路线进入大峡谷，越过了这段险路，到达墨脱县洛果村。这段路程几乎全是悬崖，行人无法通过，我3次遇悬崖都是顺山沟攀登，至南峰雪线绕道再下到山腰，仅绕道西兴拉就耗去一天时间。这段峡谷最深部位的岗朗至达波段称为抗底峡，是最为险峻和壮观的一段。这一段峡谷横断面呈V形或U形，两岸是40度以上的陡坡或直立的绝壁，江面宽度不足百米，最窄处35米。这一带水流湍急，实测流速16米/秒。江中偶有巨石阻挡，翻起滔天巨浪，震耳欲聋，远观好似可以飞身越过。大自然造就的如此惊心动魄的“地裂缝”，令人叹为观止！大峡谷把喜马拉雅山一分为二的大切口处有巴玉（猴子玩要之地）村和扎曲村（岔口）两个村，在这里同从易贡奔来的帕隆藏布江汇合，江水增多，水势更加汹涌，流向转变为西南，下流百里有3个区几十个小村，仍是核心地段。从此，雅鲁藏布江改向喜马拉雅山南麓奔流。喜马拉雅山一分为二，南迦巴瓦峰为断头峰，它的接头峰从江西的扎曲向通麦、然乌方向延伸。独特的地质构造，造就了雅鲁藏布大峡谷险峻的地形和独具特色的地质景观。西藏南迦巴瓦峰地区位于欧亚板块和印度洋板块之间，由于挤压地壳隆起上升形成。有的向上拱起成背斜，有的向下弯曲的斜槽部受挤压比较坚硬不易被侵蚀反而成为山峰，如南迦巴瓦峰。大峡谷三面环山，被喜马拉雅山、念青唐古拉山和横断山所环绕，它们是地壳运动而形成的雅鲁藏布江缝合带，其独特的气候带、植被的垂直分带，使大峡谷给人类留下了许多未解之谜。

那么，大峡谷是怎么形成的呢？各有传说，据珞巴人传说，从前，天底下的河流很多，有向北流的，有向南淌的，有西去的，也有东回的。可在西藏最北端，有一座叫“冰山之母”的冈仁波齐神山，她有4个儿女，大哥雅鲁藏布江，二哥狮泉河，三哥象泉河，小妹孔雀河。它们听从白发双鬓的老母教诲，到世界各地见世面。经过商量，决定3年后到印度洋汇合。大哥雅鲁藏布江劲大如牛，劈开了好多大山，来到雅鲁藏布江入口处的芝伯村时，在老爸“冰山之父”南迦巴瓦峰山脚不停地挖呀挖，突然飞来一只黑鹞鹰，它谎称：“你的3个弟妹都在印度洋相会了，你还在这里磨蹭，想长期住下不成？”雅鲁藏布江听鹞鹰这么一说，便心急如焚，遇到悬崖就往前闯，遇到深沟就往下跳，它围绕老爸来了一个急拐弯，往下冲去。大哥给后人留下的这个大拐弯，就是急于赶路的结果。珞巴人说，后来，大鹏鸟判黑鹞鹰永世不得落地喝水，至今，它只能在天上苦喊“我渴、我渴！”这是它撒谎得到的报应。1924年，英国植物学家沃德在扎曲也记录了这个故事。

传说归传说。科学家初步分析认为，原来雅鲁藏布江是由西向东流的，由于造山运动使喜马拉雅山的地势抬高，使雅鲁藏布江江水倒流，形成了典型的“河流袭夺”；另一些科学家认为，雅鲁藏布江大拐弯绝不是“河流袭夺”，它的形成是适应断裂构造发育的结果。科学的最后结论只有在获得大量第一手原始资料的基础上才能得出。我们期待这一天的早日到来。

向大峡谷冲刺
——大切口之谜

一条2000公里长的大山横亘在雪域高原的南部，它就是举世瞩目、闻名遐迩的喜马拉雅山脉。在它的东西两端有两座名山，在这里，流传不少脍炙人口的民间故事：这里，罗刹魔王生灵涂炭，横行霸道，然而一对善良的老神王自下令不准杀生后，从此地上生灵多起来了。老神王的善举遭到专吃生灵的罗刹魔王的忌恨，便令魔鬼们强行把女神王竖立在大山的西端，故人们称冈仁波齐为“冰山之母”。然后又强行挟持把男神王竖在东端——南迦巴瓦峰，人们称之为“冰山之父”。从此老两口可以看见，但永远不能相聚了。

喜马拉雅山从西向东蜿蜒至林县德阳村时，即扭转方向又至大北方，雅鲁藏布江也跟着向大北方流淌。大山向北直奔百里，抵达林芝和墨脱县交界处的刀嘎村、巴玉村和扎曲村三岔路口时，喜马拉雅山突然一分为二，出现一个大缺口，江水从缺口沿喜马拉雅山南坡向东方的卡布村奔流。南迦巴瓦峰就是喜马拉雅山东端的“断头峰”，它的北面、东面和南面就是墨脱县的辖区，北面是上珞渝的3个行政区，东面和南面是墨脱县的主要区域。大山大切口三岔路口处的巴玉村位居大江东岸，扎曲村位居大江西岸，两村可以来往，江北岸是墨脱县刀嘎村（白石之意），刀嘎村原来可以徒步到扎曲村再去排龙村，1950年的大地震彻底摧毁了这条便道，2.5公里长、上千米高的悬崖阻断了外出道路。从巴玉村沿江东岸去墨脱只能翻南迦巴瓦峰的“断头山”——3900米的果布拉。

1997年4月就是我第28次翻过喜马拉雅山。翻果布拉有两条路：一条是沿半山腰去洛果村，5公里的路程，全是在悬崖或栈道上通过，极度危险。墨脱县委领导财旺江措、扎巴丁增和人大代表于2、3月份外出开会，得冒险走过此路；而另一条则是翻山越岭，我们是踩着几米深的雪从山顶越过的，5公里“走”了3天。即使在无雪季节，翻越此山也要在两边山腰石洞各住一天，悬崖、独木梯、栈道、塌方一个接一个，十分恐怖，单人不敢行动，必须结伙，互相关照，才能成行。站在果布拉山顶俯视，江对面的刀嘎村是大切口的起点，山顶高耸入云，大山北坡是通麦、波密、然乌湖，大山在八宿县与横断山脉相会。从刀嘎村开始，大山南坡是墨脱县的上珞渝、卡布和金珠区，大江沿大山南麓流向卡布村，然后急转弯，由向东急转流向大西南，通过非法的“麦克马洪线”流向印占区，最后汇入印度洋的孟加拉湾。

喜马拉雅山这个大切口，南端是南迦巴瓦峰的果布拉，北端是刀嘎拉，两山相距约3000米，有3公里宽的大切口，远眺很像一线天，上千流量的雅鲁藏布江从狭窄的河谷通过，发出惊心动魄的咆哮声，令人望而生畏。大自然赐给人类多少财富，同时又给人类造成多少灾难，还给人类留下多少难解之奇谜，这个大切口就是其一。奇谜出在珞巴人的家乡，那么，他们是怎么解释的呢？珞巴朋友对我讲了当地的几个说法，但公认的是：在古代，喜马拉雅山是连在一起的，而西藏的江水都汇集山北，形成了大湖，淹没了许多村庄，卷走了一切生灵。珞巴人的祖先阿巴达尼是个善良的人，他乘大鹏鸟飞向天空，乞求天神降福消灾。天公听后被激怒了，责令无数个20（珞巴人最高数字）位天神天将下凡，在喜马拉雅山脊上挥动大斧，砍出了一个大缺口，雪域的湖水通过这个通道流向印度洋。从此雪域没有了洪水泛滥，人们过上了祥和幸福的日子，每年不忘多次祭祀天神，以示感恩。

一提到大峡谷、大切口、喜马拉雅山，必然和“苦”字相联系。因为那是我们这些身居“孤岛”边防战士的切身体会。1988年8月1日，这是我离别墨脱后重返故地的第18年，当日坐在旁辛村头，吃着盐巴水泡饭，度过了自己的55岁生日。我看着奔腾的大江，自言自语地说“太可惜了”！因为想起1959年5月剿匪时，我在大峡谷西兴拉处看到大江像瀑布直落几十米，不由设想！要是在此建一水库，不移民一人，年可发电4000万千瓦。电站建成，强大的电送往达卡（下游的孟加拉国）、孟买（印度）和拉萨；还可养殖，消除下游各国水患，万吨巨轮从印度洋直达拉萨。

1955年2月我于甘丹村写的日记：“我今天走险路，是为了让孩子们骑马坐车，孙子们坐火车和轮船呀！”

这趟大峡谷之行往返共20天，我搜集了很多民间文化，其中民间故事8个，歌谣58首，谚语42条。

“墨脱要想富，沿江修公路”，这是我1997年4月随新华社《墨脱》摄制组返抵八一镇后，向中共林芝地委金喜生书记汇报墨脱之行时讲的题目。大峡谷是一块宝地，是墨脱的摇钱树，也是林芝、西藏的摇钱树，应充分释放它蕴藏的能量，造福人民。

向大峡谷冲刺
——开发大峡谷造福边陲人

我写的《大切口之谜》一文中，称“墨脱要想富，沿江修公路”，以此为中心向中共林芝分工委做了汇报。时间过了40多年，变化很大，尤其是扎墨公路通了车，现再次提出愚见，供有关部门参考。

雅鲁藏布江是西藏的母亲河，全长2057公里，其中大峡谷为496公里，在中国境内为340公里，被印度侵占的我国下珞渝地区为156公里。就我国境内的河谷地段而言，我前后单趟16次徒步穿越过大峡谷，各段地况地貌略知一二。

在大峡谷中，道路艰险的有120公里，其中80公里是从大峡谷入口处的米林县派乡达图卡村至林芝县的巴玉村，不在修公路的范围。我所说的公路线路是指从林芝县排龙乡318国道沿帕隆藏布江东下至扎曲、甘丹、加热萨、卡布、墨脱和边境希让村。在这280公里内，有悬崖峭壁5处，全长5公里，其中最大的“刀嘎”悬崖有3公里长。这一段有14处大坍方，其中最大的4处，长度百余米，泥石流河床距河岸几十米宽，一般情况只需要架设6座钢索吊桥，桥长不足百米，不需要跨越雅鲁藏布江，均沿大江北岸前行。我的设想是：沿江修路经过5个乡（全县8个乡，现在扎墨公路只经过2个乡），5个乡80%的村落通车（大江南岸村落稀少）。这一段是大峡谷的核心位置，现称为“绝路”，基本形成“孤岛”，人员来往极少。可是，这一段又是大峡谷的精华——“摇钱树”“聚宝盆”，是探险寻幽、科学考察、人文采秘的大本营。这段险路的对面（南）就是海拔7782米的南迦巴瓦峰，它从上至下都是宝，下部是奔腾的大江，江岸是可制造耐几千摄氏度高温的石锅的皂石，上边是原始森林，林中有成百的白猴群，海拔3500米以上有白唇鹿、羚牛、香獐、岩羊等。这一地段悬崖千姿百态，是攀岩的理想地段；若这条沿江路修通了，便可在甘丹乡建旅游基地，在普巴荣山沟建万亩特色茶园，在海拔3800米的原普巴荣村建登山、科研、人文民俗村等项目的基地。从这里翻南峰海拔4150米的纳拉，将原来险道修通马行道，当天可达南迦巴瓦峰西麓的芝伯村，距派乡只一天路程。建了基地，同样是保护区，禁猎，不扰乱动物的生活。其投入将大大低于雪山上挖隧道的费用，可四季全天候通车，既开发又保护了这块宝地，造福边陲人民。现在凿几百米、几千米隧道不在话下，沿江打洞和在山上打洞不同，沿江打洞的碎石头可顺便滚入江中。若在山上打洞，一般坍方泥石流从山沟冲下，两岸均高百米，就得在百米之上架桥走汽车。退一步说，若遇无法逾越的大坍方，从大江上绕过，得多架两座跨江大桥！总之，我热爱墨脱，将其视为第二故乡，期盼边陲人民早日脱贫，走上幸福美满的社会主义大道。

西宫村救灾

1954年，位于亚热带地域的墨脱县遭受了40年来的首次涝灾，门巴人的主食玉米几乎颗粒无收，群众的生产生活受到了严重威胁，不少农户的生活难以为继，偏远山村的情况更为惨重。当时，政权掌握在三大领主手里，而群众对我们不十分了解，我们要和群众见面，要为群众办好事，就一定要和上层人物说通，否则，阻力会更大。白马岗工作组党委决定从经费中抽出2500个银圆救济缺食少种的群众。经过与色拉寺派来的宗本等官员一道学习了《十七条协议》，征得他们的同意，我们便开始行动了。一下乡，主动权便掌握在我们手里了。

西宫村在1950年大地震时被隔绝，距我们驻地有三天的路程。它位于贡堆颇章神山脚下，居住有12户门巴群众。入春以来，不少人外出借种贷粮，群众的生产、生活极度艰难。为了使他们早日摆脱困境，我被派往那里进行救灾工作。我和向导普布从海拔650米的雅鲁藏布江边的布顷村出门便开始爬山，山势陡峭，荆棘丛生，走在青苔上，摔得鼻青脸肿，摔倒了爬起来再往上攀爬。锋利的巴茅叶和荆棘在我们的手上、脸上、腿上划了许多血口子，汗水和雨水渗进伤口，钻心地痒疼。通过原始森林时，蚂蟥爬满了全身，开始时一条一条地捉掉，后来干脆用小刀往下刮，休息时竟从身上逮到了39条“漏网之鱼”，身上留下19个洞，鲜血染红了军装。历经艰辛来到西宫村，我俩被全村的父老乡亲簇拥着，一群赤身小孩摸我的枪，拉我的衣服，乡亲给我送来了香蕉、甘蔗、鸡爪谷甜酒，为我换下湿透的衣服。

在村民大会上，我用门巴语宣传了《十七条协议》、解放军和共产党的性质、解放西藏的伟大任务、我军进驻珞渝和发放救灾农贷的意义。村里所有的人都来了，他们听得很认真，我耐心地回答了他们提出的二十多个问题。拉吾次仁、阿比卓玛、果比等向我们倾吐了他们的苦难，然后一起畅谈了向往幸福生活的共同心愿。会上，穷苦户领到了10~20元的救灾款。老阿妈阿比双手捧着15个银圆紧贴脸庞，半天才说出一句门巴人的共同心声："共产党、毛主席、解放军是门巴人的大救星！"

群众的温饱问题

1955年11—12月，我两次深入墨脱县金珠区民间调查群众的生产生活实况，20天的调研，收获很大，针对藏族同胞悲惨生活有了实际的了解，并制订了下一步的行动计划。调研过程就是学习的过程，现实给我上了一堂生动的政治课。群众的生活比我老家河南穷人的生活还要苦，还要艰难，他们每天的饭菜不比猪吃得好。因此，我暗暗下定决心，努力工作，创造条件，搞好生产，让边境人民站起来，翻身得解放，和我们一道把珞渝建设好。

去年粮食收成情况：兴凯一带粮食产量一般；布隆村及宁巴一带粮食歉收严重，只有往年的一半或三分之一。群众的主粮和饲料主要是玉米，它产量高，耕种简便。但它是一年生雌雄同株异花授粉作物。今年雨水太多，而且又集中在作物授粉的关键期，授粉不足，造成玉米棒子光头或仅有一半的籽实，不饱满。这是自然灾害，当时还很难克服。

全区群众生活状况：布隆村以上11个村庄的群众基本可饱肚，只有五分之一的困难户（约24户）一年缺粮几个月。古当以下的4个村尤其宁巴村最为严重，20户中只有3户不缺粮。

一半人家都是一天三顿喝稀饭，有7户的粮食仅够吃半年，少数借粮度日，多数以棕榈树为食，但吃久了就便秘胃胀。

群众生活苦是因为歉收，属自然灾害，但归根结底是旧制度压抑了群众的生产积极性，没人安心生产呀！我多次问他们为什么不多耕种一些土地，他们回答：地多差就多，越不够吃，还累死人。我明白了，现在还是旧制度，属封建农奴制，政教合一，由寺庙、贵族、官府所构成的农奴主控制了全部生产资料，群众没有一块巴掌大的私有土地，你要开垦就意味着要给农奴主地租和一半收获，还得承受多如牛毛、名目繁多的差役。

“现时的社会制度不予变更”，这是《十七条协议》规定了的，我们目前不去触碰，但可以创造消灭它的条件，做好眼下的具体工作才是必要和重要的。群众是现实主义者，他们通过看得见摸得着的实实在在的事才信赖党、军队和我们。

下一步打算是：快过年了，做好慰问救济的准备工作；大力宣传同舟共济、互帮互救；工作重点放在重灾区，以宣传为主，互帮和节俭相结合，充分做好明年生产的准备工作。（说明：墨脱县原由金珠、旁辛和墨脱三部分组成，分属不同领主，金珠区由松宗寺管辖，旁辛区由倾多管辖，墨脱由色拉寺管辖。1959年5月平息叛乱后，统一成了墨脱县。金珠区位于墨脱县最北部，紧靠喜马拉雅山南坡，地势稍高。大约在19世纪后期，康区类乌齐的善男信女朝圣于此，经和珞巴首领协商，在此定居下来，后来朝圣者逐渐增多，至20世纪50年代达到千余藏族同胞。这里原是卡布珞巴的猎场，距波密较近，地势稍微平坦，可耕土地较多，1952年我军进抵驻扎，作为工作组基地，适时向外开展工作。）

挂在墙上的加热萨村

1955年2月7日，我们农贷救济工作组来到加热萨村，住在丁本布阿牛家。为便于工作，在以统战工作为主的期间，我们每到一地都住在当地头人家里。布阿牛是珞巴族头人，在当地群众中有威信，加之他长期患慢性肠胃病，需要治疗，我们工作组唯一的徐医助便前来诊治。他和珞巴兄弟都欢迎我们进村工作。这是第三次了，群众很友善地接待我们，农贷、救济、无偿赠送铁质农具都进行得很顺利、很成功。

加热萨地理位置十分重要，是旁辛地区的战略要地，此地向北是翻越喜马拉

险要的村庄。（冀文正摄）

雅山遂拉山口到波密遂村的路，向西是“朗切”（断路、绝路）。1950年8月15日那场8.5级的大地震，彻底破坏了从此通向林芝排龙沿江的便道，雅鲁藏布大拐弯成了绝路，极少人来往，向南正对着海拔7782米的南迦巴瓦峰，山头终年白雪皑皑；向东至卡布去金珠区，或向南去墨脱。这里是“一夫当关，万夫莫开”，从前波密王派得力官员把守此地。

这里有4个小村，居住着43户勤劳善良又好客的珞巴同胞，他们在恶劣的环境里与大自然搏斗，创造了自己独特的文化，两天的时间我搜集了3个故事和6首歌谣，生动感人。

这里是高山峡谷区，连巴掌大的平地都很稀少，民居、土地都好似挂在陡峭的山坡上，盖一座100平方米的房子，需下挖20米，将土推到边缘，来增加平地面积，再在平整出来的地上盖房筑屋。滚下的泥土、石块便落入距村几百米远的大江里。这里更不要说建造篮球场了！从窗口向外望去，可以清晰地看到像海一样的原始森林，从山头直到江边是白色的大垮沟，密林中的村庄和土地，汹涌咆哮的大江，高山头上都戴着“白帽”，无数条溪水从山沟向下飞泻，片片沃土满是绿油油的禾苗，坡上锄草人的歌声在山谷中回荡……一幅优美的图画展现在眼前，多么可爱的边防！大地一片翠绿，这就是珞渝的冬天。现正是严冬，山头在降雪，雪线迅速下移，但这里的河谷却温暖宜人，桃花含苞待放。这时从丁本的客房窗口飘进了优雅悦耳的歌声：

我不是没有家乡，
我家在三种三熟的地方；
我不是不爱家乡，
是因为那里没有太阳。

这是珞巴人的心声，这是珞巴人的向往。

美丽的边陲风光

我们农贷救济工作组从卡布基地出发，至今已经7天了，翻大山1座，滑藤溜索1条，逾越百米大垮沟1个、小垮沟3个，做了3个村的工作。1955年2月6日，从旁辛根登村来到旁固村，这里是个大半圆形山沟，沟里有5个小村落，是以氏族为单位组成的小村，一村10来户。坡度稍缓的大片原始森林里是现耕和弃耕轮休的刀耕火种地，竹林、芭蕉林镶嵌在黛青色般的森林里，村边、溪边是梯田，不少小村都被淹没在香蕉、桃树

边陲风光——桫椤、香蕉树。（冀文正摄）

林里，多么美丽的田园风光呀！

我站在村头向南眺望，千里奔腾来的上千万个流量的雅鲁藏布江在大拐弯里咆哮，几里外都听得见，它就像一条巨龙在大峡谷中蜿蜒向前冲击，流速迅疾，翻起的白浪达几米高。岩石之上是森林或悬崖，再往上是南迦巴瓦峰北坡，它害羞，怕见人，很难看到它的“头”，我在这里工作16年，看到它的真面目也不足百次。再说，“绿度母”这个女神善良得很，它的颈部是草甸，养育着香獐和羚牛，它的腰部是原始森林，成群的白猴在林中欢腾跳跃，狗熊、野猪、黄羊等上百种野兽也与白猴和睦相处。江边河谷养育着世代繁衍的珞巴人、门巴人和藏族同胞。

我从豫皖苏大平原来到这荒山野岭，开始并不习惯，思家念亲，后来慢慢也适应了，富庶的边疆，勤劳的人民，美丽的风光……我被它感染，被它打动，我和当地人民一样——热爱祖国的边陲！

社会责任督促我行动起来！

人们对民族民间文化的认识往往有一个渐变的过程，最初认为它是糟粕，封建迷信色彩较重。我经过学习，改变了看法，认为民族民间文学是创作文学的基础，传统的优秀民间文学是国宝，是不可再生的文化资源，是一个民族前进发展的精神动力，是一个国家、一个民族的希望。由于认识的提高，在抢救和继承门巴和珞巴民族民间文化方面我也有了动力。

刚开始的那几年，我在搜集民间文化中也有失误，偏爱情歌和时政歌，截至1957年，仅情歌就近千首，经联系人民文学出版社，同意出版。第二年稿子被退回来了，说“现在是厚今薄古时代，不宜出版这类题材”。不久，中国民间文艺出版社杨惠临编辑发现此稿，由他们出版了，这本书就是由当时时任西藏人大常委会副主任雪康·土登尼玛作序的《珞渝情歌》，我首次得到800元稿费，相当于半年的工资，心里格外高兴，决心继续干下去。从此，我搜集范围广了，劳动歌、酒歌、祭歌、葬歌等都加以网罗。各种民间故事也都进入我的视野，但摒弃了不少我认为的“黄色的故事”。实际上这些故事很有教育及启迪意义，既形象又深刻。后来没过多久，我补上了这些缺憾，既有故事，也有歌谣。从这开始，我遇到什么记录什么，然后分类整理，这类“另类”有些竟成了供有关方面研究的不可多得的原始资料。我体会到，搜集少数民族民间文化不能仅凭自己的喜好，或有无意思、意义来决定取舍。人们的生产生活极其广泛，思维活动是多方面的，它是用故事、歌谣和谚语等来表现的。因此，要全面搜集和记录才能反映出一个民族的全貌。我在后期的搜集活动中，注意纠正了以往的偏见及单一，视野开阔了，搜集成果也就全面和丰富了。

回首我的墨脱16年，虽然搜集条件优越，又身居其中，天天和群众见面打交道，但我的工作较繁杂。县委仅14个人，县委、县政府只有一个办公室，主任只有我1人，没有秘书和工作人员，什么事都得管，军队的、地方的事务缠身，空余时间不多，抽不出更多时间从事业余搜集、创作。不过，我还是“见缝插针”，利用一切时间、途径来搜集、翻译。当时，我一没有计划，二没有提纲，碰到啥搜集啥，零碎，不系统，不完整，看起来记录了许多，但一分类整理，觉得又缺少很多。这时，我已调离墨脱去拉萨了，只能另想办法弥补这缺少部分。

我到了拉萨的自治区民政厅。机关大了，人多了，我这个副秘书长只分管残疾人群，于是有了更多的时间来学习。在墨脱对整本书的翻阅是没有条件的，而在拉萨的一两年里，我读了十几本有关中外的民间文学的书，有的看了多遍，如美国民族学家摩尔根的《古代社会》，还有日本柳田国男的书也反复阅读，钟敬文、张紫晨的书也是当作必修课一样来读。书看多了，眼睛亮了，心胸开阔了，觉得自己原先搜集的思路太窄，资料太少，不成体系。于是我订了搜集提纲，大题目下还有小题目，有整整3页纸。

在这里，我要说1971—1980年是如何在“休养生息”或“养精蓄锐”中度过的。

1970年我调离墨脱县，中共西藏组织部先是安排我去墨竹工卡县“照常供职”任副书记，后又调去当雄县任同职，我都拒绝了，于是组织方面征求我的意见。我说“能当堆龙德庆县农牧局长就满足了”，组织同意了。我认为，农牧局长职务比书记小，但权力大，管全县3万人口、13万亩地、80万头牲畜，正是发挥我热爱农牧业的特长和释放农业知识能量的大好舞台。这十年间，我有三分之一的时间都步行在乡间。其中，1971年秋季蹲点岗吉乡，按照我的“农民要想富，种粮种草多栽树”的思路和设想，全乡三分之一的上等地均多翻一次土，施足底肥，种植青稞、小麦；三分之一的中等地施足底肥，当年秋季首次播种冬小麦；三分之一的下等地栽插以柳树为主的林木，林中撒播苜蓿草。推广这种种植方式尽管遇到了一些困难，但经过反复讲明它的好处，最后还是深得基层干部和广大农牧民的支持，这种耕种方法推广得比较顺利，加上田间管理环环相扣，成果大见奇效。尤其当绿茵茵的冬小麦麦苗覆盖地皮时，老农们不时地去观看，并惊奇地感叹：“寒冬麦苗还在生长，奇迹！”农林牧副抓得实在，有声有色，取得了优异成绩：粮食总产增加18万斤，苗木长得葱绿，苜蓿草盖住了地表。第二年，中、上等地实行粮食和豆科植物轮作，年年粮食增产在15%以上。第三年，苜蓿草满足了3万多头牲畜的口粮需求，彻底改变了“春死关”：往年，春天是产羔期，母畜瘦弱，大畜、幼畜死亡率高；现在，产羔期有大量苜蓿草可食，不但死亡率大大减少，而且母壮子肥。才3年时间，岗吉的经验在全县得到全面推广，我在每年的“四干”（县、区、乡、社级干部）会上，用藏语介绍岗吉农林牧副全面发展的经验，深受好评，称我是“生产老师”“生活老师”。

榜样的力量是无穷的。通过三次岗吉现场会，岗吉的经验得到上级和全县各区、乡的认可，临近县也频繁前来参观。不足3年的时间，冬小麦种植成了全县各村各队的头等任务，粮食大增，从而解决了全县人民的温饱问题。植树造林也大有成效，新、旧林卡均种了苜蓿草，如岗德林5000亩新林卡、柳梧万亩新林卡，林草齐生，一方面解决了牲畜牧草的困难，“春死关”成了历史，生育率高，成活率高；另一方面又起到了防风固沙、保护城市和土地的作用。我每年春季同柳梧区区委书记高占才（藏族）带领群众战斗在柳梧沙滩，经过6年的奋战，4000多米长的拉萨河滩上，有500多米宽的沙滩被建成了绿树成荫的林卡，树下的苜蓿草可供人畜食用，它的根部还能吸收大量氮气转化成肥以供林木生长。柳梧上万亩的林卡抵御了风沙飞扬，减轻了风沙对拉萨市的侵袭。

在堆龙的10年间，堆龙就是我践行1953年学到的农牧业知识的试验场。工作再忙却没有忘记墨脱的事，在岗吉蹲点时还接待过36人的墨脱参观团，并答应：“我一定会感恩墨脱人民，兑现我的承诺，还要写几本有关墨脱的书。”墨脱的事一直挂在我心上，我一直在寻找时机，完成历史赋予我的社会责任——出版关于墨脱的书。

1978年，西藏文联为了培养和扩大文艺创作队伍，举办了历时3个月的讲习班，每个月6节课，每节课3个小时，主持人是自治区文联的廖东凡、周艳炀，老师叫蔡本湘。我从堆龙骑自行车前去拉萨听课，都是揣着两个馒头（舍不得进馆子）、一水壶开水。老师讲得很通俗，深入浅出，既讲创作文学，也讲民间文学，我偏好后者，还做了笔记，不时还向老师提一些问题，都得到了满意答复。通过十几节课的学习，我对民间文学有了进一步的认识，对搜集方法也学到了许多。

1981—1988年离休的这8年时间里，我系统看了许多有关书籍，对自己帮助很大。其间，文联又举办了一期搜集传统文化的专题学习班，边学习边实践，对我又起到了促进作用。8年间，我邀请了门巴族、珞巴族民间艺人益西平措、桑杰绕登、白洛、达穷、罗布等人从墨脱前来拉萨寒舍居住，并管吃，还包往返路费及每人200元误工补贴。一般上午录音，下午上街朝圣，每趟1个月左右。环境好，时间充足，准备得充分，每次录音都令我满意。随后我再梳理搜集内容，根据提纲和需要，提出下一步计划和要求。在离休前我就进行了一次大梳理，并制订了“走进去”的安排和物资准备，同时也做好了家人的思想工作和吃大苦的精

作者采风门巴族老人。（冀文正提供）

珞巴族朱嘎一家(一夫两妻)。（冀文正摄）

神准备，“掉膘十斤，也要前行”，坚定了再访墨脱的决心和信心。

截至2008年，我离开墨脱县已经18年了，其间尽管不断接触过不少门巴和珞巴同胞，在他们交谈和采录中，深感民间文化消失得太快。他们说：“现在人们生活水平提高了，几乎家家户户都购置了收音机，媒体花样繁多，内容丰富多彩，卡拉OK成了人们生活中不可缺少的部分，年轻人爱听别人的，不爱唱自己的歌。”我还发现，50岁左右的人很少有人会说自己民族的故事、会唱本民族的歌谣。50岁开外的人虽然会讲一些看似久远的故事，但许多重要长篇故事中的不少情节都遗忘了。我只有采取多次录音，或将多人讲的故事拼凑起来的办法进行记录。这事深深震撼了我，抢救优秀的传统文化再也不能拖了，迫在眉睫。我决心在有生之年寻机再度故地重游，尽力搜集更多的原生态资料。

机会终于来了！1988年5月我离休，雪融化刚开山的7月，便启程第23次翻越喜马拉雅山奔赴墨脱。这一趟去墨脱近4个月时间，我采访的人很多：如亚东村歌手旁格是全县有名的歌王，原来三天三夜也唱不完的歌，现在却唱不了几首，自称忘了；墨脱故事大王洛桑小故事可讲几个，长篇的都记不起来了；原来一个月有5天为“堆桑”（休息日），白天休息喝酒，晚上在篝火旁跳舞唱歌，现在基本无影无踪了，收音机里的歌声回响天际，全是外来的文化，土洋结合，互相融合！

使我感受最深的是离休后第二次（1997年）重访墨脱。这次采访难度更大：会唱会说的人更少了，而且他们不愿说也不愿唱，认为自己的不如外来的好。幸亏这次有8个月足够的时间拼凑一个完整的故事。门巴族的神话故事《白蛇公主》历时5天，请了桑杰绕登、洛桑等5个“故事大王”才将万字的故事拼完整。机智人物江安的故事虽个个千把字，也是几个人相加才使它完整起来。情歌、时政歌也同样如此，往往一首歌有不同解读，要几个歌手参与，最后以多数人认可的为准。我的朋友对采录没有忌讳，凡是他们会的、知道的都无私地贡献出来，甚至往返多次也不嫌麻烦。对陌生的探访对象，有时却心有余悸，不太乐意接受探访。这时，我就耐心地讲采录的重要意义，或者用“对酒放歌”，买一葫芦鸡爪谷甜酒，边喝边议、边唱边说，一人引唱多人伴唱、伴说。这种场合不仅热闹，收效也大。我这一趟录了87个磁带（174个小时），很多都是鲜为人知的。

这次的搜集采录能按时完成，多靠藏族和门巴族、珞巴族朋友帮了大忙，藏汉字典的帮助也不小。我搜集的第一手资料都译成了汉文，又历时13个月，将近百万字的两个民族的原生歌谣、谚语译成了汉文，并且趁热打铁又译成藏文。

总之，历时半个世纪，我搜集的原生态资料500多万字，译成汉文和藏文约28部，已出版了22部。我将继续努力，力争在近年内再出版7本。

门巴族婚礼小景

今天（1963年8月9日）我和县委副书记付恩风进村工作，住在“学本”（村长）曲杰家。知己朋友旺堆通知我，欢迎两位“刀桑”（朋友）参加明天儿子扎西的婚礼。

我俩按时到会，坐在临窗的贵宾席上。门巴族的婚礼趣味性很浓，座位是相当讲究的，喇嘛阳色坐在排头，新娘的舅舅、兄长、父母、媒人、伴女和新娘、新郎依次盘腿而坐，最后是贵客，约30人。每人面前是一长条桌，桌上的一个“邦琼”（竹皿）里放有3个“库巴”（油炸饼）、3节甘蔗和3个香蕉。本来参会人员是预先确定的，人均有份，且数量、大小均是精心选定的。此时的舅舅显得十分威严，一会儿，只见他拍击木桌，生气地说：“为什么少放两堆？我们姑娘缺少了什么？”这时，男方再三赔礼道歉，又端出两堆。吃饭时舅舅又再次发难达到高潮，“为什么肉块大小不一？”“为什么缺少心脏肉？”他每次拍桌瞪眼后，男方立即补上缺的东西和一个藏币、一束白线（象征哈达），并弯腰道歉，再送上一份饭菜。最后待舅舅脸上露出笑容，大家才吃喝起来，说笑自如。宴会充满了欢乐、和谐和幸福的气氛。

婚礼中的许多过程令人捧腹大笑，有的是无中生有，有的是故意发难和挑剔，这是祖传习俗，不这样就显得不尊重祖先，会引起亲朋和村人的责难。因此，挑剔得越离奇越让人高兴，越受好评。

舅舅在门巴族社会中的特殊身份应该是“舅权为母系社会的残余”在今天的延续吧！铁器输入墨脱约300多年，促进了生产力的发展，逐步变革了社会结构，社会由母系氏族社会向父系氏族社会发展，社会财富由父系创造和支配。但社会的演变是漫长的，母系社会遗留下来的残存将长期存在。如门巴族谚语说“阿江五吉，米拉马孝”（舅舅姑娘，别嫁他人），这种习俗不易消失。

为了门巴族和珞巴族同胞的尊严
——追忆我在申报确认民族成分中的作为

1964年和1965年经国务院批准，门巴族和珞巴族各成为一个单一民族，成为伟大祖国56个民族大家庭中光荣的一员。我看了文件，听了广播，心情十分激动，我10年的努力取得了成果，实现了夙愿，为门巴族和珞巴族尽了自己的责任。

门巴族猎人的英姿！（冀文正摄）

（一）

“记者在老冀家中，目睹了他当年撰写的上万字的调查报告原稿，1964年和1965年，国务院相继确认门巴族和珞巴族为单一民族。”（梁峰，《中国国防报》2001年3月14日）

“门巴族、珞巴族是我国人口较少的少数民族。冀文正作为我军早期进驻墨脱的工作人员之一，为他们成为单一民族做出了自己的贡献。”（罗洪忠、刘励华，四川民委《民族》杂志1998年6期，成都军区《战旗报》1998年6月4日）

“在进行了广泛的社会调查之后，冀文正同志于1955年、1956年和1963年先后3次向有关部门提交了11份材料建议确认门巴族和珞巴族各为一个民族。1964年和1965年国务院分别批准了门巴族和珞巴族为一个单独的民族，在这点上，冀文正功不可没。”（罗洪忠，《西藏文化报》1997年5月20日）

几十年来，有20余家媒体介绍了我所做的对两个民族的认定工作，但我从来低调处理此事，认为没有什么值得宣扬的，这是责任，也是义务。为了说明这段历史，我才写下这篇文章，供人们研究和参考。

（二）

1950年春，成都战役结束后，我们第十八军奉命进军西藏。2—4月，西南军大八分校二大队4个中队500余名学员在乐山城突击速成学习藏语，让我们在100天左右速成学完藏语四年级的功课。时间虽然短，但基础打得牢，如日常用语可以和藏族同胞任意交流，想说的能表达出来，想了解的基本可以如愿。

在进藏前的几个月准备阶段，我跑遍乐山仅有的八九家小书店，寻找有关西藏方面的书，书有10多种，但身上的钱不多，也背不动。最后咬咬牙选购了英国人写的《旅藏二十年》及《西藏图志》《藏地旅游》《联豫奏稿》4本。这些书伴我进藏，有空时就翻一翻，以增长知识，了解一些藏地风情，但印象不深。

1954年8月中旬，我接受了进驻西藏独居一隅的“孤岛”墨脱县工作的任务，在半个月的准备时间里，我静下心来，认真地翻看了那几本书的有关章节，其中在任乃强1934年校注的《西藏图志》一书中，将珞渝写成了“狢猃”，珞巴人写成了“狢人”。看完后，我的第一印象是很不舒服，不顺眼，怎能把一个地区和一种人加上犬字旁，把人当成畜生，这是明显的侮辱用词，是错误的，不符合我党各民族一律平等的政策。我要去那里工作，同那里的人民打交道，为他们代言是我的责任，于是，我写了一封千余字的信，题目叫“不要侮辱人”，要求严禁在我们的文件和讲话中使用民国时期的错误提法。这封信我当面交给了中共波密分工委宣传部部长张克宇。

（三）

1954年8月23日，我经过5天行军，翻越了海拔5800米的金珠拉雪山，穿过亚热带原始森林，又经过蛇山和蚂蟥区，最后安全抵达珞渝工作组驻地——金珠宗（县）布隆村，受到先期到达的8个战友的热烈欢迎。

那时，我对珞渝与墨脱较为陌生，而无知就难以开展工作，于是我通过多种途径搜集资料，充实自己。有一天，我在格当寺活佛江求刀杰和副宗本白马刀吉家中发现几份藏文材料，其中都将珞渝汉译为“猓猃”。尽管我藏语半过关，对这两个藏文字的含义根本不懂，幸亏我带有3本八分校印制的藏汉文字典（上下册）及第五十三师藏训队自编自印的藏文对照字典一册，对照了三本字典，解释是野蛮、不开化，珞巴人被写成了“野人”。这事让我大吃一惊，这是赤裸裸的大民族主义的产物，我极为不满。之后，我在地名的问题上花了不少工夫。经过半年的观察、实践和调查，我懂得了许多，也增长了知识。我要在地名写法上表明自己的见解，一要摒弃不当之词，二要符合现实。1955年5月和6月（尚处雪封山期），我分别写了2份千字以上的材料，要求相关部门确认珞巴和门巴各为一个民族，并强烈要求抛弃过去旧西藏地方政府一切带有侮辱、歧视性的地名和人名，并建议把“猓猃”二字的“犬”旁改为三点水，写成洛渝。在报告材料中，我详细强调了三条理由：一是任何歧视性的文字都不符合我党平等的民族政策，应一律废除；二是此地区雨水多，改写成洛渝，更符合这个地区的实际情况；三是“猓猃”和洛渝同音，前者藏文含义是“不开化之地”，后者则是“南方的意思”，更符合这一地区处于西藏南部的地理位置。

在和珞巴同胞接触中，深感这是一个朴实、强悍、好客而聪明的民族，他们表里一致，禁忌上百，说假话和偷窃在他们心中是最可耻的，所以被称为“不上锁的民族”。我们两个异族人来到这里的时间不到1年，便吸收我俩为他们的民族成员，享受民族内部的各种优厚待遇，如平均分配兽肉、参加氏族内的各种活动，亲如家人。我们身在异乡边陲，就像生活在家乡一样。还有就是那浩瀚的民间文学打动了我……尽管这里偏居一隅，交通闭塞，经济发展缓慢，生活质量不高，但他们对外国入侵者勇于抗争和与险恶大自然不屈不挠奋争的精神令人敬佩。而且这里的地域文化十分独特，应该成为伟大祖国的一员，一个民族，因此，我建议在正式文件中将他们确认为“珞巴族”。

2份报告于雪融化后的7月，由人带到中共塔工分工委，并转交中共西藏工委宣传部。

（四）

1955年9月，我首次接到中共西藏工委外办的来信，信中对我的建议大加赞扬，同时提出按照斯大林划分民族成分的四个标准，即共同语言、共同地域、共同经济生活和共同心理素质等进行详细调查和分析。反复看了来信，感慨万千，我的作为不仅得到了领导机关的认可，还指明了方向，这使我信心倍增。随后，我又写了一篇3000多字的综合报告，主要是认定民族成分的内容。这份书面报告中称“门巴族”为“曼族”，“珞巴族”称“珞族”，这是因为我对抗日英雄赵一曼相当崇敬，“门”和“曼”语音相近，当时也想不到恰当的词，故取名为“曼族”。

这封信发出后，心里总不踏实，觉得有些话说得不合心意，经过反复思考，紧接着又写了千余字的补充说明，对以前信中不确切之处进行了更正：其一，“曼人”主要居住在藏南的门达旺地区，且“门”的藏文含义是“光明”，因此将“曼”字改成“门”字更为恰当，“洛”指当地雨水较多，意义稍逊，故将“洛”字中的三点水改为斜王旁，王者，地位高大，以此可以上升为一个民族的地位；其二，称“门族”“珞族”听起来不顺耳，不上口，中间加一个“巴”字读起来上口，且“巴”字在藏语里是“人”的意思，可以引起人们对这两个民族的重视和关切，更能表达我党对少数民族的尊重。

（五）

1956年8月，我赴拉萨开会，在中共塔工分工委所在地——林芝真龙邦卡帐篷村候车期间，分工委书记何祖荫对我说：“你写的几件申报材料我都看了，很好，很重要，但很零碎，不专题，不系统，你这几天把它写成一个综合性的专题报告，利于研究和确认。”

当时我也有这个打算。原来在墨脱期间上报的申报材料一件底稿没留下，一是墨脱缺纸，二是保密。当时县委一共14个人，党政一家，后来党政军一家，三个“牌子”各司其职。14个人住在一排竹编房里，我住的8平方米既是卧室，又是县委办公室。家具全是竹篾编成的，县委只有1个硬壳笔记本、3本信笺、2瓶蓝墨水，其他什么办公用品都没有。因此，视纸如金，很节省，从未浪费过一张纸，所以上报材料一旦考虑成熟便一气呵成，即便修改了也不重写。这时幸亏我身上带了一个小笔记本（我的二等功臣纪念册），原上报的材料提纲还完整保存，于是根据何书记和张克宇部长的指示及提示想了1天，然后用了3天时间就完成了上万字的报告《1956年上珞渝地区基本情况调查》，内容分为五大部分：自然概况、行政区划及行政组织、社会情况、民族情况、宗教情况。这份报告完全融合了斯大林关于划分民族成分的四个标准，报告写明“上报中共塔工分工委，塔工边防团党委”。报告同以前一样，没有署名。这份报告1988年被中央民族学院王辅仁教授收入中国社科院《珞巴族社会调查材料》一书中。2010年10月西藏民族学院马宁研究员从咸阳来成都采访我时说，他们学院有一件国务院批准珞巴族为单一民族的批复，附有我写的原始报告。当时，我申报要求确认门巴族和珞巴族各为一个单独民族共写过11份材料，但只有这份原始报告我保留了下来。

（六）

1956年秋，我在拉萨参加自治区宣传工作会议期间，专门去了区外办，和他们互动、交流，范围相当广泛，如“麦克马洪线”、9万平方公里印占区的各类情况以及珞巴族和门巴族的方方面面，我详细地向他们介绍了那个一万字的长篇报告，他们很重视，说想办法向塔工分工委索要。通过这次拜访，他们的见识、政策水平让我受益匪浅。他们强调，以后让我多注意印占区方面的各种动态。

外办同志的提示我一直牢记心中，并不断充实未了解和未吃透的知识。1962年10月，中印边境自卫反击战时，在我进驻印度占领区的几个月中，充分发挥我的语言优势和人脉优势，广泛接触各阶层的珞巴族同胞。一是宣传我党、我国、我军的政策；二是搜集珞巴族浩如烟海的民间文学，尤其是珍贵的“抗英战歌”；三是补充我对印占区的知识空白。百余天的印占区生活很有趣，很有意义，收获很大。

大概是1963年的2月，我写了千余字的印占区基本情况，通过军用电台发至西藏军区司令部，并请转交西藏外办。这是我写的第11份，也是最后一份申报材料。至此，我认为申报确认民族成分的材料应该完整了。

（七）

国家确认门巴族和珞巴族各为单一民族的消息传来后，我兴奋得一夜没能入眠。心想，我再也不是在“野人区同野人打交道了”，我践行了维护他们尊严的承诺，尽了自己的责任。

难忘战友情

“人生天地间，忽如远行客”。昨日还是一个小伙子，今天变成了耄耋老人；昨天的经历，今天却成了难以忘怀的故事。五六十年前的历史画卷不时在脑海中萦绕。

（一）

“千载一时，不可失也。”1954年对我而言，是个伟大的转折年。正在修建的康藏公路计划年底通车至拉萨，5月，公路通至波密县松宗村。从松宗和拉萨分东西两线同时开工，除修路部队官兵外，民工则以以工代赈的方式参与，拟在工布地区的巴河桥会合。

这时的修路现场一片欢呼，军民都在盼望着早日看到汽车，我和大家一样也渴望这一天。因为我懂藏语，负责从松宗至工布东久一线200公里沿线群众的生产和生活，重点动员藏族同胞多种蔬菜，把多余部分卖给筑路部队。沿线27个村庄我每个月往返一次。党的号召，群众都很拥护，生产积极性相当高，新开耕了不少土地。土豆、白菜、元根，还有低海拔通麦一带的海椒、黄瓜、豆角等蔬菜，成筐成筐地卖给部队，不仅解决了部队吃菜的困难，也增加了群众的收入，当他们得到白花花的银圆时高兴得又跳又唱，看到这种情景，我心里也美滋滋的。

8月中旬，军邮送来一批信函，其中一封是中共波密分工委组织部的，“波密支援总会”的领导赵云堂（时任倾多宗军代表）看过信后递给了我，信上说“经领导再三研究并经中共西藏工委批准调冀文正去珞渝工作，请对其说服愉快走向墨脱”。这突如其来的消息令我大吃一惊，经过激烈的思想斗争，最终决定服从调动。在准备时间的一周里，日子过得很不平静。原来打算等公路通车波密后，可以坐车回河南老家探视阔别7年的爹妈了，说不定还能找个合适的媳妇为伴呢。公路通了，再不挨饿了，再不行军走路了，再不孤独了，可以幸福舒适地生活了……而面对现实，这一切都成了泡影。我该怎么办？思想很乱，有正面的，也有负面的；不过，我很快“公”字战胜了“私”字。我是个军人，青年团员，一直跟着党，忠于党，跟着第十八军解放了大半个中国，吃了不少苦，也得了不少奖，一帆风顺地走到了今天，不容易呀！公路快通到拉萨了，形势大好，但祖国的许多边防点、驻点还需要守卫，如珞渝的9万平方公里被英印蚕食、侵占，“麦克马洪线”北侧的墨脱县五分之四的地方还需要我们去开展工作。自己晚几年结婚也无大碍，不应该在革命的车子转弯时掉下来。关键时刻组织上决定调我去边防工作，的确是深思熟虑并上报西藏工委和总参批准的，够信任我了。我也应该争口气愉快地接受并圆满地完成任务，在“麦克马洪线”边防入党。领导的信任和关心，战友的鼓励激励了我，我口服心服，决心在祖国边疆大干一场，做出一流的业绩，让党放心，让战友们满意。

（二）

抱着“丈夫志四海，万里犹比邻”的壮志，于秋高气爽的9月，我愉快地踏上了前往墨脱边防的征程。身背25公斤的行装和武器，5天的行程是极艰难的，也是往昔没有尝过的：翻越了5000多米的喜马拉雅山金珠拉山口，穿越了原始森林，通过了蛇山蚂蟥区，身上留下了几十处伤口，疼痛难忍，栈道、冰川、溜索、独木桥、悬崖比比皆是，这些我们都顺利安全地通过了。虽然身体吃了大苦，但却大享了眼福和口福：站在山顶好像伸手可以摸到太阳，朵朵雪莲和虫草静静地生长在这海拔5000米以上的雪地里；羚羊、香獐在高山草甸上奔跑，热带植物和动物近在咫尺，座座雪山错落有致，雅鲁藏布江宛如银龙蜿蜒奔流在世界第一峡谷中，海拔7782米的南迦巴瓦峰直插云天，吊脚竹楼掩映在竹林、香蕉林中。这时林中不时传来歌声：“天上圆圆的月亮，请不要匆匆走向西方，我和情人相会，想借用你的银光。”“我不是没有家乡，我家在三种三熟的地方，我不是不爱家乡，只因为那里没有太阳。”

每到一村，勤劳勇敢、强悍豪放的边疆人民用鸡爪谷甜酒把我灌得饱饱的、醉醺醺的。迷人的藏南风光，富饶的边疆，善良的边防守护者，激励我热爱边疆、扎根边防。

初到边防，一切都感到新鲜，这里属亚热带，气候炎热，没有冬季，一年收获三季；这里沟深谷狭，世界的第一大峡谷，也是边防前哨和印军对峙的地方；这里生活的门巴族和珞巴族，有他们独特的语言、习俗、信仰和生产生活方式；这里一年8个月是雪封山期，人马从陆路不能通行，成了“孤岛”；这里远离腹心地区，后勤保障困难，生活基本靠自力更生。这里可以说是边疆的边疆，是少数民族中的少数民族。党和上级领导对我们的要求特别严格，大小事情必须先请示报告，不得先斩后奏，处事严谨，不得出差错。8个人要在3万平方公里范围内开展工作，工作是采用启蒙的方式，身先士卒，说做结合，取信于民。8个人相距甚远，又长期分散，孤单、寂寞伴随着每个人。开头的几个月，新鲜感和孤独感并存，随着时间的推移，新鲜感消退，孤独感侵蚀着我们的青春。道路远，隔雪山，不发文件，没报纸，没书籍。物质和精神食粮的匮乏牵动着领导的心，他们通过军用电台不时通报一些信息，及时派专人送来信函。我们工作组内部也通过开展丰富多彩的文体活动，经常举办各种座谈会、讨论会、交心会。物质缺乏用精神食粮来弥补，思想工作像一根红线贯穿始终，个个以边疆为家，许多年来墨脱工作一直受到上级党和军队的表彰。

（三）

“赠人以轩，不若以言。”在喜马拉雅山即将封冻的10月19日，分工委送来最后一批文件，其中有我3封。一封是母亲对我9月5日去信的回信，她是托小学田老师写的，内容很多，其中有为我婚事写的几句有趣的顺口溜：“人家儿大都接人（指结婚），俺儿长大没婚姻，只要明年告假回，提亲说媒挤破门，参军军属一朵花，人人都来把咱夸。”另一封是波密分工委秘书科的薛世华、刘义藻等的联名信，第三封是昌都军分区战友邵寿山写的。他们都鼓励我发扬革命乐观主义和吃大苦耐大劳的革命精神，扎根边疆，为人民再立新功。在这里，有一个不

1955年的冀文正在墨脱边防。（冀文正提供）

管谁的来信都互相传阅的习惯，而且看得相当认真，重要地方还要大声念出声来，念者高兴，听者兴奋，有些信看了一遍又一遍，爱不释手，我还把来信文抄录在日记本上。在这祖国遥远的边疆，在雪山相隔的边防，能收到一封来信简直是一件大喜事，真可谓“家书抵万金”。慢慢地，我们适应了恶劣的环境，身居边防，也安心了。

“得一知已，可以不憾。”回味往事，其乐无穷。调来墨脱工作对我来说是个严峻的考验，实践证明我经受住了考验，胜利过了关，可以称得上一个坚强者、胜利者，这和战友们的关怀是分不开的，其中刘继蓉的热心帮助起的作用不小。她是河南巩县人，我是邓县人，我俩是开封中学的同学，1948年秋开封解放后，我们同时参加军管会青训班学习。我们在青训班学习政治、军事，半年后于1949年2月随军南下，4月在安徽阜阳市编入第十八军随营学校，她分配在十小队，5月接管南京，她们驻守三牌楼，而我们八队负责守护总统府。从此我们很少见面。随后进军大西南，入川后，1950年3月在乐山广场见过一面，仅说了几句客套话就各奔东西了。

1955年5月，我同战友一起进山采藏菇，路过扎木时，从帐篷中钻出一个女同志，走近一看，原来是分别了5年的“刘姐”。寒暄中，互相介绍几年来的经历，她虽在昌拉大站工作，却对我在墨脱工作大加赞扬，并说了许多鼓励的话。她听了我介绍珞渝地区的奇风异俗后特别感兴趣，认为很重要，“应大力搜集，将来有大用”。她还对藏南的迷人风光很欣赏，叫我“多拍照，留下人类这笔宝贵的财富”。特别叮咛我注意安全，保护身体，最后她说：“你们守卫边防，责任大，担子重，祖国人民会感激你们的，我们也会像迎接功臣一样欢迎你们凯旋。”我们站在帐篷门口畅叙了1个多小时，临别时她送我一张照片，我如获至宝，将照片夹在小本子里珍藏着。不时翻看，生怕遗失。这张照片在几十年的漫长岁月里一直跟着我。解脱了我的婚恋危机。这张照片伴随我55个年头，22次翻越喜马拉雅山，8次穿越世界第一大峡谷，真可谓是“如影相随”。我离开墨脱，回到了成都，没有辜负她的嘱咐，2010年在新都，我当面将照片完璧归赵，还给了它的主人，她很兴奋，因为这是她那时仅有的一张照片。

（四）

“疾风知劲草，板荡识诚臣。”

10月到了，墨脱通往波密和林芝的大山风雪弥漫，一到封山季节，通外的陆路封冻，人马不能通行，我们8个人完全被封闭在3万平方公里的边防要地。这时，也只有在这时，我们的心才安静下来。世上的苦有很多，从生存角度看，饿肚的苦、路险的苦、蚂蟥叮咬的苦、毒蛇攻击的苦、毒蚊侵扰的苦，都好克服，咬咬牙、忍忍痛就过去了。但孤独寂寞的苦让人难以承受。我们是乐观的革命者，要活、要生存、要工作，总不能叫尿憋死。我们想办法采取多种措施和恶劣环境斗争，改善工作和生活条件，尽量减轻精神压力。措施之一是内部人员多联系、多通信、多通报情况，增进感情。刚开始，我和丁培萱驻守在中华人民共和国成立前出版的中国行政地图上标注的“哈普”村，这是个珞巴小村，仅12户118人。它是通向东西南北四方的交通要道，海拔1200米，村庄下面的雅鲁藏布江海拔700米，从江边到村上500米全是悬崖陡壁，仅有一条羊肠小道可以进村，它的战略地位十分重要，经总参批准，我俩驻守此地。这里是工作组的前哨阵地，距珞渝工作组驻地布隆村有3天的行程。我俩决心在珞巴小村踢好“头三脚”：和珞巴人见好面，留下好印象，逐步打开局面。来这里后，我们尊重他们，教他们科学种田，为他们治病，教小孩唱歌识字，救济贫困户，发放无息农贷。除此而外，我还努力地种粮、种菜和学习他们的语言，并书写日记，记录珞巴人的民间文化资料。我们用实际行动赢得了珞巴人的信任和帮助，他们对我们两个异族人格外关照，既教我们学珞巴话，又讲故事给我们听，还无偿为我们修建了一幢150平方米的吊脚竹楼，搬掉四周的大石，开垦出一块200平方米的菜地，在相距30米长的两根大树上拴着四根藤条，以此用来教我们练习攀溜索，因为在墨脱不会攀溜索是无法生存的。刚开始，他们发现我们喝稀饭，吃芭蕉根，后来就给我俩送来了大米、玉米、鸡爪谷、芝麻。

老人晚上陪我们聊天，年轻人教我们跳舞唱歌，还教我们射箭打猎。妙龄姑娘总想和我们接近。我们不缺肉食，因为经常收到猎人送来的兽肉，珞巴人有“平均分配肉食”的习俗，猎手们都会自觉遵守。我们亲如一家，这大大地安抚了我们。

工作组的同志也不断来信鼓励我们，赵德令每次来信，开头都称“文正市长”，信封上是“卡布市长收”，玩笑中深含尊重。我俩虽深居边防的一个小村，但好似生活在自己的家乡。我体会到只有深入群众，同群众打成一片，才能充实精神食粮，拓展视野，从狭小的圈子里解脱出来，全身心地投入工作中。

8个月约240天，封雪山的日子真难熬呀！天天仰望雪山，雪线升高令人们喜悦，心情舒展呀。6月的一天，分工委派5名波密民工背来一批物资，其中有一包信件，每人都有多封，仅我就有7封，其中家书3封，战友4封，4封中有2封是战友刘继蓉写的。小丁有5封，他和我的信函是工作组派专人用两天时间送来卡布的。我俩热情接待了送信的珞巴族小伙并表示感谢，我将信紧紧握在手中，生怕飞走了一样。我俩坐在所谓“家”的吊角竹楼旁边，全神贯注地看信，珞巴同胞围了一圈，不时问“谁来的信？”“信上说的啥？”他们的表情随信的内容变化而改变，为我们高兴，为我们欢呼。家信主要说了家乡的变化及亲人的情况，其中一封是给我介绍对象的，盼望我早日返乡探亲，还附有她的一纸，她叫韩玉霞，中学毕业，在高级社当会计，我以“好开通的农村姑娘”为题，写了日记并附上了她的信。看过信后，我还在沉吟回味，珞巴氏族酋长安布打乱了我的思绪，他面带笑容地说：“想家了吧！是的，你们远离家乡、亲人，来到这僻壤野沟，为我们珞巴人翻身解放、过上好日子抛弃了个人的一切，青春呀、亲朋呀都舍弃了，你们多么无私、伟大呀！我们珞巴人世世代代都不会忘记共产党、解放军及汉族兄弟的恩情。”他发自内心的一番话温暖了我的心。

安布女儿送来了一竹筒甜酒，我俩边饮甜酒边谈家事。他从我的挂包中取出刘继蓉的两封来信，递到我手上，接着又拿回去，用小刀小心翼翼地将封口切开。她在信中谈到自己几年来的身体、工作、思想等情况，还介绍了另外几个战友。在信中她一方面赞扬我是她学习的榜样和楷模，是功臣，是边防卫士；另一方面希望我保重身体，高度注意安全，为民立功。信中她又一次提出在干好工作的同时，要利用工作闲暇多积累资料，妥善保管，将来会有大用。第一封信刚看完，安布递过来一竹碗甜酒，我一饮而尽，然后也给他回斟了一碗。他喝完，问我是谁来的信，我说：“我的同学和战友。”他又问是男是女，“是个女的。”我从怀中取出她的照片。他看得发呆，眼都不眨一下，又翻看了照片背面，面带微笑地说：“是个美女！是你的情人吧？”我没回答，笑了笑，说实在的，我打心眼里爱着她。第二封信重点介绍了扎木的变化、战友的情况及她自己，还说到她的身体某部位不适，准备去医院检查。最后希望我保重身体，注意安全，做好工作。

（五）

我们原来只做金珠宗（县）和旁辛区的工作，它只占墨脱三分之一的地域，而三分之二的地方的工作还没有开展。1955年经西藏工委领导同西藏地方政府和色拉寺（墨脱宗是该寺的封地）的上层协商，同意珞渝工作组进驻该宗工作。从此，大部分军政人员从金珠向南迁移百余公里，抵达距“麦克马洪线”仅二十余公里的墨脱宗。我和11名战友会聚到墨脱宗府所在地——海拔800米的墨脱村。从分散到聚合，大家兴奋地互相拥抱、交谈。这里是典型的亚热带地区，出产丰富，人口稠密，是真正的边防地区。

1956年是个丰收年。这年我们收到了很多信函，这些被视为珍宝的信是感情的交合、心扉的浮现、兄弟的真情、友谊的桥梁。刘姐的两封信很有意义，耐人回味，我将原文抄在了心爱的日记本里，至今尚在，只是经几十年的岁月流逝，虽然字迹清晰，但白纸变成了黄色。我将她的多封来信和家信，还有5本日记、数百张照片、一本“抗英战歌”及许多民间文化资料等保存在一包行李中。1970年调离墨脱时，途中被民工不慎落入大江，我心痛地哭了。在丢失的资料中，一本“抗英战歌”545首歌谣是我最爱的。1962年中印边境自卫反击战时，我在印度占领区度过了3个多月时光，广泛接触珞巴族各阶层同胞，他们对中国人民解放军狠狠打击印度侵略者大加赞扬，称我军是“正义之师”“文明之师”，是“人民的军队”，是保护人民的。而对印度侵略者却恨之入骨，他们以多种方式反抗，创作了许多脍炙人口的口头文学，其中以歌谣尤为突出。这本歌谣揭露了印度扩张主义者的侵略嘴脸，令人耳目一新。

刘姐的两封来信，第一封是在接到我的去信后回复的，内容很多，有三张纸，字迹工整规范，字体大小均匀。内容除问候和表扬外，突出了两个重点。一是“要大力搜集民间文化，多拍照，将来有大用”。这是在我去信中介绍门巴族和珞巴族古老奇特的试婚、树葬、狩猎、情人观、吊脚竹楼、生殖崇拜、图腾崇拜、万物有灵等习俗后她的提示，她的思想境界比我高，看得也比较远，认为这是一门学问，一笔精神财宝，有研究价值，“越细致越具体价值才越高”，并提出“搜集要广泛，要观察、核实后才能用”的搜集方法。我最初只是当成笑料而搜集，又多限于猎奇的部分和情节。经过她的提示，我提高了认识，受到启发，而且也注意了方法，搜集也更加得心应手，成效更大了。可以说，我搜集的500多万字的民间文化资料，并已出版了22本图书应是大家的功劳，其中就凝聚了刘姐的心血。她来信的另一个重点是：“我坚信你一定能找到一个称心如意的爱人。”这是对我去信表白我爱恋后的答复。我真心地爱她，但是我是个爱面子的人，又没有经验，我便借用门巴族一首情歌，想试探一下，情歌说：“村前河水闪闪，丢石试探深浅，姑娘如若有心，唱支山歌答还。”对此事她也很隐晦，没有正面回话，说了几句用在谁的身上都合适的安慰话。信中她推心置腹地介绍了扎木当时军政人员的婚恋状况，当下，经过战争年代的老干部大都是30来岁了，绝大多数尚未成家，现在安定了，该婚配了，但女同志很少，大多在20岁左右，于是军地领导便采取一个不成文又不公布的“285团”内部规定，即符合男性28岁、5年团职的优先解决，婚姻就成了“供给制”。领导曾内定了几对，女方往往持“可敬不可爱”的态度，成功率低，她就是一例。上级介绍了比她大十来岁的3个老干部，她都不满意，拒绝后招来了一些不同声音，一些流言蜚语弄得她十分为难，度日如年。她在信中说，她很坚强，对个人终身大事持慎之又慎的态度，绝不勉强，绝不带来后患，真爱才是基础，才会得到幸福。我同情她的处境，坚信她会得到幸福的。她也警示我注意这一点。最后，她说自己会在逆境中挺立，并注意观察，暗中挑选意中人，一定会成功的。

这封信是我驻扎在墨脱宗时收到的。那时，不管谁的来信都是公开的，大家抢着看，议论着，出点子，想办法，共商解决难题。李朝群、陶荣华、廖忠义等人看过刘姐的信后，都建议“向她进攻”，我照办了，大胆地、厚着脸皮去写求爱信，渴望她的回音，祈求成功。我托去扎木购买生产生活资料的珞胞给她捎去一些香蕉、青椒和竹编工艺品，还有一只正在下蛋的老母鸡。在高寒的雪域扎木能吃到藏南的特产，战友们都很羡慕呢。

（六）

1956年9月14日（农历八月十二日）是个值得纪念的日子。再过三天就是中秋节了。为了宣传《十七条协议》，我和陶荣华从9月5日开始下乡，一个村一个村地做工作。农历八月十一日，我俩来到墨脱县最南端海拔600米的希让村，这里距非法的“麦克马洪线”仅2公里，清晰可见印军在更巴拉山上据点燃起的炊烟。村里居住着24户门巴和珞巴同胞，这里从来没有来过汉人，群众头一次见到我俩都感到新奇，并欢迎我们进村工作。我国墨脱县有9万平方公里的土地，一直被英国、印度侵占，过去他们曾多次派人来这里，有照相的，有捡石头的，有采集植物和动物标本的，还有了解情况的，至今村南的石头上还有用红油漆涂上的很多英文字母，其中有“1947”字样。40年来，先是英帝国主义后是印度扩张主义者对我国的这块宝地虎视眈眈，不但蚕食了大片中国领土，还计谋向“麦克马洪线”北侧入侵。

我俩在村里住了7天，神经绷得紧紧的，在思想和行动上都处于一级备战状态，晚上和衣而卧，上膛的卡宾枪放在身体左边，一扣就响的驳壳枪放在右边，如有狗叫立马出门观望，群众也在暗中保护我俩。我俩衣服上都长了虮子，本来就不多的胡子这时也是胡子拉碴，头发老长老长，人显得苍老多了。8月14日，村民白登从波密背盐回来，捎来了刘姐7月20日写的一封信，老陶也收到一封家书。在边关，鸿雁传书是极其艰难的，从墨脱边防到腹心地区的波密县扎木距离仅200多公里，无邮局没邮路，途中要翻越5000多米的喜马拉雅山，跨越雅鲁藏布江等十余条江河，通过世界第一大峡谷，还要穿越原始森林、蚂蟥区、蛇山、泥石流塌方区，而栈道、溜索、独木桥、"藤子天路"比比皆是，既有高温也有严寒，稍有不慎，就是尸骨难收。我们的信件都是由善良的珞巴和门巴同胞保管、传递的。

她的来信里还有一张30元的支票。刘姐是一个正直、正统而重情感守信用的人。我在扎木时买了一块好手表，便将一块黑壳的瓦斯针旧表送给了她，她给现金我没收，这次她竟认真地将支票捎来了，我当然要给她退回去。她给了我许多东西，如珍贵的《钢铁是怎样炼成的》《卓娅和舒拉的故事》《远离莫斯科的地方》等书籍。这些书大家抢着看，反复看，有些段落警句都能倒背如流，保尔·柯察金等成了我们学习的榜样。她在信中又强调了搜集民间文学的重要性，我在此后的几十年间都一直实践着。

1956年秋末，我赴拉萨开会，用半个月时间跑了军区多个单位寻找刘姐，杳无音讯。随后，塔工分工委批准我休假，在乘车返川途经扎木时，突然想到她，却没有临时下车去寻她。直到几十年后得知，当时她单位还驻扎扎木，过去的帐篷变成了木板房。那次休假我经人介绍认识了蜀女邝先华，1957年2月4日在成都完婚。

我的夫人在林芝专署工作后派去西藏民族学院学习藏语，结业后仍回到林芝，1966年秋调墨脱县工作至1970年。她在藏工作40年，4次翻越喜马拉雅山，立过功，得过奖，还被媒体多次报道过。

（七）

2009年夏日，有一天电话"滴、滴、滴"地响了，我拿起话筒，还没来得及说"喂"，对方开口就问："你是冀文正同志吗？"一位女同志的声音，"我是冀文正，请问你是哪一位？""你猜猜我是谁。"她不仅不回答，反而给我玩猜谜。“我猜不出来。”“你再猜一猜。”我说：“的确猜不出。”她大声说：“我是刘继蓉！你还记得我吗？”我大吃一惊，我找了半个世纪，你终于出现了，我说：“我能忘吗？即使你被烧成了灰我也认得。”我的回答瞬间消除了她的疑虑。我俩打开话匣子，说了别后50多年的变化，都希望见见面，叙叙旧，而且越快越好。

第2天她让小儿子刘壮开车来成都接邵寿山、赵耀和我到了她新都的家，她在门口迎接我们，当我们相见时两手紧紧相握，这是1948年认识以来的第一次握手。坐定后，我们相互打量，双鬓都斑白了，岁月沧桑都镌刻在脸上，真是“相逢头白莫惆怅，世上无人长少年”。健谈的刘姐激动地讲述了我们阔别后的经历。她1970年出藏，随爱人在隆昌支左，后转业到富顺水务局工作。1988年《晚霞》杂志发表了肖源锦采访我的一篇文章，她随即给作者和杂志社去了一封信，打听我，可惜石沉大海。

2009年一个偶然的机会，通过战友张昭得知另一战友邵寿山的电话号码，这样，我们几个同一天参军的战友终于联络上了。这次聚会，刘姐的女儿龙迅给我们四人拍了一张合影，我以“阔别六旬情更深”为题将合影照刊登在我2011年出版的《莲花遗韵》和《媒体传情》两本书中。

阔别半个世纪，大家都很珍惜。三年来，我们每次见面都有说不完的话，峥嵘岁月里的往事：1948年开封参军，淮海战役，横渡长江，南京“七一”大游行，国民党狂轰滥炸南京，1949年“八一”从上饶进军大西南，剿匪征粮，从贵州北上解放四川，接管川南，进军西藏，修路建机场，平叛改革，对印自卫反击战……每个人在这伟大的征程中，所有惊险有趣的经历和故事都能引起共鸣。我们的老乡、大书法家李干臣过江后与刘姐编在同一个连队，在一次聚会上，他讲述了1950年在人邑县安仁镇驻扎时的一段趣闻。他问刘姐：“在训练队时，我托你给张瑞珍的一封信你还记得吗？”“仿佛有这么一回事。”刘姐回答。“你知道信里写的什么吗？”“不知道。”“写的是求爱信，八句诗：‘眼见苹果口垂涎，只恨隔河无渡船。泅岛犹恐风浪起，流水悠悠意绵绵。’‘三里遥望树梢头，张君问我何所愁。怀揣苹果说不得，谎称酒后作漫游。’”在另一次聚会上，刘姐将小张的相片递给李干臣，他大喜，看了又看，慢语道：“年轻时多么幼稚浪漫呀，胆子够大了，对方把信退还后我难过了好长时间。”

刘姐对我的作品比较关注，并时常提醒我，鼓励我，要多出精品。我的《珞巴族民间故事》荣获第十届中国民间文艺“山花奖”，我在海口市领奖时，她发来贺电。我2010—2011年出版的11本书都少不了她给予的帮助和关心。

我有一篇回忆录是“打炮出彩虹，天堑变通途”。她看后说：“太直白了，不如改为‘炮打’更有韵感。”

走过了战斗岁月，我们已年过古稀，刘姐丈夫去世多年，空巢的她更显孤独，更需多方面关怀帮助。我们商议，除聚会、会晤外，多电话联系。她经常说，和战友们联系上后，心情好了，走路也不累了，精神有寄托了。

情切切，意融融，我介绍她参加了四川省散文学会和西藏雪域文友会，认识了许多文友，如一级作家萧蒂岩，书法家、作家、诗人刘原，新四军老战士赵先前，战地记者焦东海，作家曹树清等，他们一见如故，都成了挚友。她热爱西藏，眷念雪域，我给了她几十本有关西藏的书，她认真看，细心读。凡提起西藏，她总是滔滔不绝，流露出真挚的高原情怀。

不可饶恕的失误——误捕白玛次旺记

俗话说“人无完人，金无足赤”。回忆我一生在工作中的不少失误，有些是认识不足造成，有些是凭感情出发，明知不对也要为之。最突出的是错误逮捕了回归投诚的叛乱司令白玛次旺，造成他20年冤案，坐牢十几年。尽管我善后工作做得认真，尽了最大努力，但后悔晚矣，让我终生遗憾。

1959年初，大批康巴“四水六岗”叛乱分子溃逃到西藏各地，煽风点火，组织叛乱，德格叛首将德木头人白玛次旺任命为工布“曲希岗珠吉乔”（四水六岗司令）。那一年兵荒马乱，人心惶惶，大批群众外逃境外（印占区），他和乡亲们一道也准备逃到印占区的马尼岗，就在逃至米林县邻近边境的卧龙山沟时，很多人却不愿去“国外”，而是观望我解放军平息叛乱的下一步行动和政策。当时，自治区党委政策很明确，执行很坚决，即对未参加叛乱的领主及其代理人实行保护政策并安排适当工作、发给工资。对回归投诚人员实行“四不”政策，即不关、不管、不判、不斗，实行的结果是许多参叛人员回归投诚，如米林县叛乱分子“甲本”（连长）达确携枪回归，被安排在县里工作，享受21级工资待遇。这个事例影响很大，回归人员、投诚人员大增。白玛次旺一伙受此影响，决定返乡投诚。他们13人步行5天来到米林县羌纳区，5月13日晚，派其叔父来我军驻地俄洛村报告：白玛次旺回来投诚，于傍晚抵达羌纳寺，现在寺内居住，明日前来投诚。我们为了安定他们的情绪，很客气地说“欢迎、欢迎！”送信人走后，我和李朝群研究“不能让他占到便宜”，认为一个叛乱司令按“四不”政策对待，太宽大了。于是决定：立即逮捕，堵塞“投诚”口实。我俩各率一个班从驻村向一里外的寺庙包抄过去，迅速将其逮捕，一名藏族干部将其双手倒背拴绳，晚上将其吊挂起来，仅脚尖能触地，他号哭了一夜，统战人士巴嘎索朗旺秋问我：“这样做对吗？”我捂住他嘴说“卡宗！”（闭嘴！）生怕说我们立场有问题。

第二天，由我将白玛次旺送去林芝军管会。刚过江到了公路上，碰到几辆吉普车。从车上下来几个人，塔工军管会负责人之一的老首长王长安介绍说，这是洪学智部长，首长主动和我握了手，说“解开绳套”，我照办了。临行，我向洪部长敬了一个军礼，他也还了礼。我完成了护送任务，渡江回到平叛部队。

大约1973年的藏历年，我骑车从堆龙到自治区政协，向老朋友江中扎西多吉副主席拜年问好。其间，他问我白玛次旺的案子了解不了解。他这一提醒，我便回忆了抓捕的经过，并详细向他做了介绍。他听后着急地说：“人家不服判处20年徒刑，说是前来投诚的。一直没有证人呀！你抓紧予以说明，为他平反挽回影响。”我再三对他说“工达、土登”（抱歉、赔礼），他说快办，越快越好。他们原来都是爱国人士、统战朋友，结果走了不同的两条路，令人惋惜。我当天就写好了抓捕经过的4页详细说明。第二天骑车送给了自治区统战部窦新庚处长，他也是我的老战友，他说：“真相出来了，我们将很快处理。”不久，平反书正式宣布，除了赔礼道歉外，还任命他为拉萨市政协副主席。我几次前往慰问、祝贺并向他赔礼。我们是老朋友，他再三说今后不准再道歉了。后来他又任林芝副专员、政协副主席，我来回墨脱时他都以“夏馍馍”（肉包子）招待我。

这件事令我一生不安，我写过文章，媒体朋友也代我认错了，突出的是1992年《西藏日报》记者胡向泽写的一篇报告文学《极地岁月》，这篇文章在西藏《土人》杂志、《中原人·高原人》《雪海潮汐》《第十八军在西藏》书中都有转载。我基本同意记者的表述，其文章如下：

“他永远也不能原谅自己。既要做工作就不会没有一点失误，冀文正也不会例外，然而，那件他心中的‘冤案’整整折磨了他20年之久。1959年5月，解放军某部配合塔工地区军管会工作，任务是平息边境地区的叛乱。冀文正和李朝群受军管会之命直接负责这一工作。当时，境内叛乱分子基本被肃清，溃散的盘踞在边境线上观望，部队广泛发动群众，宣传国家关于平叛的政策、规定和精神，大力开展政治攻势，瓦解敌人，争取其回归。经过一段时间的工作，首先回归投诚的是米林县农奴主代理人达确，军管会根据有关政策在政治上和生活上给他做了妥善安置。在这一举动的影响下，先后有16人回归投诚，都同样得到了妥善安置，收到了很好的政治效果。然而，在对待塔工地区叛乱司令、农奴主代理人白玛次旺回归投诚的问题上他们采取了围歼的办法，使他蒙受了20年的牢狱之苦。‘你在这件事上有多大责任？’我问道。‘至少也有三分之一’，冀文正若有所思地说。‘当时，我们三个人负责执行这项任务。把人抓起来以后送交上级，结果，他没有得到宽大处理，而是被判了20年徒刑。’说到这里，冀文正泪盈满眶。‘1979年落实中央有关政策，白玛次旺同志才得以平反昭雪。我是这件冤案的见证人之一，在平反问题上尽了我最大的努力，整理了有关材料，在拉萨和林芝之间奔走呼吁，以帮助白玛次旺同志尽快见到光明，获得新生。他现任林芝地区政协副主席。’是呀！20年前都是金子般的年华，今天却是满面风霜，这里面的爱与恨、内疚与宽容，冀文正永远也难以释怀。而他那种敢于承认错误、勇于承担责任的气度令人感动，催人自新。”

西藏文联作家张宗显为此事专门采访了原拉萨市市委书记何祖荫，何老说，在那极“左”年代，冀文正他们是执行人，责任全在领导者身上，不要责怪下级，上级应该好好思考总结，接受教训。

回忆刚抵达德木及后来多年，白玛次旺和我们合作得很好，在部队断炊时刻，在工布统战人士会议上，他带头卖给我们40克（上千斤）青稞，还带动他人一起，解决了部队一段时间的粮荒。在多年的交往中，没有发现他同我们有离心离德的反常现象。在那种逆境里出现一些情况，也应客观地一分为二地进行分析和处理。历史成为往事了，不堪回首。

涉足“深水”，捕捉“大鱼”

涉足深水，捕捉“大鱼”，这句话是我在半个世纪前搜集珞巴族和门巴族民间文化活动中的深刻体会。

我对少数民族民间文化的认识从无知、寡知到稍有认识和较好认识，我搜集少数民族民间文化从不自觉、盲目好奇到见缝插针地随时记录，最后成为一种嗜好，一天不搜集心里不舒服，成为心病。由此，几十年的漫长岁月，做到天天记、时时记、随时记、事事记，从不漏掉一首歌谣、一个故事，哪怕是很小、很少的一个情节都不放过。有多次在喜马拉雅山的岩洞里累得喘不过气来，一旦听到珞胞和门胞在篝火边讲到有意义的内容时，我都会通过火光记载下来，以免忘记。记录、搜集已成为一种习惯。

尽管我勤奋，口快手勤，记录了大量各类民间文化资料，但写文章时却感到零碎，不完整，缺胳膊少腿，未知的太多太多。这时，客观实际教育了我，搜集越多，但感觉距文章的需要越远。我懂了，民间文化深邃，只有涉足“深水”，才能捕捉“大鱼”。

民族文化是一个民族的灵魂，是民族发展的精神力量和支柱，没有文化的民族是没有希望的民族。现在是信息时代，各种文化相互渗透、融合和排斥。珞巴族和门巴族没有文字，只有语言，更易被现代文明所冲击、所淹没。继承和弘扬优秀传统文化成了当务之急。我要在这个事情上尽点义务，哪怕耗费再多，困难再大，我都在所不辞。

在墨脱的16年，我身居其中，搜集条件便利优越，但现在想起来仍有两点遗憾。一是公务繁忙，空闲时间不多；二是当时的搜集目的多为工作所需，服务于现实，搜集的不少东西不成系统，而且很多重要内容都遗漏了。工作调动到拉萨后，有时间学习了，有时间写文章了，才发现手头资料未知的太多，后悔已晚。但我不泄气，采取“走进去，请出来”的办法来弥补。在拉萨工作的20年间，我邀请过14人次墨脱民间艺人到寒舍进行采访录音，获得了大量提纲式的重要资料。所谓“提纲式”是指系统内容提纲，经过几次录音完全达到了搜集目的，并取得了很好的效果。

“走进去”始终是主要方式。1988年5月我被批准离休，成了自由人，根据需要我随时都可以去墨脱，“主动去找苦吃”。离休后，我曾3次亲自前往墨脱县采风。1988年7月和区文联的张学仁、次刀在墨脱待了近4个月，重点为珞巴族和门巴族的“三套集成”搜集故事、歌谣和谚语。这一趟走遍了墨脱五分之一的地域，其中还到了墨脱最艰苦的旁辛区，我们三人被蚂蟥叮得遍体鳞伤，但成果颇丰。此次采访约300人，初步摸清了该县民间文化艺人的基本情况。

1991年9月，是我离休后第二次进墨脱，也是第25次徒步翻越喜马拉雅山多雄拉山口。同行的有喜马拉雅奇迷考察研究会会长、国家一级作家、著名诗人萧蒂岩等，我是研究会的理事和野考队长，我们在墨脱待了2个月，主要任务是考察野人踪迹。这一趟穿越了墨脱南北直线距离250公里，到14个村庄探访了157人，获得了墨脱丛林中尚有9个野人的重要信息。野人是世界四大奇谜之一，“野人论”存在已有百年，有人说有，有人说无，双方各执一词，我属有野人论者，但“揭秘”是共同关注的话题。这一趟我还有个额外的任务——继续探访珞渝文化，并搜集到不少鲜为人知的宝贵资料，仅门巴族机智人物江安的故事就有14个，如“菩萨偷米”“江安借粮”“国王升天堂”“拜汉族江安为师”等。

这次墨脱之行，最大发现是门巴族和珞巴族民间文化消失得太快太多了。往昔人们最爱唱的、说的歌谣和故事现已少得可怜，如刀耕火种时男女对唱情歌的歌声也听不到了，夜晚篝火跳舞的欢乐场面也看不到了，老年人讲的故事被卡拉OK所替代。许多优秀文化，如造纸、手工艺品、纺花织布都已无影无踪了，会讲故事的人没有几个了。如珞巴族表达向往幸福生活的著名长篇故事《勒布爷爷》没有一个人会讲了，个别的七八旬老人也只会讲其中的部分情节，我估计要不了几年连故事的名称都没有人知晓了。这两次墨脱之行，我感受最深的是民间文化正逐渐消失殆尽，令人痛心。我有义务继续搜集、整理并

黑鹰直升机飞不过喜马拉雅山，冀文正却踩在它的脊背上。（冀文正提供）

出版传统优秀文化，报答回馈墨脱人民。

我离休后第三次，也是第27次、28次翻越喜马拉雅山去墨脱。1996年9月至1997年5月，历时近9个月在墨脱穿行，这一趟除配合新华社完成20集纪录片拍摄任务外，我还利用自己的语言和人脉优势，在搜集的提纲、录音磁带（174小时）的基础上，增添了不少资料。虽然吃了不少苦，但收获不小，可以写书了。

2011年10月，我应邀到雅鲁藏布大峡谷为自己的影展剪彩，并利用空闲时间采集了不少资料。我满足了，可以出二十几本书了！

我的摄影实践
——留下人类往昔美好的记忆

1948年开封解放后，《开封日报》及中原军区的《拂晓报》上经常刊登的一些图片引起了我的好奇，这个“谜”在头脑中不时浮现，并奢望自己能有一部照相机该多好，明知是幻想，但却渴望能梦想成真。战争年代，没有分文工资，1949年5月，中央军委奖励解放南京的将士每位2000元中州币（折合现在的人民币2角，下同）、中华人民共和国成立国家奖励每人1万元（折合现在的人民币1元）和四野支援二野每人1万元，身上从未有过一分钱的我，将这2.2万元装在拆缝的上衣里，不时摸摸，生怕丢了。1949年底解放贵阳后，从中取出9000元买了一只金星钢笔（今日约值400元），从此，我不用铅笔记日记了，心里很舒坦！

1949年12月12日，我在贵州贵阳第一次照了一张第十八军随营学校八中队百人合影照，这张照片我保存60多年，在2011年我出版的《莲花遗韵》和《媒体传情》书中用上了。1950年2月26日进军西藏驻防四川乐山城时，我在照相馆拍了一张“进军西藏”的单人照。这两张相片始终激励着我要努力创造条件实现我的“照相梦”。

1950年进军西藏开始，部队发了工资，排连干部每月5个银圆，我是连队文化干事，正排，每月5个银圆。“滴水成河，积少成多。”当时不发现金，若需要，可以随时领取，司务长给我发个小本，形似现在的银行存折。我性格倔强，一

作者通过藤索桥去采风。（冀文正提供）

生坚持“看准了就大干，没把握就试验”的这个信念，却落下一个“倔牛”的绰号。但我的“野心”“幻想”“美梦”在拍照和抢救珞渝文化这两方面都获得极大成功。话说回来，为了践行承诺，实现我的愿望，我付出了许多，钱花光了，苦吃够了，仅喜马拉雅山就徒步翻越28次，16趟往返世界第一大峡谷——雅鲁藏布大峡谷；一生中被蚂蟥吸的血不下10脸盆，有一次一天中就被叮咬了34个血口，失血不下一茶杯；5次差点掉进雪山冰穴中，3次在喜马拉雅山顶被吹到岩下。为了工作、拍照，天天奔波在生死路上；为了边防的巩固，为了边疆人民的幸福，为了留下人类童年的美好记忆，为了抢救民族民间传统文化，苦，值得！失去的是小失，得到的是大得！我心安理得了。

为了实现购机梦想，我不乱花一分钱，截至1954年积蓄达300元，我厚着脸皮向中共林芝分工委书记何祖荫借了200元。他很大方，对我很器重，大力支持我学照相，希望能把边疆的一切记录下来。我花500个银圆买了一部德国产的禄来福来相机。万事开头难，头三脚难踢，不懂就学。那时西藏林芝尚未通汽车，没有书店、邮局，只有精干的几十名党政军干部。幸亏有一名叫彭遐熙的川大毕业生，他懂一些摄影知识，成了我的启蒙老师。我又向战友们借了150元买了10个爱克发120胶卷（每卷照12张）、一个相夹、一盒相纸及显影、定影粉等。然后，朋友告诉了一些操作方法我也听懂了，但做起来又是一回事，拍照失败了许多次，甚至冲胶卷、显影、定影、洗相片诸多工序也都失败，失败一次心痛一次，但我不后悔，失败，总结，再失败，再总结。最后终于掌握了它的规律，我成功了。

经过一年的努力，我学会了门巴语和珞巴语，藏语藏文也精通，边疆人民对我很信任，什么话都肯对我说。几十年来我搜集了他们500多万字的传说、故事、神话、歌谣、谚语、民俗，编写了28部书稿，已出版22部。其中《珞巴族民间故事》一书获得2011年第十届中国民间文艺“山花奖”及四川省巴蜀文艺特别奖。

边疆是美丽的，人民是勤劳的，而旧西藏社会是黑暗的，我反映西藏人民生活的照片上千张，揭露黑暗的、落后的、残酷的封建农奴制度的“人背人”等照片在群众中反响很大，十分受欢迎。这些照片于2012年在雅鲁藏布大峡谷首次

240米长的藤索桥。 （冀文正提供）

"人背人"——残酷的封建农奴制度。（冀文正摄）

展出，以后陆续在西南民族学院展出。《藤索桥》在国内外的多次展出大受好评。《人背人》《藤索桥》已走出国门在14个国家和地区展出，并为国家民族文化宫和西藏革命展览馆收藏。《人背人》照片荣获第四届大理国际影会"金翅鸟"最佳摄影提名奖，荣获贵阳世界影展银奖。

几十年来，《解放军报》、新华社、西藏卫视、湖南卫视、陕西卫视、四川卫视、《西藏日报》《成都日报》等数十家媒体以誉为"抢救珞渝文化第一人""创造西部神话的人""雅鲁藏布大峡谷奇人"等为题，对我进行报道。在我看来，我只是一个普通的老西藏、老战士，这些事是我的份内事，是应该做的。

平凡而无悔的人生

我1933年8月1日生于河南省邓州市赵集乡冀寨村一个佃农家庭。从8岁开始至15岁，断断续续读了不足6年书，1948年9月开封解放，尚未中学毕业就投笔从戎，加入中国人民解放军。在部队这一大熔炉里得到锻炼与成长，如淮海战役、渡江解放南京、进军大西南9个省市、解放四川与西康，1950年进军西藏，1959年参与平息西藏叛乱，1962年参加中印边境自卫反击战。在藏47年中，1954—

1970年在“独居一隅”的墨脱县工作，任县委办公室主任、常务副书记。其余时间在自治区民政厅工作，任副处长、自治区残联副秘书长。1988年离休，1997年易地安置在成都，由武侯区老干局代管。

1949年7月于南京加入中国新民主主义青年团，1954年在墨脱边防加入中国共产党。现为中国摄影家协会会员、中国民俗学会会员、中国民间文艺家协会会员、四川散文学会会员。

我来到这世界已84个年头，参军至今也有66年，仅在西藏就达47年。在漫长的人生道路上经历许多事情，受到许多教育，也增长了许多知识，对党和人民做了一些应该做的工作，取得了优异成绩。回忆往昔，我无怨无悔。

INTERNATIONAL DALI INTERNATIONAL
DALI PHOTOGRAPHY EXHIBITION PHOTOGRAPHY EXHIBITION
EXHIBITION INTERNATIONAL DALI INTERNATIONAL
PHOTOGRAPHY PHOTOGRAPHY EXHIBITION

参展證書
Exhibition Certificate

尊敬的 冀文正 先生／女士

您的攝影作品《“人背人”(4)“藤索桥”(1)》（共計：5 幅作品），經2012第四屆大理國際影會學術委員會評定，獲選參加2012第四屆大理國際影會展出。

特頒此證，以資紀念！

大理國際影會組委會
2012年8月15日

Dear Mr./Ms.:
Your photographic work < > (In total: pieces)
has been selected to exhibit in the 4th Dali International Photography Exhibition by the 2012 The 4th DIPE Academic Committee.
This is your exhibition certificate.

DIPE Orgination Committee
August 15th, 2012

2012 4TH DALI INTERNATIONAL PHOTOGRAPHY EXHIBITION

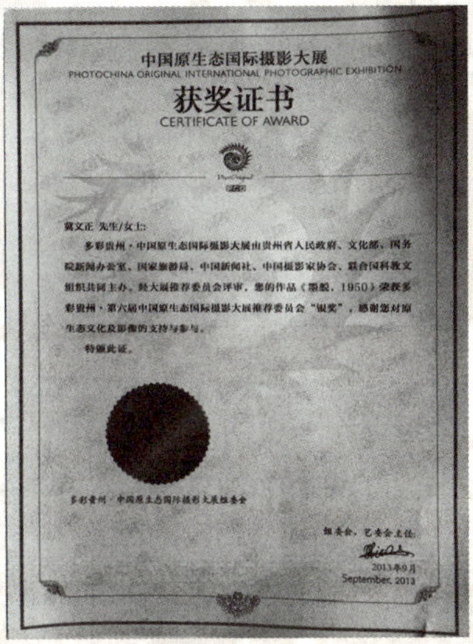
中国原生态国际摄影大展
PHOTOCHINA ORIGINAL INTERNATIONAL PHOTOGRAPHIC EXHIBITION
获奖证书
CERTIFICATE OF AWARD

冀文正 先生/女士：

多彩贵州·中国原生态国际摄影大展由贵州省人民政府、文化部、国务院新闻办公室、国家旅游局、中国新闻社、中国摄影家协会、联合国科教文组织共同主办。经大展推荐委员会评审，您的作品《墨脱，1950》荣获多彩贵州·第六届中国原生态国际摄影大展推荐委员会“银奖”，感谢您对原生态文化及影像的支持与参与。

特颁此证。

多彩贵州·中国原生态国际摄影大展组委会

组委会、艺委会主任：

2013年9月
September, 2013

作者拍摄的照片参加大理、贵阳国际影展，荣获金奖和银奖。

（一）

康藏公路（后为川藏公路）即将通车至西藏波密扎木，这之前的1954年秋，我被中共波密分工委派往位于喜马拉雅山南坡、雅鲁藏布大峡谷中的墨脱工作。那里居住着路巴人和门巴人，他们的语言、习俗、信仰等均不同于藏族与其他民族，而在藏文和西藏口语中却称他们是“野人”“不开化的人”。实际上他们纯朴、实诚、好客、勤劳，是“房门不上锁的人”。我经过9年时间的调查，写了

11份上报材料，并以大量事例证明他们应该成为单一民族。1964年和1965年国务院分别批准门巴和珞巴各为单一的民族。《解放军报》《西藏文化报》等媒体为此称“冀文正在民族的认定上功不可没”。

（二）

我一生只做了硬软两件事。首先是硬任务，咱是军人，是党员，是毛主席的人民战士，服从党的安排，叫到哪里就到哪里，叫干啥就干啥，而且要干好，让党放心，让人民满意；其次是软任务，就是抢救珞渝文化。说实话，这是一件极艰巨的任务，不仅要大投入，吃大苦，而且不易显现效益，但我不后悔，“是金子总会发光的”。珞渝指西藏东南部那一块12万平方公里的地区，那里居住着30万珞巴人、10余万门巴人及万余藏人。其中的9万平方公里土地自1914年开始，被英帝国主义和印度扩张主义者逐步蚕食了。珞巴族和门巴族只有语言而没有文字，他们的文化全靠口口相传。他们身处雅鲁藏布大峡谷和原始森林中，一年仅有4个月从陆路可与波密和林芝通行，其余时间人和畜均不能通行，称为“雪封山”。由于交通闭塞，也使珞渝文化保留了它的古老、原始、独特、奇谜及人类童年的美好记忆，从而成为人类文化学等多学科研究不可多得的“活化石”，珍贵的非物质文化遗产，难得的“绝品”。从1952年开始，我开始无目的地搜集故事、歌谣，觉得怪有意思的，那是不自觉的记录。后经过学习国内外学者的著作，逐步提高了认识，搜集时便有了目的、计划和提纲，并在实践中逐步得到完善。随着语言的精通和人际关系的密切，搜集更得心应手，开头是口问笔记，后来采用了录音，效果好，成效大。在墨脱的16年中，便搜集到了大量原始资料。1970年调拉萨工作后，采用“请

作者在喜马拉雅山上。（冀文正提供）

出来”的办法，18年的时间里，共请了6批15名民间艺人来拉萨家中，我负担全程费用和误工费，每批得花3000多元。采用录音方法先进有效，利于思考，不愁缺电。历时两个多月，我搜集到上百万字第一手原始资料，其中不少是闻所未闻的，科学价值极大，含金量很高。

资料搜集得越多，越感到不全面，不系统，发现未知的就越多。就有了再次故地重游的打算，接着做了搜集的具体计划和物资的准备。

1988年，年满55岁的我按规定被批准离休后，于雪融化后的7月只身前往墨脱采风。其后的1991年和1996年9月又两次故地重游，而最后一次是我64岁第28次徒步翻越喜马拉雅山，在世界第一大峡谷中一待就是8个月。这几趟吃了大苦，还花了许多钱，10年工资的结余基本花光，体重减了十余斤，6个脚趾磨坏至今未愈，但采得的大量原始资料却是一串串无价珍宝，是人类原始生活的真实写照。

1997年我被易地安置在成都市武侯区，在区老干局的关心和帮助下，我将搜集到手的500多万字资料进行翻译、分类、梳理。这也是一件相当艰苦的工作，因为珞巴族和门巴族只有语言没有文字，当时采录的磁带过后录放发现变化很大，往往要反复播放多次才能听懂原意，手上又没有其他文字依据可以核对。通过十几年的努力，我终于完成了350万字17本书稿的编写，其中珞巴、门巴两个民族100万字的歌谣和谚语仅用13个月就翻译成了藏文。截至目前，已写出28本书稿，出版了22本：《门巴族风情录》《珞巴族风情录》《雅鲁藏布大峡谷国土旅游资源》（与人合作）等，《珞巴族民间故事》《珞巴族动物故事》《门巴族民间故事》《珞巴族歌谣》《门巴族歌谣》《珞巴族门巴族谚语》《莲花遗韵》《媒体传情》等11本于近年出版发行。《珞巴族民间故事》一书荣获2011年中国文联、中国民协颁发的第十届中国民间文艺大奖“山花奖”与四川省第四届巴蜀文艺奖“特别奖”；十年前在西藏时已出版《珞渝情歌》《拉萨情歌》和《墨脱民间故事》3本。尚待出版的还有《珞巴族歌谣》《门巴族歌谣》《珞巴族谚语》《门巴族谚语》《永恒的瞬间》（350幅20世纪50年代老照片）《珞巴族民歌精选》《门巴族民歌精选》。

我搜集的资料和照片也提供给需要者参考和使用，如给西藏民院教授于乃昌25万字的民俗故事资料，他编著的《珞巴族文化大观》《门巴族文化大观》图书受到学术界的好评；给军旅作家罗洪忠上百万字的原始资料及图片，他撰写的《人文雅鲁藏布大峡谷》3卷获得了国家出版基金资助并获得第二届全国百种优秀图书，我很满意，研究珞渝文化有了接班人。我的许多老照片还参加了国内外展览并得到使用，说明它们有价值。

（三）

离休以后，我生活在西藏拉萨。西藏大学、拉萨小学和不少机关及社区都请我做革命传统教育报告。到成都后也在机关、小学、社区做过十几次互动交流，就几年前的2008年3月14日拉萨“出现‘藏独’势力煽动的打砸抢烧杀事件”，结合我拍的12张照片展示和传看，以揭露封建农奴制度的残忍起到了很好的作用。2009年应中山大学的邀请赴广州同五百多名研究生互动交流，在不足两个小时的时间里获得27次掌声，这是对我最大的褒奖。在社区里，群众以一个离休干部的标准来观察我的言行，因此，要与人为善，以诚待人，这样才能赢得人们的信任和爱戴。遇到国内外重大事件发生，我都应邀在院内同大家讨论，阐明观点，同群众保持友好关系，亲如朋友。

我一直遵循节俭，不浪费一粒米，每当看到不珍惜粮食的现象时，我都会向他们讲述：20世纪50年代修二郎山公路，不时断炊以野菜充饥、进藏途中空肚行军、进驻边防吃棕榈树患病的情景。我并不吝啬，我也不缺钱，当四川汶川、芦山大地震时，我是社区第一个捐赠千元的人，还捐赠了上千元的图书给灾区学校。多年来，我坚持每年办十几期两平方米的墙报，时政、健身养心、生活小知识等方面的剪报应有尽有。我们是个资源匮乏的国度，我视水、天然气如金，采取科学办法节能节水，并将自己怎样节水、节电和省天然气的小妙招贴在墙报栏上展示，不少人仿效，收效不错。

（四）

自踏上社会的60多年里，我自认为没有虚度时光。我最大的奢望是完成出版这28本书，提升墨脱的知名度，把这棵“摇钱树”培植好，造福边陲人民。

我对生活要求不高，粗茶淡饭。儿女们说我不会生活、不会享受。实际上，我生活得很好，很充实，很有意义，很有价值。我有干不完的活，在珍惜生命、呵护健康的前提下，要抓紧实现我的计划。

我这一生是“奋斗”的一生，我要以分秒必争的精神，在这短暂的时光里实现自己的梦想，为实现中国梦而努力！

47年的边疆生活让我受益匪浅，边疆是我的第二故乡，5个子女中有3个分别出生在拉萨、林芝和墨脱，都在西藏读书和工作，后来4个内调，老五至今仍在西藏。

长征精神代代传承

1949年，第二野战军第五兵团负责解放大西南，第十八军是主力之一。四川解放后，“藏独”活动猖獗，于是，我解放军奉命进军西藏，俗称“第二次长征”。第十八军将公路修到了西藏拉萨，建了机场。西藏有今天，是在党和毛主席的英明领导下，在全国人民的大力支援下，数万名将士抛头颅、洒热血而换来的。

作为第十八军的一名战士，我从参军那天起就开始记日记，共记下了15本，其中有8本、百余万字，真实记录了各个时期部队的活动，如接管南京；1949年8月1日，第五兵团在上饶举行进军大西南誓师大会，杨勇司令员、王幼平主任等首长讲话；1950年3月4日，第十八军进军西藏誓师大会，张国华军长、谭冠三政委讲话和进藏初期第十八军的各项准备、动员活动……现在翻阅起来，很有新鲜感、亲切感，这批日记已成为研究军史不可多得的真实资料。

我在西藏的第一代老首长和战友鼓励下，在藏二代、藏三代年轻朋友的殷切期望下，增添了信心和决心，先后发表了30余万字回忆录。又经过一年时间，写了近40万字的《从南下到西征——十八军老战士冀文正的人生足迹》。

我追求的是真实，有据可查，为写军史、地方志提供翔实的资料。力求将枯燥的资料融入可读性、知识性、趣味性，如从四川名山开始一直写到拉萨，又从波密扎木一直写到大峡谷，不下10万字的游记。各地的名胜古迹及特点都贯穿到文章中了，如通麦大塌方一节中就插入板块学说。

我的宗旨是要体现“老西藏精神”，即特别能吃苦、特别能忍耐、特别能团结、特别能奉献的革命精神。

附录

Fu Lu

第十八军的一个基层干部干了不少事，深得好评，几十家媒体报道了他，对他予以认可和肯定。这里仅摘录几篇，以飨读者。

萧蒂岩作序

北宋著名理学家、教育家程颐说："凡事思所以然，天下第一学问。"

这不禁引起我深刻的联想：在世界上有史以来的几千年里，中国都属经济、政治、军事、文化的强国，而在一百多年前，中国突然被西方一些国家打得头破血流、割地赔款不说，还让他们在中国享有"治外法权"。中国人被称为"东亚病夫"，在公共地段甚至出现了"华人与狗不得入内"的侮辱性标志！但是，自中华人民共和国成立以来，仅半个多世纪，当今世界第一的美国，其不少政治家、军事家、智库强人都称中国是其"竞争对手"，另外还有人强调"与13亿人作对是愚蠢的！"为什么在短短的时间里发生了如此翻天覆地的变化？想通了，就是当今的"天下第一学问"！

要回答这一问题，是关心"天下大势"的人的事，但不是本文主旨。

本文要说的是，电子科技大学出版社根据党中央建设"文化强国"的指示，将"珞渝文化丛书"立项，申请了"十二五"国家重点出版物出版规划项目及国家出版基金并得到批准，将中国56个民族中的珞巴族、门巴族尚无文字记载的原生态口头文化，以书籍的形式出版发行，使其成为让更多人了解、研究这一原始而神秘的处女地文化的基础资料，也使之担负将此文化传承下去的历史使命。

什么叫金瓯？原为盛酒的金属器具，后比喻疆土完固。《南史·朱异传》曰："我国家犹若金瓯，无一伤缺。"毛泽东有诗句曰"收拾金瓯一片"，即言将国家的一片疆土解放了。这里要着重阐明的是，冀文正十五六岁参加第十八军，随着军号"向前向前向前，我们的队伍向太阳""脚踏着祖国的大地"，最后落脚于西藏长期不通公路的墨脱。"墨脱"即为"花朵"之意，在旧地图上曾标明为"白马岗"。"白马"不是白色的马匹，而是藏语"莲花"之意。"岗"是山，"白马岗"即是莲花山。传说藏传佛教的先驱、唐时印度高僧莲花生大师率先驻锡于此，因而得名。大家知道，佛陀、菩萨都坐于莲花宝座之上，取其"出淤泥而不染"的圣洁象征，要行善业于苦难的众生。而解放军战士冀文正有幸被分配到此莲花圣地戍边卫国，面对所在的帝国主义强行划定的"麦克马洪线"边防，为完成神圣使命，坚决贯彻党的群众路线，以更好地为人民服务，在一不怕苦二不怕死的老西藏精神鼓舞下，他与珞巴族、门巴族、藏族人民打成一片，学习他们的语言，了解他们的风俗习惯，百折不挠，坚持不懈。经过近60年的努力，他搜集、整理和翻译了五百余万字的珞巴族和门巴族的歌谣、谚语、习俗、故事，拍摄并保存了上千张照片，录制了168小时的民歌录音等第一手资料，填补了珞渝文化的空白，被新华社誉为“抢救珞渝文化第一人”，《解放军报》称其是“创造西部神话的人”。而他所做的学问，当然也就成了“天下第一学问”，即珞渝文化的基础学问了。

为了加深理解，我还想进一步说明，所谓文化，按新版《辞海》解释：“广义指人类在社会实践过程中所获得的物质、精神的生产能力和创造的物质、精神财富的总和。狭义指精神生产能力和精神产品，包括一切社会意识形态。”这显然是由若干时代若干人物的逐步积累而丰富起来的共同成果，看似单纯却又极为复杂。不同地域、不同民族的文化又形成了文化的多样性。珞渝文化作为中华民族整体文化不可分割的一部分，发展到今天，才在有中国特色社会主义道路上展现出底蕴，与54个兄弟民族之花共展芳华，其价值与意义是怎么估价也不会过高的，因为这是历史的结晶。

笔者曾应冀文正和出版社的一再要求，在两个多月中反复阅读、探究，在对“珞渝文化丛书”书稿进行逐字逐句地订正、修改、润色的过程中，我深深体会、认识到这两个民族先民历经艰难困苦而表现出的深情厚谊，以及特殊的智慧与能力，对此，我深表敬意。通过这些原始的歌谣、谚语、习俗、故事等，我们可以窥见世界上其他民族（部族）的古昔社会状态和民族之魂的精神素质，为继承、弘扬、繁荣民族文化的正能量提供原生态的驱动力。毋庸讳言，整个珞渝地区负有完成中国完整文化金瓯的艰巨任务，而同时，其所辖部分是国家最贫困地区之一，要使之富裕起来任重道远。最近，党中央要求各省、区、市“立军令状”，在“十三五”期间，限期解决贫困问题，而最终解决之道，有待于当地文化水平的不断提高和科学事业的迅猛普及、深化，以及整个中华民族在伟大复兴过程中的大力扶持，携手并进，以共同奔小康。

中国之所以不愧为历史悠久、文化丰厚的世界文明古国，就是因为有许多先圣、先贤、先哲，如老子、孔子、庄子、列子、孙子等诸子百家，怀抱梦想、深入民间、扎根实际，获取了极为丰富的知识，去粗取精，逐渐升华为修身、齐家、治国、平天下的政治理念和管理才能，方能使国家长期屹立于世界东方，如朝阳之辉煌灿烂，让群星景仰。这当然不是说冀文正提供了珞渝文化部分资料，让世人研究，就可与圣贤媲美了，不是的。但作为具有爱国主义精神的人民解放军普通一兵，有此鸿篇巨制，可谓以武襄文、以文彰武了，是功不可没且令人敬佩的。

在此，还要深情感谢电子科技大学出版社将五百余万字的资料进行了整体系统的梳理精编，集结成“珞渝文化丛书”出版发行。我认为，补全中国各民族的文化金瓯是当代文化的一件大事，是成为文化强国的基础之一，有助于伟大的中国梦的加速实现。

笔者也曾是第十八军战士，1956年参与中国科学院、中央民委和中央民族学院共同组织的西藏社会语言调查实习团，到中印缅边境的察隅额外调查了珞巴族语言，用国际音标记录了语音。时过60年，面对“珞渝文化丛书”的出版，别有一番滋味在心头，故乐为之序。

祝开卷有益。

2015年年底于成都市武侯区老干部局，时年84岁

萧蒂岩，男，汉族，国家一级作家，著名诗人，著有散文集《人·野人·宇宙人》，诗歌集《珠穆朗玛交响诗》《雪域曦霞》《神女惊梦》，译著藏族古典文学作品《勋努达美》等。

一位老共产党员的珞渝文化情怀

2016年6月30日，中共四川省委举行了“中国共产党成立95周年暨表彰大会”，表彰了四川省优秀共产党员200名，其中就有已是耄耋之年的文化传承者，83岁的四川省民间文艺家协会会员，2011年第十届中国民间文艺“山花奖”的获奖人冀文正先生。冀老说，这个荣誉是属于人民的，他只是一个普通党员，仅仅做了一点点让人们了解珞渝文化的事。

出生于1933年，在战事纷飞的年代里，他参加过淮海战役、渡江战役、解放大西南等。1954年在“麦克马洪线”边防加入中国共产党，60多年来时刻践行入党誓词，牢记宗旨，踏实为民办事。每当回忆往事，冀文正都感慨：“为珞渝奉献一生，值！”

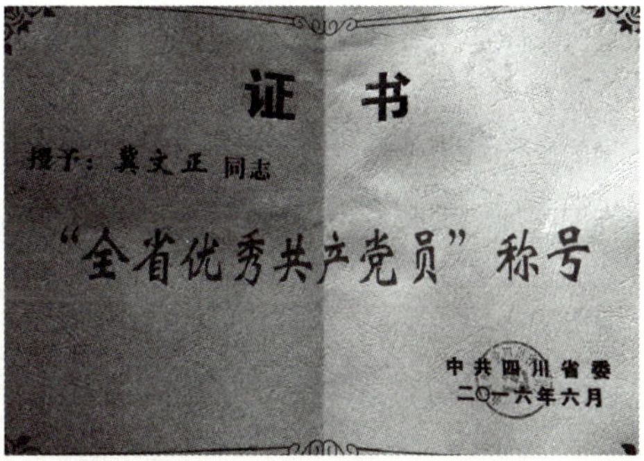

冀文正荣获“四川省优秀共产党员”证书。

1950年冀文正随军入藏，在藏区工作47年，先后28次翻越喜马拉雅山、8次穿越雅鲁藏布大峡谷。在大峡谷的深处，有一个藏传佛教信徒向往的莲花圣地——墨脱（藏语意为“隐秘莲花的盛开之地”）。民间称它为“珞渝地区”，是珞巴族和门巴族世代居住的地方。墨脱地处西藏东南部，交通闭塞，2013年公路修通后才实现全县通车，成为我国最迟通公路的一个县。在过去，墨脱一年里有8个月被雪山封路，只剩4个月可以与外界通行，但此山路漫长坎坷，蛇虫鼠蚁繁多，令墨脱在对外交流上与世隔绝。闭塞的地理环境，一方面极好地保存了珞渝文化古老、原始的形态；另一方面也为它蒙上了神秘面纱，不轻易为世人所见。

珞巴族和门巴族有语言没有文字，在《西藏图志》和其他一些藏文资料中，他们被书写为“猓猃”，意思是“不开化的野人”。事实上，这是两个诚实、好客、智慧、强悍的民族，拥有不同于藏语的语言与风俗习惯，应该是两个独立的民族，这在当时并没有引起足够的重视。1954年第一次深入墨脱的冀文正就被它保留较完整的原始部落形态、民族宗教信仰、风俗习惯等方面的珞渝文化深深震撼。他用了9年的时间调查、搜集、整理相关材料上报有关部门，期间，他还自学了珞巴族、门巴族两个少数民族语言，并为两个少数民族正名而奔走。他还为抢救和保存我国民间文化而辛劳，引导人们认识不同民族间的差异性，尊重各民族文化的多样性，增进各民族爱党、爱国、爱社会主义的情感。最终，国务院分别于1964年、1965年批准门巴族和珞巴族各为单一民族。可以说，两个少数民族身份的认定，离不开冀文正为人民服务的党员自觉精神与为抢救保护民间文化不遗余力的文化担当。他在本职工作上的坚持，在文化工作上的坚守，具有不可磨灭的贡献意义。

冀文正一入墨脱，就在那里工作了16年。每当有人感谢他为珞巴族、门巴族正名所做的贡献，他都认为这是身为一名共产党员不容推卸的社会责任。1970年虽然他已经走出墨脱，但他的心还系着“珞渝”，思念着珞巴和门巴人民的生产劳作、生活。因此在调到拉萨的18年工作期间，他工作以外的时间依旧花在墨脱与拉萨往来途中。离休后1991年和1996年他两次再入墨脱，而最后一次冀文正已经64岁了。随后，身体不堪长途奔波的他，就分批自费邀请墨脱民间艺人来拉萨家里进行采访。据统计，冀文正通过多年走村访寨，搜集了珞巴族、门巴族民间文化资料500多万字，记录整理了珞渝地区民间故事、民歌、谚语1000多万字，录音131张光碟，日记210万字，拍摄20世纪五六十年代珞渝图片资料1200多幅，出版有《珞渝情歌》《珞巴族风情录》《门巴族风情录》《西藏民间故事》《雅鲁藏布大峡谷和旅游资源》等多部著作，被誉为“抢救珞渝文化第一人”。其中《珞巴族民间故事》经四川省民间文艺家协会力荐，获得2011年由中国文联、中国民协授予的民间文艺大奖“山花奖”，同年获得四川省第四届巴蜀文艺奖“特别奖”。

2011年10月，四川省文联、四川省民协在西南民族大学艺术学院举办了冀文正拍摄的“门巴族、珞巴族图片展”。

2016年5月，冀文正所著“珞渝文化丛书”《白马情歌》《智语真谚》《峡谷流韵》《灵在民间》已由电子科技大学出版社出版，它们分别介绍了珞巴族与门巴族的民间口头文学（歌谣、谚语、故事）。值得一提的是，“珞渝文化丛书”填补了中国文化史中珞渝文化的空白，为文化学者研究藏区文化，尤其是珞渝文化提供了翔实可信的第一手材料。鉴于冀文正为民间文化所做出的贡献，在四川省民协的努力下，中国民协同意让“中国民间文化遗产抢救工程”标识在该丛书上使用。

多年来，“珞渝”对冀文正而言，已经不是两个字那么简单，而是承载了他的一生，它真实记录了两个曾经与世隔绝的少数民族鲜活的生活与璀璨的民间文化，开启了传承珞巴族、门巴族民间文化的第一扇门。冀文正常说：“将珞渝文化进行到底，为边陲人民造福！这是我这辈子坚持得最久的一件事，也是最有意义的一件事。”

博大精深的中华文化，百花齐放的各民族民间文化，离不开文化战线工作者的坚守，少不了他们对文化的高度自觉与担当。正因为有冀文正老先生这样忠诚于党，服务于人民的优秀党员，中华民族的文化才能够保持它厚重的底蕴，传承它悠久的血脉。

孟燕（四川省民间文艺家协会常务副主席）

莲花圣地的使者

在喜马拉雅山脉南麓，大自然鬼斧神工地开出一条深度和长度都堪称地球之最的大峡谷。印度洋的暖湿气流随喜马拉雅山脉在爬升，而让峡谷百花争妍，风光旖旎。峡谷两边的坡面自然形成，从低河谷热带雨林到高山冰雪带等共有9个垂直自然带。

雅鲁藏布江蜿蜒谷底，一路奔腾，绕过云雾缭绕的南迦巴瓦峰，猛地甩出巨大的回头湾，翻起的巨浪一路咆哮，豪迈高歌地向南奔去……

传说中要翻越雪山，穿越蚂蟥区、塌方区，过藤索桥才能到达的秘境之地——墨脱，它就在那片回头湾里的森林之中，因山高路险，大雪封山而与世隔绝，被称为“隐秘的莲花圣地”。

因为地理的特殊和封闭，居住在墨脱广袤森林地带的门巴族和珞巴族还保存着独特的民族文化。他们的生活方式还完整地保留着刀耕火种、狩猎、生殖崇拜、人造石锅、以物易物、图腾崇拜、原始巫术等人类童年时代的诸多习俗，是人类文化学等多学科研究不可多得的“活化石”，吸引着越来越多人的关注。

最早发现和搜集这些民俗文化的是现已83岁的离休干部冀文正，他凭借60年来对珞渝文化的痴迷和贡献，被业内人誉为“抢救珞渝文化第一人”。

不解的情缘

“革命的车子在拐弯的时候，总容易掉下来。”冀老说，他的人生遇到的大拐弯是在16岁，淮海战役之后，他所在的第十八军打到了四川。他立刻喜欢上了川南那一片富饶的土地，准备在此安居。可谁想仅过了2个月，他就接到了进藏的命令。有的战友想不通，掉了链子，可他没有。他想谁到最艰苦的地方去，谁就是好同志。几乎没有人做他的思想工作，他就想通了，踏上了西去的征程。经过千难万险，沿刚刚通车的川藏公路到达西藏边陲林芝波密县一带工作。在此本以为总该会稳定下来，可没过多久，就又迎来他人生的第二次大拐弯：1954年夏秋之交，21岁青年军人冀文正被选拔出来，派往与世隔绝的墨脱县工作。他经过9天的徒步行军，翻过喜马拉雅山东边最后一个隘口——海拔5800米的金珠拉雪山，穿越亚热带原始森林的蛇山和蚂蟥区，在“鲜花盛开的坝子”——卡布村才停下了脚步。在那里，他与墨脱、与珞渝文化结下了不解之缘。

冀老说，尊重当地群众的生活习惯是衡量部队好不好的一个标准，只有先了解民俗，才能谈得上尊重；只有尊重，才能赢得百姓的拥护。年轻的冀文正没想到，珞渝文化所展现出来的美会深深地烙在他心上，让他一生迷恋。

印度洋的暖湿气流被高高的喜马拉雅山脉挡住了去路，氤氲在墨脱的山谷之中，与地热相互缠绕交融，使这地方潮湿闷热，而它却是蚊虫繁殖的好环境。这里湿热的夏季是疟疾高发的季节，村子里每年至少有近一半的人会身染疟疾而倒下，对繁重的生产生活造成很大影响。那时墨脱的村子里没有任何医疗设施，生了病只能靠巫婆神汉来驱鬼治病。一天，冀文正像往常一样走访群众。当他兴致勃勃地来到珞巴族部落酋长勒格多杰的家中，立刻就感到了异样。他热情与主人打招呼，可这家人不仅没搭理他，眼中还含有敌意。他感到茫然，失落地退了出来。他一边往回走，一边想，哪里出了差错呢?

回到住处，他闷闷地坐着。房东老妈妈进屋后，他就向她请教。原来，酋长的女儿亚姆生病已一个多月了！前两天还请了巫师来驱鬼，按照当地习俗，家里有人生病是不欢迎生人的，怕带去新鬼，影响病人的康复。为阻拦鬼怪进屋，还要在门口插着“纳都欣”。

“‘纳都欣’是什么呢？”老妈妈告诉他，那是新砍的手腕粗的树枝，上面绑着棉花朵，一种驱鬼法器。

这怎么能治病呢？边防又没有医生。他想，每个人在进藏前都提前培训过常见病的防治，现在正好派上用场。治疗疟疾并不复杂，吃几片奎宁药片就能管用。于是他拉上房东老妈妈当翻译，再一次来到勒格多杰家，询问了亚姆是每日两次畏寒怕冷的症状，原来是典型的恶性疟疾。他拿出奎宁药片，说服下后只要几天就可治好。勒格多杰有些怀疑地看看他，又看看老妈妈。老妈妈把冀文正的话每翻译一遍，冀文正就诚恳地朝勒格多杰点一次头。勒格多杰看了看病中已瘦了不少的亚姆，终于同意了冀文正的治疗方法。吃了3天药，亚姆的疟疾不再发作，慢慢就好了。

痊愈了的亚姆从此有了心事。她有事没事总喜欢往汉族干部的住处走。大家都是年轻人，有说有笑很是融洽，可面对冀文正，美丽的亚姆多了几分羞涩。每次离开，她都显得有些不舍，走到小路拐弯的地方，还总是站在树下，放开嗓子唱上一阵歌。虽听不太懂她唱的是什么，可亚姆的歌声是那样清凉、优美，像有一千只手在撩着冀文正的心。他听出那歌声中有希冀、有激动，也有莫名的焦灼……冀文正的心被好听的民歌牵绕着，她唱的到底是什么呢？那样好听！经过几番请教，他终于弄懂了亚姆的心：

天上圆圆的月亮，
请不要匆匆走向西方。
我和情人相会，
想借用你的银光。

亚姆爱上了比巫师还“厉害”的年轻人冀文正。21岁的他也是情窦初开，弄懂了歌词的意思，心里反而难过了。亚姆是那样美丽可爱，可由于政策规定等原因，只能有负于亚姆了。为了不太伤女孩的心，冀文正把一张女战友的照片夹在书里，放在醒目的地方，亚姆来玩时问他，那是谁？他告诉她那是他的未婚妻，等休假回去就和她结婚了。从此，亚姆就不再来他的住处了。

悲伤的亚姆依然会到老地方唱歌，只是曲调变了，心情变了，清脆的歌声里有了湿漉漉的忧伤和些许苍凉，听得他心里阵阵不好受。

太阳翻山走了，
留下一片黑暗。
情人抛我走了，
留下满腹心酸。

冀文正把翻译后的歌词抄写在笔记本上，一遍遍地看，一遍遍地念，难过之后，又琢磨出另一番滋味。这民歌多么美啊！状物与抒情是那样贴切。没有文字的珞巴族口口相传的文化是这样丰富美好，可这又多么容易消失啊！如果能把这些民歌与珞渝文化用文字记载下来，不也是一种文化的保护和传播吗？不也是对亚姆一片情谊的报答吗？

这个想法一下照亮了他忧愁的心。从此在工作之中，他又多了一项自己加给自己的任务：学习当地语言，搜集整理珞渝文化资料，也由此开启了他60余年的珞渝文化之旅，结下了生命中不解的情缘。

迷人的秘境

在墨脱工作的16年里，冀文正不论走到哪里，工作之余都会抽出时间了解当地的婚丧嫁娶、神话故事、舞蹈对歌等珞渝文化，并归类整理。随着学习的深入和珞渝文化知识的积累，他越来越发现珞渝文化的美和重要，作为人类文化学多学科研究的活化石，是珍贵的人类非物质文化遗产，是难能可贵的“绝品”。他了解得越多，就越认识到自己掌握得不够，越需要更加努力，也就越痴迷。

初期，他主要搜集故事、歌谣，后来经过阅读国内外学者的著作，逐步提高了思想认识水平，慢慢有了抢救、传播珞渝文化的想法。他根据不同的农村生活特点，确立不同的搜集提纲。过年时，主要搜集情歌，遇到婚丧嫁娶，就搜集民俗……治好亚姆的病后，便经常被远远近近的乡亲请去治病，年纪轻轻就被当地人尊称为“米米老冀”，汉语意思就是“老冀爷爷”。因他性格外向，极易与当地群众打成一片，并建立了广泛的群众基础，为搜集民俗文化打开了方便之门。

他发现珞巴人和门巴人在语言、习惯、服饰、心理等方面均不同于其他民族，有自己的个性，他们戴的熊皮帽上装饰着獠牙，时时佩带腰刀，整个服饰有着明显的狩猎民族特征。在搜集整理大量资料的基础上，他将珞巴人、门巴人的研究成果上报自治区和国务院，引起了有关部门的高度重视。1964年和1965年，国务院相继颁布文件，确认门巴族和珞巴族分别为我国单一的民族。这一成果让门巴族和珞巴族确立了自己独特的文化形态。消息传来，冀文正兴奋得一夜未眠，从而更激发出他对珞渝文化的热情。

在森林峡谷地带，地无三尺平，生活所付出的体力太重了，连吃水都要到200米外的地方去取，所以每月都有5天作为“推桑”休息日。5天的“堆桑”日里，不下地，不劳动，只娱乐：年轻人拔河、抱石、比赛射箭，各取所需，各尽其乐；年长者则聚在村头的大树下，谈天说地。冀文正为了解更多的逸闻趣事，总是带着当地特有的鸡爪谷酒来到老人们的聚集处。几碗酒下肚，“故事大王”雅西氏族酋长安布在对方有意的提示和引导下，高兴地打开了话匣：“阿保老冀（老冀爷爷）问人从哪里来的？我们的祖先说，混沌初开时，天上的‘波如’（太阳）和‘多尼’（月亮）结婚后生了一个女儿和一个儿子……”就这样，年轻的冀文正从百姓那里买来鸡爪谷酒，在酒的畅饮里追逐故事踪迹，在欢快的笑声里聆听情歌魅力……微醺中，不时传来年轻人悦耳的歌声，安布的爱女扎西卓玛唱道：

鞍和马背之间，
隔着绸布毡垫；
我和情人中间，
隔着害羞的语言。

望果节那天，
我站在你身边，
几次想给你说话，
你只笑不开言。

门巴族桑刀白日寺庙。　　（冀文正摄）

一听就是她看上了谁，正期盼意中人的回应。

冀文正对珞渝文化的痴迷一坚持就是16年。1970年调到拉萨工作之后，这份痴迷并没有因距离而减弱。一到休假时间，他就往墨脱跑，一走就是几个月。有一次，他把儿子托给他人照料，小半年后才转回拉萨，帮忙照看的同事以为他在路上出了意外，加上他又欠了公家不少钱，就没有继续照看，儿子竟成了流浪儿！当他在街上找到讨饭的儿子时，便紧紧抱着儿子，歉疚的泪水流了满脸。就这样也没有阻挡他对珞渝文化的搜集，在业余时间进行分类整理时，发现缺项太多，未知的太多，还有大量的搜集工作要做。为提高效率和保有原始资料，在此后的20年里，生活简朴的他把大部分工资积攒起来，专等雪化开山之季，按照所列的提纲，邀请珞渝地区的民间艺人，分6批次来到拉萨进行现场录制，然后再进行记录翻译，一共录制了上百个小时。多年下来，他积累了上百万字的第一手资料，其中不少是闻所未闻的，研究价值很高。这样一来自然也就花光了他的积蓄，他不仅要负担他们的往返路费、食宿费，还要给每人每天5元的误工费。说到这儿，冀老伸出4个指头："一次邀请的费用是八九千块钱，那时我要存4年钱，才能请他们一次。"

热切的希冀

1988年，55岁的冀文正光荣离休，没有工作牵绊的他，儿女也长大成人了，不需要他操心，他可以全力以赴了。当年7月，他带着准备好的提纲，时隔18年再一次徒步进入墨脱。"墨脱什么都好，就是路不好。"回想进墨脱的艰险，冀老记忆犹新，"从扎木翻越喜马拉雅山，要通过原始森林、蚂蟥区、塌方区、蛇山，还有湍急的河流，有时只能靠一根约40厘米宽的独木桥过河。悬崖上没有路，只有拉着藤子往下面慢慢滑。如果藤子断了，人也就完了。"他说："有些口口相传的文化深藏在群众的心底，必须挖掘。随着去墨脱的人增多，珞渝文化的搜集研究者也多了起来，要找到第一手资料，就必须要到'深水区'去，要到更偏远的地方，要走更远更艰辛的路才能找到'金矿'。"1991年，他进墨脱时，走了5天才到达目的地。一天，他感到背上很痒，让人一看，蚂蟥在他背上咬了34个口子，血把他的衣服都染红了，干了以后又粘在背上，只好先在背上倒上水，软化了，才把衣服脱下来，洗了5次的水都还是红的。

最艰苦的是1997年，冀老已65岁，他再次走进墨脱。雅鲁藏布江甩出的马蹄形的大拐弯全长270公里，两岸悬崖峭壁，乱石峥嵘，其中一段10公里被墨脱人称为“朗切”（绝路），几乎全是塌沟，一失足就会跌下万丈深渊，尸骨难寻。而进入大峡谷以及纵深处的墨脱，有4条艰险异常的路线，即翻越喜马拉雅山脉的多雄拉、金珠拉、嘎隆拉三大山口或从其大峡谷进入。多雄拉山口海拔4000多米，在喜马拉雅山脉中不算高，但因诡异的天气而有“鬼门关”之称。冀老说，翻越多雄拉山必须在中午之前，中午一过，在山口上如遇到冷雨浇头，冷风一吹，风雪一冻，人立刻浑身僵直，喊不出，跑不动，许多过山的人就这样留在了山口。年轻的时候，他翻越多雄拉山也就五六个小时，嗷嗷叫着就上去了。到了65岁，他最后一次徒步下山，走了9个小时，壁陡的羊肠山路，走得心惊肉跳，等下了山，十个脚趾因持久用力，不断和鞋头相撞相挤，血脉不畅，都发黑了……这一次，他在墨脱待了8个月，探访了14个村庄，录了90个小磁带，内容涉及故事、传说以及吹笛、老头和老太太唱的情歌。喝过酒的他们会畅快地一展歌喉，情歌进入了恣意状态……

冀老的内心是紧迫的，墨脱之行让他认识到，随着一些老人的离世，一些故事和情歌就会失传，珞渝独特的文化密码会慢慢遗失。他说，之前在墨脱工作时每逢大节日，讲故事可以讲到几天几夜，唱情歌有的人可以唱三天。可是1997年再去，门巴族的神话故事《白蛇公主》，他找了5个当地故事大王才把故事凑完整。所以他心里着急，想尽可能多搜集一些，多记录一些，他说：“一个谚语、一首歌谣就是一个历史，非物质文化遗产是用钱买不到的，作为一个‘老墨脱人’，我有义务把珞渝文化搜集起来，奉献给更多的人。”

为此，他先后28次翻喜马拉雅山、8次穿越雅鲁藏布大峡谷，走遍了墨脱的山山水水。离休之后，他还3次翻越雪山绝境，进入墨脱的偏远山区，梳理、挖掘珞渝文化，搜集珞渝文化资料500多万字，拍摄相关照片1200多幅，为那个“隐秘的莲花圣地”留下了珍贵的黑白照片——自家竹楼前的手拿弓箭的猎人、棉田间席地盘腿而坐的纺线妇女、二牛抬杠耕种水田，以及两百多米长用藤条编制的藤索桥……他成了搜集、整理、研究珞渝文化成就最大、掌握资料最多的民俗专家。

如今，冀老的家中还有大量的照片、资料、日记，以及87盘录满墨脱歌谣、故事的磁带，部分内容已翻译成藏文和汉语、出版20余部专著。冀老说，自己年事已高，盼望有对珞渝文化感兴趣的年轻后生能接过他的接力棒，继续研究传播珞渝文化。

刘馨忆（军旅作家）

由于他对民族文化做出的贡献，被选为2015年武侯区十大杰出人物，给予表彰。

“米米老冀”60年唱不完的墨脱情歌

他17岁随军进藏，并在偏远的墨脱生活和战斗了16年。他曾28次徒步翻越喜马拉雅山进出墨脱，8次穿越雅鲁藏布大峡谷。他曾先后提交了大量原始材料，为珞巴族、门巴族各自被确认为我国56个民族的一员做出了巨大贡献。

他60年来搜集了500多万字的门巴族与珞巴族民歌、民俗和传说，填补了珞渝文化的空白。

2014年3月下旬，一个春寒料峭的午后，在成都青羊宫附近的一个小区，一间弥漫着藏香，家具陈旧的客厅里，81岁的冀文正声音洪亮，中气十足地讲起了那些足以成为孩子们的枕边故事——28次徒步翻越喜马拉雅山的冒险与传奇，47年倾听和记录珞渝文化的执着与坚守，以及那500多张黑白照片定格的历史与时光。

（一）1954年

他21岁，翻雪山穿原始森林，走进“鲜花盛开的坝子”。

1954年9月的一个傍晚，经过9天的行军，翻过喜马拉雅山东边最后一个隘口——海拔5800米的金珠拉雪山，穿越亚热带原始森林的蛇山和蚂蟥区，中国人民解放军第十八军进藏的冀文正和战友小李终于到达了被崇山峻岭所包围的白马岗，走进了那片“鲜花盛开的坝子”的卡布村。

“那个时候很热，得有30多度吧，我跟战友不想让老乡们误会，就随便找了棵香蕉树，在树下面睡了。躲得远远的珞巴人还背着弓箭、手执长矛呢，看我们没有敌意，才走近了。当时我脸上全是土，只有牙齿是白的，也不会珞巴话，就笑，但微笑是最好的语言。”

在这片土地上，气候湿润温暖，出产尤其丰富。但因为落后的生产方式与繁重的差役，老百姓一年当中三分之一的时间，吃的是棕榈树剁碎后过滤的淀粉。在当地从事民政和宣传工作的冀文正，在进藏前所学习的农业知识有了用武之地。他跟卡布村的珞巴族酋长安布成了朋友，他通过在地里做玉米人工授粉来推广科学种田，从此让“玉米结婚”成了村里的时髦词，家家户户都到“新汉人”的住处要种子。

冀文正的客厅里，摆着20世纪50年代他在当地拍摄的各种照片，照片上的珞巴人无论男女都不穿裤子，上衣像长衫一样垂下，露出膝盖。珞巴族的猎人，头上戴着熊皮帽子，帽子上嵌有两颗野猪的獠牙。

夏天的墨脱蚊子肆虐，得疟疾的人特别多。冀文正在出发之前，跟军医学了一些墨脱常见病的治疗方法，还准备了一些药品。凭着几片奎宁，他治好了酋长女儿亚姆的疟疾，成了村里的传奇人物。在卡布村不长的时间里，男女老少都称呼他“米米老冀”。这是“爷爷”的意思，也用来称呼有威望的人，而当时的冀文正才21岁。

（二）1965年

他32岁，一夜未眠，见证门巴、珞巴定为单一民族。

和所有富有冒险激情以及对未知世界好奇的年轻人一样，年轻时候的冀文正有一个“相机梦”。他从1950年开始存钱，每月工资5个银圆，直到1954年存了300元，“厚着脸皮”跟林芝分工委书记何祖荫借了200个银圆，花了500元买了一部德国的禄来福来相机。又跟战友借了150元，买胶卷，相纸及显影、定影粉……“我只有那么几个胶卷，每次拍照前我都很操心，光圈多少，速度多少，要想很久。”

但就是这样珍惜胶卷的他，为了一幅照片，却付出了18张底片的代价。而这一张照片，却为他换来了好几个摄影奖。

“我想既然在这里工作，就应该成为门巴、珞巴的代言人。”就如我们故事开头所说的那样，1955年、1956年和1963年，冀文正先后提交了11份材料，建议确认门巴和珞巴为两个单一的民族。后来经国务院批准门巴族和珞巴族为单一民族，“消息传来后，我兴奋得一宿没能睡着”。

40多年后，西藏民族学院的研究员马宁到成都探访冀文正，告诉他，学院收藏的国务院批准珞巴族为单一民族的批复后面，就附着冀文正写的原始报告。

至今，冀老仍视若珍宝般地保存着1956年《上珞渝地区基本情况调查》的原件。而在他的家中，还有两大屋子的书、照片、资料、日记，以及87盘录满墨脱歌谣、故事的磁带，搜集的原始资料500多万字，其中已经翻译成藏文和汉文，并由出版社出版成书的，就有20余本。

“《解放军报》报道我，说我是‘抢救珞渝文化第一人’，我觉得这个称号高了，我只是把它搜集起来了，尽了我自己的责任，如果我们不注意的话，总有一天，它（文化）就会消失了……”

（三）1997年

他64岁，走得脚趾发黑，第28次翻越喜马拉雅山。

“年轻的时候，我翻喜马拉雅山，到了山上，一两的东西就相当于山下平地好几斤，我每次只带三天的口粮、三天的手纸和三天记笔记的一管墨水。”1960年，冀文正从拉萨背回一本《藏文辞典》，1670克重，“到了山顶上，那本字典就相当于几十斤重，把我累的呀，下来一称，累掉了我十几斤肉”。

就是这样险峻，被称为穿越“死亡通道”的旅程，从1954年开始，冀文正先后因从事宣传、救灾、发放农贷、巡医、采风和拍电视等工作需要，从二十几岁一直走到了六十几岁，甚至带着怀孕的妻子、襁褓中的小女儿一起走过。

冀文正的妻子叫邝先华，77岁，这位称他为“倔牛”的老太太不时在老伴身后顽皮地做着鬼脸，她曾经为了丈夫，4次翻越喜马拉雅山，在墨脱工作和生活了6年。这一对夫妇在青藏高原的25年中，只有9年在一起，另外16年，他们一个在山的那边——墨脱，一个在山的这边——林芝，一年只能在开山之后见上一次，每次一二十天。最长的一次间隔，竟然是毫无音讯的3年。

（四）2014年

他81岁，盼着资料成书，愿做民族文化的淘金者。

在近半个世纪里，冀文正所搜集和记录的门巴族和珞巴族故事、传说、歌谣，在今天看来，如此有魅力、有趣味：门巴人不喝水，只喝鸡爪谷酒；右手拿瓢必须往左倒，左手拿瓢必须往右倒，否则就是给死人倒酒……全家最圣洁的地方是灶台，那是灶神的所在，必须保持洁净，不能有任何污秽……

珞巴人生活的方方面面都少不了巫术，“我们下乡，要由老百姓当向导，头一天他们就要开始占卜，有的扔石子，有的用鸡蛋来观看，如果他们说明天不利于出行，我们就不走了”。

吃老鼠肉，则是珞巴人款待贵客的佳肴，“我第一次吃老鼠是在卡布村的酋长安布家，他拿起家里笼子中养的老鼠，在地上摔死，用竹签子穿起来，在火上烤一下，然后用刀子把毛刮干净，也不洗，再把内脏一摘除，剁一剁，放在石锅里煮。煮好后，加点调料，盛出一碗请你吃。不吃吧，你工作没办法开展啊，我和战友把骨头扔掉，嚼都不嚼就吞下去了。不过，他们吃的山鼠是不吃脏东西的……”

离开墨脱之后，冀文正依然在搜集门巴族和珞巴族的民间传说、歌谣和民俗。

（华西都市报记者宋扬　摄影杨涛　实习生刘婧昱）

后记

冀文正

《从南下到西征》（上）这本回忆录终于问世了，值得高兴和感谢！

我是一名十八军老战士。多年来，过去的许多经历都在不断地激励和鼓舞我：健在老战士们的渴望；藏二代朋友们的期待，他们都希望我在有生之年将中国革命的第二次长征——十八军进军西藏的壮观场面用文字记录下来，不少年轻的朋友来电来函询问他们长辈的事迹和经历。的确，十八军进军西藏、建设西藏值得大书特书，有许多可歌可泣、催人奋进的故事值得颂扬，件件故事闪烁着“老西藏”的精神和光芒。经过许久思考，终于酝酿和整理出了“进藏回忆”。有了美好的设想和计划，就要兑现承诺和落实。三年多来，草书几百篇近70万字，在媒体上也发表了不少，这些更激发了我的写作热情。

当年进军西藏的情景记忆犹新，写作起来也并不算困难。但是，出书的费用却成了一个头痛问题。世上还是好人多，伯乐不少。当电子科技大学出版社原社长郭蜀燕得知情况后，对书稿的整体结构和框架都提出了很多设想和建议，为了使书稿能尽快出版，她积极帮忙申报国家及省上重大、重点资助项目，功夫不负有心人，这个项目终于获得了四川省重点出版专项资金资助，使这本书得以在党的19大胜利结束后与读者见面。郭社长特别关心西藏的文化发展，立足民族文化的传承，她策划了多项关于西藏及其他民族的图书，其中就有我的6本珞巴族和门巴族的书。她对民族文化传承的执著和坚守值得我们钦佩。在她的努力下我的夙愿终于实现。虽然我文化底子薄，文笔也不美，但所有的素材都是我当年用日记的方式将他们记录下来的，真实可信，是我一直保存下来的有史料价值的资料。这本图书的问世也是我向建党96周年和党的19大的献礼！

在此，感谢武侯区委党史办的关注和资助。感谢诸多朋友们的帮助和鼓励。如王长安、王笑雨、刘继蓉、邵寿山、赵耀、陈钦甫、郭冠中、杜琳、焦东海、肖蒂岩、刘原、张晓帆、周坤山、白曙等老战友鼓劲打气，武侯区老干部局及杜丽萍、陈昌蓉、王茜、龙迅、陈琳、徐燕妮、赵克宁、王勇、白玛、陈军、王胜盛、赛美、莲花梅朵等同志。特别是出版社的卢莉编辑最初对书稿的整理付出了辛勤的劳动。还有特邀编辑张问渔为本书的再次修改审定付出了心血。另外，书中的一些照片也是有名无名的摄影师朋友提供的。为此，我以一名老战士的名义向他们致以革命的敬礼!

2017年11月18日于成都

冀文正

图书在版编目（CIP）数据

从南下到西征：十八军老战士冀文正的人生足迹. 上 / 冀文正著. -- 成都：电子科技大学出版社, 2017.12
ISBN 978-7-5647-4807-4

Ⅰ. ①从… Ⅱ. ①冀… Ⅲ. ①回忆录－作品集－中国－当代②游记－作品集－中国－当代 Ⅳ. ①I251 ②I267.4

中国版本图书馆CIP数据核字(2017)第316202号

从南下到西征：十八军老战士冀文正的人生足迹 上
CONGNANXIA DAO XIZHENG: SHIBAJUN LAOZHANSHI JIWENZHENG DE RENSHENG ZUJI

冀文正 著

策划编辑 郭蜀燕
特邀编辑 张问渔
责任编辑 郭蜀燕 卢 莉
责任校对 于 兰
出版发行 电子科技大学出版社
成都市一环路东一段159号电子信息产业大厦九楼
邮 编 610051
主 页 www.uestcp.com.cn
服务电话 028-83203399
邮购电话 028-83201495
印 刷 四川煤田地质制图印刷厂
制 作 成都金色华林美术图案设计有限公司
成品尺寸 170mm×240mm
印 张 20.5
字 数 342千字
版 次 2017年12月第一版
印 次 2017年12月第一次印刷
书 号 ISBN 978-7-5647-4807-4
定 价 68.00元